# FURY

## ROSEWOOD BOYS #6

## TRACY LORRAINE

# CHAPITRE UN

Ashton

Maman me lance un regard réprobateur alors qu'elle s'arrête à une intersection.

« Je suis désolé, d'accord. » Il fait si froid ici avec le radiateur cassé que mon souffle sort en forme de nuages blancs pendant que je parle.

L'un de ses sourcils se soulève. La déception vient d'elle par vagues et je déteste ça. Elle est la seule dont l'opinion m'importe. La seule pour laquelle j'essaie de m'améliorer. Dieu sait qu'elle le mérite après tous les trucs que je lui ai fait endurer.

Je lui ai promis que les choses seraient différentes après mon retour de Rosewood après Halloween, et je le croyais vraiment, mais *elle* est arrivée.

Les choses ont changé le soir de cette fête. J'ai pris des choses qui ne m'étaient pas destinées et je vis avec les conséquences de mes actes—mes souvenirs—depuis.

Je n'aurais jamais dû la toucher, encore moins me permettre d'aller aussi loin. Et je n'aurais vraiment, vraiment pas dû avoir envie de plus au point que la seule chose restant à faire était de partir.

J'ai su à la seconde où son orgasme l'a secouée que nous ne pouvions pas rester sous le même toit, encore moins dans une chambre à côté d'elle. Tout en elle était trop tentant.

Je lui avais dit que je voulais la détruire pour avoir ruiné ma vie, mais il s'avère qu'il n'y a qu'une seule personne dont la vie a été bouleversée après cette visite à ma demi-sœur.

Mes doigts s'enroulent autour du bord du siège passager de Maman, mes ongles s'enfonçant dans le cuir usé alors qu'elle avance lentement, la route étant verglacée sous les pneus.

« Tu m'avais promis, Ash. Tu m'avais promis que les choses allaient changer. Pourtant, je viens te chercher au poste de police. Les choses empirent, elles ne s'améliorent pas, fiston. »

Je souffle longuement.

« Je sais, Maman. Mais vraiment, ils n'avaient aucune raison de m'arrêter. »

« Ils ont dit que tu dealais. » Sa colère est palpable. J'ai fait beaucoup de trucs cons au fil des ans, mais c'est mon premier vrai démêlé avec la justice. Et je n'étais certainement pas en train de dealer.

« Mais ce n'était pas le cas, » je réponds, exaspéré d'avoir à répéter encore et toujours la même chose depuis je ne sais pas combien de temps. « Je n'avais même pas fumé aujourd'hui. »

« Aujourd'hui ? Ash, tu ne devrais jamais fumer. Tu es censé être un athlète. »

« Pas vraiment, » je me moque. « J'ai joué au football au lycée, Maman. Je ne suis pas vraiment un athlète. »

« Eh bien, tu pourrais jouer à l'université si tu postulais. »

« Je n'irai pas à l'université. Nous ne pouvons pas nous le permettre, » dis-je comme si notre situation financière était la seule chose qui m'en empêchait. Mon horrible moyenne et le fait que je n'ai pas assez de points pour obtenir mon diplôme pourraient aussi y être pour quelque chose.

« Je m'en fiche, Ash. Je veux que tu aies tout. »

« Et je veux qu'on sorte de notre appartement pourri et qu'on vive une vie décente. »

« Arrête, Ash. Arrête d'essayer de vouloir tout arranger. »

« Qu'est-ce qui ne va pas avec le fait que j'ai envie que nous ayons une vie meilleure ? Un appartement où tu n'as pas besoin de dormir avec un sweat-shirt ni de prendre une bouteille ou deux tous les soirs. Et ne pense même pas à argumenter, je sais exactement combien tu bois. »

« Ce n'est pas comme ça. »

« Ah bon ? Tu dois l'oublier, Maman. Cela fait des années. Il est parti, marié... heureux. »

« Assez, » crie-t-elle, le visage rouge de colère. « Ça suffit. Ce n'est pas... merde, » crie-t-elle alors que la voiture se déporte vers la droite quand elle roule sur une plaque de verglas. Ses bras se tendent pour essayer de la contrôler, mais elle n'y parvient pas. Deux secondes plus tard, les pneus quittent la route et nous tombons sur le bas-côté.

« Maman, » je crie alors que la voiture dégringole.

« Ashton. » La peur dans sa voix est quelque chose

que je n'oublierai pas aussi longtemps que je vivrai, en supposant que je m'en sorte.

Je n'ai aucune idée de combien de temps la voiture continue de rouler, le temps semble s'arrêter avant que le monde ne devienne noir.

---

« F iston. » Sa voix me l'effet de couteaux qui percent mes oreilles alors qu'elle remplit la pièce silencieuse.

C'est la dernière personne que j'ai envie de voir ou à qui je veux parler en ce moment. Je savais qu'il viendrait, l'infirmière m'a dit qu'il les avait appelés à la seconde où j'ai été admis ici. Je suis encore mineur. J'ai besoin d'un parent ici avec moi.

Je suis assis sur un lit d'hôpital avec mes cuisses repliées contre ma poitrine et ma tête sur mes genoux pour tenter de comprendre ce qui s'est passé ces dernières heures.

Je me sens vide d'une manière que je n'ai jamais connue auparavant et complètement épuisé. Mais c'est le moins que je puisse ressentir après ce que j'ai vécu.

Mes yeux sont fermés, mais je sais instinctivement qu'il s'approche de moi. Quand sa main se pose sur mon épaule, je sursaute.

« Ashton, je suis vraiment désolé. »

« Non, » j'aboie, en refusant toujours de lever les yeux vers lui.

Je ne veux pas de lui. Je n'ai pas besoin de lui.

Je la veux.

« J'ai signé ton autorisation de sortie. Tu es libre de partir quand tu seras prêt. »

Je souffle longuement.

Alors c'est tout, n'est-ce pas ? Après tout ça, je suis censé sortir d'ici comme si tout allait bien. Comme si ma vie ne s'était pas arrêtée.

« Ash ? »

Sans même lui jeter un coup d'œil, je sors du lit. Mes jambes tremblent alors que j'essaie de rester fort. Il n'y a peut-être rien de grave me concernant, mais j'ai comme des putains de coups de marteau dans la tête et j'ai tellement le vertige que c'est comme si le monde entier bougeait autour de moi.

Je tends la main et je me stabilise en attrapant le pied du lit. Je regrette de paraître si faible à la seconde où il s'approche de moi.

« Ça va aller, Ash, » dit-il en essayant de m'apaiser et en plaçant sa main sur mon bras pour me stabiliser.

« Non, » je réponds sèchement en m'écartant de lui. « Tu ne peux pas faire ça maintenant. Tu ne peux pas soudainement te soucier de moi parce que tu es tout ce que j'ai. »

« Ashton, tu sais que ce n'est pas vrai. »

« Ah oui ? » Je peste, en levant mes yeux vers les siens pour la première fois depuis qu'il est entré dans cette pièce. Ses yeux ressemblent tellement à ceux que je vois chaque fois que je me regarde dans un miroir. Ils sont juste une raison de plus pour laquelle je le déteste. Il nous a imposé cette vie— il m'a imposé cette vie.

Ça n'aurait jamais dû être comme ça.

« Sortons d'ici. On peut s'arrêter prendre de la nourriture et aller récupérer des affaires à toi. J'ai réservé un hôtel et nous avons pris un vol de retour demain matin. »

« Un hôtel ? Un vol ? Je ne pars pas d'ici. »

« Fiston, » soupire-t-il. « Il le faut. Tu ne peux pas rester tout seul ici. »

« Mais... mais c'est chez moi. » Je déteste avoir l'air si vulnérable, mais je n'ai aucune idée de la voie à suivre en ce moment, et encore moins de la façon dont je suis censé gérer tout cela.

Elle est... elle est partie. Et tout est de ma faute.

Cela en soi est suffisant pour m'engloutir tout entier, sans parler du fait que je dois maintenant partir d'ici avec lui et recommencer ma vie à zéro.

« Lisa prépare ta chambre. »

Je fais une pause alors que je lève un pied pour mettre ma chaussure et le regarde.

Pense-t-il vraiment que c'est si simple ? Que je peux emménager dans sa nouvelle maison, rejoindre sa nouvelle famille, et que tout ira bien ?

Je viens de perdre ma mère, putain.

Je secoue la tête, incapable de dire les choses que j'ai envie de lui dire.

Tout cela est de sa faute. S'il ne nous avait jamais trahis, s'il ne nous avait jamais quittés, s'il ne lui avait jamais brisé le cœur, rien de tout cela ne serait arrivé. Nous serions peut-être toujours une famille heureuse dans une belle maison dans un quartier convenable de la ville.

Mais non. Le connard égoïste a dû nous tourner le dos et s'éloigner à cause de quelqu'un d'autre, pour une autre famille.

Je prends ma veste au bout de mon lit et je la jette par-dessus mon épaule, en grimaçant alors que chaque partie de mon corps me fait mal après avoir été secoué comme une poupée de chiffon et je me dirige vers la porte.

« Ne me touche pas, » je bouillonne lorsque sa main jaillit pour tenter de me soutenir. « Je n'ai pas besoin de toi. »

Il me suit silencieusement hors de l'hôpital, mais je suis forcé de m'arrêter quand je sors.

Le froid me frappe mais je le sens à peine.

Mon souffle fait de la brume autour de moi et je me souviens du moment où j'étais assis dans la voiture avec Maman il n'y a pas si longtemps que ça, quand tout allait presque bien dans mon monde.

Et maintenant ?

Maintenant, je sors d'un hôpital et je la laisse derrière moi.

L'émotion me bouche la gorge et les larmes me brûlent les yeux.

Elle est partie et c'est à cause de moi. Tout cela parce que je n'ai pas pu tenir ma promesse envers elle et éviter les ennuis.

Je regarde en arrière le bâtiment, en me demandant où elle est et si elle est enfin en paix.

« Ashton ? », demande Papa, avec une inquiétude évidente dans son ton. Mais cela ne me rassure pas, ne me donne pas l'impression d'être moins seul. Tout ce qu'il fait, c'est m'exaspérer. Il n'est pas ici parce qu'il le veut, il est ici parce qu'il le doit. Parce que c'est son devoir paternel.

« Tu peux partir maintenant que tu as signé l'autorisation. »

Un rire amer remonte de sa gorge.

« Je ne pense pas. Je te l'ai déjà dit, tu rentres avec moi. »

« Et tu sembles oublier que c'est chez moi ici. J'ai ma place à Seattle. Je vis à Seattle. »

Nous restons là à nous regarder, l'air glacial se craquelant presque à cause de la tension entre nous.

Ça n'a jamais été comme ça entre nous. Il était mon meilleur ami. Mais c'était avant. Et maintenant, il ne peut pas me traîner comme si j'étais un putain de gosse et me dicter ma vie.

# CHAPITRE DEUX

Ruby

« Tu devrais vraiment rentrer chez toi et régler ça maintenant, » dit Harley, en me suivant aux toilettes à Aces lundi après-midi.

Je sais que Harley a raison, mais rien que l'idée de rentrer à la maison et de le voir me donne envie de vomir.

Stephen et Ashton sont arrivés cet après-midi, et là maintenant il doit à nouveau se sentir chez lui dans la chambre à côté de la mienne. Seulement cette fois, ce n'est pas pour un court séjour.

Il emménage.

Je salive et mon estomac se noue. En me détournant de Harley, je me précipite dans une cabine et tombe à genoux, en ayant un haut-le-cœur devant les toilettes mais sans vomir. Je n'ai rien mangé, alors j'imagine que je ne devrais pas vraiment être surprise de ne rien avoir à vomir. La seule chose consistante qui m'est passée entre les lèvres depuis cet appel téléphonique a été de l'alcool. Je ne peux rien supporter d'autre.

« Rubes, » soupire Harley, en se laissant tomber à côté de moi et en me frottant le dos. « Tu dois rentrer à la maison et régler ça. »

En tombant sur mes fesses, je ramène mes genoux contre ma poitrine et pose mon front dessus.

« Je ne peux pas, Har. Je ne peux pas le revoir. » Mon cœur se brise dans ma poitrine et mes mains commencent à trembler.

« Je sais, mais... tu vas devoir le faire. »

« Je le déteste. Je le déteste tellement putain. »

« Alors, dis-lui. »

« Il vient de perdre sa mère. La douleur me transperce en pensant à ce qu'il vient de vivre, mais cela ne m'empêche pas de le haïr. »

« Ne lui trouve pas d'excuses. C'était un connard de première catégorie. Si tu veux t'en prendre à lui quand tu le vois, vas-y, il le mérite. »

Je lève les yeux vers elle à temps pour la voir grimacer à cause de ses propres mots. « Tu sais que je ne peux pas faire ça. »

« Je sais, » murmure-t-elle en se laissant tomber à côté de moi et en me tenant la main. « C'est juste que... nous avons besoin de toi en pleine forme, Rubes. Les championnats ne sont plus qu'à quelques semaines. Nous ne pouvons pas le faire sans notre meilleur flyer. » Elle me fait un clin d'œil.

J'acquiesce. Les championnats nationaux sont mon rêve depuis... toujours. Pouvoir y participer cette année en tant que membre de l'équipe, cela signifie tout pour moi. Mais je crains qu'il ne soit sur le point de tout foutre en l'air sans même le savoir.

La porte des toilettes s'ouvre et Chelsea, notre capitaine, enceinte, entre. Elle y regarde à deux fois quand elle nous repère sur le sol dans l'une des cabines.

« Tout va bien ? », demande-t-elle en nous regardant tour à tour.

Harley me regarde, les sourcils froncés. Je ne sais pas si elle me supplie de me reprendre ou d'être honnête avec Chelsea. Je pars pour la première option parce que l'idée de devoir raconter l'histoire d'Ashton à quelqu'un d'autre me remplit d'angoisse.

« Ouais, tout va bien. J'ai juste eu un peu la nausée. Je vais bien maintenant. »

En lâchant la main de Harley, je me lève mais alors que je marche vers Chelsea, elle ne bouge pas.

Ses yeux descendent le long de mon corps. « Est-ce que tu manges bien ? Je sais que je te pousse beaucoup en ce moment, tu dois prendre soin de toi. »

« O-ouais, je mange bien, » je mens.

« Les régionales étaient difficiles, mais cela va devenir encore plus difficile avec les championnats nationaux. » Elle me regarde puis regarde Harley et puis à nouveau moi. « J'ai besoin que toute l'équipe soit concentrée et préparée. » Ses mots ne sont que professionnels, mais je vois dans ses yeux une douceur que je n'avais jamais vue avant.

« C'est bon, Chelsea. Tu n'as pas besoin de t'inquiéter pour moi. »

Elle me fixe un instant, comme si elle ne croyait pas tout à fait en ce que je dis. Mais au bout d'une seconde, elle hoche la tête.

« Ok, c'est bien. Mais si vous avez besoin de moi, toutes les deux. » Elle nous regarde une fois de plus tour à tour. « Vous savez où me trouver, hein ? »

« Oui. Merci, Chels. »

« De rien. Maintenant, j'ai vraiment besoin de faire pipi. » Elle court vers la cabine et je ne peux m'empêcher de me moquer d'elle.

Notre reine des abeilles froide comme la pierre s'est vraiment radoucie récemment.

« Vous voulez encore un conseil ? », elle crie.

« Bien sûr. » Je commence à me laver les mains, en attendant ses paroles de sagesse.

« À moins que vous ne vouliez faire pipi toutes les trente secondes, tenez l'équipe de foot à l'écart de votre vagin. »

Nous explosons toutes les deux de rire. « Bien sûr, Chels. »

<hr>

Mon cœur est remonté jusque dans ma gorge quand j'arrête ma voiture dans l'allée à côté de celle de Stephen et que je regarde la maison. Ma tête tourne et mes mains tremblent.

C'est juste un humain. Un connard d'humain. Je ne devrais pas être aussi terrifiée de le revoir.

Un mouvement de l'autre côté de la fenêtre de la cuisine attire mon attention et mon estomac se tord une fois de plus.

J'ai vraiment besoin d'en finir avec ça.

Il a probablement tout oublié de ce qui s'est passé à Halloween et a dû passer à autre chose. Il y a certainement des choses plus importantes qui le préoccupent en ce moment. Il n'y a pas moyen qu'il soit aussi obsédé par le fait de me voir que je le suis. Ce connard se fout de tout, surtout de moi. Il l'a dit très clairement la toute première fois que nous nous sommes rencontrés.

Après avoir expiré longuement, j'attrape mon sac à main et mon sac de sport, puis je sors de la voiture.

La maison est silencieuse alors que je marche dans le couloir. Je ne pose pas mes sacs comme d'habitude, je veux être prête à pouvoir m'évader rapidement si besoin.

« Dans la cuisine, ma chérie, » appelle Maman.

*Je peux le faire. Je peux le faire*, je répète encore et encore dans ma tête alors que je me dirige vers eux.

Ma température monte en flèche, je ressens un effet bizarre comme si ma peau n'appartenait plus à mon corps, et alors que je passe le coin, j'ai l'impression que j'arrête de respirer.

Jusqu'à ce que je découvre une pièce où se trouvent juste Maman et Stephen, leurs deux visages crispés par l'inquiétude.

L'air que je contenais sort de moi alors que je les regarde tour à tour.

« Qu'est-ce qui se passe ? Où est A-Ash ? » Je bégaie, en ne voulant pas vraiment prononcer son nom avec une voix si forte.

Les épaules de Stephen s'affaissent avant qu'il ne regarde le sol. Maman court vers lui et passe son bras autour de son épaule.

« M-mais tu avais dit qu'il allait bien. Juste des coupures et des bleus, » je murmure en interprétant mal la réaction de Stephen.

« Oh, c'est le cas, ma chérie. Il va bien. Il a juste— »

« Il a refusé de monter dans l'avion, » dit Stephen, debout et marchant de l'autre côté de la cuisine.

Maman et moi l'observons alors qu'il se dirige vers le

placard du haut et prends une bouteille de whisky dont il dévisse le bouchon et avale une grosse rasade.

Ma main se serre avec mon envie de faire exactement la même chose.

« Alors... il ne déménage pas ici ? », je demande, en détestant l'espoir qui emplit ma voix. Je sais que c'est une question inutile. Ash n'a pas encore dix-huit ans et je ne suis pas sûre qu'il ait d'autres options que Stephen—ou un centre d'accueil, peut-être.

« Si. Il est... en train de faire son chemin. »

« Qu-qu'est-ce que cela s-signifie exactement ? » Ma voix me trahit, en craquant tout au long de la question.

« Il a dit qu'il avait besoin de temps. » Stephen pose ses paumes sur le comptoir et baisse la tête.

« Il sera là dans quelques jours, j'en suis sûre, » dit Maman d'un ton apaisant, bien que je ne sois pas sûre que cela ait un effet sur Stephen.

J'ai raison car à peine deux secondes plus tard, il sort de la cuisine, la bouteille à la main, sans dire un mot.

« Il souffre aussi. Il tenait toujours à Leanora, » dit Maman, songeuse.

Je tombe sur la chaise à côté d'elle. « Alors, et maintenant ? On attend juste qu'il se pointe ? »

« Je suppose. Je ne suis pas sûre que nous puissions faire grand-chose d'autre. »

« Et les funérailles ? »

« C'est vendredi prochain. Stephen et Ash ont déjà tout préparé. »

Je hoche la tête, en essayant de garder une expression neutre. Je ne devrais pas être si soulagée qu'à peine arrivé, il reparte pour les funérailles. Le gars vient de perdre sa mère, je devrais vraiment être plus inquiète pour lui que pour moi.

« *Je vais te ruiner putain, petite.* » Ses mots me traversent comme un tsunami et je frissonne de la tête aux pieds.

Non, j'ai peut-être raison de m'inquiéter pour moi. Je ne souhaiterais jamais que quelqu'un perde un parent. Je ne peux même pas imaginer à quel point cela doit être horrible. Mais en même temps, je crois au karma. C'est tout ce à quoi je dois m'accrocher en ce moment.

« Alors... », dit Harley lors d'un appel vidéo plus tard dans la soirée. « Comment était-ce ? »

« Il n'est pas là, » j'admets en me retournant sur le ventre et en calant mon portable sur mon oreiller.

« Oh. Il ne vient pas ? »

« Si. Il est juste... en train de prendre son temps. » J'ai envie de dire qu'il me torture, mais je suis sûre qu'il n'a pas pensé à moi une seule fois depuis qu'il a franchi le seuil de notre porte ce soir-là.

« Oh, eh bien... ça pourrait être une bonne chose, j'imagine. Ça pourrait lui donner le temps de se remettre les idées en place. »

« Ouais, peut-être. »

Un coup retentit à la porte de Harley avant qu'elle ne dise : « Entrez. »

« Hé, c'est Rubes ? », dit une autre voix familière avant que la caméra ne bouge quand Poppy saute sur le lit de Harley.

« Oh tiens, Zayn t'a laissée reprendre ton souffle ? », je demande, au grand écœurement de Harley.

« Je pensais que nous étions d'accord pour ne pas

parler de truc comme ça, » marmonne-t-elle. « Si vous voulez parler de détails salaces concernant mon frère, alors vous le faites quand je suis loin. »

« Arrête de t'exciter, je ne t'ai pas non plus raconté comment il venait de lui mettre son— »

« La la la la, » chante Harley avec ses doigts dans ses oreilles, au grand amusement de Poppy.

« Comment ça va ? », dit Poppy après un moment, son visage devenant sérieux alors qu'elle me regarde à travers la caméra.

« Bof. » Je me souviens de ce que je viens de dire à Harley.

« Tout ira bien. Tu verras. Il jouait à des jeux pervers avant. Il a de plus gros problèmes à régler maintenant. Il ne t'embêtera pas. » Je lève un sourcil vers elle, incapable même d'envisager de croire en ses mots. Si ce qui s'est passé entre nous était si facile à oublier, alors pourquoi n'ai-je pas oublié ?

Pourquoi est-ce que chaque fois que j'ai embrassé un mec depuis, j'ai pensé à lui ? Je les ai tous comparés à lui. Et jusqu'à présent, personne n'a réussi à me faire ressentir ce qu'il m'a fait ressentir.

« Alors, il va recommencer sa vie à Rosewood ? », demande Poppy.

« S'il vous plaît, pouvons-nous parler d'autre chose ? » Je gémis, en en ayant déjà marre de l'espace que prend mon demi-frère insaisissable.

« Bien sûr. Alors, Zayn et moi parlions— »

« Vraiment ? » Harley aboie. Je ne peux pas m'empêcher de me moquer d'elle. Elle est peut-être heureuse pour son frère et Poppy, mais c'est très amusant de la voir essayer de se faire à l'idée que l'une de ses meilleures amies réchauffe son lit la nuit.

Je suis sur le qui-vive les deux jours suivants. Chaque fois qu'une porte se ferme à la maison, ou qu'une voiture passe devant, je suis en mode alerte, en m'attendant à ce qu'il franchisse la porte de ma chambre et s'en prenne à moi. Mais il ne le fait pas.

Alors que je m'endors mercredi soir, je commence à me demander s'il va venir et si sa promesse de le faire n'était qu'un moyen de se débarrasser de Stephen.

Pour la première fois de la semaine, je ne me retourne pas pendant des heures avant de réussir à m'endormir, même si cela est sans doute dû à mon épuisement total. Chelsea nous fait travailler de plus en plus dur avant les championnats nationaux. Nous pratiquons deux fois par jour pendant la semaine et tous les samedis matins. C'est hardcore, mais j'adore ça. Le cheerleading est ce pour quoi j'ai toujours vécu et je suis à l'aube de réaliser de grandes choses, je peux le sentir.

Quelque chose me réveille quelques heures plus tard et me fait ouvrir les yeux, ma chambre est plongée dans l'obscurité et la maison dans le silence. Mais en dépit du manque de preuves évidentes, un frisson me parcourt l'échine.

*Il est là.*

En allumant la lampe à côté de moi, je m'attends presque à le trouver assis sur la chaise de l'autre côté de ma chambre en train de me regarder dormir comme un pervers, mais ma chambre est vide, heureusement.

En jetant les couvertures en arrière, j'ouvre silencieusement ma porte et me glisse dans le couloir.

La porte de la chambre d'à côté est ouverte comme lorsque je suis passée tout à l'heure et la lumière est éteinte, mais alors que je m'avance dans le couloir, quelque chose à l'extérieur attire mon attention.

Je m'approche de la fenêtre et regarde l'allée.

Un halètement sort de ma bouche à la seconde où mes yeux se fixent sur une paire d'yeux sombres que je craignais de trouver.

# CHAPITRE TROIS

Ashton

Mon cœur bat dans ma poitrine alors que je fixe la paire d'yeux qui me hantent depuis Halloween.

Je déglutis nerveusement et redresse ma posture. Le dernier truc dont j'ai envie, c'est qu'elle puisse lire ce que je ressens avant même d'avoir mis les pieds dans cette putain de maison.

Plusieurs fois sur le trajet, j'ai failli faire demi-tour et me diriger dans la direction opposée. Je n'ai pas besoin des gens sous ce toit. Je pourrais trouver un travail, me faire une vie quelque part où personne ne me connaît.

Mais à chaque fois que je m'apprêtais à le faire, je ne pouvais pas.

Quelque chose me tirait vers ici.

Elle ?

J'aime à penser que non, mais alors que nous nous

regardons, quelque chose crépite entre nous, et je ne peux m'empêcher de me demander si elle pourrait bien en être la raison.

Ses yeux se plissent dans ma direction et mes veines se remplissent de feu devant la haine qu'elle me lance.

Bien. Le sentiment est entièrement réciproque, petite.

Leurs éclairages de sécurité s'allument sur moi, en gâchant ce que j'espérais être une arrivée incognito.

Je descends de ma moto, un achat improvisé avec l'argent que j'avais économisé, et je prends le peu de choses que je pouvais ranger dans le coffre avant de me diriger vers la maison.

Mes yeux remontent vers la fenêtre alors qu'elle recule.

Je lui fais un clin d'œil et lui envoie un baiser avant qu'elle ne s'élance dans l'obscurité et s'éloigne de moi.

Bonne idée, petite.

Cours. Cours aussi vite que possible.

L'odeur familière de la maison me frappe dès que je franchis la porte d'entrée. Je la referme discrètement derrière moi, en ne voulant pas alerter mon père ou pire, Lisa, de mon arrivée. Je pouvais à peine supporter son bonheur exagéré la dernière fois que j'étais ici, c'est vraiment la dernière chose dont j'ai envie maintenant.

Je jette mon sac dans le couloir et me dirige vers la cuisine, en allumant la lumière au passage.

En regardant à l'intérieur du réfrigérateur, je trouve un pack de six bières. Pas exactement ce que j'avais en tête. En tournant sur moi-même, je vais vers le placard où j'ai trouvé ce dont j'avais besoin la dernière fois que j'étais ici.

« Bingo, » je souffle, en prenant une bouteille neuve de vodka et en dévissant le bouchon.

La première gorgée brûle, mais c'est exactement ce dont j'ai besoin.

Je remplis mes bras de tout ce que je peux trouver avant de me diriger vers les escaliers, de ramasser mon sac et de monter. J'imagine que je dois aller dans la même chambre et je me dirige par là.

Il n'y a aucun signe de Ruby alors que je me dirige vers notre côté de la maison, mais cela ne veut pas dire que je ne peux pas sentir sa présence. Son parfum persiste dans le couloir, en me faisant saliver et en faisant gonfler ma bite.

Je m'arrête devant la porte de ma chambre et fixe la sienne un instant.

Je sais qu'elle est réveillée et je soupçonne qu'elle m'attend.

Malheureusement pour elle, je n'ai pas l'intention de lui faciliter la tâche.

Certaines choses ont peut-être changé, mais ce que je ressens pour elle n'en fait pas partie.

Je la déteste toujours, peut-être encore plus maintenant. Si elle ne m'avait pas foutu la tête en vrac l'année dernière, alors je ne me serais peut-être pas mis dans un état tel que Maman ait dû venir me chercher au poste de police la semaine dernière et... Je force mes pensées à s'arrêter. Je ne suis pas encore prêt à y penser, encore moins à commencer à l'accepter.

J'avais espéré que le long trajet en voiture ici m'aurait aidé. Que par miracle, il aurait pu m'aider à tirer un trait sur ma vie à Seattle, prêt à commencer un nouveau chapitre ici. Que d'une manière ou d'une autre, j'aurais pu dépasser la douleur, la culpabilité que je porte depuis vendredi soir. Mais en étant ici maintenant, je me rends compte que rien n'a changé.

Elle est toujours partie, et je suis toujours le seul à blâmer pour cela.

Elle méritait mieux que ces cartes qui lui ont été distribuées. Mieux que moi. Mais il est trop tard pour faire quoi que ce soit maintenant.

En fermant la porte derrière moi, je laisse tout tomber sur le lit et enlève mes chaussures, rapidement suivies de ma veste et de mon t-shirt. Je n'ai pas roulé sans faire de pause, mais je ne me suis pas arrêté assez longtemps pour me rafraîchir.

Je laisse tomber mon pantalon et mon boxer et avec ma bouteille de vodka à la main, j'entre directement dans la salle de bain.

Tout ici a été préparé pour moi. Mon gel douche habituel est posé sur l'étagère de la douche et un nouveau rasoir et une mousse à raser m'attendent près du lavabo.

Je regarde par-dessus mon épaule alors qu'un frisson me parcourt l'échine.

Comment ont-ils su ce que j'avais l'habitude d'utiliser ?

En inclinant la bouteille vers ma bouche, j'avale quelques gorgées avant d'ouvrir la douche en mettant l'eau aussi chaude que possible et de passer sous le jet brûlant, qui tombe sur mes épaules tendues.

La chaleur me fait du bien mais même si elle me brûle la peau, elle n'enlève pas la douleur, le vide.

J'expire et incline mon visage vers le jet d'eau, le laissant pleuvoir sur ma peau et se mêler aux larmes que je refuse d'accepter et qui coulent sur mes joues alors que je reviens à vendredi soir au moment où nous étions dans cette voiture.

Je reste là jusqu'à ce que je ne sente plus ma peau et

que mon envie de la bouteille que j'ai abandonnée sur le lavabo devienne trop forte.

En enroulant l'une des serviettes propres et moelleuses autour de ma taille, j'attrape ma bouteille et la rapporte dans ma chambre.

Je pousse mon sac au bout du lit. Il tombe au sol avec un bruit sourd et je le regrette tout de suite. Je ne veux vraiment pas réveiller quelqu'un et être obligé d'avoir une conversation. Je veux juste disparaître, me perdre dans l'alcool et oublier ma réalité, quelle qu'elle soit maintenant.

Je n'ai aucune idée de l'heure à laquelle je tombe enfin dans un coma provoqué par la vodka, mais quand je reviens à moi, mes écouteurs continuent de jouer joyeusement de la musique, même s'ils sont tombés de mes oreilles et ont été poussés quelque part dans le lit, mais à part ça, la maison est silencieuse.

J'ai un battement dans la tête et la pièce tourne, mais c'est un sentiment auquel je commence à m'habituer, je l'accueille même avec plaisir. C'est ce que j'ai ressenti après m'être réveillé dans cette voiture. C'est comme ça que je me suis réveillé la plupart des matins depuis. D'une manière étrangement tordue, cela me fait me sentir plus proche d'elle. Si je ressens encore la douleur de ce jour-là, alors peut-être qu'elle est toujours avec moi. Peut-être que regarder la vie quitter ses yeux n'était qu'un putain de cauchemar.

Je sais que ce n'est qu'un vœu pieux, mais c'est tout ce qu'il me reste pour le moment.

Je jette les couvertures et balance mes jambes sur le côté du lit, le mouvement ne fait rien pour ma tête mais mon envie d'aller aux toilettes l'emporte sur mon envie de me rallonger et de tout verrouiller.

Je trébuche sur la serviette par terre que j'ai laissée tomber du lit à un moment donné la nuit dernière et je me dirige prudemment nu jusqu'à la salle de bain.

Tout comme la nuit dernière, la vue de tous les articles de toilette qui ont été achetés pour moi me nargue.

*Comment savaient-ils ?*

On dirait presque que ça pourrait être chez moi. Bien que cela soit loin d'y ressembler. Chez moi, c'est Seattle. Chez moi, c'est notre appartement de merde. Chez moi, c'est avec elle.

Une boule monte dans ma gorge alors que les images que j'ai tentées de noyer dans l'alcool réapparaissent dans mon esprit.

Ils sont comme un poison qui s'insinue en moi et qui grignote la petite quantité de lumière qui me restait en s'assurant que je commence à me noyer dans l'obscurité.

Je pisse, me brosse les dents et rallume la douche, en espérant que cela me débarrassera des sueurs d'alcool et me donnera un peu de courage pour sortir de cette pièce.

J'ai besoin de café, mais je n'en ai pas assez besoin pour être obligé de parler à quiconque.

En me sentant toujours super mal, je sors un pantalon de jogging propre de mon sac et l'enfile avant de me diriger vers la porte.

J'enroule mes doigts autour de la poignée, mais je ne la pousse pas pendant quelques secondes.

Sortir et faire comme si c'était chez moi signifie que cela se produit vraiment.

Je ne veux pas. C'est la raison pour laquelle j'ai refusé catégoriquement de monter dans cet avion avec Papa quand il était à Seattle.

J'avais déjà refusé son offre d'aller à l'hôtel. J'avais un

appartement à Seattle et malgré le fait que le cœur en avait été arraché, c'était là où je voulais être.

Aussi longtemps que j'ai pu, j'ai voulu fermer la porte derrière moi et prétendre que tout était normal.

Heureusement, il m'a laissé partir, en s'assurant que son Uber me dépose devant notre immeuble et il n'a même pas insisté pour monter. Je ne voulais pas qu'il entache mes souvenirs de l'endroit en venant là.

J'avais espéré qu'être à la maison m'apporterait du réconfort, mais cela ne faisait que me rappeler tout ce que j'avais perdu. Si j'avais trouvé du réconfort là-bas, alors peut-être que j'aurais cherché à rester au moins jusqu'aux funérailles. Mais je savais seulement quelques minutes après avoir mis les pieds à l'intérieur que je ne pouvais pas être là.

J'y ai passé la nuit car j'étais épuisé. Une nuit blanche sur un lit d'hôpital après avoir appris ce que je savais déjà, qu'elle était morte, n'était pas exactement ce dont j'avais besoin après tout ça. Mais une bouteille du meilleur whisky de Maman, l'herbe que j'avais cachée là où je savais qu'elle ne la trouverait jamais, et mon lit. Cela m'a apporté un peu de ce dont j'avais besoin.

Quand j'ai finalement émergé le lendemain matin, j'ai fait un sac, j'ai sorti l'argent que j'avais économisé grâce aux boulots à la con que j'ai eus ces deux dernières années, et je suis parti en m'assurant de verrouiller la porte en sortant.

Je n'avais pas beaucoup d'argent. J'aurais voulu avoir économisé au moins le double de ce que j'avais avant de faire l'achat dont je rêvais depuis que je suis enfant, mais c'était tout ce que j'avais.

J'ai marché directement jusqu'au garage le plus proche et j'ai acheté ce que je pouvais me permettre.

Après avoir dit à mon père où aller et lui avoir fourré son billet d'avion dans le cul, je suis monté sur ma nouvelle moto et je suis parti.

Je savais que j'allais devoir venir ici un jour. Même si je détestais cette idée, je savais de manière réaliste que je ne pourrais pas finir ailleurs. Il ne l'aurait pas permis, et j'aurais fini par être ramené de force en criant et en balançant des coups de pied.

En prenant une profonde inspiration, je pousse la poignée et entre dans le couloir. L'air frais frappe mon nez instantanément en me rappelant que ma chambre a déjà l'odeur d'un repaire de drogué après seulement quelques heures.

Je me dirige directement vers la fenêtre et regarde l'allée vide—enfin, vide à part ma moto—et je pousse un soupir de soulagement. La maison est vraiment vide, et ils m'ont vraiment laissé seul.

En me dirigeant vers la cuisine, je me retrouve à hésiter devant sa chambre.

J'ai pensé à elle plus que je ne veux l'admettre depuis que je suis parti cette nuit-là.

Je devais rester ici une semaine, mais je suis à peine resté quelques jours.

Je me souviens très bien de l'expression sur le visage de Maman quand je suis rentré dans notre appartement, de retour à Seattle. Elle savait que je rentrais, Papa l'avait prévenue, mais je ne l'avais jamais vue aussi furieuse.

Mais malgré tout, même si elle insistait pour savoir pourquoi je m'étais enfui, savoir ce qui s'était passé, il n'était pas question que je lui dise parce qu'il n'y avait aucun moyen que je parle de Ruby à qui que ce soit.

Je pouvais à peine penser à elle sans perdre la tête, et

encore moins laisser sortir de ma bouche quoi que ce soit la concernant.

Je tends la main vers sa poignée de porte sans instruction de mon cerveau et en quelques secondes, je me tiens dans l'embrasure de sa porte ouverte.

Sa chambre est exactement la même qu'avant. Des trucs de filles jonchent sa chambre. Il y a un million de photos d'elle et de ses parents, de mon père, de ses amis et de son équipe de pom-pom.

Sans aucune considération, j'entre à l'intérieur, mes yeux parcourant chaque image avant de la regarder dans les yeux.

*Tout est de ta faute.*

*La raison pour laquelle je me tiens ici là tout de suite est de ta faute.*

Mes yeux se plissent alors que je passe d'image en image, la colère en moi recommence à s'enflammer.

Si elle n'avait pas cet effet sur moi. Si elle était quelqu'un d'autre, alors Halloween n'aurait pas eu lieu. Je n'aurais pas passé les trois derniers mois avec elle dans ma tête, et rien de tout cela ne serait arrivé.

Mon poing se serre à cause de mon envie de blesser quelqu'un, de détruire quelque chose, mais je ne peux pas à moins que je veuille qu'elle sache que la première chose que j'ai faite ce matin a été de foutre le bordel dans sa chambre.

Je me retourne, en regardant le reste de la pièce avant de me diriger vers son bureau et de m'asseoir sur la chaise rose. Son calendrier est ouvert et je ne peux m'empêcher de regarder son agenda.

Chaque jour, il y a écrit *entraînement pom-pom*, mais il y a une autre inscription qui attire mon attention.

Samedi soir... *Fête chez Ethan.*

On dirait que je vais faire la fête ce week-end. Un petit sourire se dessine sur mes lèvres alors que je pense assister à ma deuxième fête à Rosewood. La première était à peu près acceptable, mis à part les conneries d'Halloween. Je ne peux qu'espérer que les choses s'améliorent à partir de maintenant.

Je me retourne pour partir, en m'assurant que rien n'est déplacé. J'ai peut-être quelques idées concernant ma pas-si-gentille petite demi-sœur, mais j'ai le temps. En ce moment, j'ai besoin de café et de nourriture. Mais alors que j'arrive à la porte, ma colère prend le dessus lorsque mes yeux se posent sur une photo encadrée d'elle, de Lisa et de mon père souriant et semblant heureux ensemble. En regardant le lac bleu scintillant en arrière-plan, je suppose qu'ils sont en vacances. Des vacances auxquelles je n'ai jamais été convié alors que j'étais à Seattle, à lutter pour avoir suffisamment d'argent pour nous assurer que nous pourrions tous les deux manger. En la prenant de l'étagère, je claque le cadre assez fort pour briser le verre et je le laisse là sur l'envers.

Peut-être qu'il est temps de montrer à Ruby ce que je ressens pour elle.

## CHAPITRE QUATRE

Ruby

Je passe presque toute la nuit à regarder le plafond et à attendre qu'il montre son visage. Mais après avoir fermé la porte de sa chambre quelques minutes seulement après être entré dans la maison, il n'en est plus jamais ressorti. Je n'ai même pas eu à supporter sa musique.

Je n'arrivais pas à savoir si son évitement était une bonne chose ou non. Bien sûr, j'étais contente de ne pas avoir à regarder dans ses yeux froids et diaboliques, mais en même temps, j'ai toujours le souvenir de notre première rencontre qui pèse sur moi.

Une partie de moi souhaite qu'il soit entré ici en trombe pour s'expliquer avec moi à la seconde où il est arrivé. En supposant qu'il ait quelque chose dont il veuille parler avec moi bien sûr. Bien que je sois obsédée par notre moment passé ensemble et incapable de l'oublier, il n'a probablement pas repensé à moi. J'étais probablement juste une nana de plus sur son tableau de chasse parce que je serais stupide de penser que je n'étais pas autre chose qu'une fille facile parmi tant d'autres. Il savait ce qu'il faisait ce soir-là. La façon dont il m'a touchée. Il n'y avait pas d'hésitation, pas de nervosité. Il connaissait mon corps presque mieux que moi-même. Ce ne sont pas les gestes d'un puceau, c'est clair. Il est probablement encore un plus gros pervers que les gars de l'équipe que j'ai essayé d'utiliser depuis pour le faire sortir de ma putain de tête.

Soit ça, soit je voulais qu'il fasse exploser cette horrible musique si fort que je n'aurais pas eu d'autre choix que d'y aller et de débrancher la putain de prise juste pour avoir un peu de paix.

Mais en l'état, les voix dans ma tête étaient plus fortes que tout, et je le détestais encore plus pour ça.

Toute la nuit, je me suis demandé ce qu'il faisait, et plus agaçant encore, s'il allait bien. Je détestais le fait de m'en soucier, mais le gars vient de perdre sa mère. Je voudrais peut-être le sortir de ma mémoire, mais je ne suis pas une personne méchante et je ne peux même pas imaginer ce qu'il traverse en ce moment.

Au moment où je me suis endormie, il était si tard que lorsque mon réveil se met à sonner, je peux à peine ouvrir les yeux.

Il fait encore nuit quand j'arrive enfin à me lever, comme c'est le cas tous les matins où j'ai dû me lever si tôt pour aller m'entraîner.

Ces gens qui pensent que le cheerleading est une blague ont vraiment besoin d'essayer parce que pour le moment, c'est tout sauf amusant.

Tout me fait mal alors que je me pousse pour m'asseoir sur le côté du lit. Je suis en forme, je fais du sport et je m'entraîne tous les jours, mais en ce moment, Chelsea repousse mes limites, même si je suis sûre que mon manque de sommeil n'aide probablement pas.

La tête encore dans le brouillard, je me jette sous une douche froide pour me réveiller.

Mes cheveux sont encore humides lorsque je les rassemble en une tresse à l'arrière de ma tête et que je les fixe avec un headband rouge estampillé Rosewood. J'enfile un legging noir et un soutien-gorge de sport assorti, suivi d'un sweat à capuche oversize.

Tout ce dont j'ai besoin pour la journée est fourré dans mon sac de sport.

Je ne prends pas la peine d'allumer la lumière du couloir alors que je sors de ma chambre, malgré mon envie de le déranger, comme il l'a fait tant de fois avec moi auparavant, qui me titille.

*Sois la plus mature, Ruby*, me dis-je en passant silencieusement devant. Il n'y a pas de lumière venant de sa porte, donc je ne peux que supposer qu'il est là et qu'il dort.

Mes doigts se contractent pour tendre la main et voir si j'ai raison, mais je ne le fais pas. Au lieu de cela, je sors de la maison dans l'espoir de n'avoir réveillé personne et je m'affale dans ma voiture.

J'ai peut-être échappé à son premier matin ici, mais je ne pourrai pas l'éviter pour toujours.

À la seconde où j'entre dans le vestiaire, le visage de Harley s'effondre en me voyant.

« Rubes ? », demande-t-elle, l'inquiétude rapprochant ses sourcils.

« Il est là. »

« Merde. Qu'est-il arrivé ? », demande-t-elle en

s'asseyant sur le banc à côté de moi après que je me suis assise.

« R-rien. »

« Alors pourquoi as-tu l'air d'avoir veillé toute la nuit ? »

« Parce que c'est le cas. »

« Mais— »

« Il est arrivé à moto au milieu de la nuit. Le bruit du moteur m'a réveillée et je suis allée à la fenêtre... »

« Et maintenant quoi ? », me demande-t-elle lorsque je m'arrête de parler, une fois de plus perdue dans son regard sombre malgré le fait qu'il ne soit pas vraiment là.

« Maintenant, rien. Je suis retournée dans ma chambre et il est allé dans la sienne. »

Ses lèvres s'entrouvrent pour dire quelque chose, mais aucun mot ne sort pendant quelques secondes. « Alors, tu ne l'as pas vu ? »

« Non, pas vraiment. »

« Je ne vais pas mentir, Rubes. C'est un peu décevant. »

« Va te faire foutre, » dis-je en lui tapant légèrement l'épaule.

« Quoi ? J'espérais qu'il ferait irruption dans ta chambre et te baiserait à mort. »

« Jésus, Har. Tu as beaucoup pensé à ça ? »

Elle hausse les épaules et n'a même pas la décence de prendre un air un peu coupable.

« Quoi ? Il est canon, ne le nie pas. Je sais déjà que tu l'as laissé faire. » Elle remue les sourcils. « Et que tu le referais volontiers. »

« Certainement pas, » je grommelle en me levant pour changer de chaussures.

« Tu en aurais tellement envie. C'est pour ça que tu n'as été avec personne d'autre depuis. »

« Qu-quoi ? », je demande, mes mouvements s'arrêtant à cause de ce qu'elle vient de dire.

« Oh, laisse tomber, Rubes. Tu as eu un million de propositions qui t'auraient permis de perdre ta virginité depuis qu'il est parti, Dieu sait que tu t'en es assez vantée. »

« Je répète, quoi ?? », je demande, mon niveau d'énervement augmentant plus vite que d'habitude avec mon manque de sommeil.

« Tu n'as pas besoin que je te dise comment tu te sens depuis qu'il est parti. Tu n'es pas si stupide. »

Tout l'air s'échappe de mes poumons alors que je retombe sur le banc, mais je ne regarde pas Harley, je ne peux pas. Je sais exactement de quoi elle parle et je ne suis pas vraiment fière de la personne que je suis devenue ces derniers mois. Mais faire la fête, boire, profiter des mecs, tout ça m'a aidée à engourdir la douleur, à atténuer les souvenirs de lui.

« Je ne veux juste pas perdre ma virginité avec un joueur qui s'est tapé la moitié des filles de cette école, Har. Je pensais que toi, parmi tous, tu comprendrais ça. »

« Oui, Rubes. Je ne pense pas non plus que l'attendre soit une bonne idée. »

Je saute du banc et me retourne vers elle. « Je ne l'attends pas, » dis-je sèchement, en en ayant soudain marre de cette conversation. « Je ne veux pas de lui, Har. Je ne veux pas de lui dans ma maison, je ne veux pas de lui près de moi. »

« Je sais, mais— »

« Non. Il n'y a pas de 'mais' ici. Il n'est rien pour moi. » Elle hausse un sourcil et me regarde. Je peux pratiquement entendre ses pensées et c'est aussi drôle que d'entendre les mots à haute voix. « Arrête ça. Juste arrête. »

« J'essayais juste d'aider. »

« Tu en es bien sûre ? » Je marmonne en fourrant mon sweat à capuche dans mon sac et en me dirigeant vers le gymnase où Chelsea m'attend. « Comment fait-elle pour avoir l'air si en forme ? Ne devrait-elle pas être épuisée par sa grossesse ? »

« Aucune idée, mais ça lui va bien. »

Ses yeux nous scrutent avant de se fixer sur les miens. Mon cœur se serre en sachant qu'elle peut voir mon épuisement.

« Ruby, par ici. »

Je gémis alors que Harley se dirige vers les tapis pour commencer à s'échauffer.

« Tu vas continuer à me dire que tout va bien ? », demande Chelsea, ses yeux passant de l'un à l'autre des miens.

J'expire. « Tout va bien. L'ex de mon beau-père est décédée dans un accident de voiture ce week-end, son fils a emménagé chez moi, » j'admets, en sentant que je lui dois un morceau de vérité. Elle semble sincèrement préoccupée par moi, après tout.

« OK, » dit-elle avec un air songeur l'espace d'une seconde et je ne peux m'empêcher de sourire à l'idée qu'elle ne m'ait pas balancé une phrase du type 'Toutes mes condoléances' comme tout le monde semble le faire quand je l'évoque. Bien sûr, je suis triste pour Ashton, et Stephen dans une certaine mesure, il est clair qu'il se soucie toujours de son ex, mais je ne l'ai jamais rencontrée. « Est-ce que ça va causer des problèmes ? », demande-t-elle, en devinant correctement ce qui m'a empêchée de dormir la nuit dernière.

Chelsea n'était pas là pendant Halloween, elle faisait un 'break' comme elle le dit. Mais je sais déjà qu'elle a vu le changement en moi. Ce n'est pas la première fois qu'elle me prend à part et me demande où j'en suis dans ma tête.

Je mérite les questions et le jugement. J'étais paumée et j'ai fait tout mon possible pour essayer de l'oublier, mais malheureusement, c'est plus facile à dire qu'à faire. Particulièrement maintenant.

« J'espère que non. »

Elle me sourit tristement comme si elle savait déjà à quel point il me fout la tête en vrac. Peut-être que c'est le cas. Nous savons tous qu'elle a eu sa part de psychodrame en ce qui concerne les mecs.

« Ne le laisse pas te prendre ça, Ruby. Tu as travaillé trop dur pour qu'un mec puisse tout foutre en l'air. »

« Je sais, » je marmonne.

« Les championnats sont dans deux semaines. Deux semaines seulement. Si tu penses que tu ne vas pas y arriver, alors tu dois me le dire maintenant. »

« Je vais y arriver, Chels, » lui promets-je.

« OK. Bien. Tu as un bel avenir devant toi concernant le cheerleading, ne laisse personne te prendre ça. »

« Cela n'arrivera pas. » Je soutiens son regard. Elle sait ce que je veux. Les mots ne sont pas sortis de ma bouche. Seules Harley et Poppy connaissent mon rêve, mais elle le sent. Je pense qu'au fond, nous sommes pareilles et elle le réalise tout autant que moi.

« Bien. On va déchirer les championnats et je vais pouvoir laisser à la personne qui me remplacera une équipe gagnante à la fin de la saison. » Elle hoche la tête et passe sa main sur son ventre qui grossit.

« On va gérer. »

« Bien, maintenant, sors et échauffe-toi. Nous ne quitterons pas ce gymnase pour les cours tant que nous n'aurons pas réussi cette routine, les filles, » crie-t-elle plus fort pour que toute l'équipe l'entende.

« Tout va bien ? » Harley demande quand je m'arrête à côté d'elle et commence à m'étirer.

« Oui, tout va bien. »

« Rubes ? » Chelsea m'appelle en s'arrêtant devant moi.

« Ouais. »

« Tu as besoin d'aide dans cette situation. Tu sais que l'équipe de foot est derrière toi si tu as besoin... d'alliés persuasifs. »

Mon estomac se noue devant les non-dits dans sa phrase. Est-ce que je veux mettre Jake, Ethan et Zayn sur le dos d'Ashton parce qu'il m'a fait du mal ? Putain, carrément. Mais je ne le ferai pas. Je mène mes propres batailles. Je refuse de me cacher derrière qui que ce soit. En plus, j'ai déjà le sentiment que dès l'instant où Stephen insistera pour qu'il recommence à zéro ici, il se fera rapidement ses propres ennemis. Il n'a pas besoin de moi pour lui faciliter la tâche.

***

L'entraînement est éreintant, la journée de lycée est longue et est suivie de deux autres heures de torture sur mes muscles déjà douloureux sous les ordres de Chelsea.

Au moment où je retourne dans les vestiaires après

que Chelsea a dit que c'était l'heure, je suis prête à dormir pendant une semaine. Mais la réalité est que dans seulement douze heures, je vais me lever pour tout recommencer. J'espère juste pouvoir dormir un peu ce soir.

« Donc c'est quoi le plan ? », demande Harley, en semblant un peu trop alerte à mon goût alors qu'elle enlève son legging pour se diriger vers la douche.

« Le plan ? Je suis censée avoir un plan ? » Je rampe pratiquement sur le banc, plus que disposée à faire une petite sieste ici.

« Ouais. Tu as besoin d'un plan. »

« Eh bien, je pourrais emménager avec toi et ne plus jamais rentrer chez moi. »

« C'est ça, fuis comme une mauviette. »

« Har, je suis tellement fatiguée en ce moment, je m'en fiche littéralement. »

« Nan, euh. Pas moyen. » Je la regarde enfoncer sa main dans son sac à main et en sortir son portable. « Salut, tu es occupée ? OK, bien. Rendez-vous chez Ruby dans trente minutes, OK ? »

Je regarde Harley, en espérant qu'elle parle à Poppy et n'entraîne personne d'autre dans le bordel de ma vie.

« Har, tu es vraiment sérieuse ? » Je me plains à la seconde où elle raccroche.

« Ouais. Je ne vais pas te laisser rentrer chez toi toute misérable et abattue. Si tu veux affronter ce connard, alors tu as besoin de renfort. Je vais prendre une douche, puis nous irons chez toi. Pour glander ou autre. »

Allongée sur le banc, je la regarde attraper ce dont elle a besoin et se diriger vers les douches avec la majorité du reste de l'équipe.

« Est-ce toujours aussi hardcore ? » Stella demande une fois que ça se calme un peu.

J'ouvre un œil et la regarde. Elle n'est pas là depuis longtemps, mais à la seconde où elle a auditionné pour faire partie de l'équipe, Chelsea l'a recrutée.

« Nan, c'est juste à cause des championnats. Chelsea veut vraiment faire ses preuves. Je comprends, je ferais la même chose dans sa position. »

« J'imagine. J'ai fait partie de plus d'équipes de pom-pom que je ne veux en compter ces dernières années, mais aucune n'a été comme ça. »

« C'est parce qu'aucune d'entre elles n'était la meilleure, » ajoute joyeusement Chelsea en nous rejoignant.

« Pas de douche aujourd'hui, Ruby ? », demande-t-elle avec amusement.

« Nan, je me disais que j'allais rester avec ma puanteur. Tu sais, pour l'éloigner et tout. »

« Biiien. Bonne chance avec ça. Par expérience, cela ne fonctionnera probablement pas, mais peu importe. À demain matin. » Elle nous fait un signe avant de partir vers la sortie.

« Chels, » j'appelle avant qu'elle ne disparaisse.

« Ouais. » Elle regarde par-dessus son épaule. Son maquillage est impeccable, ses cheveux noirs lisses et soyeux. Elle est vraiment magnifique et talentueuse par-dessus le marché. Un peu de jalousie remue dans mon ventre. Elle a aussi un super petit ami. Je veux la détester mais je ne peux pas.

« Merci. »

« Pas de souci. Tu sais où me trouver. Adios. »

« Elle est... vraiment spéciale. »

« N'est-ce pas. »

« Il n'y a pas beaucoup de lycéennes qui pourraient vous former comme elle l'a fait. J'ai l'impression que je n'ai vu Mlle Kelly qu'environ trois fois depuis que j'ai commencé ici. »

« C'est une bonne chose que nous ayons Chelsea, sinon nous n'aurions aucune chance. »

« Que va-t-il se passer quand elle aura obtenu son diplôme ? »

Je hausse les épaules car, malgré mes rêves, je n'en ai honnêtement aucune idée.

---

Presque une heure plus tard, je m'arrête dans mon allée, rapidement suivie par Harley. Poppy est là comme promis, assise sur le perron.

« Pourquoi n'as-tu pas utilisé la clé de secours ? », je demande, en remarquant qu'elle est enroulée dans son manteau pour se tenir au chaud.

Elle hoche la tête en direction du nouveau véhicule dans notre allée. « C'est la sienne ? »

« Euh... ouais. Je comprends. Je ne veux pas non plus entrer à l'intérieur. »

« C'est pour ça que nous sommes ici, nous sommes là pour toi, Rubes. »

« Vous voulez juste le mater en vrai, » je marmonne à Harley en sortant ma clé de mon sac pour nous faire entrer.

Lorsque nous entrons à l'intérieur, la musique retentit de quelque part dans la maison.

« Je suppose qu'il est réveillé maintenant, alors. »

En levant les yeux au ciel devant l'évidence de ce que

vient de dire Harley, je ferme la porte et me dirige vers les escaliers.

J'ai besoin de me doucher avant qu'il ne se passe quoi que ce soit d'autre.

Mes yeux s'attardent dans le couloir, mais à la seconde où je commence à grimper, mes jambes commencent à accélérer à cause de mon besoin d'atteindre rapidement la sécurité de ma chambre.

« Commandez-nous une pizza pendant que je me douche. »

« Rubes, nous ne devrions pas— »

« Vraiment ? », j'aboie. Je suis tellement fatiguée que je n'ai vraiment pas besoin d'une leçon sur ce que j'ai le droit de manger ou pas. J'ai juste besoin de nourriture... de glucides.

« OK, OK, je commande maintenant. » Elle lève les yeux au ciel et sort son portable de sa poche.

« Merci. »

La douche n'est pas aussi relaxante que je l'espérais en sachant qu'il est ici quelque part. La maison n'est pas très grande, donc ce n'est pas comme si j'allais réussir à me cacher de lui pour toujours.

Je sais que je dois juste me comporter en adulte et aller régler le problème, mais je n'en ai vraiment pas envie.

« C'est mieux ? », demande Poppy quand je sors de ma salle de bain en sweat et en crop top, mes cheveux mouillés tombant autour de mes épaules.

« J'ai juste envie de plonger la tête la première là-dedans. » Je fais un signe de tête en direction de mon lit sur lequel elles sont toutes les deux assises.

« Pas tant que tu n'en auras pas terminé ça. Vas-tu

vraiment porter ça ? », demande Harley, en baissant les yeux sur mon corps.

« Euh... ouais. Je me fous de ce qu'il pense. Je ne veux pas de lui, souviens-toi. »

« Oh ouais, pardon. » Elle grimace mais ne parvient pas à effacer le sourire de son visage.

« Tu es une emmerdeuse, Harley Hunter. »

« Quoi ? Il est canon. Hé, » se plaint-elle lorsque Poppy la frappe avec un oreiller.

« Je dirais que si tu le veux, vas-y, mais c'est un con et je ne le souhaiterais pas à ma pire ennemie, encore moins à l'une de mes meilleures amies alors... »

« Je peux regarder, n'est-ce pas ? »

Je secoue la tête vers elle. « Fais-toi plaisir. »

Elles discutent toutes les deux pendant que je sèche mes cheveux et que je me maquille un peu. Je ne veux peut-être pas me faire belle pour lui, mais je ne veux pas non plus que les ombres sombres sous mes yeux soient apparentes.

La sonnette retentit au moment où je termine.

« C'est le moment idéal, je meurs de faim. »

Je prends un sweat à capuche zippé pour le jeter sur mes épaules et sort de la pièce en courant, la perspective d'une pizza chaude au fromage me motive.

J'arrache pratiquement les cartons des mains du pauvre gars avant de lui claquer la porte au nez et de me tourner vers la cuisine, Harley et Poppy à mes trousses.

Mon estomac gargouille alors que je passe le coin de la cuisine, mais à la seconde où je lève les yeux, je m'arrête brutalement, Harley et Poppy s'écrasent dans mon dos.

« Qu'est-ce que... oh mon Dieu, » souffle Harley en regardant la scène devant nous.

Ashton est debout torse nu et couvert de sueur devant

le réfrigérateur, en train de boire du jus d'orange directement dans la bouteille.

Je ne l'ai jamais vu torse nu auparavant, j'ai été la seule à tout dévoiler, mais je commence à me rendre compte que je suis peut-être passée à côté d'un truc parce que Harley a raison, il est canon.

Malgré le fait qu'il doive savoir qu'il a de la compagnie, il ne s'arrête pas. Pour le plus grand plaisir de Harley.

« Tout d'un coup, je m'en fous si c'est un connard. »

Il doit entendre ses paroles car il abaisse la bouteille et la remet à l'intérieur avant de fermer la porte et de tourner les yeux vers moi.

Mon souffle s'arrête alors que nos regards se croisent. Ses yeux sont aussi froids et en colère que dans mes souvenirs, et ils envoient le même frisson de peur dans mon corps qu'avant.

Un sourire narquois se dessine sur un côté de ses lèvres avant que ses yeux ne quittent les miens en faveur de mon corps. Mon sang se réchauffe à la seconde où il commence à me reluquer. Je déteste que ça me fasse de l'effet. Mes poings se serrent et mes dents grincent.

Au moment où il revient vers mes yeux, son sourire narquois s'étend sur son visage et cela ne fait que m'exaspérer davantage.

« C'est bon, t'as fini ? », je demande, en retrouvant soudain ma voix et en m'enroulant dans mon sweat à capuche avec ma main libre pour me couvrir.

« Oh, petite, j'ai à peine commencé. »

Des picotements éclatent en moi lorsqu'il utilise le petit surnom qu'il m'a donné. Mais même si je déteste ça, je me souviens très bien du moment où c'est sorti de sa bouche juste avant qu'il... non. Nan. Ne va pas sur ce terrain-là.

Après une seconde, il arrache ses yeux des miens et se concentre à la place sur Harley derrière moi.

Son sourire s'élargit alors qu'il lui donne le même traitement qu'il m'a donné, seulement Harley ne se cache pas derrière des vêtements oversize, ses courbes sont bien visibles.

« Hé, bébé, » ronronne-t-il en faisant un pas en avant. « Je ne pense pas que nous nous soyons rencontrés auparavant. »

« Je... euh... non, » bégaye Harley.

Je roule des yeux en me tournant vers elle. Elle le regarde comme s'il était une putain de glace qu'elle avait envie de dévorer, et j'arrive à peu près à ne pas râler.

« Alors, tu vas à la fête d'Ethan samedi soir ? », demande-t-il à Harley, avec une voix rauque et sexy. Maudit soit-il.

Attends... comment sait-il pour la fête d'Ethan ?

« Comment tu— »

« J'y serai. Et toi ? »

« Moi aussi, du coup. »

« Oh mon Dieu. Harley, tu veux bien te ressaisir, s'il te plaît ? », je la supplie en enroulant ma main autour de son bras et en la tirant vers moi.

« Quoi ? J'ai juste— »

Je l'interromps d'un regard.

« Je suis affamé, je peux ? », demande Ashton, en prenant l'une des boîtes de ma main et en l'ouvrant avant que je ne retrouve ma voix.

« Ouais, en fait, ça me pose un problème. »

« C'est dommage parce que je m'en fous vraiment. » Il sort une part de la boîte et prend une grosse bouchée avant de faire un clin d'œil à Harley et de disparaître à l'angle.

« Eh bien... je peux dire qu'Instagram ne lui rend absolument pas justice, » marmonne Harley, en se dirigeant vers le réfrigérateur et en l'ouvrant. Je m'attends presque à ce qu'elle sorte la même bouteille que lui. Je suis sur le point de la pousser quand elle sort trois canettes de soda et nous les passe.

« Merci, » je marmonne, en ramassant la boîte à pizza et en me dirigeant vers les escaliers. Une partie de moi ne veut pas le suivre, mais l'autre partie me crie que c'est ma maison et que c'est ma chambre et qu'il ne devrait pas avoir le pouvoir de me faire douter de mes actions ou de m'empêcher d'être là où j'ai envie d'être.

Au moment où Harley et Poppy sont avec moi à l'intérieur, je ferme la porte d'un coup de pied. Violemment.

Je grimpe sur le lit et ouvre immédiatement l'une des boîtes, en prenant directement ma première part.

« Je suis désolée, d'accord, » marmonne Harley. « Il m'a juste prise par surprise. »

« Ouais, peu importe. On peut éviter de parler de lui ? » Je sais que Harley ne ferait jamais rien pour me blesser intentionnellement, et je sais qu'il est torride au point d'en avoir l'eau à la bouche, alors je pense que je ne peux pas vraiment lui reprocher d'avoir perdu la tête.

« Alors, la fête d'Ethan, » commence Poppy, mais son visage tombe quand elle réalise immédiatement son erreur.

# CHAPITRE CINQ

Ashton

J'e souris encore tout seul des heures plus tard, longtemps après le départ des amies de Ruby, et le martèlement des basses de ma musique est la seule chose que je peux entendre.

Le regard sur son visage alors que je regardais son amie était impayable. Je n'aurais pas pu planifier mieux pour nos retrouvailles même si j'avais essayé.

Elle va me rendre la tâche plus facile que je ne le pensais au départ. Après sa disparition la nuit dernière, une partie de moi s'est demandé si elle était passée à autre chose. Mais il semble que ce ne soit vraiment pas le cas.

Je recrache de la fumée et enfonce ma tête plus profondément dans l'oreiller.

Je déteste peut-être cette maison, mais je ne peux pas nier que la salle de gym à domicile de Papa compense presque. J'ai passé tout l'après-midi là-dedans à essayer de distancer mes démons. Je suis presque sûr que ça n'a rien changé de ce point de vue-là, mais mes muscles me font maintenant très mal et me rappellent que malgré toutes les merdes, je suis en vie.

La porte de ma chambre qui s'ouvre me fait lever les yeux et quand je la trouve là avec ses sourcils levés et ses mains sur ses hanches, je ne peux pas m'empêcher de m'appuyer sur mes coudes pour mieux voir.

Un sourire se dessine au coin de mes lèvres alors que je la regarde fulminer en silence. Bien que, quand bien même elle dirait quelque chose, il soit peu probable que je l'entende à cause de la musique qui secoue les murs en ce moment.

Mes lèvres s'entrouvrent alors que je la regarde entrer en trombe dans la pièce et claquer sa main sur le haut de mon haut-parleur en le faisant se taire dans la seconde.

« Il y a un problème ? », je demande, ma voix basse.

Elle se tourne vers moi, ses yeux plissés de colère et ses épaules serrées par la tension.

« Tu dois rester à l'écart de ma chambre et de mes amies, » prévient-elle.

« Et si je ne pouvais pas ? », je demande, en portant mon joint à mes lèvres et en prenant une taffe.

« Quel est ton... » Elle secoue la tête comme si elle ne pouvait pas interpréter mes mots. Elle me regarde pendant quelques secondes avant que ses yeux ne la trahissent et ne descendent sur mon torse nu puis sur mon pantalon de jogging taille basse, mais elle ne me manque pas de s'attarder sur les bleus qui couvrent mes côtes, la seule preuve qui reste de cette nuit-là dans la voiture de Maman.

Le temps qu'elle se ressaisisse, j'ai un sourire ravageur

sur le visage et mon sang commence à bouillir à cause de son attention.

« Écoute… », commence-t-elle. « Je suis *vraiment* désolée pour ta mère et tout ce que tu as vécu. Mais tu ne peux pas revenir ici comme si tu étais le propriétaire des lieux et n'en faire qu'à ta tête. C'est ma chambre, mon espace, mes photos, *mon* journal. » Mes lèvres se contractent en un sourire. « Tu n'as pas le droit d'entrer là et d'y faire ce qui te plaît. »

En me relevant pour m'asseoir sur le bord de mon lit, je fais longer mes yeux le long de son corps et passe mon pouce sur ma lèvre inférieure.

« Tu veux dire, un peu comme ce que tu es en train de faire en ce moment. Tu n'as même pas frappé. J'aurais pu être en train de faire… *n'importe quoi.* » Je penche la tête sur le côté et hausse un sourcil.

« J'ai frappé, connard. Ta musique était tellement forte que tu n'as pas entendu. » Son visage commence à devenir rouge de colère, ses petits poings se serrant sur ses hanches.

« Attention, petite, » dis-je en me levant et en faisant un pas vers elle. « Tu as l'air d'être sur le point d'exploser. »

« Ashton, je suis fatiguée, j'en ai déjà marre de tes conneries, et je— » Ses mots sont coupés par son halètement quand je prends son menton dans ma main.

« Et tu, quoi ? »

« Je te déteste, » dit-elle furax, malgré le fait que ma prise se resserre et que ses lèvres s'ouvrent.

« Euh, et moi qui pensais que je pourrais obtenir un passe-droit, tu sais, avec ma mère décédée et tout. » Ses yeux se plissent à nouveau.

« C'est trop tôt ? »

Elle pourrait penser que je suis un bâtard au cœur froid, mais alors que les mots sortent de ma bouche, ma poitrine se serre au point que ça en devient presque paralysant. Non pas que je lui laisse voir. La seule personne au monde qui sait que j'ai peut-être des faiblesses, c'est moi.

« Tu es un connard. »

« Oh. » Je ris. « Je sais, petite. Rien de ce que tu dis n'est nouveau pour moi. Alors, dis-moi, pourquoi es-tu vraiment venue ici ? » En remontant son visage vers moi, je me baisse jusqu'à ce que nos lèvres soient à un souffle l'une de l'autre.

Sa respiration faiblit au fur et à mesure que je m'approche et je combats le sourire qui veut se répandre sur mon visage sachant que je produis un effet sur elle.

« Je... je suis venue pour te dire d'aller te faire foutre. »

Je ris. « Ouais, c'est peut-être pour ça que tu penses être venue. Mais au fond, nous savons tous les deux que ce n'est pas vrai, n'est-ce pas ? »

« Tu es taré. »

« Peut-être », je dis, l'air songeur. « Mais je ne suis pas le seul parce que pendant que tu te tiens là en prétendant me détester, je sais que tu es mouillée pour moi. »

« Va. Te. Faire. Foutre. Ashton. »

Je serre ses joues plus fort et ses lèvres finissent par toucher les miennes, mais je ne les capture pas. Au lieu de cela, je fais remonter mes lèvres sur sa joue jusqu'à ce qu'elles atteignent son oreille.

« C'est pour ça que tu me détestes, petite ? Parce que tu étais tellement bourrée cette nuit-là que tu ne te souviens pas comment ça s'est terminé. Tu ne sais pas si tu m'as laissé te baiser ou pas ? »

Sa respiration devient plus lourde à chaque mot que je prononce mais son expression reste dure.

Un sourire commence à s'étirer sur sa bouche, mais il ne s'étire pas beaucoup plus à cause de ma prise ferme. « Tu penses que j'en aurais gardé un souvenir mémorable si tu l'avais fait. Je pense que tu t'accordes un peu trop de crédit. »

Un grognement monte dans ma gorge et ma main tombe sur la sienne alors que je la repousse contre le mur. Elle déglutit nerveusement sous mon emprise, son pouls tonnant contre mes doigts.

« Oh, petite, je peux t'assurer que si je t'avais baisée cette nuit-là, tu t'en souviendrais encore. »

Son regard soutient le mien, mais elle ne réagit pas à mes paroles.

« Que de la gueule, Ash. Tu n'es pas un homme ou sinon tu l'aurais déjà fait. »

Je lui souris, mais il n'y a rien d'heureux là-dedans car seules de mauvaises intentions remplissent mon esprit.

« Tu as déjà entendu parler de l'expression 'tout vient à point à qui sait attendre', petite ? Une chose que j'ai, c'est la patience et je suis plus qu'heureux d'attendre le bon moment pour te gâcher pour tous les autres. »

Je la lâche et recule d'un pas.

Je garde mes yeux sur elle alors qu'elle prend quelques profondes inspirations, sa poitrine se soulevant et ses seins attirant mon regard.

« Ton amie était mignonne. Il y a moyen d'avoir son numéro ? », je demande.

« Reste loin de mes amies, Ashton. Et ne pense même pas à venir chez Ethan samedi soir. » Elle sort de la pièce alors qu'elle lance des menaces qui tombent dans l'oreille d'un sourd. « C'est ma vie. Tu ne peux pas débarquer et piétiner tout ça. »

Je me moque d'elle. « Fais attention à moi, petite. »

Elle se précipite dans sa chambre et claque sa porte, en laissant la mienne grande ouverte. Je suppose que c'est pour m'énerver, mais cela a peu d'effet.

En m'approchant, je la referme avant de rallumer ma musique et de m'affaler sur mon lit pour finir mon joint en paix.

---

Le prochain visiteur que je reçois a au moins la décence de frapper, même si à la seconde où mon père passe la tête par la porte, je me rends vite compte que je préférerais de loin que ce soit Ruby qui fasse irruption à l'intérieur.

« Comment ça va ? », demande-t-il en se glissant plus loin dans la pièce. Ses yeux se posent un instant sur moi avant de se concentrer sur le cendrier à côté de mon lit.

« Super. » Je lève les yeux au ciel.

« Lisa et moi préférerions que tu ne fumes pas dans la maison. »

« Vous préféreriez ? », je demande en levant le menton vers lui.

« Oui. » Ses lèvres s'entrouvrent pour en dire plus. Je sais qu'il veut m'engueuler d'avoir fumé, mais il garde sagement ses pensées pour lui.

« Tu voulais quelque chose ? »

Il se tient maladroitement au bout de mon lit, comme s'il avait un million de choses à me dire, mais il semble hésiter entre chacune d'entre elles. Cela fait des années que nous n'avons pas eu de véritable relation, et je ne nous vois pas arranger les choses de sitôt. Il s'est passé trop de choses, trop de trahisons et de souffrances.

« Euh... oui... le dîner est prêt. »

« Qu'est-ce qu'on mange ? »

« Je- je ne sais pas. C'est Lisa qui a cuisiné. C'est une cuisinière fantastique. »

« Je parie qu'elle l'est, » je marmonne en balançant mes jambes du lit. Je n'ai vraiment pas envie d'aller prendre un repas de famille avec eux, mais mon estomac vide dit autre chose.

« Je vais prévenir Ruby. Je te retrouve en bas. »

Je m'abstiens de lui dire que je vais aller la chercher. Si je m'approche de sa chambre, il y a de fortes chances que je ne la laisse pas descendre pour le dîner. Au lieu de cela, je me rafraîchis et prends un t-shirt, en attendant qu'ils aient tous les deux disparu en bas pour les rejoindre.

Lorsque j'entre dans la salle à manger, ils ressemblent à une famille parfaite alors qu'ils se sourient et se passent les plats.

« Ouah, c'est chaleureux, » je marmonne, en tirant la chaise à côté de Ruby et en me laissant tomber. Elle s'interrompt alors qu'elle mettait des petits pois dans son assiette, et je souris à sa réaction devant ma proximité.

« Ashton, c'est tellement bon de te voir, » chante presque Lisa. « Comment ça va ? » Son regard devient doux et compatissant, et cela fait grimper la colère en moi.

« Ouais, tu sais, » je marmonne. Putain, comme si elle en savait quelque chose. Elle ne s'est pas fait arracher sa vie et n'a pas atterri dans cet enfer.

« Je sais que nous avons dit que nous ne parlerions pas de l'avenir avant... »

« Les funérailles. Tu peux dire le mot. » Je pique dans

une pomme de terre avec ma fourchette et mets le tout dans ma bouche.

« D'accord... eh bien... oui, les funérailles. Mais j'ai parlé aujourd'hui au principal Hartmann de ton arrivée à Rosewood High. »

Mes yeux se dirigent vers ceux de mon père mais je ne manque pas le menton de Ruby qui s'affaisse à cause de ses mots.

« Même pas en rêve. »

« Ashton, sois raisonnable. Tu n'as pas assez de points pour obtenir ton diplôme cette année. »

« Comment sais-tu ça ? » J'aboie, mon niveau d'irritation augmente plus vite que je ne peux le contrôler.

« J'ai appelé ton ancien directeur pour l'informer de la situation et lui demander de préparer ton transfert. »

« Je ne retournerai pas au lycée. »

« Désolé, fiston, mais ça ne se discute pas. Si tu vis sous ce toit, tu continues tes études. »

« Tu es putain de sérieux, n'est-ce pas ? »

« Ashton, » prévient-il alors que Lisa halète à cause de mon langage.

« Je n'ai jamais voulu vivre sous ce toit, tu as oublié ? »

« Tu es toujours mineur, Ashton. As-tu besoin que je te le rappelle ? »

« Je sais quel putain d'âge j'ai, » dis-je, énervé.

« Alors tu sais que tu n'as pas vraiment le choix. »

Je me lève à une telle vitesse que ma chaise s'écrase sur le sol derrière moi.

Je fixe mon père, la tension crépitant entre nous.

Il était tout pour moi jusqu'au jour où il m'a dit qu'il partait, jusqu'au jour où je l'ai vu briser le cœur de ma mère et s'éloigner de nous deux comme si nous n'avions pas d'importance.

Il aurait aussi bien pu renoncer à son droit de père ce jour-là parce que c'était le jour où j'ai perdu tout le respect que j'avais pour lui.

« C'est des conneries. » Je quitte la pièce en trombe en entendant la voix de Lisa essayant de dissuader mon père de me suivre. Peut-être qu'elle n'est pas une idiote totale après tout.

Je prends ma veste et mes clés sur la table dans le couloir et quitte la maison.

Les vibrations de ma moto sous moi m'aident à me calmer un peu mais un coup d'œil vers la maison et tout ça me frappe à nouveau.

Maman est partie et c'est ma vie maintenant.

En sortant de l'allée, je fais tourner le moteur et m'envole de la maison qui représente tout ce dont je ne veux pas en ce moment.

Une famille.

Je fais le tour de la ville pendant des heures, en découvrant ce que je suppose être mon nouveau chez moi. Je ne veux peut-être pas être ici, mais au fond de moi, je sais que Papa a raison. Je n'ai certainement nulle part d'autre où aller ni aucune autre famille sur laquelle compter. Tous mes grands-parents sont partis. Maman avait une sœur, mais elles ne se parlaient pas depuis des années. En gros, c'est Rosewood ou rien.

Je m'arrête sur un parking au bord de l'océan et avec ma fausse carte d'identité qui ne demande qu'à être sortie de mon portefeuille, je me dirige vers un magasin pour tenter de m'acheter une bouteille de quelque chose qui va engourdir la douleur.

Heureusement, la fille derrière la caisse n'a pas hésité à m'encaisser et seulement quelques minutes plus tard, je descends sur la plage. Je marche jusqu'à ce que je sois seul, puis je dévisse le bouchon de la bouteille et la porte à mes lèvres.

La vodka brûle en descendant, mais c'est tellement bon. C'est un signe que les choses vont s'arranger dans les minutes à venir.

Je bois encore plus en regardant les immenses maisons qui surplombent la plage. La maison de Papa et Lisa est chouette, mais elle est loin de la taille de ces manoirs.

Mes yeux scrutent les balcons et les fenêtres pour essayer de voir qui pourrait bien vivre dans ces maisons colossales, mais je ne vois rien.

Avec un soupir, je me retourne vers l'océan et me laisse tomber sur les fesses.

Je ne vois personne tout le temps où je suis assis là caché dans l'obscurité en train de noyer ma souffrance.

# CHAPITRE SIX

Ruby

« **J**e suis désolé, » dit Stephen alors que le claquement de la porte d'entrée secoue la maison.

« Tu n'as pas besoin de t'excuser pour lui, mon amour. Il souffre, c'est compréhensible. »

« Ce n'est pas une excuse pour nous parler comme ça. »

Maman hausse les épaules et lui sourit gentiment. « Il va aller bien, » dit-elle en tendant la main vers celle de Stephen. « Donne-lui juste un peu de temps. Tout dans sa vie a changé en l'espace d'un instant. Il va lui falloir du temps pour s'adapter. Les choses commenceront peut-être à s'arranger une fois que nous en aurons fini avec les funérailles. »

Je veux lui demander ce qu'elle entend par *nous* dans

cette phrase, mais je n'en ai pas l'occasion parce que Maman tourne les yeux vers moi.

« Tu as des fêtes prévues ce week-end ? Tu devrais peut-être l'inviter, le présenter à tes amis. »

« Euh... »

« Présente-le à l'équipe de foot. C'est un brillant quarterback, si l'entraîneur a un peu de cervelle, il voudra de lui. »

« Euh... Je ne pense vraiment pas que ce soit une bonne idée. »

« Pourquoi pas ? Se faire des amis pourrait être exactement ce dont il a besoin pour se sentir chez lui ici. »

Le simple fait de penser qu'il pourrait rejoindre mon cercle d'amis m'envoie une pointe de panique dans le cœur. Je ne peux pas l'avoir autour de moi à chaque seconde de la journée. Je ne peux pas.

J'ouvre la bouche pour argumenter mais je décide qu'il vaudrait mieux que je la ferme et que j'accepte. Je ne veux vraiment pas que Maman et Stephen se demandent pourquoi je n'aime pas mon demi-frère.

« J'ai dit au principal Hartmann qu'il allait probablement commencer la semaine après les funérailles. »

« Tu ne penses pas que c'est un peu tôt ? Il vient de perdre sa mère, Stephen. »

Je sais que Maman est juste inquiète, et même si j'aimerais que Stephen revienne sur l'idée d'envoyer Ashton à Rosewood le plus tôt possible, je sais que je ne suis pas en mesure d'avoir vraiment une opinion à ce sujet. Je sais que Stephen a perdu ses deux parents jeunes, je ne peux que me fier à son expérience et espérer qu'il a raison.

« Se distraire de ça sera une bonne chose pour chose pour lui. »

La conversation se tourne sur le prochain voyage de golf de Stephen et je me déconnecte alors que je repousse la nourriture dans mon assiette. Je n'ai pas vraiment faim après la pizza de tout à l'heure, mais je n'avais pas le courage de le dire à Maman alors qu'elle avait déjà cuisiné. Si je ne m'étais pas cachée dans ma chambre après mon interaction avec Ash, je l'aurais peut-être interceptée avant qu'elle ne commence à préparer à manger.

Après un dîner tendu comme pas possible, je me retire dans ma chambre pour me coucher tôt en espérant pouvoir profiter au maximum de la sortie d'Ashton et dormir un peu.

Cela fonctionne parce que l'instant suivant mon alarme se déclenche et j'ai l'impression d'avoir passé une bonne nuit de sommeil.

Je me lève de mon lit en me sentant plus reposée que je ne l'ai été depuis des jours et commence à me préparer. Avant de m'effondrer la nuit dernière, j'ai envoyé un message à Harley pour lui demander si je pouvais passer le week-end avec elle. Cela arrive souvent que je me prépare pour une fête chez elle et maintenant que Poppy vit aussi là, c'est encore plus logique pour moi de les rejoindre.

Je fourre tout ce dont j'ai besoin pour l'école et le week-end dans des sacs avant de sortir silencieusement de la maison.

Ce n'est que lorsque je franchis la porte d'entrée et que la lumière de sécurité éclaire l'allée que je réalise pourquoi j'ai si bien dormi la nuit dernière. Ashton n'est pas rentré à la maison.

Je lève les yeux vers la maison, tentée d'aller voir s'il n'est vraiment pas là, mais à peine cette pensée me traverse l'esprit que je la refoule. Il s'en foutrait si je restais dehors toute la nuit. Pourquoi devrais-je laisser ne serait-ce qu'une once d'inquiétude le concernant occuper mon esprit ?

Qu'il aille se faire foutre avec ses petits jeux et ses mots diaboliques.

Qu'il aille se faire foutre !

Je jette mes sacs dans le coffre de ma voiture et me dirige vers l'école prête à me soumettre à un autre entraînement hardcore sachant qu'un jour de congé est tout proche.

---

« Tu as été étrangement silencieuse toute la journée, est-ce que quelque chose s'est passé après notre départ la nuit dernière ? » Poppy demande d'où elle est assise sur l'un des canapés de la tanière de Zayn.

Les gars ne sont pas encore là, mais nous avons déjà squatté leur petit lieu de réunion. Cela fait partie des avantages non seulement d'être des pom-pom girls, mais aussi d'être les meilleures amies d'une des nanas de l'un des joueurs.

« Nan, je suis juste contente d'être hors de la maison. Il est parti en trombe pendant le dîner et n'est jamais revenu. Sa moto manquait toujours à l'appel ce matin. »

« Merde, tu penses qu'il va bien ? », demande Harley en nous tendant à chacune un soda.

Je la regarde en haussant les sourcils. « Aucune idée, mais j'ai l'impression que tu as envie d'aller vérifier ses potentielles blessures de plus près. » Je ne veux pas que mon ton soit si amer, mais c'est le cas.

« OK, du calme, meuf, » marmonne Harley, en enroulant ses jambes sous elle et en nous rejoignant sur le canapé. « Il est canon, bien sûr, mais tu es ma copine. Ma loyauté sera seulement et toujours envers toi. »

« J'apprécie. »

« Tu devrais, d'autant plus que vous m'avez toutes les deux trahie en sortant avec mon frère. » Elle me lance un regard, mais ses yeux se fixent sur ceux de Poppy avant qu'un sourire ne commence à se contracter sur ses lèvres.

« Hé, je l'ai seulement embrassé et... touché un peu. » Poppy grogne à côté de moi. « Je suis désolée, si j'avais su, je ne l'aurais pas fait. J'étais désespérée, tu sais. »

« Oh, super. » Poppy rit.

Nous rions et plaisantons toutes les trois et ça fait du bien d'être normale après tout ce qui s'est passé récemment. Je regarde Poppy avec un sourire sincère sur son visage et quelque chose s'installe en moi. Elle a vécu l'enfer au cours des dernières semaines, mais elle s'en est finalement sortie. Mes problèmes avec Ash ne sont rien en comparaison des siens et ça me fait me dire que tout finira par aller bien.

Maman avait raison hier soir, il souffre. Les choses s'arrangeront une fois qu'il aura eu la chance de dire au revoir correctement à sa mère et qu'il prendra ses habitudes ici. L'idée qu'il aille au lycée ne me convient toujours pas, mais c'est comme ça, alors je me dis que je vais devoir y faire face.

Il ne faut pas longtemps avant que les gars n'arrivent dans la tanière de Zayn. À la seconde où Zayn entre, il a l'air totalement déchiré entre le fait d'être ravi que sa copine l'attende et horrifié que sa sœur soit aussi là.

C'est juste une chose à laquelle il va devoir s'habituer.

Ils apportent tous de la bière et peu de temps après, quelqu'un met la musique à fond et Harley et moi dansons en profitant de la vie et, plus important encore, en oubliant une certaine personne qui pourrait ou ne pourrait pas encore être à la maison.

N ous n'avons bu que quelques verres sachant que nous devions nous lever pour l'entraînement ce matin. Alors que tous les autres jeunes de Rosewood dorment profondément dans leur lit, Harley, l'équipe et moi-même faisons des exercices sur toute la longueur du gymnase avant de commencer nos routines dans environ une heure.

Chelsea se tient devant nous avec un sifflet entre les lèvres et a l'air de prendre plaisir à nous torturer un peu trop.

« Cela devient de plus en plus difficile chaque semaine, » Stella dit en haletant à côté de moi lorsque Chelsea baisse en intensité.

« Il ne te reste plus que quelques semaines et tu pourras à nouveau renouer avec ton lit, » lui dis-je.

« J'ai trop hâte. »

« Bien, rassemblez-vous, les filles. »

Les prochaines heures passent comme dans une espèce de flou de sueur, de muscles brûlants et de la même chanson qui se répète encore et encore alors que nous nous efforçons de faire avancer notre routine.

Heureusement, je suis plus concentrée que je ne l'ai été ces deux derniers jours, cela n'échappe pas à Chelsea qui me sourit quand je suis au sommet de sa pyramide avant que je fasse un saut périlleux dans les airs, en atterrissant devant elle.

« Ça ressemble plus à la Ruby que je connais. », elle me dit en me faisant un grand sourire. « Les choses se calment un peu ? »

« Oui et non. Mais tout ira bien. »

« Je suis contente de l'entendre. J'ai besoin de toi en forme. Tu veux prendre le relais pour les exercices de récupération ? J'ai vraiment besoin d'aller pisser... encore. »

« M-moi ? », je demande en regardant par-dessus mon épaule comme si elle parlait à quelqu'un d'autre.

« Oui, Rubes. Toi. C'est ce que tu veux, n'est-ce pas ? » Elle lève un sourcil.

« O-oui, j'adorerais. »

« OK, Ruby est en charge. Je vous verrai toutes chez Ethan ce soir, n'est-ce pas ? Rappelez-vous... ne vous bourrez pas la gueule. J'ai besoin de vous toutes en un seul morceau pour les championnats. Vous pourrez vous défoncer quand nous serons reparties avec ce trophée, OK ? »

Quelques grognements résonnent autour de moi.

« J'ai dit OK ? », dit Chelsea en criant.

Je ne peux pas m'empêcher de sourire en moi-même. Elle était la fêtarde par excellence. Ça me fait rire que maintenant qu'elle ne peut plus faire la fête, elle en empêche aussi les autres. Je veux dire, elle aurait pu agir comme ça avec ou sans la grossesse, elle est assez têtue et déterminée, mais ça m'amuse quand même.

Tout le monde acquiesce avant qu'elle ne tourne les talons et se précipite vers les vestiaires pour se soulager.

« Tu t'es bien débrouillée, Rubes, » dit Harley depuis

le siège du conducteur alors que nous nous dirigeons vers Aces après l'entraînement.

« Tu penses ? »

« Ouais, tu feras une capitaine fantastique l'année prochaine. »

La nervosité et l'excitation m'envahissent devant ce qu'elle suggère. « Je ne suis pas sûre de comprendre, Har. »

« Oh chut, tu sais que ce sera toi. Chelsea t'adore. Mlle Kelly s'en fout littéralement et tu sais que toutes les filles te soutiendront. »

« On verra le moment venu. Occupons-nous d'abord des championnats, hein ? »

« Je suis totalement concentrée là-dessus, je disais juste ça comme ça. » Elle me fait un clin d'œil avant de sortir de la voiture alors que le reste de l'équipe de pom-pom arrive dans notre restaurant de prédilection, toutes prêtes pour un petit-déjeuner bien mérité.

Après nous être empiffrées de plus de pancakes et de sirop que nous n'aurions dû avaler, Harley et moi retournons chez elle pour nous détendre avant de nous préparer pour la fête de ce soir. Peu d'élèves de première sont invités aux soirées des terminales, mais depuis que nous avons toutes les deux été acceptées dans l'équipe de pom-pom, nos noms sont en permanence sur la liste des invités, au grand dam de Zayn.

« Cette robe est hallucinante sur toi, » dit Harley quand elle rentre dans sa chambre avec une serviette enroulée autour d'elle après sa douche.

« Je pensais qu'elle était plus longue quand je l'ai essayée dans le magasin, » dis-je en tirant sur l'ourlet qui se trouve dangereusement haut sur mes cuisses. Je déteste imaginer à quel point elle serait courte sur quelqu'un de plus grand que mon mètre cinquante pathétique.

« Arrête, elle est parfaite. Les mecs vont perdre la tête. »

Mon ventre se tord de façon inconfortable. Je l'ai achetée avec cette idée exacte en tête avant qu'Ashton ne réapparaisse dans ma vie. Après sa disparition, j'étais déterminée à l'oublier avec un autre mec. Mais malgré en avoir embrassé quelques-uns, aucun d'eux ne m'a donné envie d'autre chose et ça m'a juste laissée avec le sentiment d'avoir été une salope sans en retirer l'effet escompté.

« Je ne veux pas qu'ils perdent la tête. Je vais peut-être plutôt porter un jean. » Je me penche pour attraper mon sac, mais il m'est rapidement arraché des mains.

« N'y pense même pas, » dit-elle sèchement en le jetant de l'autre côté de la pièce. « Je pense que tu devrais reconsidérer le fait d'inviter Ashton, cela dit. Toi dans cette robe en train de flirter avec d'autres mecs, ça lui donnerait une leçon dont je pense qu'il a désespérément besoin. »

« Non, » dis-je du tac au tac.

« Oh, allez, » gémit-elle.

« Je comprends que tu le veuilles, Har. Mais il ruine déjà assez ma vie, je ne veux pas qu'il foute ça en l'air aussi. »

« Qui a dit qu'il foutrait ça en l'air. Il pourrait te jeter un coup d'œil et... »

« Et quoi ? », je dis sèchement quand elle s'arrête après m'avoir regardée.

Elle hausse les épaules. « Te dévorer. »

« Je ne veux pas de ça, Har. Je le déteste. »

« Vraiment ? »

« Oui, » je dis en râlant. « Et que tu continues à en parler comme si j'allais soudainement changer d'avis commence à me taper sur les nerfs. Occupe-toi de tes fesses au lieu des miennes. »

Ses yeux tombent sur ma dite partie du corps. « Elles ont l'air bien dans cette robe aussi. »

« Argh, tu es une emmerdeuse, Harley Hunter. »

« Tu m'aimes vraiment. » Elle me fait un clin d'œil, se retourne et sort des sous-vêtements de son tiroir. « Je veux juste que tu sois heureuse, tu sais. »

Elle se dépêche d'enfiler sa culotte sous sa serviette avant de la retirer et d'agrafer son soutien-gorge dans son dos.

J'admire sa peau couleur bronze impeccable et luisante et la jalousie commence à bouillonner en moi. Elle est si belle qu'il est souvent difficile de la regarder. Comment les mecs parviennent-ils à garder leurs mains loin d'elle ? Dieu seul le sait.

« Celle-ci ou celle-là ? », demande-t-elle en brandissant deux robes décolletées identiques, l'une couleur cuivre et l'autre rouge.

« Tu veux faire avoir une crise cardiaque à Zayn ? », je demande en riant.

« Peut-être, mais je pensais plutôt à attirer un de ses coéquipiers pour lui donner un aperçu de ce qu'il me fait subir. » Je lève les yeux au ciel. « Tu peux entendre ça, n'est-ce pas ? » Elle désigne la porte, en faisant des signes vers l'endroit où se trouve Zayn de l'autre côté du couloir alors que les gloussements lents féminins de Poppy retentissent.

Je ne peux pas m'empêcher de rire du regard dégoûté sur le visage de Harley.

« Ils sont toujours en train de le faire. C'est fou. »

« Oh, Har Har, tu es jalouse ? »

« Putain, ouais, carrément. J'ai trop envie que quelqu'un me regarde comme il regarde Poppy. C'est écœurant. »

« Je pense que c'est mignon. »

« Ouais, eh bien... euh. » Elle tape du pied comme une gamine qui serait sur le point de faire une crise. « Je veux juste un gars sympa qui me traite correctement, » dit-elle en enfilant la robe rouge.

« Alors tu devrais probablement chercher un peu plus loin que l'équipe de foot. C'est une bande de chiens. »

« Je sais. C'est juste que c'est facile vu qu'ils sont plus que consentants. »

Je n'ai pas besoin de dire les mots pour que Harley sache que je suis d'accord, nous sommes toutes les deux bien conscientes de mes actions au cours des derniers mois.

« Assieds-toi, laisse-moi te maquiller, » exige-t-elle en tirant la chaise qui se trouve devant sa coiffeuse.

« Lâche-toi. » Je pose mes fesses sur le siège, en réajustant ma robe une fois de plus.

Elle travaille en silence pendant quelques minutes, en mettant un primer, un anti-cernes, puis un fond de teint sur ma peau avant de s'arrêter et de me regarder.

« Qu'est-ce qui ne va pas ? »

« C'est juste que... je sais que je te fais chier à propos d'Ash, mais je comprends, tu sais. » Elle pose ses fesses sur la coiffeuse et baisse les yeux. « J'ai regardé Poppy détester Zayn pendant des années et je les vois maintenant. Il t'affecte, genre, il t'affecte vraiment. Je détesterais te voir rater une opportunité parce que tu es trop têtue pour voir au-delà. »

« Il m'affecte parce que je le hais, Har. Il n'est

certainement pas mon âme sœur ou une autre connerie du même style. »

« OK. Si tu en es sûre. »

« C'est le cas. » Je fais une pause avant de dire quelque chose que je crains de regretter vraiment. « Si tu le veux, c'est la proie idéale. »

« Ruby, » soupire-t-elle, de la bienveillance passant sur son visage. « Il est canon, mais je ne voudrais pas... Je ne pourrais pas. »

« J'ai embrassé Zayn. Je comprends. »

« Je plaisantais hier soir. Il n'y a pas de souci. » Elle me sourit et je ne peux m'empêcher de le lui rendre. Je ne peux pas non plus m'empêcher de ressentir le soulagement qui m'envahit à l'idée qu'elle ne veuille pas lui courir après.

Plus d'une heure a passé quand Harley a fini de nous maquiller et de nous coiffer, et alors que je me regarde dans son grand miroir, je ne peux pas nier qu'elle a fait un travail incroyable. Poppy est apparue peu de temps après que nous l'avons entendue glousser avec des joues roses et des lèvres gonflées, pour le plus grand plaisir de Harley, et elle s'est préparée avec nous, nous aidant à boire la bouteille de vodka que Harley avait préparée pour ce soir.

« Si vous n'êtes pas prêtes, je pars sans vous, » appelle Zayn à travers la porte peu de temps après.

« T'excite pas, nous sommes prêtes, » crie Harley avant que Zayn ne prenne cela comme une invitation et n'entre dans sa chambre.

Ses yeux se concentrent sur Poppy qui porte un jean skinny et un débardeur ample et décolleté. J'ai l'impression que ses yeux vont presque sortir de leur orbite.

« Nous vous avons déjà entendus toute la soirée tous

les deux, calmez-vous quelques heures, d'accord ? »,
marmonne Harley.

« Ignore-la, elle est jalouse, » dis-je à Zayn. « Nous
sommes prêts alors ? »

« Rubes, tu es sexy. » Ses yeux descendent le long de
mon corps et remontent à nouveau.

« Hum... », dit Poppy, en se mettant à ses côtés et en le
forçant à la regarder. Il se penche à son oreille et lui
murmure quelque chose qui fait qu'elle s'affaisse contre
lui et enroule sa chemise dans sa main.

En levant les yeux au ciel, je me tourne vers Harley à
temps pour la voir faire semblant de vomir avant de passer
en vitesse devant l'heureux couple.

« Viens, ou je prends ta voiture, » crie-t-elle à Zayn
qui libère immédiatement Poppy et marche vers elle.

« Comment supportes-tu de vivre avec ces deux-
là ? », je demande à Poppy alors que nous suivons le
frère et la sœur qui se chamaillent en sortant de la
maison.

« Être ici a aussi ses avantages. »

« Les orgasmes, c'est ça. »

« Ce n'était pas vraiment ce que j'allais dire, mais oui,
ça aide certainement. »

Je me moque toujours d'elle alors que nous rejoignons
Zayn et Harley dans la voiture.

« Est-ce que vous allez bien vous comporter ce soir ? »,
demande-t-il en nous regardant toutes les deux dans le
rétroviseur. « Je ne veux vraiment pas avoir à porter l'une
de vous ce soir. »

« Nous ferons de notre mieux, n'est-ce pas Rubes ? »,
dit-elle en me donnant un coup de coude.

« Ouais, » je marmonne, en regardant par la fenêtre le
paysage qui défile. La vodka fait peut-être déjà de l'effet,

mais c'est loin d'être suffisant pour refouler la personne qui est dans ma tête.

Je ne sais toujours pas s'il est rentré. Je peux seulement supposer qu'il va bien ou sinon j'en aurais entendu parler.

En quelques minutes, nous sommes devant la maison d'Ethan. Il est peut-être encore tôt, mais il y a déjà des voitures partout et des jeunes qui entrent, prêts à commencer la soirée.

L'excitation m'envoie des picotements dans le ventre. Je suis tellement prête à les rejoindre après la semaine que j'ai eue.

# CHAPITRE SEPT

Ashton

Je me réveille avec le cul complètement gelé. C'est peut-être l'extrémité la plus chaude du pays, mais passer la nuit sur une plage en janvier n'est quand même pas la meilleure idée.

Chaque partie de mon corps me fait mal alors que je me force à m'asseoir, mes yeux clignent à cause du soleil matinal qui a dépassé l'horizon il n'y a pas longtemps.

Je regarde l'océan calme au-delà.

Je suis sûr que cela devrait être un endroit où on se sent bien. Un endroit où les gens peuvent réfléchir, se calmer, prendre un peu de recul. Mais alors que l'alcool m'a engourdi pendant quelques heures la nuit dernière, la réalité revient maintenant plus vite que je ne le voudrais.

Je mets la main dans ma poche dans l'espoir d'avoir quelque chose pour me soulager. Mais je ne trouve rien à part mon briquet. Je ne sais pas si j'ai fumé tout mon stock de drogue hier soir ou si je ne l'ai pas apporté avec moi. Je ne peux qu'espérer qu'il est toujours dans ma chambre à m'attendre. Mais je ne veux pas avoir d'espoir, j'ai appris à mes dépens il y a longtemps que les espoirs sont vains. Ils vous forgent en pensant que quelque chose de bien pourrait arriver, puis ils vous abandonnent quand vous vous y attendez le moins.

Un peu comme hier soir. J'avais espéré que Papa me ficherait un peu la paix. Mais non, au contraire, Maman est à peine froide et il m'oblige déjà à penser à mon avenir comme si j'avais déjà oublié que j'avais eu une vie en dehors de Rosewood il y a seulement quelques jours. C'est comme s'il s'attendait à ce que j'oublie tout de Seattle, les gens qui y étaient—pas qu'il y en ait eu beaucoup.

Je remonte mes genoux jusqu'à ma poitrine et laisse tomber ma tête sur mon avant-bras, voulant qu'elle arrête de tourner.

Je sais que je dois y retourner. Je sais que je n'ai pas vraiment le choix. Mais je ne veux vraiment plus revoir son visage.

Il était censé l'aimer autrefois, comment peut-il tourner si vite la page, se soucier si peu qu'elle soit partie ?

Pourquoi ne me déteste-t-il pas ? Après tout, je suis le seul à blâmer ici.

Ce serait plus facile s'il me criait dessus, mais il... ne le fait pas. Il continue sa vie comme si elle n'en avait jamais fait partie.

Je pense qu'elle ne faisait plus partie de sa vie depuis quelques années, mais elle était une grande partie de la mienne, pourquoi ne peut-il pas simplement me laisser ce temps pour faire ce que j'ai besoin de faire ? Je m'en fous vraiment de demain, de la semaine prochaine, du mois prochain en ce moment. Ma tête est toujours en train de revivre la semaine dernière et je ne sais pas quand je vais pouvoir m'en sortir.

Mon épuisement et le reste de l'alcool qui pulse encore dans mon corps doivent me faire me rendormir parce que je me réveille en sursaut une fois de plus alors que deux gars passent en courant.

Je les regarde alors qu'ils traversent le sable humide à quelques mètres de moi. L'un d'eux porte un maillot Rosewood avec Hunter écrit dans le dos.

Mon estomac se noue à l'idée de devoir recommencer à zéro dans une nouvelle école. J'avais à peine envie d'aller dans l'ancienne. Mais retourner en première, refaire les trucs que j'ai déjà faits dans l'espoir d'obtenir mon diplôme... Je ne suis pas sûr d'avoir l'énergie pour ça.

En plus de ça, bien sûr, il y a l'autre problème à gérer. Ruby.

Moins de temps on sera forcés à être ensemble, mieux ce sera.

Elle remue quelque chose en moi comme aucune autre. Elle éveille en moi une envie qui me fait peur. Mon envie de la blesser, de lui faire peur, de la faire... mienne ?

Je secoue la tête alors qu'un rire dépité sort de ma bouche. Non, ce n'est pas ça.

En colère contre moi-même d'avoir pensé à ça, je me lève et marche vers l'endroit où je pense avoir abandonné ma moto la nuit dernière.

Il n'y a pas beaucoup de monde à cette heure de la matinée, mais alors qu'un gars retourne le panneau fermé pour ouvrir un restaurant devant la plage, je me retrouve à marcher dans cette direction alors que mon estomac commence à grogner.

« Bonjour, » lance un homme plus âgé à la seconde où j'ouvre la porte.

« Salut, » je réponds, en lui accordant à peine un regard avant de me glisser dans un box vide et de prendre le menu.

En un clin d'œil, il est devant moi avec une cafetière et me remplit une tasse.

« Euh... merci. »

« Ne le prends pas mal, mais tu sembles en avoir besoin, fiston. Je suis Bill, au fait. Je suppose que tu es Ashton Fury. »

Mon menton tombe. Comment ce type sait-il qui je suis ?

Je le regarde, ses yeux se plissant d'amusement devant ma confusion.

« Je suis médium. » Il me fait un clin d'œil avant qu'un sourire ne se dessine sur ses lèvres. « C'est une blague. Je sais tout de cette ville, mon garçon. Mes condoléances. »

« Merci, » je marmonne, en en ayant ras le cul d'entendre les gens me dire ça. Ce n'est pas leur putain de faute, ils ne l'ont pas tuée. Cette culpabilité n'appartient qu'à moi.

« Je sais que les choses doivent partir dans tous les sens en ce moment, mais Rosewood est une bonne ville. Donne juste une chance à cet endroit avant de faire une croix dessus. »

« Avez-vous parlé à mon père ? »

« Pas encore, non. Mais je vais le faire. Maintenant, de quoi tu as envie ? »

Mes lèvres s'entrouvrent plusieurs fois mais aucun mot ne passe. Qui diable est ce type ?

« Ne t'inquiète pas. Je sais ce dont tu as besoin. Laisse-moi m'en occuper. »

Il est parti avant que j'aie le temps d'argumenter et en quelques minutes seulement, l'odeur de bacon frit me fait oublier tout ça.

Au moment où je rentre à la maison, le soleil s'est levé depuis longtemps et, heureusement, il n'y a plus de voitures dans l'allée.

Je suis entré, me suis servi un autre café avant de monter dans ma chambre pour me laver du sable de la nuit passée à dormir sur la plage.

Avec rien à faire et ma tête toujours coincée dans cette putain de voiture quand je voyais la vie s'en aller du visage de ma mère, l'horloge tourne plus lentement que jamais.

Je n'ai aucune idée de ce que j'attends. Ce n'est certainement pas que Papa ou Lisa rentrent à la maison, ce sont les dernières personnes que j'ai envie de voir, et je refoule toutes les idées me disant que je pourrais attendre Ruby, car je ne veux pas la voir non plus.

Je veux juste... je veux juste disparaître.

Malheureusement, ce n'est pas ainsi que se passe la soirée, car à peine trente secondes après avoir entendu la porte d'entrée se fermer après l'arrivée de quelqu'un, on frappe à ma porte.

« Fiston, tu es de retour ? »

Je gémis intérieurement et ravale mon envie de lui dire d'aller se faire foutre.

« Ouais, » dis-je, en ne bougeant pas de ma position sur mon lit et en continuant à regarder le plafond.

Il pousse la porte et entre. Son regard me brûle, mais je ne regarde pas dans sa direction. Je ne veux pas voir son visage.

« Ash, je suis désolé de t'avoir poussé un peu trop la nuit dernière. » Même si les mots sortent de sa bouche, je ne les crois pas. Quelque chose me dit que Lisa les a mis dans sa bouche. « Je sais que les choses sont difficiles en ce moment, mais je veux juste que tu réalises que ce que tu vis maintenant, cela ne durera pas éternellement et qu'il est normal de penser à l'avenir. »

Je garde ma respiration régulière malgré le fait qu'une tempête se prépare en moi. Mes poings se serrent sur mes côtés, le seul signe extérieur qui montre que je peine à garder ma retenue en ce moment.

Quand je ne dis rien en réponse à son petit discours, il continue.

« J'ai réussi à nous trouver des vols pour mardi matin pour retourner à Seattle. J'ai pensé que cela te laisserait quelques jours pour faire tout ce que tu as à faire, comme voir des personnes que tu aurais envie de voir, avant de revenir ici. »

Je comprends le geste, seulement une chose lui échappe. La seule personne que je voudrais voir à Seattle est partie.

J'avais des amis, bien sûr, mais nous n'étions pas vraiment proches. On était peut-être une équipe, mais on était une bande de gamins dans une école de merde avec des vies encore plus merdiques. Nous avions tous des choses plus importantes à gérer que de nous soucier de devenir des meilleurs amis pour la vie ou n'importe quel truc que les jeunes font ici.

« OK. »

« Tout est prêt pour les funérailles, j'ai juste besoin de dire à la fleuriste quelles fleurs tu aimerais, et y a-t-il de la musique que tu penses qu'elle aurait voulu qu'on mette ? »

Mes émotions font se former une boule dans ma gorge alors que je pense à sa question, même si je voulais répondre, je ne pourrais pas. La boule est trop grosse, trop envahissante.

Au lieu de cela, je secoue la tête, en priant pour qu'il soit sur le point de partir pour que je puisse m'effondrer en paix.

---

R uby ne réapparaît pas vendredi soir, ce qui est probablement une bonne chose pour elle. Je ne suis vraiment pas d'humeur à l'avoir sous les yeux.

Papa a dû se rendre compte que le repas de famille d'hier soir était une mauvaise idée car une fois que Lisa a fait la cuisine, il m'apporte une assiette pour que je puisse manger seul.

Je lui en suis reconnaissant, même si à aucun moment je ne le lui dis.

En revanche, il m'informe que lui et Lisa quittent la ville pour le week-end et alors que je suis resté éveillé toute la nuit jusqu'à ce que le soleil commence à se lever samedi matin, je les entends commencer à s'agiter avant de quitter la maison peu de temps après.

Un sourire se dessine sur mes lèvres à l'idée d'avoir cette maison pour moi tout le week-end. Ou peut-être que Ruby rentrera à la maison à un moment donné et qu'elle sera ma petite camarade de jeu.

Des idées remplissent mon esprit en imaginant combien nous pourrions nous amuser ensemble sans la menace que nos parents entrent à tout moment et ma bite durcit.

Cela fait trop longtemps que je n'ai pas eu de

distraction, et même encore plus longtemps que je ne me suis pas amusé avec mon petit jouet.

Je m'assieds et attrape mon portable. Il est peut-être temps de découvrir exactement où habite Ethan et à quelle heure cette fête commence ce soir. Il est peut-être temps pour moi de rencontrer mes nouveaux camarades de classe.

Il me faut moins de temps que prévu pour découvrir qu'Ethan vit dans l'un de ces putains de manoirs gigantesques que je regardais hier soir. Je passe presque toute la journée à parcourir les réseaux sociaux pour découvrir à quoi ressemblent les jeunes de Rosewood. La plupart du temps, ce sont les mêmes que ceux de Seattle, il n'y a qu'une seule différence. Ces enfants ont de l'argent. Un sourire se dessine sur mes lèvres à cette pensée. Là où il y a de l'argent, il y a de l'alcool, de la drogue et des filles.

Je ne prends pas la peine de me préparer avant d'être sûr que la fête bat son plein. Je regarde les images apparaître sur Instagram, l'amie de Ruby, Harley, est plus que disposée à publier tous les faits et gestes de ma demi-sœur toutes les deux minutes environ, elle n'a pas non plus de problème à montrer exactement à quoi ressemble mon petit jouet ce soir.

Je zoome sur la photo qui vient d'être uploadée et je fais courir mes yeux sur son corps. Je secoue la tête en imaginant ce que pensent tous les autres mecs qui sont tous en train de la mater. *Putain, pas moyen, enculés.*

En sortant le post-it que Lisa m'a donné à mon arrivée, j'enregistre le numéro dans mes contacts et commence à écrire un message.

**Ashton : Cette robe va te causer des ennuis.**

Il ne lui faut que quelques secondes pour le lire. Je l'imagine en train de regarder la pièce où elle se trouve à la recherche du coupable, mais elle ne le trouvera pas. Pas encore en tout cas.

**Petit jouet : C'est qui ?**

Je tapote mon doigt sur le côté de mon téléphone pendant que je réfléchis à ma réponse.

**Ashton : Attends de le découvrir.**

Alors que je l'imagine rouler des yeux vers l'écran, je sors de mon lit et me déshabille tout en me dirigeant vers la douche. Après tout, j'ai une fête à qui m'attend et certaines des amies de Ruby, les salopes de pom-pom, semblent en valoir la peine.

***

La maison est encore plus impressionnante que ce à quoi je m'attendais quand je marche dans l'allée. Il y a des jeunes partout où je regarde, qui boivent, fument et s'amusent. Cette fête semble déjà durer depuis un certain temps.

L'idée de boire ou de fumer un joint me met l'eau à la bouche alors que je rentre à l'intérieur avec ma capuche relevée, en gardant mon visage dans l'ombre. Je ne veux pas encore qu'elle sache que je suis là.

Je trouve la cuisine grâce au flot de gens qui en sortent avec des boissons à la main et après avoir pris une bouteille de vodka que j'ai trouvée sur un comptoir entier rempli d'alcool, je me mets à chercher Ruby.

La musique résonne fort et alors que je me fraie un chemin parmi tous les gens, presque personne ne prête attention à moi, ils sont tous trop occupés par leurs trucs à la con, leurs vies privilégiées.

Je sais que tous ceux qui vivent à Rosewood ne vivent pas dans un tel niveau de luxe, mais la majorité a bien plus que ce que j'avais à Seattle.

« Oh merde, je suis tellement dés— » bafouille une fille ivre alors qu'elle me heurte, mais à la seconde où ses yeux se fixent sur les miens, elle referme sa bouche et s'enfuit. Je souris en la regardant disparaître dans la foule.

En m'arrêtant dans l'embrasure d'une porte, je porte ma bouteille à mes lèvres alors que je regarde la piste de danse de fortune dans la pièce devant moi.

« Excuse-moi, » aboie un gars alors qu'il passe devant moi avec une fille attachée à son bras avant de la prendre dans ses bras et de commencer à bouger au rythme de la musique.

Mes yeux parcourent les corps qui sautent et dansent devant moi avant qu'une tête sombre n'attire mon attention.

*Te voilà, petite.*

Je recule dans l'ombre et la regarde danser avec un type.

Au bout de quelques minutes, à cause d'un mouvement de foule, ils se retrouvent à l'extrémité de l'essaim humain, en m'offrant une vue parfaite sur eux.

Le gars baisse son visage vers Ruby et tous les muscles de mon corps se tendent alors que je me prépare à ce qu'il l'embrasse, seulement, il ne le fait pas. Au lieu de cela, il lui murmure quelque chose à l'oreille, quelque chose qui lui fait jeter la tête en arrière et éclater de rire.

Elle a l'air heureuse. Et même si cela devrait me dissuader de gâcher sa soirée, ce n'est pas le cas. Cela ne fait que m'attiser.

Pourquoi s'amuse-t-elle comme si tout allait bien ? Si

elle et sa pute de mère n'existaient pas, alors ma famille serait peut-être encore unie et vivante.

Ma prise sur la bouteille se resserre jusqu'à ce que j'aie peur que le verre ne se brise dans ma main.

Ruby est à nouveau engloutie dans la foule mais l'image de son corps bougeant avec le sien est gravée dans mon cerveau.

Je reste où je suis, confiant sur le fait que tout le monde m'ignore, et je continue à regarder pendant que la vodka commence lentement à remplir mes veines.

À un moment, la fille avec qui j'ai flirté dans la cuisine l'autre jour apparaît avec un mec juste derrière elle et une fois qu'elle a attiré l'attention de Ruby, elle et son mec émergent à nouveau de la foule. Ruby jette ses bras autour des épaules de son amie avant qu'elles ne commencent à danser avec leurs gars tout près.

Les mains du gars glissent le long de sa taille et viennent se poser sur ses hanches alors que leurs corps roulent ensemble au rythme de la musique.

Mes dents grincent alors que la vodka n'aide plus à étouffer mon envie de l'arracher de son corps.

Je sors mon portable de ma poche et je retrouve notre conversation.

**Ashton : Et dire que tu as essayé de me convaincre que tu n'étais pas une salope de pom-pom.**

Je garde mon portable dans ma main et j'attends, après deux secondes, elle sort le sien de sa mini-robe et regarde l'écran.

Je regarde son corps s'immobiliser un instant avant qu'elle ne regarde moins discrètement dans la pièce.

**Petit jouet : Va te faire foutre.**

Je ne peux m'empêcher de rire devant sa réponse.

**Ashton : Cela m'amuse que tu penses pouvoir te débarrasser de moi aussi facilement.**

**Petit jouet : Tu t'es enfui plutôt rapidement la dernière fois.**

**Ashton : Cette fois, c'est différent. Je ne vais nulle part...**

Un sourire se dessine sur mes lèvres alors que son expression se durcit lorsqu'elle lit mon message avant de remettre son téléphone dans sa robe. Ses yeux scrutent à nouveau la pièce mais elle est incapable de me trouver. Malgré le fait qu'elle sache que je la regarde, elle se tourne dans les bras du gars et se lève pour lui chuchoter des trucs à l'oreille.

Un large sourire s'étire sur ses lèvres avant qu'il ne lui prenne la main et la traîne hors de la pièce. Son sourire, alors qu'elle jette un dernier coup d'œil par-dessus son épaule, prouve qu'elle pense qu'elle est en train de gagner. Elle oublie une chose cependant... Je ne perds jamais. Et c'est mon putain de jeu.

# CHAPITRE HUIT

Ruby

Je sais qu'il me regarde. Je peux sentir son regard brûlant, mais je n'arrive pas à le voir putain.

Justin continue de se frotter contre mon dos.

J'aimais danser avec lui jusqu'à ce que je sente cette espèce de picotement courir le long de mon dos.

Il ne devrait pas être ici. Il n'a pas été invité et il n'a pas sa place ici.

En tournant le dos à Harley qui danse avec un mec mignon que je n'ai jamais vu auparavant, je regarde Justin dont les yeux brillent à cause de l'alcool que nous avons tous les deux consommé et de son impatience concernant ce qui pourrait arriver ensuite.

Justin est mignon, sexy même. Nous nous sommes un peu rapprochés avant, mais rien de plus qu'un bref baiser le temps d'une soirée.

« Tu veux qu'on aille dans un endroit un peu plus calme ? », je chuchote en criant à moitié dans son oreille.

Ses mains se resserrent sur mes hanches, en me donnant la réponse que j'attendais sans qu'il n'ouvre la bouche.

« Allons-y, » grogne-t-il pratiquement, sa main se glissant dans la mienne alors qu'il commence à me tirer hors de la pièce.

Juste avant que nous ne franchissions la porte, je regarde en arrière en m'assurant d'avoir le sourire aux lèvres.

*Tu peux me regarder dans l'ombre autant que tu veux, mais je peux te semer.*

« Est-ce qu'on peut prendre un verre ? », dis-je avant d'arriver à la cuisine. Je n'ai aucune idée de l'endroit où il prévoyait de m'emmener, mais je sais que je vais avoir besoin de plus d'alcool pour ce qu'il a probablement prévu, surtout avec Ashton quelque part ici qui me traque comme un pervers.

Justin se retourne au dernier moment et pendant qu'il s'empare d'une bière, je me fais une vodka Red Bull très forte. Quelque chose me dit que je vais en avoir besoin.

En quelques secondes, ma main est à nouveau dans la sienne et il me dirige dans le couloir vers l'endroit où je sais que la tanière d'Ethan se trouve à l'autre bout de la maison.

Nous y sommes presque lorsqu'une porte à ma gauche s'ouvre et qu'un bras en sort.

Je crie, mais il est trop rapide. Avant de savoir ce qui se passe, je suis à l'intérieur de la pièce sombre avec mon dos appuyé contre la porte et son corps dur et chaud se pressant contre moi.

« Ruby ? » Justin crie à travers la porte, son poing cognant sur le bois massif.

Mon cœur tonne dans ma poitrine mais avec son corps brûlant contre le mien et son odeur remplissant mon nez, je crains qu'avec la quantité d'alcool qui remplit mes veines, ce ne soit pas la peur qui alimente ma réaction face à lui.

« Débarrasse-toi de lui, » exige Ashton.

Je ravale mon appréhension et fais ce qu'il dit.

« C'est bon, Justin. Je te retrouverai tout à l'heure. »

Ashton grogne en entendant mes mots et se presse plus fort contre moi.

« O-OK. » La voix de Justin est pleine de déception, et je me déteste de m'en foutre à ce moment précis. Je l'utilisais, je le savais. Je suis presque sûre qu'il le savait aussi, mais clairement, il ne voulait pas en rester là.

« Tu me provoques, petite. »

« Et tu me traques. Personne ne veut de toi ici, Ashton. »

« Est-ce vrai ? », grogne-t-il dans mon oreille. « Alors tu ne pensais pas à moi quand tu dansais avec lui ? Tu ne souhaitais pas que ce soient mes mains qui serrent ton cul contre ma bite pendant que tu bougeais ? »

Je secoue la tête alors que ses mains descendent le long de mon corps pour mimer ses mots, seulement nous sommes face à face et sa bite n'est pas pressée contre mon cul, sa queue dure est pressée contre mon ventre.

« Ashton. » Son nom est censé être dit comme un avertissement, mais cela ressemble à tout sauf à ça, même à mes propres oreilles.

Ses lèvres effleurent le lobe de mon oreille et tout mon corps frissonne à ce simple contact.

« Est-ce qu'il t'a fait ressentir ça, petite ? Est-ce qu'il t'a rendue aussi humide que tu l'es pour moi en ce moment ? »

« Je ne suis pas— »

« Tu veux vraiment te disputer avec moi ? », demande-t-il, l'amusement remplissant sa voix. « Tu oublies que je connais ton corps, petite. » Ses lèvres descendent le long de mon cou jusqu'à ce que ses dents effleurent ma clavicule. L'égratignure de la douleur ne fait rien pour améliorer la situation dans laquelle je me trouve.

Je devrais le repousser, je le sais. Mon cerveau me crie de le faire, mais mon corps... mon corps suit des règles totalement différentes. Celles qui disent qu'il a le contrôle.

« Cette robe... », murmure-t-il en léchant le renflement de ma poitrine. « Mmm. » Ses yeux se posent sur les miens, mais malgré l'obscurité de la pièce, je vois la colère monter en eux.

Même dans mon brouillard dû à l'ivresse et au désir, je suis suffisamment sobre pour savoir qu'Ashton n'a pas simplement envie de moi, mais envie de me faire du mal.

Je ne me fais pas d'illusion quant à l'idée que je pourrais sortir de cette pièce satisfaite et épanouie, je sais déjà que ça va être le contraire, mais pour le moment, je ne suis pas sûre d'être assez forte pour l'arrêter.

Je peux me battre avec lui aussi bien que n'importe qui, mais à la seconde où il met la main sur moi, rien ne va plus, et il le sait très bien.

« Qu'essayais-tu de montrer avec cet enculé, hein ? »

« R-rien, » je bégaie alors qu'il enroule ses doigts autour du haut de ma robe.

« Donc, tu ne frottais pas ton cul contre lui pour me provoquer ? »

« Tu ne devrais pas être ici. Ce que je fais ce soir, ou n'importe quel autre soir, ne te concerne pas. »

« Est-ce que tu allais le baiser ? » Sa voix est basse, ses mots froids.

« Et si c'est ce que j'allais faire ? »

« Tu n'es vraiment qu'une petite salope de pom-pom, n'est-ce pas ? »

« Pense ce que tu veux. Je n'ai pas à te répondre. »

« C'est vrai ? »

Je sursaute lorsqu'il tire le tissu de ma robe vers le bas et expose mon soutien-gorge.

Ma poitrine se soulève, mes tétons se dressent contre le rembourrage qui me recouvre.

« Parce que la façon dont je vois les choses en ce moment, c'est que tu as besoin de quelque chose de moi— »

« Conneries. Je n'ai besoin de rien venant de toi. »

« Oh vraiment ? » Il rit, le ton est si bas que ça devrait me terrifier, et d'une certaine manière c'est le cas, mais je sens surtout un afflux de chaleur se diffuser entre mes jambes.

*Putain de vodka.*

« Parce que je pense qu'en ce moment, tu as plus envie de moi que tu ne veux l'admettre. » Sa main se faufile dans mon dos et d'un coup, mon soutien-gorge se détache.

« Oh merde, » je halète alors que sa bouche chaude capture l'un de mes tétons. Ses dents mordent durement avant que sa langue ne lèche la douleur brûlante.

Mes doigts se serrent en poings sur mes côtés, mon envie de le toucher est presque trop difficile à supporter.

« Hmm. » Sa voix vibre tout le long de mon corps. «

Exactement comme je le pensais. Juste une petite salope de pom-pom. »

Il fait un pas en arrière, en me laissant un sentiment de froideur et de frustration.

Ses yeux descendent le long de mon corps et remontent jusqu'à ce qu'il croise mon regard. Mes yeux commencent à se lever pour l'éviter, mais le mot qu'il aboie m'interrompt.

« Non. »

La lumière qui s'infiltre depuis le jardin éclaire son profil, en me permettant de voir le sourire malicieux qui s'étire sur son visage.

Nos regards se soutiennent toujours quand il porte une bouteille à ses lèvres et en avale quelques gorgées.

« Je devrais te baiser ici pour te prouver à quel point tu es vraiment minable. »

Ses mots durs me coupent le souffle.

« Mais je pense que cela serait trop facile, même pour toi. En plus, d'une certaine manière, je voudrais voir ce mec tenter de passer après moi quand j'en aurai fini avec toi. »

« Tu es un con, Ashton. »

« Oh. » Il rit puis boit encore. « Je sais. Je n'ai jamais prétendu être autre chose, petite. Ou as-tu oublié ma première visite ? »

Les images de la nuit d'Halloween me viennent à l'esprit comme un film.

« De mon côté, je n'ai pas oublié. C'est impossible quand j'ai des preuves de toi sur mon téléphone en train de t'exhiber pour moi comme la brave fille que tu es. »

« T-tu mens, » dis-je, peut-être un peu trop confiante.

« Tu penses ? »

Mes lèvres s'entrouvrent pour lui dire qu'il ment, mais les mots meurent sur ma langue.

Et s'il ne mentait pas ?

La pièce commence à tourner alors que la réalité se fraie un chemin dans ma brume d'ivresse.

Il a peut-être des photos de moi nue sur son portable.

Putain de merde.

Ma respiration s'accélère à mesure que la panique commence à prendre le dessus, mais avant que je ne la laisse me consumer, il est de retour juste devant moi avec sa main autour de ma gorge.

« Tu veux me chercher pour voir ce qui va se passer ensuite ? »

Je secoue la tête, en sachant que s'il dit la vérité, je ne peux pas lui laisser les diffuser publiquement. Je veux être la prochaine capitaine des pom-pom de Rosewood, pas la risée de l'école avec l'étiquette de la nouvelle grosse salope de pom-pom.

« Bien, fillette. » Ses yeux plongent dans les miens tandis que nos respirations se mélangent. Son regard se baisse un instant sur mes lèvres et pendant une seconde, je pense qu'il va m'embrasser, mais ensuite il bousille totalement ce fantasme en disant quelque chose qui me fait l'effet d'un coup de fouet. « Retire ta culotte. »

« Qu-quoi ? » Je rechigne.

« Retire. Ta. Culotte. »

« Qui a dit que j'en portais une ? ASHTON ! » Je crie tandis que ses mains glissent le long de mes cuisses, en emportant ma robe avec elles jusqu'à ce que ses doigts s'enroulent autour du mince morceau de dentelle sur mes hanches et qu'il tire jusqu'à ce que le son de sa déchirure remplisse mes oreilles.

J'essaie toujours de comprendre ce qui s'est passé

quand il recule, ses yeux se concentrant sur mon entrejambe.

« Bonne chance si tu pensais m'éviter pour le reste de la soirée. »

Je n'ai pas le temps de cligner des yeux qu'il enroule déjà ses doigts autour de mon bras et me tire au centre de la pièce. Il ouvre la porte et disparaît, mais pas avant d'avoir claqué sa main sur l'interrupteur, en faisant se remplir la pièce d'une lumière aveuglante. Je plisse les yeux, les couvrant avec ma main, mais je me rends vite compte de mon erreur parce qu'il n'essayait pas seulement de m'aveugler, il laissait tout le monde dans le jardin voir ce qui se passait à l'intérieur de la pièce.

Plusieurs paires d'yeux se concentrent sur moi avant de commencer à rire. Je me précipite pour me couvrir, mais je crains de ne pas être assez rapide et je finis par être exhibée aux yeux de tous les étudiants de Rosewood qui sont dans le jardin d'Ethan.

« Oh mon Dieu, » je murmure pour moi-même, en me cachant derrière la cheminée et en glissant le long du mur jusqu'à ce que mes fesses touchent le sol.

À peine deux minutes plus tard, la porte de la pièce dans laquelle je me trouve s'ouvre en grand et Poppy et Harley se précipitent vers moi.

« Qu'est-ce qui s'est passé ? » Harley demande précipitamment, son visage s'attendrit quand elle voit l'état de mon visage rempli de larmes.

« R-rien, » je murmure, en ne voulant vraiment pas revivre ce que je viens de vivre.

« Rien ? À un instant, tu disparais avec Justin, et l'instant d'après, nous te... » Elle s'interrompt heureusement. Aucune de nous n'a besoin qu'elle répète ce qui vient de se passer.

« Où est-il allé ? », demande une voix grave alors que Zayn s'avance derrière Harley, la mâchoire serrée par la tension.

« Justin n'a rien fait, » dis-je en soupirant.

« OK, donc qui... », halète Harley. « Oh mon Dieu, c'était lui. »

« Qui lui ? », demande Zayn. Je regarde Poppy et lui souris pour la remercier de ne pas avoir déjà tout raconté à son petit ami. Elle me rend mon sourire et enroule son bras autour de mes épaules pour me soutenir.

« P-personne. Cela n'a pas d'importance. »

« Ruby, je ne pense pas— »

« Zayn, s'il te plaît, » dit doucement Poppy. « Laisse tomber, hein ? Si Ruby a besoin que tu te battes pour elle, alors elle te le demandera. »

« C'est des conneries, » se plaint-il alors que de plus en plus de gens remplissent la pièce, parce que je ne suis pas déjà assez mortifiée.

« Qu'est-ce qui se passe ? », demande Ethan, ses yeux perçant le sommet de ma tête.

« R-rien. Ce n'est rien. Excuse-moi. » Je me lève, prête à passer entre eux.

« Nous devrions rentrer à la maison, » dit Harley, en glissant sa main dans la mienne.

« Non, » j'aboie. « Je refuse de me soumettre à ce connard. » Je referme la bouche à la seconde où je réalise que je viens de confirmer qui c'était, mais je ne pense pas que cela compte vraiment, Harley et Poppy étaient déjà bien conscientes que c'était lui.

« Qui ? Qui est un connard ? », Ethan demande en semblant presque aussi protecteur que Zayn.

Je m'approche d'eux et les regarde tour à tour. « Bien

que j'apprécie votre soutien. Je peux mener mes propres batailles. »

Les lèvres de Zayn s'entrouvrent pour dire quelque chose mais il se ravise quand Poppy s'approche de moi.

« Rae, » dit Harley. « Pourrais-tu nous aider ? »

« Bien sûr. Suivez-moi. »

Cinq minutes plus tard, je me retrouve assise au bord du lit de Rae avec une boisson fraîche à la main pendant que Harley me coiffe les cheveux.

« Tu as déjà dormi ici ? » Harley demande à Rae pendant qu'elle s'affaire.

« Ouais, parfois nous varions les plaisirs et nous venons ici. »

« Alors c'est juste ton baisodrome ? »

Rae rit. « Ouais, quelque chose du genre. »

Dès que je finis mon verre, Poppy le remplit à nouveau.

« Tu vas nous dire ce qu'il a fait ? »

Je secoue la tête. « Il est juste... en colère. »

« Ce n'est pas ton problème en même temps. »

« De qui vous parlez ? », demande Rae.

Poppy et Harley me regardent toutes les deux, en attendant de voir si je suis d'accord pour lui raconter avant de dire quoi que ce soit.

« Mon demi-frère par alliance, » je murmure.

« Oh, » dit-elle en riant. « Oui, ils peuvent être vraiment chiants, » dit-elle en me faisant un clin d'œil complice. Techniquement, elle et Ethan ne sont pas un demi-frère et une demi-sœur par alliance vu que leurs parents ne sont pas mariés mais ça revient au même, donc si quelqu'un a des conseils à me donner à ce sujet, je suppose que c'est elle. « Tu veux un conseil ? », demande-t-elle, et j'acquiesce, en ayant besoin de tout ce qu'elle peut me donner. « Ne te défile pas. Fais tout ce que tu peux pour lui prouver que tu es plus forte qu'il ne le pense. »

Je pousse un soupir, en ne sachant pas si j'ai le courage de me battre contre lui. Il n'a même pas encore commencé à Rosewood, et il m'a déjà embarrassée devant tous ceux avec qui j'ai grandi.

« Comment ? », je demande avec hésitation.

« En buvant ça. » Elle fait un signe de tête vers le verre dans ma main. « Et en laissant Harley te rendre encore plus belle que tu ne l'étais en arrivant et sors la tête haute. »

J'acquiesce avec un signe de tête.

« Il paraît que Justin demande de tes nouvelles, » dit Poppy.

« Comme s'il allait me vouloir après ça, » je marmonne.

« N'en sois pas si sûre. Tu es sexy, meuf. N'importe quel mec aurait de la chance de passer du temps avec toi, » dit Harley, en passant devant moi pour commencer à me maquiller. « Et si aucun ne se présente, je danserai avec toi. » Elle me fait un clin d'œil et je ne peux m'empêcher de rire.

« Merci, » leur dis-je à toutes les trois.

Avec elles à mes côtés trente minutes plus tard, je retrouve assez de confiance en moi pour retourner à la fête comme si de rien n'était. C'est peut-être grâce à leur soutien, ou grâce aux quantités abondantes de vodka qu'on m'a données. Mais quoi qu'il en soit, j'arrive dans cette fête la tête haute. Alors quoi, certains de mes camarades de classe m'ont vue à poil ? Ce n'est rien comparé à la plupart des membres de l'équipe de pom-pom sénior et tout le monde veut encore d'elles, alors...

« Qui est ce beau gosse ? », je demande à Harley quand le gars avec qui elle dansait tout à l'heure remarque que nous approchons. Son visage s'illumine lorsqu'il porte les yeux sur elle et il se précipite immédiatement vers nous.

« Le cousin de Justin, Nathan. Il est à Maddison Prep. Il est mignon, non ? »

« Vraiment mignon. »

Elle s'approche de lui et il se penche pour lui murmurer quelque chose à l'oreille.

« Hé, » dit Justin en s'avançant vers moi. « Tu veux danser ? » Il me sourit et juste comme ça, tout va à nouveau bien.

Je glisse ma main dans la sienne et il me tire contre son corps.

Mon front entre en collision avec le sien, mes bras se lèvent sur ses épaules alors que ses mains glissent le long de mon dos jusqu'à ce qu'il s'agrippe à mes fesses. Je me rappelle momentanément que je ne porte plus de culotte, mais avec la vodka qui coule dans mes veines et la musique qui remplit mes oreilles, je ne trouve pas en moi la force de m'en soucier.

Je lève les yeux vers Justin et il me lance un de ses sourires charmeurs avant de poser ses lèvres sur les miennes. J'hésite une seconde, soudainement consciente qu'il pourrait encore regarder, mais je réalise alors qu'il n'a aucun pouvoir sur moi. Je suis maître de moi-même et je ne lui dois rien.

Il pense qu'il peut se balader en faisant ce qu'il veut, alors je peux aussi.

# CHAPITRE NEUF

Ashton

J'aurais dû quitter la fête après m'être éloigné d'elle, mais à la seconde où je suis sorti, je suis passé dans un nuage d'herbe et je me suis retrouvé à rejoindre les gars qui faisaient tourner un joint.

Je n'ai aucune idée de ce qui est arrivé à Ruby, mais j'ai entendu tout le monde parler de ce qui s'était passé.

Une partie de moi se sentait mal. Seulement une petite partie, cela dit. Parce que j'ai plutôt souri en repensant à elle qui se tenait là avec sa robe autour de la taille comme une petite traînée alors que ses sous-vêtements étaient dans ma poche.

Ma bite gonfle une fois de plus alors que je pense à combien sa culotte était humide quand je l'ai arrachée de son corps.

Elle peut me dire tout ce qu'elle veut en disant qu'elle

ne veut pas de moi, mais son corps raconte une toute autre histoire.

Je prends un taffe quand on me donne le joint avant de le passer à quelqu'un d'autre et de me lever de la chaise longue dans laquelle j'étais assis. Je m'attendais à ce que quelqu'un me demande au moins qui j'étais, mais il semble que personne ne s'en soucie vraiment.

En vidant le reste de ma bouteille, je me dirige vers l'intérieur pour en prendre une nouvelle à emporter avec moi pour le chemin du retour. J'ai accompli ce pour quoi j'étais venu, j'en ai marre d'être entouré de gens maintenant.

« Hé, beau gosse. Je ne t'ai jamais vu à Rosewood avant. » Une main chaude glisse le long de mon dos alors que j'atteins le comptoir de la cuisine.

« Ah ouais, qu'est-ce qui te fait dire ça ? » Je grogne presque en me retournant quand je vois une blonde debout devant moi dans une robe presque plus courte que celle de Ruby.

« Je me souviendrais de ton visage, » ronronne-t-elle, sa main traînant maintenant sur mes abdominaux.

« Pourquoi ça ? », je demande, en rapprochant mes lèvres de son oreille. « Est-ce celui sur lequel tu voudrais t'asseoir ? »

Si elle est choquée par mes paroles crues, alors elle ne le montre pas. Au lieu de cela, elle recule pour me regarder dans les yeux.

« Je suis Krissy, au fait, et je pense que j'ai envie de danser avec toi. »

« C'est vrai ? » Je regarde dans la salle où tout le monde danse encore et je repère un bout de la robe de Ruby, seulement ce n'est pas seulement sa robe parce que cet enculé a ses mains partout sur elle.

« Cela semble être une excellente idée, je te suis. »

Je lui souris car je pourrais peut-être être vraiment intéressé et la laisser me traîner hors de la cuisine et m'emmener là où tout le monde est en train de se peloter.

À la seconde où elle s'arrête, ses mains glissent sur mon torse et toute la longueur de son corps se presse contre le mien. Mais je ne ressens rien, je suis trop occupé à regarder Ruby qui a sa langue dans la bouche de cet enculé.

Un grognement monte dans ma gorge avec mon envie d'aller le retirer d'elle, mais ma nouvelle partenaire de danse semble le prendre d'une manière différente.

« Je pense que toi et moi pourrions très bien nous entendre ce soir, » ronronne-t-elle, ses lèvres à seulement un souffle des miennes.

« Tu ne connais même pas mon nom. »

« Euh, j'imagine que j'ai besoin de savoir quel nom crier. »

Mes yeux se plissent légèrement vers elle. Je pense qu'au moins elle assume le genre de fille qu'elle est.

Un côté de mon visage me brûle et quand je regarde, je vois exactement ce à quoi je m'attendais. Ruby s'est détachée de son petit ami et lance, avec ses yeux, des coups de poignard à la fille dans mes bras.

Un sourire agite mes lèvres à l'idée d'avoir réussi à trouver une fille qui faisait partie de son équipe. J'espère vraiment, vraiment qu'elles sont amies. Cela ne pourrait jouer qu'en ma faveur. J'ai vu la façon dont elle a presque brûlé sur place quand j'ai parlé à la fille dans notre cuisine, et je ne l'avais même pas touchée.

Cette fille, par contre. Krystal ou quel que soit son nom, elle semble plus que disposée à entrer dans mon jeu.

« C'est Ashton, bébé. Et tu peux le crier toute la nuit si tu le souhaites. »

Elle frotte ses hanches contre les miennes. Si elle s'attend à m'exciter, elle est sur le point d'être amèrement déçue. Elle va devoir faire plus que de me tourner autour pour que je m'intéresse un tant soit peu à ce qu'elle a à m'offrir.

La fille qui mitraille sa haine sur nous me regarde maintenant, un regard et elle remue quelque chose en moi qui ne devrait vraiment pas remuer.

« Voilà une proposition qui me tente bien, » murmure-t-elle à mon oreille avant de me lécher le lobe. Je frissonne, mais ce n'est pas pour la raison qu'elle souhaiterait, j'en suis sûr.

Mes mains glissent le long de son dos jusqu'à ce que je m'agrippe à ses fesses, en la pressant plus étroitement contre mon corps alors que nous dansons ensemble.

« Je ne suis pas sûre d'aimer avoir tous ces gens autour de nous. Tu veux aller dans un endroit un peu plus calme, pour qu'on apprenne à se connaître un peu mieux ? », elle gémit presque dans mon oreille.

Mes yeux se lèvent à nouveau sur Ruby et à la seconde où je vois la langue de cet enfoiré se glisser dans sa bouche, je m'éloigne de la blonde, prends sa main dans la mienne et la traîne hors de la pièce, en m'assurant de croiser les yeux de Ruby avant de disparaître avec ma petite amie.

# CHAPITRE DIX

Ruby

« **S**ortons d'ici, » crie Poppy à mon oreille, en m'empêchant de continuer à regarder Ashton tirer Krissy hors de la pièce.

« Je... euh... » Je regarde l'embrasure de la porte vide puis je me tourne vers un Justin qui reste dans l'expectative.

Quelque chose de lourd s'installe au creux de mon estomac. Je n'aurais jamais dû revenir après ce moment passé avec Ash. J'aurais dû juste retourner chez Harley avec la queue entre les jambes.

« O-ouais, d'accord. Est-ce que Harley vient avec nous ? » Je cherche notre amie par-dessus l'épaule de Poppy et je la vois finalement en train de danser avec le même gars.

« Ouais, elle dit juste au revoir à Nathan. »

Cinq minutes plus tard, je monte à l'arrière de la voiture de Zayn, bien que Zayn soit resté introuvable.

« Je ne peux pas croire que mon frère te laisse conduire sa voiture. »

« Il aime quand je m'occupe bien de ses trucs, » dit Poppy en riant tandis que Harley gémit et replie son corps dans le siège comme si elle voulait qu'il l'avale tout entier.

« S'il te plaît, je t'en supplie. Arrête. »

« Alors, parle-nous de Nathan, » dis-je en passant ma tête légèrement embrumée à travers l'espace entre les sièges et en regardant Harley, heureuse qu'elles n'aient pas lancé un interrogatoire me concernant. Je suis bien consciente qu'elles ne m'ont pas encore directement demandé ce qu'Ash m'avait fait tout à l'heure, mais même si j'apprécie cela, je sais que ce n'est qu'une question de temps.

« Il était si gentil, » dit-elle en se pâmant, ses yeux devenant doux et émus. C'est un regard que je n'ai jamais vu sur elle auparavant mais avec le sourire qui s'étire sur ses lèvres, je me rends vite compte que c'est celui que j'aimerais voir davantage.

« Tu as son numéro ? », demande Poppy.

« Oui. Nous allons nous voir demain. »

« Argh ! » Poppy couine. « C'est tellement excitant. »

« Qui l'aurait pensé, Harley Hunter avec un mec qui est dans un lycée privé ? »

« Oh, tais-toi. Il n'est pas comme ça. »

« Est-ce qu'il t'a traînée dans la pièce la plus proche et t'a fait prendre ton pied quelques minutes après l'avoir rencontré ? »

« Eh bien non. Mais il m'a embrassé avant que je parte. »

« Exactement. Il est dans un lycée privé, c'est un vrai gentleman, pas comme les idiots avec qui nous allons à l'école. »

« Tu réalises que ton petit ami est l'un des idiots avec qui nous allons à l'école. »

« Je sais. Zayn n'a rien d'un gentleman, laisse-moi te le dire. » Je repère les sourcils de Poppy qui se tortillent dans le rétroviseur avant que Harley ne commence à la supplier d'arrêter.

« Tu me raconteras plus tard, » dis-je en tapant doucement Poppy sur l'épaule.

« Clairement. Il fait ce truc avec sa langue... » Poppy éclate de rire quand Harley gémit à nouveau. « Je plaisante, je plaisante... enfin... »

« Alors, tu le vois demain ? C'est quoi le plan ? Où allez-vous vous rencontrer ? Tu vas l'embrasser encore ? »

« Je ne sais pas. Il a dit qu'il m'enverrait un message demain matin, mais il reste en ville jusqu'en début de soirée. Bref, assez parlé de moi. Tu vas finir par nous dire ce qui s'est passé avec Ash ce soir et pourquoi il a fini par partir avec cette grande gueule de Krissy ? »

Je gémis en retombant sur mon siège.

« Je n'ai pas encore assez bu pour me remémorer tout ça. Mais je pense que nous savons toutes pourquoi il l'a volontairement traînée hors de la pièce. »

« Tu penses qu'il la laisserait le sucer alors qu'il ne bande manifestement que pour toi ? », demande Harley, en me faisant grimacer.

« Deux choses, » je marmonne en levant deux doigts, mais avec ma vision floue induite par la vodka, on dirait que j'en lève quatre. « Un... il ne bande pas que pour moi. Putain, il me déteste et préfèrerait me jeter à la mer et me regarder me noyer que de mettre sa bite n'importe où près de moi. Et deux... euh... » J'hésite quand j'oublie totalement ce que je voulais dire. « Oh, ouais. Krissy est une pute. »

« Amen, » chante Harley, en soulevant une bouteille de vodka que je ne savais pas qu'elle avait attrapée en sortant. « Ces salopes donnent une mauvaise réputation aux pom-pom. »

Les yeux de Poppy croisent les miens une fois de plus dans le rétroviseur et je lis clairement ses pensées silencieuses, et je ne peux m'empêcher d'être d'accord. Je n'ai pas vraiment agi beaucoup mieux qu'elles au cours des derniers mois.

Nous sortons toutes les trois de la voiture de Zayn et chancelons vers la porte d'entrée. Jada est à la maison, sa voiture est garée dans l'allée et les lumières sont allumées, mais alors que nous titubons dans la cuisine pour prendre des trucs à manger, nous ne voyons aucun signe d'elle. C'est probablement une bonne chose, Poppy est la seule personne sobre de nous trois en ce moment, mais vu comment elle incline dans son gosier la bouteille qu'elle a prise des mains de Harley, alors ça ne va pas durer longtemps.

« Tu ne dois pas retourner chercher Zayn ? », je demande quand elle avale une autre gorgée.

« Nan, il va rentrer à la maison par ses propres moyens. Je lui ai dit que je traînais avec mes copines. Que je devais m'assurer que la petite Rubes allait bien. » Elle passe son bras autour de mon épaule alors que nous commençons à monter les escaliers.

« Je vais bien. Tu n'as pas besoin de t'inquiéter pour moi. »

Nous entrons dans la chambre de Harley, et Poppy et Harley s'effondrent immédiatement sur le lit, où s'éparpillent les sacs de chips et de bonbons que nous avions remontés. Moi, par contre, je vais tout droit vers mon sac et j'en sors une culotte.

Les filles bavardent derrière moi pendant que je l'enfile et la fais remonter le long de mes jambes.

« Rubes, qu'est-il arrivé à celle que tu portais ? »

« Euh... »

« Oh mon Dieu, » hurle Harley. « *Il* l'a, n'est-ce pas ? »

« Je me demande si Krissy a la moindre idée qu'il a la culotte d'une autre fille dans sa poche pendant qu'elle va— »

« Oh, » je crie, n'ayant pas besoin d'entendre les prochains mots de Poppy.

« Tu ne peux pas ne pas nous raconter où est passée... *ta culotte.* » Harley me lance un large sourire en disant cela.

« Si, si, je peux, » je marmonne, en enlevant ma robe et en enfilant un débardeur et un short de nuit.

« Nous n'allons pas mentionner que le soutien-gorge est parti aussi, hein ? » Poppy murmure alors que je reviens et prends la bouteille de sa main, en buvant au moins quatre gorgées d'affilée.

« Non, on n'a pas besoin de parler de tout ça. »

« Il t'a fait jouir, n'est-ce pas ? Tu as au moins tiré quelque chose de cette situation à la con ? »

« Non, Harley, il ne m'a pas fait jouir, » je dis sèchement. « C'est un sadomasochiste qui semble s'amuser à me torturer et à filer ensuite. »

« Mais la dernière fois qu'il... »

« La dernière fois, je me suis évanouie et je n'ai aucune idée de comment ça s'est terminé. » Ses mots quand il m'expliquait avoir des images de cette nuit résonnent dans mes oreilles comme s'il était en train de les prononcer.

« Quoi ? Qu'est-ce que c'est que ce regard ? »

« Rien d'autre que l'expression de combien je le déteste, putain. Krissy est plus que la bienvenue pour le prendre. »

Je m'effondre sur le lit, j'ouvre un paquet de chips et j'en mets une poignée dans ma bouche dans l'espoir qu'elles arrêtent de me poser des questions auxquelles je ne veux pas répondre.

---

« Est-ce que j'ai l'air assez sexy ? », demande Harley, en tournant devant le miroir et en regardant sa tenue de choix prête pour son rendez-vous avec Nathan à la plage.

« Harley, » je soupire. « Tu as toujours l'air sexy. »

« Argh... je ne sais pas. Est-ce que j'en dévoile assez, trop ? Je ne veux pas qu'il pense que je suis une salope de pom-pom. »

« Alors évite de le traîner dans le coin sombre le plus proche et de lui proposer de le sucer. » Je ne veux pas que les mots sortent sur un ton si amer, et je déteste qu'ils révèlent mes vrais sentiments à propos de ce qui s'est passé la nuit dernière.

Harley lève un sourcil vers moi alors que Poppy se glisse dans la pièce. Elle était là quand je suis tombée dans mon coma provoqué par la vodka la nuit dernière, mais je suppose qu'elle s'est échappée pour rejoindre Zayn pendant la nuit.

« Eh, que se passe-t-il ? », demande-t-elle, en nous

regardant tour à tour et en se demandant clairement d'où vient la soudaine tension.

« J'essaie juste de convaincre Harley qu'elle est sexy et que ce mec va kiffer sa tenue. »

« Tu es sexy. Il va adorer. Maintenant, vas-y, ou il n'en aura pas l'occasion parce qu'il pensera que tu lui as posé un lapin. »

« Ça va aller ? » Elle me lance un regard.

« Oui, Maman. Ça ira. J'ai une tonne de devoirs à faire, alors je prévois de me cacher dans ma chambre jusqu'à l'entraînement de demain matin. »

Elle lève les yeux au ciel alors qu'elle enfile ses baskets et attrape son sac à main.

« Appelle-moi plus tard, je veux tout savoir. »

« OK. À plus. »

Elle nous fait un signe avant de disparaître de la pièce et de descendre les escaliers.

« Elle est tellement nerveuse. C'est mignon. »

« Ça l'est. Argh, » je gémis en me laissant tomber sur le lit de Harley.

« Qu'est-ce qui ne va pas ? »

« Je veux un gentil garçon qui veut sortir avec moi et m'emmener à la plage. »

« Tu veux connaître un secret ? », demande Poppy, en glissant ses jambes sous les couvertures et en s'installant à côté de moi.

« Bien sûr. Tu peux me raconter tous tes sales petits secrets maintenant qu'Harley est partie. »

« T'as compris, » dit-elle en riant. « Première chose que tu dois savoir... » Elle fait une pause, j'imagine pour créer du suspens. « Les bad boys sont toujours meilleurs au lit. »

Je ne peux pas m'empêcher d'étouffer un rire devant le sérieux de son ton.

« Parce que tu t'es tapée tous les mecs gentils pour faire la comparaison. »

« Pas besoin. C'est factuel. »

Je ris et ça me fait du bien de lâcher prise avec mon amie.

« Qu'est-ce que je vais faire, bon sang, Pops ? »

Elle s'immobilise un instant avant de se tourner vers moi. « Est-ce qu'il est une vraie menace, tu sais, comme... » Elle s'interrompt, ne voulant pas dire le nom de l'enfoiré qui l'a secrètement torturée pendant des années sans qu'aucun d'entre nous n'ait une idée de la gravité de la situation.

« Non, ce n'est pas comme ça. Il veut juste me tourmenter. Il pense que tout cela est de ma faute ou un truc du genre. Je veux dire, vraiment, ce n'est pas moi qui ai forcé Stephen à quitter sa mère et à rejoindre la mienne, et je n'ai certainement rien à voir avec son accident de voiture. »

« Je sais, mais essaie de te mettre à sa place. Tu es la cible facile. Il agit peut-être comme un connard avec vos parents, mais il ne peut pas vraiment leur faire grand-chose. En plus, tu es sexy, n'importe quel ado au sang chaud voudrait te goûter si on lui en donnait l'occasion. »

« Il ne veut pas de moi, Pops. Il veut juste me torturer. »

« De la manière la plus délicieuse. »

« Ce ne sont pas comme des préliminaires chelous qui vont mener à une nuit de sexe torride, Pops. »

« Ah bon ? », demande-t-elle, sur un ton mortellement sérieux.

« Non. Je ne coucherai pas avec lui. C'est un con et il ne mérite rien venant de moi, surtout pas ma virginité. »

« Alors pourquoi l'avoir gardée si longtemps ? La majeure partie de l'équipe de foot t'a tourné autour pendant des mois, tu aurais pu la perdre avec n'importe lequel d'entre eux, mais tu ne l'as pas fait. Tu attends quelqu'un, Ruby, et je pense qu'au fond c'est lui. »

« Tu sais ce que je pense ? »

« Balance. »

« Je pense que Zayn t'a donné un orgasme de trop et que tu as perdu la tête. »

« Tu sais quoi ? Si c'est vrai, alors je m'en fiche. »

Je ris avec elle. « Je suis tellement contente pour toi, Pops, » j'admets après quelques minutes.

« Les miracles peuvent se produire, n'est-ce pas ? »

« Pour certaines personnes, bien sûr. Pour le moment, je dois juste me concentrer sur le cheerleading, sur les championnats et sur la façon de survivre à Ash. »

« Fais ce que tu dois faire, mais promets-moi quelque chose. »

« Quoi ? »

« Assure-toi de vraiment le faire ramer pour ça. »

« Pops, j'ai déjà dit que je ne— »

« Tu veux aller à Aces ? Pour voir si on peut espionner l'heureux couple, » m'interrompt-elle.

« Oui, » je siffle avec enthousiasme. « Laisse-moi prendre une douche et allons-y. Mais ensuite, je dois vraiment rentrer à la maison, » dis-je tristement.

« Tu peux le faire, Rubes. Tu es plus forte que tu ne le penses. »

Nous passons le reste de la matinée à traîner à Aces. Je m'attendais à moitié à ce que l'équipe de foot arrive à un moment donné mais ils ne sont jamais venus, et à part quelques autres de l'école à une autre table, nous sommes restées seules pour papoter ou devrais-je dire pour principalement parler de Zayn. Après le départ de Harley, Poppy a pu parler un peu plus librement de sa nouvelle relation.

Les deux sont si mignons que c'en est écœurant, mais je suis incroyablement heureuse pour eux. L'entendre parler de l'avenir comme si elle en avait réellement un devant elle est génial.

Mais à mesure que le temps passe, mon anxiété de devoir rentrer à la maison grandit de plus en plus et au moment où je dépose Poppy chez les Hunter, la boule de terreur qui remplit mon estomac est la seule chose à laquelle je peux penser.

Quand je me gare devant chez moi, je vois la voiture de Maman dans l'allée mais celle de Stephen n'est pas là, m'indiquant qu'ils ne sont pas encore de retour, et à côté se trouve la moto d'Ashton.

« Putain, » je souffle. Tout espoir que j'avais qu'il ne soit pas là est brisé.

En rassemblant autant de courage que possible, je sors mes sacs du coffre et garde la tête haute en ouvrant la porte et en entrant. C'est ma maison. Je refuse que sa présence me gâche tout.

Je ne fais que quatre pas maximum quand il sort de la cuisine, une canette de soda à la main et juste un pantalon de jogging taille basse sur son corps incroyablement musclé.

Je lève les yeux au ciel.

Pourquoi n'aurait-il pas pu au moins être moche ?

Il sursaute en me voyant, visiblement il n'a pas entendu que j'arrivais. Cela me prend quelques secondes, mais je me rends vite compte qu'il a des AirPod dans les oreilles.

Ses yeux quittent les miens pour se déplacer sur mon corps et un côté de ses lèvres se retrousse en un sourire narquois alors qu'il me regarde comme si j'étais aussi nue que je l'étais devant lui la nuit dernière.

La tension crépite entre nous alors que je veux que mon corps bouge mais je suis figée sous son regard.

Mon cœur bat et ma poitrine se soulève. Je déteste qu'il puisse lire chacune de mes réactions à son égard. Je dois être meilleure pour masquer tout ça.

En réduisant l'espace entre nous, j'ai l'impression qu'il aspire tout l'air du petit espace. Au moment où il est juste devant moi, son parfum frais et viril remplissant mon nez, je cesse totalement de respirer.

Son regard soutient le mien un instant avant de tomber sur mes lèvres. Sa langue se faufile hors de sa bouche et lèche sa lèvre inférieure, mais juste au moment où je pense qu'il va faire quelque chose, il tourne les talons et monte les escaliers sans dire un putain de mot.

À la seconde où il est hors de vue, j'inspire un bon coup et je laisse tomber mes sacs par terre.

En me dirigeant vers la cuisine, je prends suffisamment de boissons et de collations pour ne pas avoir à quitter ma chambre pour le reste de l'après-midi puis je monte dans ma chambre.

Alors que je passe devant sa porte, le premier éclat de sa musique remplit la maison. *Tu as décidé de ne plus utiliser tes AirPod maintenant ? Évidemment.*

Je claque ma porte avec autant de force que possible. Cela secoue la maison mais avec le volume de sa musique, je doute qu'il ait même réalisé que je l'avais fait.

Putain de trou du cul.

La musique continue tout l'après-midi et peu importe

à quel point je monte le son de la mienne, la rythmique désagréable de son rap de merde l'emporte toujours.

J'essaie de faire mes devoirs mais toutes les quelques minutes, mon esprit vagabonde. Je repense à la nuit précédente, à notre échange bref mais intense de tout à l'heure, mais surtout je me demande ce qu'il est en train de faire de l'autre côté du mur.

Il ne connaît personne ici, à part Krissy, il n'a ni devoirs ni rien à faire. Que fait-il ?

Mon envie de savoir m'a, plus d'une fois, presque poussée à me lever de mon lit et à me diriger vers sa porte pour le découvrir, mais je sais que ce serait stupide de ma part de me replonger dans la fosse aux lions.

J'ai juste besoin de garder la tête froide, de rester à l'écart et d'espérer qu'il trouvera quelque chose d'autre pour se distraire. Une fois de plus, l'image que je me suis figurée de Krissy à genoux devant lui me vient à l'esprit et je la refoule. Rien de bon ne peut venir de cette image d'eux ensemble. Je ne sais même pas pourquoi j'y pense. Ce n'est pas comme si je m'en souciais vraiment.

Le soleil est sur le point de se coucher quand la porte de ma chambre s'ouvre à la volée. En m'arrachant les yeux du rapport sur lequel je travaillais—sur lequel j'avais fini par réussir à me concentrer—je m'attends à le trouver là en ayant trouvé une nouvelle façon de me torturer, mais à la place, lorsque mes yeux se posent sur la porte, je trouve ma mère debout avec les bras croisés sur la poitrine et le visage rouge comme si elle était sur le point d'exploser.

« Maman ? »

« Tu as des explications à me donner, jeune fille, » dit-elle sèchement, ses yeux se plissant dans ma direction.

Je baisse ma musique et j'ai l'impression que le volume de celle d'Ashton devient aussi plus bas.

« Je suis désolée, je ne suis pas sûre— »

« Tu as passé une bonne nuit hier soir, n'est-ce pas ? »

« Euh... ouais, peut-être. Pourquoi ? », je demande, en me creusant la tête pour savoir ce que j'ai fait pour l'énerver au point que je peux voir une veine palpiter sur sa tempe. Je suis presque sûre de n'avoir jamais vu ça auparavant.

« Comme si tu ne le savais pas, » dit-elle avec un rire dépité.

« Euh... Non, vraiment pas. »

« Tu peux venir et m'expliquer cela alors. » Elle disparaît de ma vue avant que j'aie une chance de lui demander ce qui se passe.

En sortant de mon lit, je la suis dans le couloir, mes sourcils se pinçant quand je la trouve debout devant la porte de sa chambre à l'autre bout de la maison avec ses mains sur les hanches.

« Maman, qu'est-ce que... oh, » je dis dans un souffle, en regardant la vue devant moi.

« Tu as eu des rapports sexuels dans notre lit, » hurle Maman comme si elle était possédée.

« Quoi ? Non, non, bien sûr que non. »

« Eh bien, ce n'est pas à ça que ça ressemble. »

Mes yeux regardent la scène devant moi, et je ne peux pas nier qu'on dirait vraiment que j'ai eu des relations sexuelles ici. Les draps sont en désordre et à moitié sur le sol, il y a des emballages de préservatifs vides et—beurk—même un préservatif sur le sol. Au milieu du lit se trouve mes sous-vêtements d'hier soir.

« Non, non, non. Je n'ai même pas dormi ici la nuit dernière. Je suis partie à la première heure hier matin et— »

« Je ne veux pas entendre tes justifications. J'attendais

plus de toi, Ruby. Je pensais que tu avais du respect pour nous. » La déception est claire dans ses mots et malgré le fait de savoir que je ne l'ai pas fait, les larmes me brûlent les yeux. Je déteste la décevoir, même quand je n'ai rien fait.

« Maman, je ne l'ai pas fait. Jésus, je suis vierge pour l'amour de Dieu. » Je ne sais pas si elle m'entend alors qu'elle dévale les escaliers, mais je ne pense pas que cela ait vraiment d'importance. Elle m'a déjà cataloguée comme coupable.

Un picotement lié à ma prise de conscience me parcourt le dos, quand je me dis que si Maman n'a peut-être pas entendu mes derniers mots, ils n'ont peut-être pas échappé à tout le monde.

« Vierge, hein ? »

Sa voix grave gronde à travers moi et mes dents grincent alors que j'essaie de m'empêcher de voler vers lui et de lui arracher les yeux.

« Tu penses que c'est d-drôle ? », je crie en me tournant pour le regarder. Je veux paraître forte mais à la seconde où mes yeux se posent sur la surface de sa peau nue et tonique, une fois de plus, mes mots vacillent.

*Putain de merde, Ruby, ressaisis-toi. Tu vaux mieux que ce connard.*

Un sourire méchant s'étire sur ses lèvres. « Ouais, en fait. C'est assez drôle, d'autant plus que maintenant je connais la vérité. Suis-je le seul à avoir été entre tes jambes, petite ? » Son front se soulève tandis que son sourire narquois s'agrandit.

« Je ne veux pas avoir cette conversation avec toi. »

« Non ? Tu es trop occupée à ranger ton désordre. »

« Ce n'est pas mon désordre, » je bouillonne.

« Drôle, parce que cela ressemble à tes sous-vêtements sur leur lit. »

« Ouais, que tu m'as volés. »

« Que je t'ai arrachés, » me corrige-t-il en s'écartant du cadre de la porte et en se dirigeant vers moi. « Que je t'ai arrachés quand tu me suppliais de te toucher. »

Je ne bouge pas, en refusant de me laisser intimider par ce connard. Au lieu de cela, tout ce que je fais, c'est lever le menton pour garder un contact visuel avec lui alors qu'il envahit mon espace avec son corps qui me surplombe.

« Je n'ai rien demandé, » je crache.

« Hmm... j'imaginais peut-être cette partie. Je sais, malgré tout, que tu étais trempée pour moi, petite. Juste un contact de ma part, et tu étais comme de la pâte à modeler dans mes mains. »

« J'étais ivre, » dis-je.

« Es-tu ivre maintenant ? » Sa main s'enroule autour de ma gorge et mon dos entre en collision avec le cadre de la porte de nos parents.

« Non, et tout ce que je veux que tu fasses, c'est de me laisser tranquille. »

« Es-tu sûre de cela ? »

« Carrément, ouais. » Mes yeux se plissent vers lui mais tout ce qu'il fait c'est rire.

« Tu mens très mal, Ruby. »

« Putain, je te déteste, » je bouillonne.

« Ça ne t'empêche pas de me vouloir, n'est-ce pas ? » Il recule un peu. « Maintenant, range ton désordre. Ça te fait passer pour une pute. »

« Dit celui qui avait Krissy entre ses jambes la nuit dernière, » je marmonne, mais lorsque ses yeux s'illuminent de plaisir et que son sourire s'élargit, je sais que j'ai fait une erreur.

Il attrape sa bite et ses couilles à pleine main en continuant à reculer jusqu'à sa chambre.

« Ouais, et elle a putain adoré ça. »

Il fait un signe du menton dans ma direction avant de disparaître dans sa chambre, de claquer la porte et de relancer sa musique.

« Tu es un putain de connard, Ashton Fury. »

## CHAPITRE ONZE

Ruby

Une fois que j'ai rangé la chambre de Maman et Stephen et que j'ai changé les draps—malgré le fait que ce soit totalement inutile—je m'enferme dans ma chambre et je ne ressors plus.

Maman doit être vraiment énervée parce qu'elle ne vient même pas me proposer de dîner, même si je peux sentir l'odeur qui émane de la cuisine. Je ne sais pas si Ashton descend manger et je me répète encore et encore que je m'en fiche.

Je fais tous mes devoirs puis je discute deux heures en vidéo avec Harley qui me dit à quel point son rendez-vous avec Nathan était incroyable et je m'abstiens de lui dire tout ce qui s'est passé au cours des dernières heures. Je ne veux pas y penser, encore moins en parler. Je veux juste me concentrer sur l'école, le cheerleading et oublier que tout le reste existe en ce moment. Il retournera à

Seattle dans quelques jours et ça me donnera un petit répit. Avec un peu de chance, ce sera le temps dont il aura besoin pour se remettre d'aplomb et revenir prêt à commencer le lycée, et plus encore, à me laisser tranquille. Il faut que sa vie arrête de tourner autour de moi et de l'idée de me tourmenter. Même si je déteste l'idée qu'il arrive à Rosewood High et qu'il essaie potentiellement d'intégrer l'équipe de foot, je me dis que ça devrait le distraire.

Je suis prête à partir à l'aube lundi matin, mon besoin de m'éloigner de lui et de sortir de la maison font que je saute presque hors du lit lorsque mon réveil sonne.

Je me mets à fond dans l'entraînement et les cours, en oubliant le fait que je vais devoir affronter la tempête à un moment donné. Maman ne peut pas vraiment m'éviter pour toujours.

Sa voiture est déjà là lorsque je me gare après notre entraînement de l'après-midi, ce qui n'arrive pas très souvent.

« Salut, » dis-je, un peu maladroitement alors que j'entre dans la cuisine.

« Tu as passé une bonne journée ? », demande-t-elle comme d'habitude, mais il y a une dureté dans son ton qui n'est ordinairement pas là. Une grande partie de moi veut plaider mon innocence, mais cela risquerait de me conduire à expliquer pourquoi Ashton avait mes sous-vêtements avec lui et je ne le fais pas. Moins j'en dirai, moins Maman et Stephen mettront leur nez dans ma relation avec Ash et mieux ce sera.

« Oui, ça a été. Tu as fini le travail plus tôt ? », je demande en prenant un soda dans le réfrigérateur.

« En fait, j'ai pris une semaine de congé pour les funérailles. »

« Ah, je comprends, » je marmonne. « Quand pars-tu ? »

« Notre vol est à six heures demain matin. Cela ne devrait pas être un problème pour toi car tu as l'habitude de te lever tôt, mais pour nous ça va être dur. »

« M-moi ? » Je bégaie, n'aimant la tournure que ça prend.

« Oui. Tu viens aussi à Seattle. »

« Je-je ne peux pas. J'ai le cheerleading. Les championnats ont lieu le week-end d'après. Je ne peux pas manquer l'entraînement. »

«  Il n'y a pas à discuter, Ruby. Nous partons en famille soutenir Ashton. J'ai déjà informé l'école que tu seras absente le reste de la semaine. »

« Mais— »

« Sa mère est morte, Ruby. Je m'attendais à mieux de ta part. »

Mes lèvres s'écartent pour argumenter, mais que puis-je dire à cela. Elle a raison. Peu importe ce que je ressens pour mon demi-frère. Il vient de perdre sa mère et il mérite le soutien de sa famille.

En poussant un soupir, je me retourne et sors de la cuisine. « Je sors. »

« Je vais préparer le dîner et tu pourras le réchauffer à ton retour. »

« Merci, Maman. »

Je ne prends même pas la peine de monter mes sacs dans ma chambre, au lieu de cela, je les remets dans ma voiture et me laisse tomber sur le siège conducteur.

En reposant ma tête en arrière, je ferme les yeux et expire un long souffle pour me calmer.

Je ne veux pas manquer un entraînement alors qu'on est si proche des championnats. Je ne veux pas aller à

Seattle, et je ne veux certainement pas passer plus de temps avec Ashton que nécessaire, mais il semble que je n'aie guère le choix.

J'ouvre les yeux avec l'intention de démarrer ma voiture et de partir d'ici, mais à la seconde où je les ouvre, ils trouvent les siens derrière la fenêtre où je me tenais le jour de son arrivée.

Jésus, c'était seulement il y a quelques jours ? J'ai l'impression qu'il est là à me terroriser depuis toujours.

En arrachant mes yeux de son regard troublant, je mets ma voiture en marche arrière et je quitte rapidement la maison.

Je n'ai pas vraiment de destination en tête. Je pourrais aller chez Harley, mais je n'ai pas vraiment envie de parler, je veux juste le silence. Quelque chose que je ne connais plus depuis son arrivée.

Au final, je m'arrête sur le parking à côté d'Aces et me dirige vers la plage.

Le soleil commence à se coucher et le fond de l'air est frais, mais je prends un sweat à capuche oversize à l'arrière de ma voiture et l'enroule autour de moi avant de trouver un endroit isolé sur le sable sec, de m'asseoir et de tirer mes genoux jusqu'à ma poitrine.

Je suis assise là pendant une éternité, profitant de la paix et de la tranquillité, perdue dans mes pensées à regarder les vagues s'écraser sur la plage.

« Hé, » dit une voix familière, en faisant se détourner mes yeux de l'océan.

En levant les yeux, je vois Stella qui me regarde.

« Ça te dérange si je me joins à toi ? »

Une partie de moi veut dire que ça me dérange, que je suis venue ici pour être seule, mais il y a quelque chose dans son expression triste qui me fait lui dire le contraire.

« Non, je t'en prie, même si je dois t'avertir que je ne suis pas de super bonne compagnie en ce moment. »

« Moi non plus, » dit-elle en se laissant tomber à côté de moi.

« Tu veux en parler ? », je propose, en pensant qu'écouter les psychodrames de quelqu'un d'autre pourrait bien être ce dont j'ai besoin en ce moment.

« Oui et non. Je ne sais pas, » soupire-t-elle. « Je pense que nous allons peut-être encore déménager. »

« Encore ? Tu es arrivée seulement depuis— »

« Deux mois, je sais. J'en ai tellement marre de déménager, » gémit-elle en laissant tomber sa tête dans ses mains.

« Où déménages-tu cette fois ? »

« Je ne sais pas, je me suis barrée à la seconde où mon père en a parlé. Je veux juste rester à un endroit stable et obtenir mon diplôme, tu comprends ? »

Je hoche la tête, même si, vraiment, je n'ai aucune idée de ce qu'elle ressent. Le plus loin que j'ai déménagé, ça a été à trois pâtés de maisons lorsque Maman et moi avons déménagé de la maison que nous partagions avec Papa pour celle où nous vivons maintenant avec Stephen.

« Et toi ? Tu veux en parler ? »

« C'est juste des trucs de famille. Je dois aller à Seattle pour un enterrement demain matin. »

« Mais l'entraînement... »

« Ouais, exactement. Je ne pensais pas vraiment que je devrais y aller, mais je ne peux pas vraiment refuser. Je suis juste égoïste et capricieuse. »

« Combien de temps vas-tu partir ? »

Je hausse les épaules, en réalisant que j'aurais probablement dû poser cette question. « Les funérailles sont vendredi donc toute la semaine je suppose, je ne sais pas. »

« Ça ira. Tu maîtrises. Tu déchires les routines à chaque fois. »

« J'ai envie d'être là malgré tout. »

« Je sais, mais tu reviendras à temps. Ne t'en fais pas. »

« Je suis sûre que tu as raison. »

Nous restons assises là encore un peu avant que le froid ne commence à prendre le dessus sur moi.

« Tu as faim ? »

« Euh, ouais, en fait. »

« Aces ? »

« Burger et frites ? C'est parfait. »

---

Avant que je ne m'en rende compte, mon réveil sonne encore plus tôt que d'habitude, mais contrairement à tous les autres jours, il y a du mouvement dans la maison alors que tout le monde se lève pour notre vol.

Je n'ai vu personne quand je suis arrivée hier soir, mais j'ai découvert que Maman m'avait laissé les informations sur le vol, donc au moins je sais pour combien de jours je fais mes bagages.

« Ruby, es-tu prête à partir ? » Maman appelle pendant que je ferme ma valise.

« Oui, j'arrive tout de suite. »

J'attends la toute dernière minute pour sortir de la sécurité de ma chambre.

Maman et Stephen m'attendent avec des expressions tendues sur le visage, mais Ashton est introuvable. J'aurais juré l'avoir entendu bouger ce matin.

« Où est Ash ? », je demande en les regardant tour à tour.

« Dans la voiture. Es-tu prête ? », demande Maman.

« O-ouais. »

« Super. Donne ta valise à Stephen et monte dans la voiture. »

« E-est-ce que tout va bien ? », je demande, mal à l'aise à cause de la tension qui crépite autour d'eux.

« Oui, je suis sûre que tout ira bien. »

« OK, » je marmonne, en leur tournant le dos et en faisant ce qu'on me dit.

Ashton est à l'arrière de la voiture quand j'ouvre la porte, mais il ne bronche pas quand je monte de l'autre côté, ni même ne regarde dans ma direction ou ne me salue. La seule chose que j'obtiens, ce sont des émanations d'herbe éventée. Je suppose que cela répond à ma question sur ce qu'il ressent à propos de tout cela.

En quelques secondes seulement, Stephen a mis ma valise dans le coffre et Maman a verrouillé la maison.

L'atmosphère dans la voiture est horrible alors que Stephen recule sur l'allée. J'ouvre un peu ma fenêtre malgré le froid qu'il fait dehors parce que j'ai besoin d'air frais.

Le trajet jusqu'à l'aéroport ne dure que quarante-cinq minutes environ, mais avec la tension qui pèse ici, c'est une éternité plus tard que nous nous arrêtons enfin sur le parking.

Je n'avais aucune idée que quelque chose n'allait pas jusqu'à ce que nous arrivions devant la file d'enregistrement.

« Il va y avoir un gros retard sur votre vol vers Tacoma, avez-vous regardé les informations ? »

« Oui, » disent simultanément Maman et Stephen.

« Les nouvelles, que se passe-t-il ? »

« Il y a eu des menaces d'attaque terroriste. »

Mes yeux sortent presque de leur orbite. « À Tacoma ? »

« Oui. »

« Et on y va toujours ? »

« Ce sont les funérailles de Leanora, Ruby. Nous devons y aller. »

« Ce n'est pas avant vendredi. Il y a sûrement d'autres vols, d'autres aéroports, non ? »

« C'étaient les seuls sièges que j'ai réussi à avoir. »

« Jésus, » je murmure en moi-même. Ce voyage pourrait-il vraiment être pire ?

« À combien de temps estime-t-on le retard ? » Maman demande à la dame derrière le guichet.

« Pour l'instant, nous n'en avons aucune idée. Cela pourrait tout aussi bien être quelques minutes ou quelques heures. »

« Eh bien, croisons les doigts pour que ce soit quelques minutes. »

Je veux protester, mais un peu comme quand j'ai découvert que je faisais partie de ce voyage, je ne peux pas.

Nous nous enregistrons puis Ashton—qui est resté silencieux pendant tout ce temps—et moi suivons nos parents alors que nous passons les contrôles de sécurité et allons chercher un endroit pour prendre le petit-déjeuner.

Je garde un œil sur les actualités sur mon téléphone, mais rien de neuf, ils disent juste qu'il y a une alerte à la bombe mais à aucun moment le statut de notre vol ne change.

« Combien de temps allons-nous vraiment rester assis ici à attendre ? », je demande finalement presque trois heures plus tard et une heure et demie après le décollage prévu de notre vol.

« Aussi longtemps qu'il le faudra. Nous devons nous rendre à Seattle, » dit Stephen.

« J'ai bien compris, mais il doit y avoir un autre moyen. Ne pouvons-nous être transférés sur un autre vol ou un truc du genre ? C'est dingue. »

« Patiente encore un peu, ma chérie. Je suis sûre que tout va bientôt s'arranger. »

Je lève les yeux au ciel devant l'optimisme de Maman et me commande un autre café, bien que je ne sois pas sûre que ceux-là soient assez forts vu mon besoin du moment.

---

« C'est chiant, putain. » Ce sont les premiers mots qu'Ashton a prononcés de toute la matinée, à part quand il a commandé de la nourriture et des boissons. Je commençais à penser qu'il avait fait vœu de silence ou quelque chose du genre.

« Je ne pourrais pas être plus d'accord, » je marmonne, à la grande horreur de ma mère.

« Si vous voulez vous asseoir ici et perdre votre temps, alors je vous en prie, mais pour moi c'est fini. »

« Ashton, tu ne peux pas partir. Les funérailles, » dit Stephen paniqué.

« On va les manquer si nous restons assis ici à perdre du temps. »

Je m'abstiens de souligner que c'est dans quelques jours, je ne suis pas sûre qu'il apprécierait ma remarque là tout de suite.

Il se lève avant de croiser les yeux de Stephen.

« Les clés de voiture, » demande-t-il en tendant la main.

« Fiston, qu'est-ce que tu— »

« Puis-je avoir tes clés de voiture ? »

« Qu— »

« Je vais y aller en voiture, d'accord ? J'y arriverai plus vite que vous tous à ce rythme. »

« T-tu ne peux pas conduire jusque là-bas tout seul. C'est fou, » fait remarquer maman.

« Pourquoi ? J'ai conduit jusqu'ici tout seul. J'en suis plus que capable. »

« Je sais, mais tu ne devrais pas avoir à le faire. »

« Tu te portes volontaire pour venir avec moi ? », demande Ashton, mais exactement comme je suis sûre qu'il s'y attendait, les lèvres de Maman se referment. « Non, je ne voulais pas dire ça. »

« Assieds-toi, Ash. Tu dis n'importe quoi. »

« Non, j'y vais. Je ne peux pas rester assis ici. »

« Tu ne peux pas y aller seul. »

« Très bien, je vais prendre Ruby avec moi. »

« Euh... q-quoi ? » J'ai failli asperger la table avec ma gorgée de café.

« Tu viens avec moi. »

« Euh... je ne pense vraiment p— »

« Ce n'était pas une question, » me prévient-il, sa voix suffisamment basse et calme pour que nos parents ne puissent pas entendre à cause des bruits de l'aéroport. « Tu viens avec moi. »

Je regarde Stephen et Maman, mais ils scrutent Ashton comme s'il avait perdu la tête, et je suis complètement en phase avec ça.

« Les clés, » exige-t-il une fois de plus à Stephen et cette fois, il les lui remet à contrecœur.

« Super, » dit-il en me prenant la main. « Allons-y et profitez-bien de votre longue attente. »

J'ai juste le temps d'attraper mon gobelet de café alors qu'il me tire de ma chaise et me tire vers la sortie de l'aéroport.

« Ash, qu'est-ce que tu fous ? C'est complètement dingue, » je crie derrière lui.

Il s'arrête brusquement et se tourne vers moi. Ses yeux sont froids et durs comme d'habitude, mais il y a aussi quelque chose d'autre en eux, quelque chose que je n'ai jamais vu auparavant.

Il inspire et regarde au loin pendant un instant, mais tout ce qu'il voit le pousse clairement à dire ce qu'il pense parce que ses yeux reviennent vers les miens et son expression s'adoucit.

« J'ai été une déception pour elle toute sa vie, je ne peux pas tout foutre en l'air et rater ma dernière chance de lui dire au revoir. »

# CHAPITRE DOUZE

Ashton

J e regarde sa colère disparaître alors que les mots sortent de ma bouche, et bien que je sois heureux de l'avoir embarquée—si je puis dire—je les regrette aussi instantanément.

Je ne veux pas qu'elle me comprenne, qu'elle voie le niveau de douleur que cela me cause, mais je ne pouvais pas rester assis là à regarder les visages optimistes de nos parents. Je ne pouvais pas accepter le fait que je mettais mes chances d'assister aux funérailles de ma mère entre les mains du personnel de l'aéroport et d'éventuels terroristes à l'autre bout du trajet.

Il ne fait aucun doute que j'y serai vendredi. Je vais m'en assurer.

En serrant les clés de Papa dans ma main si fort qu'elles mordent dans ma peau, je prends à nouveau la main de Ruby et recommence à la traîner hors de l'aéroport, en supposant qu'elle est maintenant pleinement partante pour me suivre.

Est-ce que j'ai envie de conduire jusqu'à Seattle avec elle à mes côtés ? Non, pas vraiment. Mais si nous voulons y arriver, alors j'ai besoin que quelqu'un d'autre puisse prendre un peu le volant. Et même si elle me rend fou, c'est un moindre mal parce qu'il n'y a aucun moyen que je passe autant d'heures avec mon père ou Lisa.

Au moins Ruby est cohérente. Elle sait ce que je ressens envers elle et elle n'a pas peur d'assumer son mépris envers moi.

Nous n'avons pas besoin de parler, nous n'avons même pas besoin de nous regarder. Nous avons juste besoin de coexister pendant quelques heures sans nous entretuer. Je suis sûr que c'est tout à fait faisable.

Trente minutes plus tard, nous avons tous les deux un café et un sac plein de provisions et nous remontons dans la voiture de Papa, à l'avant cette fois.

Je regarde le tableau de bord. Clairement, je n'ai jamais conduit quoi que ce soit d'aussi luxueux auparavant.

« S'il te plaît, dis-moi que tu sais conduire une voiture. »

« Oui, » je siffle à travers mes dents serrées. « Ouais, j'ai même un permis. »

« Bizarrement, ce n'est pas aussi rassurant que je l'espérais. »

Je me tourne pour la regarder mais je souhaite immédiatement ne pas l'avoir fait. Ses cheveux sont attachés en chignon désordonné avec des mèches tombant autour de son visage clair. Elle est totalement démaquillée, et sa peau pâle est impeccable et elle a quelques taches de rousseur sur le nez. Ses yeux sont plus verts sans maquillage et si c'est possible, ses lèvres plus pulpeuses.

« Quoi ? » dit-elle sèchement, en me tirant de ma transe.

« R-rien. »

« Ash, » soupire-t-elle. « Je n'ai pas envie d'être ici, alors si tu veux jouer au con tout le temps, dis-le-moi maintenant et je rentrerai à la maison par mes propres moyens. » Son front se plisse en signe de défi et il y a quelque chose qui s'enflamme en moi.

Je mords ma lèvre inférieure dans l'espoir de le camoufler, ou du moins de ne pas lui laisser le voir.

« Tu ne vas nulle part, petite. »

Elle s'assoit en soupirant et croise les bras sur sa poitrine. « Je m'y attendais. On fait ce truc, alors ? »

« Clairement. Tiens bon, petite. Tu es partie pour une folle aventure. »

Elle lève les yeux au ciel pendant que je démarre la voiture mais elle ne dit rien d'autre.

C'est probablement une bonne chose parce que l'idée de la mettre sur le siège arrière de cette voiture pour la faire taire pourrait être le moyen dont j'ai besoin pour me distraire de la réalité.

Avec le GPS réglé sur mon ancien domicile, je sors du parking avant de prendre l'autoroute.

Elle sirote silencieusement son café à côté de moi pendant que mon portable synchronisé parcourt ma liste de lecture préférée. Une liste de lecture que je pense qu'elle déteste, étant donné qu'elle me dit de baisser le son à chaque fois que je la mets.

Je souris intérieurement en pensant à elle en train de se tenir dans l'embrasure de ma porte avec ses mains sur ses hanches.

« Il y a quelque chose de drôle ? », me demande-t-elle, en me faisant réaliser qu'elle est plus consciente de ma présence à côté d'elle que je ne le croyais.

« Ouais, toi. »

« Et moi qui pensais que tu ne pouvais pas me voir. »

« Oh, je ne peux pas. » Elle sursaute à cause de mes mots durs et cela ne fait que me faire sourire encore plus. « Cela ne veut pas dire que je ne peux pas me moquer de toi, cela dit. »

« Ouais, je parie que t'étais mort de rire pendant que je ramassais des préservatifs sur le sol de la chambre de nos parents. »

« Ouais, je ne sais jamais vraiment comment me débarrasser de ces trucs... »

« Berk, tu es tellement dégueulasse, » se plaint-elle. « J'ai utilisé des gants juste au cas où, mais s'il te plaît, dis-moi que tu ne les avais pas... tu sais... »

« Utilisés pour baiser Krissy de mille façons dimanche ? »

« Oh mon Dieu, » marmonne-t-elle en laissant tomber son visage dans ses mains. « Tu sais, vous allez bien ensemble tous les deux. C'est une salope et tu es un chien. Couple parfait. »

« Oh, tu penses que je suis mignon. »

« Q-quoi ? Qu'est-ce qui te fait dire ça ? »

« Tu m'as traité de chien, et il n'y a personne sur cette planète qui ne pense pas que les chiens sont mignons, alors... » Je m'interromps en faisant un geste vers moi.

« Il y a quelque chose qui ne va pas chez toi. C'était une putain d'insulte. »

« Pas faux, cette nana valait bien une petite insulte de ta part. »

« Clairement, elle a suffisamment pratiqué pour mériter ça. »

Je ne peux m'empêcher d'éclater de rire devant les mots murmurés par Ruby.

« Jalouse, mademoiselle pucelle ? »

« De Krissy Venter la grande gueule ? Absolument pas. Je sais exactement ce qu'elle a fait. » Elle fait courir ses yeux sur mon corps, en s'attardant sur mon entrejambe pendant quelques secondes de trop.

Mon corps se réchauffe devant son attention. « Tu as l'air un peu trop intriguée pour quelqu'un qui n'est pas intéressée. »

« Tu portes un pantalon de jogging. C'est une façon d'inviter les femmes à regarder. »

« Peut-être que c'est le cas. Peut-être que j'ai planifié tout ça juste pour que nous puissions voyager ensemble, et que tu puisses regarder ma bite. »

« Bien. Je pense que je préférais quand tu m'ignorais. »

« On peut arranger ça. Tu devrais probablement dormir un peu de toute façon, tu vas devoir prendre le relais à un moment donné. »

« Je n'ai jamais dit que je conduirai. »

« Tu n'as jamais dit que tu ne le ferais pas. Si nous voulons y arriver à temps, alors nous devrons rouler toute la nuit. »

« Je devrais être au lycée en ce moment. »

« Nan, petite. Je pense que tu es exactement là où tu devrais être en ce moment. »

« Arrête-toi ici, » dit-elle, en parlant pour la première fois depuis environ trois heures.

Je lève les yeux vers le magasin et mets le clignotant. Je m'arrête, je sors de la voiture juste après elle et je m'étire le dos.

« Sympa de m'avoir attendu, » dis-je en courant pour la rattraper alors qu'elle est presque à l'entrée.

« Je n'avais pas envie. »

Son ton m'amuse. Ce doit être à cause des heures passées dans un espace confiné parce que je sais que ça devrait vraiment m'énerver.

« Est-ce que tu vas vraiment me suivre ? » dit-elle sèchement, en me lançant un regard mortel alors que nous entrons.

« Euh... non. Je dois pisser. » Je lui montre le panneau des toilettes.

« Moi aussi, » marmonne-t-elle, clairement énervée de ne pas se débarrasser de moi aussi facilement.

Avec un soupir d'exaspération, elle pousse la porte des toilettes des dames et entre à l'intérieur.

Nous pourrions encore être assis dans un aéroport avec nos parents en ce moment. Elle doit sûrement réaliser que mon idée était une bonne idée.

Je fais ce que j'ai à faire avant de m'adosser au mur un peu en contrebas des toilettes pour l'attendre, sauf qu'elle ne réapparaît pas.

J'attends encore un peu en pensant qu'elle se maquille peut-être ou qu'elle fait un autre truc inutile du même genre mais finalement mon impatience prend le dessus et sans trop réfléchir, je pousse la porte.

« Excusez-moi, ce sont les toilettes des femmes, » lance une femme à la seconde où j'entre.

Je l'ignore et je claque ma main sur les cabines. « Ruby ? »

Je me heurte à un mur de silence.

« Putain de merde, » je marmonne, en repartant aussi vite que je suis entré.

En oubliant qu'elle a disparu, je m'enfonce dans le magasin pour acheter quelques trucs.

Ce n'est que lorsque je retourne à la voiture que je la trouve assise sur le capot de la voiture de Papa en train de manger des Twizzlers.

« T'étais où, bordel ? »

« Euh... juste là, connard. »

« C'est bon à savoir que le sucre ne fait rien pour t'adoucir, » je marmonne, en laissant tomber mon sac à l'arrière et en ouvrant la portière conducteur.

« Oh, je suis très douce. Je pensais que tu le savais déjà. »

Le souvenir de ma tête entre ses cuisses et de son goût sur ma langue me saisit.

« Je ne sais pas de quoi tu parles, petite. » Je monte dans la voiture avec un sourire narquois sur les lèvres alors qu'elle fulmine en silence.

« Est-ce que tu viens, putain, ou je dois te laisser dans ce trou à rat inconnu ? »

« Je te déteste vraiment, » dit-elle sèchement.

« Je sais, une partie de moi commence même à aimer ça. »

« Tu es bizarre. »

« C'est toi qui es coincée dans une voiture avec moi. Qu'est-ce que tu fais ? », je demande quand elle évite la porte passager et va vers la banquette arrière.

« Je vais dormir un peu, comme tu l'as suggéré.

J'espère que le temps passera plus vite pour être débarrassée de toi. »

Elle enlève son sweat à capuche, avant de l'enrouler et de le placer sous sa tête comme un oreiller.

Elle porte un débardeur blanc en dessous qui cache peu ses seins, et je ne peux pas empêcher mes yeux de s'attarder sur leur rondeur.

« Regarde autant que tu veux, tu ne les reverras plus jamais, » lance-t-elle, en prouvant qu'elle sait exactement ce que je regarde malgré ses yeux fermés.

Un sourire méchant s'étire sur ma bouche. « Pas besoin. J'ai des preuves, tu te souviens ? »

« À la seconde où tu t'endormiras, je les trouverai sur ton portable et je les effacerai. »

Je ris. « Tu penses que je suis assez stupide pour les laisser traîner pour que n'importe qui les trouve. Tu me sous-estimes, petite. »

« Arrête de m'appeler comme ça, » crache-t-elle. « C'est pénible et je ne suis pas petite. »

« Si. Enfin... » dis-je, mes yeux regardant à nouveau ses seins dans le rétroviseur. « Des parties de toi le sont. »

« Conduis, Ashton. » Elle se met sur le côté et pose sa main sur sa joue.

Je remets ma musique en sortant du parking, mais je baisse le volume car j'ai vraiment besoin qu'elle dorme pour qu'elle puisse reprendre le volant dans quelques heures. Cela m'ennuie d'être attentionné, mais je préférerais que nous ne mourions pas tous les deux dans cette voiture avant d'arriver à Seattle.

« J'ai froid, » j'entends de derrière un peu plus d'une heure plus tard.

Je baisse les yeux pour regarder la température, elle est plus élevée que nécessaire et elle commence déjà à m'endormir. Je ne peux pas la monter plus haut et Ruby ne semble pas vouloir prendre le relais de sitôt.

En passant la main derrière ma tête, je retire mon sweat à capuche et le lui tends. « Tiens, prends ça. »

Elle tend la main aveuglément et mets le sweat sur ses bras nus.

« Ça sent comme toi, » murmure-t-elle.

« Ben, ouais. C'était sur moi. »

« J'aime bien. »

Mon menton tombe devant ses aveux. « Petite, t'es réveillée ? »

Je n'obtiens aucune réponse. Avec un sourire, je monte la musique d'un cran, j'ouvre un peu la vitre dans l'espoir que l'air frais me tiendra éveillé, et je continue de conduire pendant qu'elle ronfle légèrement derrière moi.

# CHAPITRE TREIZE

Ruby

Un bruit me réveille. Je cligne des yeux plusieurs fois pour que mes yeux se réhabituent, en essayant de comprendre où je suis et pourquoi j'ai l'impression de bouger. Et je me rends compte que je suis effectivement en train de bouger.

Les événements qui ont suivi notre passage à l'aéroport me reviennent.

Je me redresse, en espérant dur comme fer être en train de rêver et que je ne suis pas vraiment coincée dans une voiture avec Ashton.

« Ah, elle est de retour parmi nous. »

« À qui tu parles ? », je marmonne, en frottant mes yeux gonflés de sommeil et en recoiffant mes cheveux.

« Je suis content que tu te sois réveillée de meilleure humeur. »

« Je suis coincée dans une voiture avec toi et ta musique de merde. Qu'attends-tu de moi ? »

« Je pensais que tu étais une pom-pom girl énergique. Je déteste avoir à te le dire, petite, mais je ne vois pas beaucoup de peps. »

« Fuck you, » je grogne, en dépliant mon sweat à capuche et en le glissant sous mon bras avant de passer entre les sièges avant et de me laisser tomber sur le siège passager.

« Est-ce de cela que tu rêvais ? Parce que j'aurais juré qu'à un moment donné, tu gémissais mon nom. »

« C'était probablement juste moi en train de te dire au revoir après t'avoir tué dans ton sommeil. »

Il rit, mais alors que son amusement devrait m'énerver, ce n'est pas le cas. Au lieu de cela, le son de son rire qui montre qu'il est réellement heureux me réchauffe de l'intérieur.

Je me tourne pour le regarder, en ayant besoin de voir le sourire qui va avec le rire, mais mon souffle se bloque dans ma gorge.

« P-pourquoi es-tu à moitié nu ? » Je bafouille comme une imbécile.

« Parce que, » dit-il, en regardant mon corps de la même façon que je viens de regarder le sien. « Je t'ai donné mon sweat à capuche en guise de couverture. Au fait, de rien. »

« O-oh alors c'est pour ça que je me suis réveillée entourée d'une odeur de queutard. »

« Ne t'inquiète pas, cela ne se reproduira plus, tu n'as clairement pas apprécié. Je peux le récupérer ? » Il tend la main comme si j'allais le lui passer, mais je ne fais que le regarder. Mes yeux parcourent son avant-bras musclé, puis son torse, ses abdominaux ciselés et le renflement que je regardais il y a quelques heures sous son pantalon.

Ma bouche salive en le regardant. C'est peut-être le plus gros connard du monde, mais concernant son corps, il est plutôt bien loti.

« Ruby ? », dit-il sèchement.

« Je pense que je préfère quand tu es comme ça, » j'admets. « Ça me change des conneries qui sortent de ta bouche. »

Ses yeux se posent brièvement sur ma poitrine avant de se concentrer à nouveau sur la route.

« Je suis plus que prêt pour une règle 'seins nus à l'intérieur de la voiture' si tu es partante. »

« N-non ce n'est pas... »

« Exactement, maintenant passe-moi mon sweat. »

En me reculant entre les sièges, je m'étire pour l'attraper.

« Jésus putain de Christ, Ruby. Tu veux mettre ça encore plus près de mon visage ? » Il essaie de paraître énervé, mais le soupçon d'amusement dans sa voix le trahit.

J'essaie de bouger, consciente que j'ai vraiment mon cul en plein devant sa tête mais je ne bouge pas.

« Je voudrais bien, mais je suis coincée. »

« Oh vraiment ? » Il rit. « C'est vraiment une position inconfortable, n'est-ce pas ? »

« Concentre-toi sur la rout—Ashton, » je crie quand sa paume touche mes fesses.

« Tu aurais vraiment dû porter cette petite jupe que tu portais l'autre jour. »

« Tu es un putain de porc, » je grogne, en essayant de me libérer.

Je réussis finalement à faire levier pour me sortir de

l'espace dans lequel j'étais coincée, en entraînant son foutu sweat et mon sac de provisions du magasin avec moi.

« Tiens, » j'aboie en jetant le tissu sur ses genoux.

« Merci. Ne mange pas. » Ses mots me font m'arrêter avec ma main à mi-chemin du paquet de chips que j'étais sur le point d'ouvrir.

« Pourquoi ? Est-ce que tu vas essayer de me dire que je suis grosse ou quelque chose du genre ? »

Il rit. « Non, petite, je peux t'assurer qu'il n'y a rien de mal à dire sur ton corps. »

« Oh ? » Je me tourne pour le regarder.

« Il y a une pizzeria. J'allais t'emmener dîner. »

« Oooh ! Eh bien, c'est... gentil de ta part. »

« Ouais, ne t'y habitue pas trop. C'est peut-être la seule fois où cela se produira. »

« Bon à savoir, » je marmonne, en tirant la visière vers le bas pour vérifier mon apparence avant d'honorer les autres humains de ma présence.

Dix minutes plus tard, Ashton est à nouveau entièrement habillé et nous sommes assis dans un box dans une pizzeria tranquille en dehors de la ville.

Je n'ai aucune idée d'où nous sommes, juste quelque part, espérons-le, entre la maison et Seattle si Ashton a bien configuré le GPS. Le petit écran affiche toujours un nombre fou de kilomètres et d'heures à parcourir. Mais j'ai du mal à rester en colère quand tout ce qu'Ash veut faire est de s'assurer d'être à l'enterrement de sa mère. Je ne peux pas vraiment reprocher à ce mec sa volonté.

Je lève les yeux vers lui, en train de faire tourner son verre de soda sur la table avant de passer son doigt sur les gouttes de condensation pendant que nous attendons que notre nourriture arrive. Il est plongé dans ses pensées avec ses sourcils rapprochés et ses lèvres pressées en une fine ligne.

J'ai mal au cœur pour lui, c'est peut-être un con, mais il souffre.

« Tu veux en parler ? » Il sursaute à ma question comme s'il avait oublié que j'étais là. « Tu veux parler d'elle ? », je lui propose.

Cela prend quelques secondes, mais finalement, ses yeux se lèvent de son verre. L'obscurité en eux me coupe le souffle, mais quelque chose me dit que toute sa haine et sa colère ne vont pas s'abattre sur moi cette fois. Ceci est différent.

« Non, pas vraiment. »

« Ça... ça pourrait peut-être t'aider, » je suggère.

« Rien ne la ramènera. C'est la seule chose qui pourrait m'aider en ce moment. »

J'ouvre la bouche pour répondre, mais heureusement je n'ai pas la chance de dire quoi que ce soit car deux énormes pizzas arrivent sur notre table.

Ses yeux s'illuminent un peu à la vue de notre premier vrai repas depuis l'aéroport, Dieu sait depuis combien d'heures, mais sa tristesse persiste toujours, et je crains que cela ne fasse qu'empirer à mesure que nous nous rapprocherons de chez lui.

Nous mangeons presque en silence, en échangeant juste quelques mots.

Ashton paie l'addition une fois que nous avons terminé et après être tous les deux passés par les toilettes, nous retournons vers la voiture de Stephen.

Il fait nettement plus froid ici qu'à la maison, et je m'entoure de mes bras pour essayer de me réchauffer.

« C'est bon, » dis-je quand Ash se dirige vers la porte

côté conducteur. « Je peux prendre le relais, tu peux te reposer un peu. »

« C'est bon, je peux— »

« Non, » dis-je durement, en lui faisant un peu écarquiller les yeux. « Monte à l'arrière et repose-toi. »

Il me fait un signe de la tête, mais il ne se dirige toujours pas vers l'arrière de la voiture, il se contente de contourner le capot et d'aller vers le côté passager.

« Pourquoi ai-je l'impression que tu n'as pas confiance en ma conduite ? », je demande quand nous sommes tous les deux à l'intérieur avec le moteur en marche, et plus important encore, avec le chauffage allumé.

« Parce que je n'ai pas confiance, » marmonne-t-il en glissant plus profondément sur son siège et en étirant ses jambes incroyablement longues sur le sol.

« Sache je suis une très bonne conductrice. »

« Essaye juste de ne pas me tuer, je n'ai pas envie de — » Il s'interrompt, mais cette fois, je ne lui en demande pas plus. Je ne connais qu'un bout de ce qui s'est passé avec sa mère. Je sais qu'il était dans la voiture à ce moment-là, et je peux à peine imaginer ce qu'il a vécu.

« Tu es entre de bonnes mains. Repose-toi. »

Je synchronise mon portable, étonnée qu'il ne me devance pas, et trouve quelque chose de calme et de relaxant avant de commencer ma première étape du voyage.

Ashton reste éveillé à côté de moi à regarder par la fenêtre pendant longtemps. De temps en temps, je sens son regard se tourner vers moi, mais je ne quitte pas la route des yeux. Autant j'aimerais savoir ce qu'il pense à chaque fois qu'il me regarde, autant une autre partie de moi est heureuse de le laisser ruminer. C'est moins épuisant que de se battre avec lui.

Finalement, sa respiration devient plus lourde et quand je me risque à jeter un coup d'œil, il est profondément endormi avec les bras croisés sur sa poitrine et il y a toujours de profondes rides qui marquent son front. Je veux enlever sa douleur, la rendre un peu plus facile à supporter, mais je n'ai aucune idée de comment m'y prendre. Non pas que je sois sûre qu'il le mérite après ce qu'il m'a fait, mais cette envie me tiraille quand même. Il a mal et malgré le fait que je ne l'aime pas, je déteste le voir comme ça.

Je me retrouve presque dans un état second alors que je conduis dans la nuit. Je pensais que je serais fatiguée, que mes yeux deviendraient lourds, mais en fait, je trouve les routes désertes et l'obscurité étrangement relaxantes.

Ashton se réveille plusieurs fois, mais il se rendort à chaque fois et me laisse conduire avec juste ma musique calme et ses légers ronflements pour compagnie. La seule fois où il me regarde, c'est quand je me rends dans une station-service pour faire le plein d'essence.

Au moment où il finit par se réveiller et remet son siège à la verticale, le soleil commence à se lever à l'horizon.

« Merde, j'ai vraiment dormi si longtemps ? » demande-t-il en regardant l'heure.

« Yep. »

« Euh... »

« Pourquoi est-ce si bizarre ? », je demande, en lui jetant un coup d'œil et en regrettant de l'avoir fait. Il a l'air tout endormi et sexy avec des yeux doux et ses cheveux en bataille.

« J'ai à peine réussi à dormir depuis... c'est juste bizarre que la première fois que j'y arrive, c'est sur la route. »

« Tu es probablement simplement épuisé. »

« Tu as faim ? »

« Euh... » En toute honnêteté, non. Cette pizza d'hier soir était vraiment énorme. Mais j'ai vraiment besoin de sortir et de me dégourdir les jambes, alors j'acquiesce. « Oui. Je m'arrêterai au prochain endroit que nous trouverons. »

Il s'avère que nous sommes au milieu de nulle part et que le prochain endroit est à trois heures de route, et à ce moment-là, je meurs de faim.

« Là, » fait remarquer Ashton. La précipitation dans sa voix me fait rire. « Quoi ? J'ai vraiment besoin de pisser. »

« Tu aurais pu le dire, je me serais arrêtée. »

Il me regarde et je n'ai pas d'autre choix que de me tourner vers lui.

« Tu aurais fait ça pour moi ? » demande-t-il sur un ton taquin.

« Ouais, si ça avait pu t'empêcher de te pisser dessus et de m'empêcher de passer les heures suivantes avec cette odeur. »

« Joli. » Il rit.

« Quoi ? C'est vrai. »

« Bien sûr, allez. »

Ashton se précipite vers les toilettes alors que je nous trouve une table et commande du café. Maintenant que je suis sortie de la voiture, la fatigue me tombe durement dessus.

« Merci, » marmonne-t-il en se laissant tomber en face de moi et en tirant la tasse vers lui.

Une tension étrange s'installe entre nous alors que nous sommes assis là en silence tous les deux en train de siroter nos cafés trop chauds.

« Alors... » dis-je, en ayant besoin de la rompre. « Qu'est-ce que tu avais prévu de faire aujourd'hui ? », je demande en riant.

Il me regarde par-dessus sa tasse et mon souffle se coupe. Il ne devrait vraiment pas être aussi beau, c'est désarmant. Surtout quand je suis sûre que je ressemble à une grosse loque.

« Je pensais aller faire un tour en voiture. »

« Ah ouais ? Tu avais prévu d'aller dans un endroit sympa ? » Je regrette la question à la seconde où elle sort de ma bouche.

« Non. » Son regard soutient le mien, et je ne peux m'empêcher de sentir qu'il m'avertit de quelque chose. Mon estomac se serre et je dois lutter pour avaler la boule qui monte dans ma gorge.

« J-je vais juste aller me rafraîchir. Si la serveuse revient, commande-moi des pancakes et du bacon, OK ? » Je sors du box. « Oh, et un autre café. »

Il hoche la tête et après avoir attrapé mon sac à main et le sac que j'ai apporté avec moi, je cours pratiquement vers les toilettes.

J'avais acheté les trucs essentiels dans le magasin hier, alors je me rafraîchis rapidement et je change de culotte avant d'essayer de faire quelque chose de mes cheveux. J'hésite à me maquiller pour masquer mes yeux fatigués, mais au final, je me dis que ça ne sert à rien. Nous restons dans la voiture, et je m'en fous si Ash pense que je ne ressemble à rien.

Il est toujours silencieux et tendu quand je reviens à la table, bien que cela ne l'empêche pas de faire courir ses yeux le long de mon corps à mesure que je m'approche. Je déteste que des picotements éclatent partout où ses yeux se posent, mais il semble que j'ai peu de contrôle là-dessus.

« Tu as l'air fatiguée, » dit-il alors que je m'assois, en chassant la chaleur qui avait commencé à remplir mes veines sous son regard.

« Merci, » je marmonne. « Ça a probablement un rapport avec le fait d'avoir conduit toute la nuit pendant que tu ronflais à côté de moi. »

« Je ne ronfle pas. »

« D'accord. Peu importe. J'imagine que tu prends le relais après. »

« Yep. La banquette arrière est à toi. »

« Super. »

Les choses ne s'améliorent pas beaucoup pendant que nous mangeons. J'espérais qu'il soit de meilleure humeur après une nuit de sommeil presque complète, mais cela ne semble pas être le cas.

« Où tu vas ? », il m'aboie dessus à la seconde où nous sortons du restaurant, et que je fonce dans la direction opposée de la voiture.

« Dans la boutique. Tu veux quelque chose ? »

« Putain de merde, » marmonne-t-il en se retournant pour me suivre.

« Ce n'était pas une invitation. Je pouvais te prendre ce que tu voulais pendant que tu boudais. »

« Je ne boude pas. »

« Oh vraiment. J'ai failli me faire avoir. » Je lève les yeux au ciel et me dirige vers l'intérieur.

Heureusement, ils ont exactement ce que je cherchais. Un oreiller et une couverture. Il n'y a aucun moyen que je puisse dormir à nouveau en étant entourée de son odeur. Cela ne peut tout simplement pas arriver.

« C'est confortable ? », demande Ash en me regardant

dans le rétroviseur alors que je m'installe dans mon nouveau lit.

« Oui, et en prime, ça ne sent pas le mec. »

Il secoue la tête et regarde vers la route.

« Dors bien, petite. »

# CHAPITRE QUATORZE

Ashton

La voir enveloppée dans une couverture au lieu de mon sweat à capuche ne devrait vraiment pas m'importer, mais quand je détourne les yeux, je ne peux pas nier que cela me fait chier.

J'impute ça au fait que je suis coincé dans cet espace confiné avec elle depuis vingt-quatre heures. Sa présence constante a des effets à la con sur moi. Cela dit, je ne peux pas nier que faire jouer mon imagination pour penser à toutes les choses que je veux lui faire est bien mieux que de penser à ma réalité et à ce à quoi je vais devoir faire face lorsque nous arriverons enfin à Seattle.

Je baisse ma main pour réorganiser mon pantalon, avant d'essayer de sortir ces trucs salaces de ma tête et de me concentrer sur ce que je dois faire.

Mon pied appuie un peu plus sur l'accélérateur et la voiture fonce vers l'avant. Mon cœur accélère tandis que l'adrénaline monte en moi. Ruby a dû conduire toute la nuit comme une tortue parce que l'heure d'arrivée sur notre GPS que j'avais l'intention de respecter a reculé et putain, je ne veux pas que ce voyage dure plus de temps que nécessaire.

Je m'engage sur la voie rapide et appuie plus fort sur l'accélérateur, pour voir ce que la voiture a vraiment dans le ventre.

J'espère qu'au moment où elle se réveillera, j'aurai rattrapé quelques heures sur notre heure d'arrivée.

Je n'ai peut-être pas envie d'être à Seattle, ou n'importe où qui soit en rapport avec mon ancienne vie. Mais la pensée de ne plus être confiné dans une voiture rend l'idée un peu plus attrayante.

Les kilomètres et les heures défilent, mais finalement, je dois m'arrêter pour pisser. J'immobilise la voiture sur le bord de la route. J'espérais attendre la prochaine station-service, mais après les trois canettes de boisson énergisante que j'ai bues, je sais que je ne tiendrai pas.

Le gravier craque sous les pneus et je saute à la seconde où la voiture s'arrête.

Je fais ce que j'ai à faire sur le côté de la voiture avant d'ouvrir la porte arrière pour trouver quelque chose à manger.

« Tu te sens mieux maintenant ? », demande Ruby d'une voix amusée. Ses yeux endormis me fixent et je fouille dans le sac le plus proche de moi.

« Beaucoup mieux. Où sont les chips ? »

Elle hausse les épaules, encore à moitié endormie. « Regarde dans ce sac. » Elle sort un doigt de sous la couverture et désigne un sac sur le sol à côté de sa tête.

« Bien. » En pressant mon genou contre sa jambe, je me penche et tends la main. Ma main touche le sac, mais mes yeux trouvent les siens alors que je m'étends sur elle, et je me fige.

Ses yeux verts sont sombres alors qu'elle me fixe. Son odeur remplit mon nez et la voir enfoncer ses dents dans sa lèvre inférieure me fait un effet que je ne devrais vraiment pas ressentir.

Je ne me souviens que trop bien de ce que c'était de l'embrasser, de la façon dont elle accompagnait chacun de mes mouvements alors que notre haine et notre désir se mélangeaient. Je me souviens exactement de son goût et de combien cela me rendait fou.

Mis à part sa poitrine qui se soulève, elle est toujours immobilisée sous moi pendant de longues secondes pleines de tension alors que je mène une bataille interne.

« Ash ? » dit-elle en respirant enfin. « Dans combien de temps arrivons-nous ? »

Sa question me fait l'effet d'un seau d'eau glacée.

« Dans environ huit heures. »

« Huit heures ? » dit-elle en écho, en s'asseyant si vite que sa tête entre en collision avec la mienne en faisant apparaître des étoiles devant mes yeux.

« Putain de merde, » je marmonne en reculant, toujours sans les chips que je suis venu chercher mais maintenant avec une douleur aveuglante au-dessus de mon sourcil gauche.

« Merde, je suis désolée, » murmure-t-elle en pressant sa paume contre sa tête pour soulager la douleur.

« Peu importe, » je grogne, en descendant de la voiture et en claquant la porte derrière moi. En faisant le tour par l'arrière, je laisse tomber mes mains sur le coffre et baisse la tête.

Qu'est-ce qui ne va pas chez moi en ce moment ?

Je dois me rappeler que tout est de sa faute. Je ne

devrais pas la regarder comme si elle pouvait enlever toute ma douleur, me faire oublier la raison pour laquelle nous retournons à Seattle.

« Putain, » j'aboie, en claquant ma main si fort sur le coffre que ça brûle.

Pourquoi ai-je pensé que c'était une bonne idée ?

En me retournant, j'appuie mes fesses contre le coffre et enfonce mes mains dans mes poches en essayant de tout verrouiller.

Je n'ai aucune idée de combien de temps je reste là à essayer de me remettre les idées en place, mais au moment où j'ouvre à nouveau la portière côté conducteur, je trouve Ruby assise sur le siège passager avec le sac de chips que je voulais sur les genoux.

« Tu vas bien ? », chuchote-t-elle alors que je m'assieds silencieusement sur le siège et repose ma tête en arrière.

« Non, même pas un peu. »

« T-tu en veux ? » Elle me tend le sac et je le regarde. Une partie de moi est reconnaissante qu'elle soit là et que je ne sois pas seul, mais l'autre partie souhaite que personne ne me voie vaciller et sur le point de perdre le contrôle comme en ce moment.

« Peut-être plus tard. »

En m'avançant sur le siège, je démarre la voiture et j'attends que le GPS se remette en marche.

« Ouah, à quelle vitesse tu as conduit ? », demande-t-elle, en remarquant combien de kilomètres j'ai réussi à abattre pendant qu'elle dormait.

« Dans le respect des limitations de vitesse, évidemment. »

« Bien sûr, si tu le dis. Tu veux que je prenne la relève ? »

« Plus tard. En ce moment, j'ai besoin de me concentrer sur autre chose, » j'admets.

« Autre chose ? », elle demande.

En me tournant pour la regarder, je ne peux empêcher le sourire narquois qui s'étire sur mes lèvres alors que je regarde les siennes.

« Ouais, autre chose. »

Mes doigts se resserrent sur le volant pour tenter de m'empêcher de la toucher. Elle est si proche, ce serait si facile. Je sais déjà qu'elle se soumettrait, comme elle l'a fait à chaque fois que je l'ai touchée.

Elle inspire, mais malgré le fait que je sache qu'elle en ait envie, elle ne peut pas me quitter des yeux.

En nous rendant service à tous les deux, je me retourne pour regarder devant moi et me prépare à parcourir encore plusieurs kilomètres de notre périple.

Je m'arrête pour faire le plein à la station suivante, mais je ne laisse pas Ruby prendre le relais. Je dois rester actif pour expulser une partie de l'énergie négative qui s'accumule à l'intérieur de moi à mesure que nous nous rapprochons de Seattle. Soit je conduis, soit je dois trouver quelque chose qui me fasse transpirer, et en ce moment, nous n'avons pas le temps d'aller au gymnase, et nous ne devrions vraiment pas envisager l'autre option qui pourrait m'aider.

« Nos parents sont à Seattle, » dit-elle, en interrompant mes pensées loin d'être innocentes sur la façon dont nous pourrions utiliser la banquette arrière de la voiture de mon père.

« Super. »

« Je vais leur dire que nous devrions être à l'hôtel dans— »

« Tu n'iras pas à l'hôtel, » j'aboie, alors que ma prise

sur le volant se resserre jusqu'à ce que mes articulations deviennent blanches.

« Euh... pourquoi ? Je vais où ? »

Je la regarde alors qu'elle me fixe comme si j'avais perdu la tête—ce qui, pour être juste, est probablement le cas.

« Tu viens avec moi. »

« Pourquoi ? Tu me détestes. Dépose-moi à l'hôtel et tu pourras t'occuper de tes affaires. »

« Tu as raison. »

Elle pousse un soupir de soulagement en entendant mes paroles mais je ne pense pas qu'elle pense la même chose que moi.

« Je te déteste. »

Elle halète, en me prouvant que j'ai raison.

« Et je ne te dépose pas dans un putain d'hôtel. Tu restes avec moi. »

« P-pourquoi ? »

« Est-ce que ça t'arrive de faire ce qu'on te dit sans avoir besoin d'argumenter ? »

« Avant que tu ne fasses irruption dans ma vie, c'était le cas. »

« Alors tu n'es qu'une emmerdeuse. »

« Je ne le serais pas si tu me lâchais un peu. »

« Pas moyen. Tu devrais peut-être t'y habituer. »

Ses lèvres s'entrouvrent pour répondre mais elle doit décider de ne pas argumenter cette fois car elle les referme et se met à regarder par la fenêtre le paysage qui défile.

« Tu es sûr que tu ne veux pas que je prenne le relais ? », redemande-t-elle quelques heures plus tard.

« Non, nous sommes presque arrivés et tu conduis clairement trop lentement. »

« Ce n'est pas vrai. » Je la regarde avec un sourcil levé. « Je ne fais que respecter les limitations de vitesse, contrairement à d'autres. »

« Ouais, eh bien, je n'ai vraiment pas envie de passer plus de temps ici que nécessaire. »

« Je ne peux qu'être d'accord avec ça. L'ambiance n'est pas franchement... sympa. »

« Je t'ai emmenée manger une pizza, » dis-je.

« Oh ouais, parce que la pizza arrange tout, » marmonne-t-elle, à mon grand amusement.

« Tu as faim ? », je demande, alors que mon estomac grogne à nouveau.

« Ouais. »

« Nous nous arrêterons une dernière fois car nous ne nous reposerons plus avant d'arriver Seattle. »

« Bien. Plus tôt nous y serons, mieux ce sera. »

« Es-tu déjà allée à Seattle ? »

« Non. Mais j'ai vu des images à la télé. »

« Nous n'allons pas dans la partie de la ville qu'on montre à la télé, petite. »

« Oh. »

« Tu pourrais peut-être regretter de vouloir y être le plus tôt possible. »

« Tu as grandi dans le ghetto ? »

« C'est peu de le dire. »

Elle déglutit nerveusement et je ne peux m'empêcher

de sourire. Je suis content qu'elle se sente nerveuse, ça rend ma bite dure.

*Oh petite, toutes ces choses que je dois te montrer.*

« Tout est fermé, » fait remarquer Ruby alors que nous traversons une petite ville endormie. D'accord, il est plutôt tard, mais je m'attendais à ce que quelque chose soit encore ouvert.

« Je suppose que nous devrons attendre la prochaine ville. »

« Mais j'ai vraiment besoin de faire pipi, » gémit-elle en s'agitant sur le siège comme elle le fait depuis trente minutes.

« Tu vas devoir faire ça dehors. »

« Ashton, » crache-t-elle en me retournant. « Je ne voulais pas faire ce petit road trip, et je ne veux vraiment pas faire pipi dehors là où quelque chose pourrait me mordre les fesses, et plus précisément, là où tu pourrais regarder. »

« Je promets que je ne regarderai pas, » dis-je en levant les mains en signe de reddition. « Bon sang, tu me prends pour qui ? »

« Honnêtement, je n'en ai aucune idée, » marmonne-t-elle, à mon grand amusement.

« S'il te plaît, explique-moi, » je demande poliment.

« Je suis presque sûre que tu sais déjà que tu es un connard. »

Je ne peux pas m'empêcher de rire. « Oui, petite. Je suis au courant. »

« Alors pourquoi continuer alors ? »

« Parce que... » Je m'arrête un peu alors que ma colère refait surface. La plupart du temps, c'est comme une bête vivante à l'intérieur de moi, mais depuis que je suis dans cette voiture avec Ruby, pour une raison quelconque, j'ai pu respirer un peu mieux, comme si l'air rentrait plus facilement dans mes poumons. « Parce que c'est tellement amusant. » Je lui fais un clin d'œil et elle soupire d'exaspération.

« Eh bien, je suis contente de voir que ruiner ma vie t'amuse autant. »

« Comment exactement suis-je en train de ruiner ta vie ? »

« En emménageant dans la chambre voisine de la mienne, ta musique, ta présence, juste... toi. »

« Ouah, je te fais autant d'effet que ça ? »

Elle grogne en guise de réponse et mon corps réagit instantanément.

« Est-ce que tu restes allongée dans ton lit en pensant à moi la nuit ? »

« En pensant à comment te tuer ? Sûrement. »

« Alors tu ne te souviens pas de ce que tu as ressenti quand j'ai léché ton— »

« Ashton, » aboie-t-elle, en m'interrompant.

« Oh allez, tu ne peux pas me dire que tu n'as pas aimé ça, petite. Je sais pertinemment— »

« Là-bas, » dit-elle en couinant, en coupant ce que j'étais en train de dire et en arrêtant les souvenirs de cette nuit qui inondaient joyeusement mon cerveau. Elle était tellement douce. « Les lumières sont allumées. »

En me forçant à me ressaisir, je me dirige vers l'endroit qu'elle pointe du doigt pour aller acheter un plat chinois à emporter. Ce doit être le seul endroit ouvert dans cette petite ville.

Je coupe le moteur et je sors. Ruby est déjà à mi-chemin pressée par son envie d'aller aux toilettes.

« Bonsoir, est-ce que c'est possible que j'utilise vos toilettes vite fait ? »

J'arrive dans l'entrée juste à temps pour voir un gars d'âge moyen faire courir ses yeux le long du corps de Ruby. Un sourire se dessine sur ses lèvres et cela me met immédiatement en alerte, en faisant se dresser les poils sur ma nuque.

« Bien sûr, ma chérie. Mais je vais avoir besoin de quelque chose en retour. »

« Ne vous inquiétez pas, nous voulons aussi acheter à manger, » dit-elle joyeusement, en ignorant totalement le regard dans les yeux du gars. Elle ressemble tellement à sa mère insouciante en agissant comme ça, je lève presque les yeux au ciel.

« D'accord, les toilettes sont par ici, » dit-il en soulevant la trappe pour lui permettre de passer le comptoir. « C'est tout droit. » Il s'apprête à la suivre.

« Indiquez-nous simplement la direction, pas besoin d'arrêter ce que vous étiez en train de faire, » dis-je en me plaçant derrière Ruby et en enroulant ma main autour de sa taille. Elle se raidit sous ma prise et je serre fort, en espérant l'empêcher d'argumenter.

« Au bout du couloir, deuxième porte à droite. » Ses yeux restent fixés sur Ruby alors que nous traversons le couloir comme indiqué.

« C'est quoi ton problème ? », siffle Ruby, en s'extirpant de ma prise.

« Mon problème, c'est ce mec. »

« Il essayait juste d'être sympa. »

« Non, Ruby. Vraiment pas. »

« Comme si tu t'en souciais, » marmonne-t-elle en s'arrêtant à la dernière porte.

« Tu penses que je m'en foutrais si tu te faisais attaquer par le pervers de cette ville pourrie ? »

Elle hausse les épaules, ouvre la porte et entre.

« Qu'est-ce que tu fais ? » Elle dit d'un air boudeur quand je la suis et verrouille la porte derrière moi.

« Fais ce que tu as à faire, Ruby, pour qu'on puisse foutre le camp d'ici. »

« Avec toi en train de regarder ? »

« Je ne regarde pas, putain. » Je fais semblant de me retourner alors je suis face à une porte qui n'a pas reçu de coup de peinture depuis bien trop d'années.

« Juste... attends dehors, s'il te plaît ? »

« Non. » Je fourre ma main dans mes poches et j'attends.

Au bout de quelques secondes, son envie l'emporte car un bruit de froissement du tissu remplit mes oreilles.

« Tu me pètes le cul, Ashton, » grogne-t-elle.

« Oh petite, est-ce une invitation ? »

« À ton avis, putain ? Ne t'approche plus jamais de moi. »

J'entends le bruit de la chasse d'eau et quand je jette un coup d'œil par-dessus mon épaule, elle se tient près du lavabo, prête à se laver les mains.

« C'est vrai ? », je demande, en marchant vers elle, et en ne m'arrêtant pas jusqu'à ce que mon front soit pressé contre son dos. Elle halète, en me disant tout ce que j'ai besoin de savoir concernant ce qu'elle vient de dire. J'approche mes lèvres de son oreille en m'assurant qu'elles effleurent sa peau pendant que je parle. « Parce que d'où je me tiens, je pense que tu aimes m'avoir près de toi. »

« Ashton. » Je pense que c'était censé être une menace, mais ça sonne comme un gémissement de désir.

« Tu as vraiment de la chance, tu sais ? »

« De la chance ? », crache-t-elle, ses yeux se levant vers le miroir sale devant nous et regardant les miens.

« Oui. Si nous étions ailleurs que dans ces toilettes

dégoûtantes avec ce pervers qui nous regarde probablement via une caméra cachée, alors je te prouverais à quel point tu es une menteuse, petite. »

« Menteuse... je ne suis pas une menteuse. »

« Bien sûr. » Mes doigts se contractent pour aller vers elle, la toucher, mais je résiste. Au lieu de cela, je marche à reculons pour la laisser se laver les mains et aller aux toilettes.

« Ce n'est pas parce que tu as insisté pour venir avec moi que je veux te regarder. »

Je ne regarde pas en arrière, mais je sais qu'elle a mis la main sur la porte et qu'elle est sur le point de sortir.

« Tu le regretteras si tu franchis cette porte, petite. Je peux te l'assurer. »

Elle souffle. « Il ne fera rien avec toi ici. »

« Je ne te mettais pas en garde contre lui cette fois. »

« O-oh. »

Je finis, me lave les mains et en un clin d'œil, nous nous tenons devant le comptoir du connard pour commander un dîner. Je ne suis pas tout à fait sûr de ce que je dois penser de sa nourriture, mais puisque nous avons déjà grignoté tout ce que nous avions et que rien d'autre n'est ouvert dans cette ville, nous avons peu de choix.

À la seconde où il tend le sac, je le prends ainsi que la main de Ruby et nous quittons le bâtiment.

« Lâche-moi, » siffle-t-elle, en se dégageant de ma prise à la seconde où nous franchissons la porte.

Je la laisse partir mais la rattrape avant qu'elle n'ait le temps d'ouvrir la portière de la voiture. Je pose le sac sur le toit, je la mets en cage en mettant mes bras autour d'elle.

« Et maintenant ? », elle crache.

« Arrête d'être une emmerdeuse. »

« Moi ? Jésus, Ashton. Que veux-tu de moi ? Je suis venue avec toi pour faire ce petit voyage de merde. J'ai dormi à l'arrière de la voiture et j'ai conduit toute la nuit *pour toi*. Que veux-tu de plus ? »

# CHAPITRE QUINZE

Ruby

Ses yeux se plissent sur moi alors que ma respiration augmente à une vitesse embarrassante. Je ne peux pas m'en empêcher. Il m'a mise en cage contre la voiture avec son corps imposant à quelques centimètres du mien et son odeur remplit mon nez. Comment diable peut-il sentir si bon après le nombre d'heures que nous avons passées dans cette voiture, Dieu seul le sait. Je ne me sens certainement pas aussi fraîche.

Je peux pratiquement voir les pensées perverses parcourir son esprit alors que nos regards se soutiennent. Son haleine, également d'une fraîcheur agaçante, passe sur mon visage et je ne peux m'empêcher de saliver à l'idée de le goûter.

Son humeur a été changeante pendant la dernière partie de notre voyage. Je sais que c'est parce qu'on se rapproche de Seattle et qu'il panique. Il aime penser qu'il réussit à cacher toute cette douleur et cette détresse à l'intérieur de lui, mais je les vois. Je peux voir l'orage tourbillonner derrière ses yeux sombres. Et une partie tordue de moi veut l'aider à lui retirer ça.

Je ne devrais pas. Je devrais le laisser se noyer. Mais je ne peux pas. Ce n'est pas ce que je suis. Même si c'est un con.

« Ash, qu'est-ce que tu— »

« Monte à l'arrière de la voiture, Ruby, » siffle-t-il, en interrompant ma question.

Mes yeux tombent sur ses lèvres pendant qu'il parle, et quelque chose se serre en moi. Cela fait des mois qu'il ne m'a pas embrassée. J'ai presque oublié comment c'était.

En me hissant sur la pointe des pieds, je rive mes yeux sur les siens. Ils se sont assombris depuis la dernière fois que je les ai regardés, ses pupilles avalant presque le brun plus foncé qui est habituellement là.

« Ne me cherche pas, petite. Cela ne finira pas bien pour toi. »

« Qui a dit que je te cherchais ? »

Il referme l'espace entre nous, et j'inspire, en pensant qu'il va m'embrasser, mais juste au moment où mes yeux commencent à se fermer, sa chaleur a disparu. Quand je reviens à moi, je trouve la portière de la voiture ouverte.

« Rentre, putain, » grogne-t-il.

Cette fois, je fais ce qu'on me dit et rampe sur mon lit de fortune qui est toujours aménagé de l'autre côté de la banquette, en supposant qu'il va me rejoindre.

C'est ce qu'il fait et je pousse un soupir de soulagement parce qu'une partie de moi s'attendait à ce qu'il saute à l'avant pour repartir en trombe, en oubliant que nous avions de la nourriture. Tout cela s'efface à la seconde où il ferme la porte derrière lui et me donne l'impression d'inspirer tout l'air de la voiture.

Il place le sac entre nous et me regarde. « Mange. »

« D-d'accord. »

J'ouvre le sac et commence à aligner les cartons entre nous. Il en attrape un avec une fourchette et s'assoit.

Nous mangeons dans un silence inconfortable pendant un long moment. Et quand une question qui me ronge depuis des jours sort enfin de ma bouche, je le regrette instantanément.

« As-tu vraiment des photos de moi de cette nuit-là ? »

Ashton s'immobilise avec sa fourchette de nouilles à mi-chemin de sa bouche.

Mon cœur bat contre mes côtes en me sentant stupide d'avoir posée cette question. Bien sûr que oui. Pourquoi n'aurait-il pas fait ça ?

Un sourire se dessine sur le coin de ses lèvres avant qu'il ne tourne lentement son attention vers moi.

« Qu'est-ce que tu en penses ? », demande-t-il avant d'enrouler ses lèvres autour de sa fourchette et de mâcher lentement.

J'avale nerveusement alors que la chaleur se précipite vers mon entrejambe. Comment peut-il être même sexy quand il mange ? C'est vraiment pénible.

« Je pense que tu es un con, alors tout est possible. »

« Et voilà, tu as ta réponse. Tu n'avais même pas besoin de demander. »

« Qu'est-ce que tu vas en faire ? »

Il hausse les épaules. « Je n'ai pas encore décidé. Je ne pensais pas te revoir un jour, et encore moins emménager là. Je suis sûr que je leur trouverai une utilité au moment voulu. »

« Génial, eh bien, j'attends ça avec impatience, alors. »

« Ne sois pas si inquiète, petite pom-pom coquine. Laissons passer quelques mois et je suis sûr que la moitié de l'école aura vu ce que j'ai vu. »

Mon sang bouillonne à cause de ses paroles.

« Excuse-moi ? »

« Quoi ? Ils en ont déjà vu pas mal. Autant les laisser voir tout, non ? En plus, c'est à ça que les salopes de pom-pom servent. »

Mes dents grincent à l'idée qu'il suppose que juste parce que j'aime le cheerleading, j'aime aussi écarter mes jambes devant tous les gars à l'école.

« Comme Krissy ? », je demande en ébullition.

« Mmm... » dit-il, en faisant semblant de réajuster son pantalon comme si la simple mention de son nom l'excitait. Mon estomac se retourne, en me donnant envie de vomir le dîner que je viens de manger. « Sa bouche valait presque la peine de venir à Rosewood juste pour ça. »

« Tu es un porc. » En laissant tomber la boîte et le contenu que je mangeais sur le siège, j'ouvre la porte et sors.

« Où tu vas ? »

« Je m'éloigne de toi. »

Je claque la porte avant qu'il n'ait le temps de répondre.

Les pensées de lui avec Krissy ne devraient pas me perturber autant. La plupart des mecs du lycée ont passé du bon temps avec Krissy, et je m'en fous. Alors pourquoi je m'en soucie quand c'est lui ? Pourquoi le fait de penser à eux ensemble me donne envie d'aller arracher les cheveux de Krissy un par un pour la punir de l'avoir touché ?

« ARGH, » je crie dans la nuit silencieuse, peu importe où nous sommes, pour tenter d'expulser l'énergie accumulée qui vibre à l'intérieur de moi.

J'ai besoin de courir, de faire du cheerleading, de me saouler. N'importe quoi. Tout pour ne plus penser à ça —à lui.

Alors que je marche à côté de la voiture, je suis consciente que ses yeux sont braqués sur moi, mais je ne regarde pas en arrière. Ce serait de toute façon inutile avec la vitre teintée derrière laquelle il se cache.

Je suis loin d'être aussi calme que je le voudrais quand j'ouvre la portière côté conducteur et que je tombe sur le siège. Je le réajuste pour que mes petites jambes puissent atteindre les pédales et je démarre la voiture.

« Qu'es-tu— »

« Ta gueule, Ashton. Ta gueule, » je bouillonne, en faisant tourner le moteur et en allumant la radio dans la seconde pour noyer ses mots dans la musique. « Dors ou fais ce que tu veux, » je dis avant de monter encore le volume.

Il grogne quelque chose mais, heureusement, je ne peux pas le comprendre alors que je me mets à rouler et me dirige enfin vers Seattle, la dernière étape de notre voyage.

Malgré le fait que mes yeux restent rivés sur la route devant moi, je sens son regard me brûler pendant une éternité.

« Tu ne veux pas dormir ? » Je lui aboie dessus après avoir baissé un peu le volume de la musique.

« Mais te regarder fulminer est tellement amusant, » plaisante-t-il. « Tu veux plus de nourriture ? »

« Qu'est-ce que tu as fait avec la nourriture ? »

« Je l'ai mélangée avec du poison. » Je n'ai pas besoin de le regarder pour savoir qu'il lève les yeux au ciel. « Rien, mais tu as à peine mangé. »

« Ta compagnie m'a coupé l'appétit. Remets-la dans le sac, l'appétit reviendra peut-être quand je me serai enfin éloignée de toi. »

« Tu sais que ça ne va pas arriver, n'est-ce pas ? »

« Ouais, à propos de ça— »

« Il n'y a pas à discuter. »

« Nos parents ont ma valise, mes vêtements, toutes mes affaires. » Ou du moins j'espère que c'est le cas, vu que nous sommes sortis de l'aéroport en laissant tout derrière nous.

« Tu retrouveras tes affaires, ne t'inquiète pas. »

« Génial, » je marmonne. « Maintenant, dors. Tu m'agaces. »

Il rit mais au bout de quelques secondes, il s'allonge et disparaît de ma vue.

Je garde le volume de la musique bas parce que malgré le fait que je veuille l'emmerder autant qu'il m'emmerde, je ne suis pas une mauvaise personne et je sais combien d'heures il a conduit.

Le soleil commence à se lever et le paysage autour de moi change alors que je me dirige vers le centre de Seattle, mes yeux voltigent autour des bâtiments, la ville s'anime alors que je ralentis et commence à faire plus attention au GPS pour ne pas me tromper de route.

Enfin, l'écran finit par indiquer que nous ne sommes qu'à quelques minutes de notre destination. C'est appréciable quand on sait le nombre d'heures qu'il indiquait au moment de notre départ.

Je commence à penser que l'aveu d'Ashton comme

quoi il vivait dans un ghetto n'était rien de plus qu'une blague alors que je navigue dans la ville. Je passe devant l'hôtel que Maman avait mentionné dans son message et j'ai presque envie de m'arrêter et d'abandonner Ashton dans la voiture pour assouvir mon envie d'une bonne douche et d'un lit confortable, mais je le regarde dormir et je me rends compte que je ne peux pas.

Au lieu de cela, je continue de conduire, mais ce n'est qu'une vingtaine de minutes plus tard que je me rends compte qu'il ne mentait pas du tout. Je passe un coin et presque aussitôt l'ambiance change. Les bâtiments luxueux disparaissent et laissent place à des bâtiments aux briques plus sombres et couverts de graffitis.

« OK, » je murmure en moi-même en passant devant un groupe de jeunes, probablement de notre âge, qui ont l'air de faire quelque chose qu'ils ne devraient pas faire dans le recoin d'une devanture de magasin.

*Alors il ne mentait pas.*

Mes yeux s'écarquillent au fur et à mesure que je regarde ce qui nous entoure et contrairement au moment où j'étais en train de ralentir devant l'hôtel, maintenant je ne veux vraiment pas quitter la sécurité de notre voiture.

Les immeubles délabrés, les voitures déglinguées et les individus à l'allure douteuse qui traînent à cette heure de la matinée me font peur.

« Vous avez atteint votre destination, » me dit le GPS. Je trouve un espace sur le bord de la route et stoppe la voiture, en fixant l'immeuble vers lequel il m'a dirigé.

J'avale nerveusement. Est-ce pour ça qu'il voulait que je reste avec lui, pour me faire peur ? J'aurais été plus qu'heureuse d'être dans ce bel hôtel avec une chambre pour moi toute seule au lieu de risquer ma vie ici.

En me tortillant sur mon siège, je regarde Ashton qui

dort profondément sous ma couverture. Ses lèvres charnues sont légèrement entrouvertes et ses cils foncés sont appuyés contre ses joues légèrement rougies.

Il a l'air beau et paisible. Si paisible que je n'ai presque pas le courage de le réveiller... presque.

« Ashton, » dis-je un peu plus fort que nécessaire.

Il bouge, mais il ne se réveille pas.

« Ashton, on est arrivés. »

Ses yeux s'ouvrent et il s'assoit, en regardant par la fenêtre comme s'il était en état d'hypnose. Je n'ai aucune idée de s'il est réellement réveillé ou non car il est assis et totalement immobile pendant quelques secondes.

« Ash ? », je murmure, en craignant de le ramener brutalement à la réalité.

Après quelques secondes, il se tourne vers moi. Le regard dans ses yeux me coupe le souffle. Il a l'air de souffrir physiquement d'être là.

« C-c'était une erreur, » admet-il doucement, en arrachant ses yeux des miens.

« Je peux retourner à l'hôtel, » je propose, en supposant que c'est ce qu'il veut dire, mais quand ses épaules se tendent, je commence à me demander de quoi diable il parle réellement.

« Non, » dit-il avec un ton dur et sec.

« D-d'accord. Eh bien, quoi... » Je m'interromps quand son attention revient vers la fenêtre. Il déglutit, ce qui fait sauter sa pomme d'Adam et fait se contracter les tendons de son cou.

Après quelques secondes de plus, il semble s'armer de courage et il balance ses jambes du siège et passe ses doigts dans ses cheveux.

« T-tu vas bien ? » C'est une question stupide, je le

savais avant même qu'elle ne sorte de ma bouche, mais je ne sais pas quoi dire d'autre pour le moment.

« Non, Ruby. Je vais tout sauf bien là tout de suite. Prends tes trucs, on ne peut plus rester dans cette putain de voiture. »

Je lui fais un hochement de tête car, finalement, on est d'accord sur quelque chose. Je coupe le moteur, j'ouvre la porte, j'inspire une grande bouffée d'air pur… enfin, pas si pur que ça, et j'étire mes muscles endoloris. J'ai vraiment besoin de dormir dans un lit.

Il me rejoint sur le trottoir après quelques instants, les yeux toujours rivés sur le bâtiment devant nous.

« Tu as vécu ici longtemps ? », je demande, en ayant besoin de briser le silence.

« Oui. »

Il avance rapidement vers l'entrée et je n'ai pas d'autre choix que de le suivre à moins bien sûr que je veuille être assassinée dans la rue aujourd'hui.

Je me précipite pour le rattraper alors qu'il pousse les portes. Je suis étonnée—et quelque peu soulagée—lorsqu'un ascenseur apparaît au coin et que je m'avance vers lui.

« Non, » gronde une voix basse derrière moi.

Ma main s'arrête à mi-chemin du bouton et je me tourne vers lui. « Tu ne veux pas entrer là-dedans. Escaliers. » Il fait un signe du menton vers les escaliers et se dirige vers eux.

Je le suis et je commence à grimper malgré le fait que les muscles de mes jambes me brûlent à chaque pas que je fais.

« Je suis trop fatiguée pour faire ça. Qu'est-ce qu'il y a de mal à prendre l'ascenseur ? »

« Tu ne veux pas savoir, crois-moi. Nous y sommes

presque. » Il me regarde et pendant un instant, je pense qu'il va s'arrêter pour m'aider, mais ensuite il se retourne et continue d'avancer.

Finalement, il finit par s'arrêter devant une porte avec de la peinture verte écaillée et un soixante-sept bancal accroché dessus. Le couloir lui-même est... déprimant. Il n'y a vraiment pas d'autre façon de le décrire. Ça sent aussi une odeur particulière, mais je n'arrive pas vraiment à mettre le doigt sur ce qu'est cette odeur de moisi à faire se retourner l'estomac.

Après quelques secondes, Ashton glisse une clé dans la serrure et après avoir inspiré profondément, il pousse la porte et entre.

Je n'ai aucune idée de ce qu'il peut ressentir, en étant de retour ici après tout ce qui s'est passé, mais vu la tension de ses épaules et la façon dont sa tête est légèrement baissée alors qu'il se tient au milieu de la pièce, je sais que c'est plus dur qu'il ne le veut l'admettre.

En entrant dans l'appartement sommaire et froid juste après lui, je ferme la porte et examine le lieu. C'est un appartement avec une cuisine ouverte et peu de meubles et d'effets personnels. S'il ne m'avait pas dit en bas que c'était son appartement depuis longtemps, je ne l'aurais jamais cru. On dirait qu'ils venaient juste d'emménager ou qu'ils étaient sur le point de déménager.

En m'approchant de lui, je place ma main entre ses omoplates, mon envie d'essayer de le réconforter prenant le dessus. J'enroule mon autre main autour de son bras dans l'espoir que mon contact puisse l'aider d'une manière ou d'une autre. Il sursaute lorsque ma chaleur le touche, mais il ne bouge pas et ne dit rien en continuant de fixer le mur.

« Ash ? Es-tu— » Mes mots sont interrompus lorsque

ses yeux se posent sur les miens. Mon souffle se bloque dans ma gorge à cause de la douleur qui traverse ses yeux sombres.

Avant même que je ne me rende compte qu'il a bougé, sa main est autour de mon cou, mon dos s'écrase contre un mur et sa langue se fraie un chemin entre mes lèvres.

Son baiser est violent, humide et obscène, et je m'y perds presque instantanément. Il lèche ma langue avant de mordre ma lèvre inférieure. J'ai l'impression de sentir le goût cuivré du sang sur ma langue.

Ses doigts tiennent fermement mon cou, mais la caresse de son pouce alors qu'il continue de m'embrasser ne m'échappe pas.

« Ashton, » je gémis dans son baiser alors que toute la longueur de son corps se presse contre le mien, en m'écrasant entre son corps robuste et le mur dans mon dos.

Le désir jaillit directement entre mes jambes à la seconde où je réalise que sa bite dure est pressée contre mon ventre.

« Putain, Ruby, » gémit-il en laissant tomber ses lèvres sur ma mâchoire. « J'ai besoin de... j'ai besoin que tout ça disparaisse, » admet-il. La douleur dans sa voix me brise le cœur. C'est peut-être un connard, mais il souffre de la pire douleur au monde après avoir perdu sa mère.

« Laisse-moi faire, » dis-je, en me choquant moi-même.

« Ruby, » gémit-il, sa main s'enroulant autour de mon épaule avant de se pousser légèrement, en me montrant exactement ce qu'il veut.

Mon dos glisse le long du mur jusqu'à ce que je sois

face à face avec sa bite recouverte par son pantalon de jogging.

Ma bouche s'assèche à l'idée de ce que je m'apprête à faire.

Je le regarde avec hésitation, et à la seconde où je trouve son regard sombre et tourmenté qui me fixe, je sais qu'il n'y a aucun moyen que je puisse refuser.

Je ne suis peut-être pas Krissy ou l'une des autres salopes de pom-pom comme il le prétend, mais je peux le faire pour lui. Lui donner la libération dont il a besoin pour se vider la tête.

Mes doigts s'enroulent autour de la ceinture de son pantalon, mais à la seconde où mes doigts effleurent sa peau, il s'éloigne de moi comme si je le brûlais.

« Non, » aboie-t-il. Alors qu'il s'éloigne de moi, son comportement change complètement. Fini le garçon perdu et brisé d'il y a quelques instants, et à sa place se trouve le connard vicieux auquel je suis beaucoup plus habituée. « Je ne veux pas de toi, » crache-t-il en me regardant penchée sur le sol comme si je n'étais rien de plus qu'une merde sur sa chaussure.

Mes lèvres s'entrouvrent et les larmes me brûlent les yeux, mais je les combats. Il n'y a aucune chance que je montre à ce connard que je me soucie du fait qu'il me rejette, parce que ce n'est pas le cas... c'est juste parce que je suis complètement épuisée.

Ses yeux me fixent pendant quelques secondes de plus alors qu'il recule vers la porte.

« Ne touche à rien et n'ouvre pas la porte, sous aucun prétexte, » prévient-il, mais avant que je puisse lui demander pourquoi, il part et claque la porte derrière lui.

Mes jambes lâchent et mes fesses touchent le sol avec un bruit sourd.

« Qu'est-ce que c'est que ce bordel ? », je marmonne, en fixant la porte fermée comme si elle détenait toutes les réponses au mystère qu'est Ashton Fury.

Je repose ma tête contre le mur, mes yeux pleins de larmes à cause de son rejet tout en crevant d'envie de les fermer.

En sachant que je ne peux pas m'évanouir sur le sol— je pourrais aussi bien retourner à la voiture si je considère le putain de sol comme une option—je me lève et regarde autour de moi.

Il y a quatre portes menant à cette pièce principale, je sais déjà que l'une d'elles est mon échappatoire si j'en ai besoin, donc je ne peux que supposer que les deux autres sont des chambres et une salle de bain.

En prenant une grande inspiration, je me prépare à partir à la recherche de la salle de bain. Je ne veux vraiment pas fouiner dans la maison d'Ashton et de sa mère, mais j'ai l'impression que je n'ai pas le choix vu que ce connard m'a laissé seule.

Je m'arrête avec mes doigts enroulés autour de la poignée, en détestant envahir leur intimité en faisant cela mais sans avoir d'autre option.

J'ouvre un peu la porte et jette un coup d'œil par l'entrebâillement. C'est clairement la chambre d'une femme, alors je la referme rapidement. Ashton devrait être le premier à s'occuper de cette pièce.

J'essaie la suivante et trouve exactement ce que je cherchais.

Je vais aux toilettes avant de me déshabiller et de m'asperger d'eau froide. Je veux prendre une douche et je la regarde avec envie, mais ça ne me semble pas approprié de faire comme si j'étais chez moi, alors je me sers uniquement du savon sur le côté et fait couler de l'eau glacée. Je mets un peu de dentifrice sur mon doigt en prenant le tube qui était sur le lavabo et essaie de me brosser les dents. J'avais acheté une brosse à dents dans le premier magasin où nous nous sommes arrêtés, mais j'ai tout laissé dans la voiture, et j'imagine que cela a disparu avec Ashton.

Silencieusement, je ferme la porte derrière moi et regarde à nouveau autour de moi. Les meubles sont tous vieux, usés et abimés. Les éléments de la cuisine semblent à peine tenir debout et les fenêtres sont petites et sales et laissent à peine entrer la lumière. Je comprends pourquoi lorsque je m'approche et que je constate que cela donne directement sur l'appartement de quelqu'un d'autre dans le bâtiment voisin.

Il y a quelques cadres photo sur la commode et je ralentis en passant, en regardant un Ash plus jeune et plus doux avec le bras de sa mère enroulé autour de ses épaules. Elle le regarde comme s'il était la prunelle de ses yeux et mon cœur se déchire pour ce pauvre garçon qui a tout perdu.

Je continue d'avancer, en regardant autour de moi, pas qu'il y ait grand-chose d'intéressant à regarder jusqu'à ce que mes yeux se posent sur sa porte.

Je sais que je ne devrais pas, mais mon envie d'en savoir plus sur le garçon qui joue avec ma tête et mon corps est trop forte.

Je tourne la poignée et pousse sa porte. Je ne suis guère surprise lorsqu'une pièce noire m'accueille. Des posters de groupes de musique couvrent les murs, je ne connais pas la plupart d'entre eux, le gangsta rap n'est pas vraiment mon truc à moins de considérer qu'avoir été tenue éveillée nuit après nuit par cette putain de musique fasse de moi une fan.

Son lit est recouvert de draps noirs en désordre et tout comme la pièce principale, il n'y a pas grand-chose en termes d'effets personnels. Il y a quelques bouteilles de parfum, un casque et un chargeur de portable, mais c'est tout. Je m'assieds au bord de son lit et j'essaie d'imaginer à quoi ressemblait sa vie ici, mais c'est difficile quand il y a si peu d'indices. Une chose que je sais cependant, il n'a pas grandi comme moi, et je commence à vraiment comprendre pourquoi il me déteste.

Stephen l'a laissé là avec sa mère et a commencé une nouvelle vie à Rosewood. Nous ne sommes pas riches, pas du tout, mais nous avons assez pour vivre bien et ne pas avoir à nous soucier de l'argent pour la nourriture ou autre nécessités. Nous avons de l'eau chaude et du chauffage, ce qui semble manquer ici.

Quand mes yeux deviennent lourds et que mon corps commence à s'engourdir, je regarde son lit par-dessus mon épaule. J'ai vraiment envie de ramper sous ces draps et de m'endormir. Mais je ne peux pas.

Au lieu de cela, je sors, en fermant la porte derrière moi comme si je n'étais jamais entrée, et je me blottis sur le canapé, en regrettant de ne pas avoir récupéré ma couverture et mon oreiller à l'arrière de la voiture. Je me mets en boule et essaie d'être aussi à l'aise que possible. Heureusement, je suis si fatiguée que le canapé froid, dur et bosselé ne me dérange pas vraiment, et en quelques minutes je m'endors.

# CHAPITRE SEIZE

Ashton

Je n'avais aucun plan quand je suis sorti de l'appartement en trombe, mais à la seconde où j'ai posé les yeux sur la voiture de Papa garée sur le trottoir, j'ai su que je ne pourrais pas y retourner. Je ne peux pas sentir son odeur, qui me la rappelle.

J'ai éloigné mes yeux de ce qui était comme notre maison ces derniers jours et j'ai commencé à marcher dans la rue comme je l'ai fait presque tous les jours depuis que Papa est parti et que Maman nous a installés ici.

Cet endroit ressemble à ce que j'imagine que l'enfer doit être, mais c'est chez moi, dans toute sa foutue splendeur.

L'odeur de l'herbe à chaque coin de rue, les dealers, les prostituées, les voitures cabossées, défoncées, les cris et les pleurs des gens alors quelqu'un pense devoir gueuler et tout cela semble normal, et j'ai l'impression de pouvoir respirer correctement pour la première fois depuis que je suis parti de cet endroit sur ma moto.

Je marche pendant des heures alors que le soleil monte de plus en plus haut dans le ciel et que la ville s'anime.

Je n'ai nulle part où aller ce matin. Les quelques amis que j'ai seront soit endormis, soit iront au lycée—la première option est la plus probable car ils ont l'habitude de fréquenter l'école autant que moi.

Quand j'ai finalement l'impression d'être à court d'énergie, je fais demi-tour, fais une courte pause et me dirige vers la maison, ou plus précisément, mon lit.

Chaque muscle de mon corps me fait mal lorsque je monte les escaliers. J'étais peut-être à moitié endormi quand Ruby conduisait, mais j'étais sur le point de dériver complètement. Je suis resté allongé là pendant des heures, les pensées de l'endroit où j'allais et de ce que j'allais devoir faire me traversaient la tête, sans parler du souvenir d'avoir épinglé Ruby contre la voiture quelques heures auparavant.

Je dois rester loin d'elle, je le sais. Ce que je ne comprends pas, c'est pourquoi je ne peux pas la laisser partir. J'aurais dû la ramener à l'hôtel et la laisser avec Papa et Lisa, mais à la place, je l'ai emmenée au seul endroit où je ne veux pas être, sans parler du fait d'être accompagné, et puis je l'ai laissée là après qu'elle m'a proposé de...

Je secoue la tête. Je ne peux pas me permettre de penser à elle à genoux devant moi. Cela ne peut pas arriver. Pas parce que c'est interdit ou quoi que ce soit du genre et que les gens nous cracheraient à la gueule s'ils le savaient, mais parce que je ne me fais pas confiance avec elle. Elle fait ressortir ce côté fou de moi, que je ne reconnais pas et je suis certain que si elle expérimente vraiment les choses que j'ai envie de lui faire, comme la blesser, la punir, alors elle ne me regardera jamais plus. Ce n'est pas que ce serait un gros problème, mais nous allons devoir nous supporter d'une manière ou d'une autre vu que nous vivons maintenant sous le même putain de toit.

Je pousse la porte et ferme les yeux en entrant dans l'appartement. Les souvenirs qui m'ont inondé la première fois que je suis entré ici il y a quelques heures menaçaient de me terrasser, je n'ai aucune raison de penser que ce sera différent cette fois.

En fermant la porte derrière moi, je garde les yeux au sol, jusqu'à ce qu'un bruit me fasse lever les yeux et examiner la pièce. Je m'attends à la trouver debout quelque part en train de me regarder avec une expression furieuse sur le visage mais à la place, je la trouve recroquevillée en boule sur le canapé en train de ronfler doucement.

Mon souffle s'arrête à sa vue. Cet appartement est glacial, au point que je peux voir le nuage de mon souffle devant mon visage, pourtant elle est là sans même une couverture qui la couvre.

Je marche vers elle et je me mets accroupi devant elle.

« Ruby, » je murmure, mais elle ne bouge pas.

En sachant que je ne peux pas la laisser geler ici, je glisse mes bras sous son corps et la soulève contre ma poitrine. À la seconde où elle sent ma chaleur, elle se blottit contre moi et frotte sa joue contre mon épaule.

Mon rythme cardiaque s'accélère alors que je la regarde, mais je ne me laisse pas le temps de vraiment réfléchir à ma réaction car je marche vers ma chambre, en ignorant les quelques images de Maman et moi quand je passe devant sa porte.

Dès que nous sommes dans ma chambre, je l'allonge sur mon lit, retire ses baskets et la couvre.

En reculant un peu, je la regarde recroquevillée dans mon lit. Je n'ai aucune idée de ce que je ressens. Je veux la détester, mais je ne suis pas sûr de réussir à le faire, et cela ne fait que me donner envie de la détester encore plus.

En lui tournant le dos, je me dirige vers la salle de bain et ferme doucement la porte derrière moi.

Je me déshabille, en essayant d'ignorer le froid qui me mord la peau, je sais que c'est sur le point d'empirer. Je ne prends pas la peine d'attendre après avoir allumé la douche, je sais que l'eau ne sera pas chaude. Au lieu de cela, je me prépare et m'avance sous le ruissellement d'eau glacée.

Je me dépêche de me laver avant de sortir, en me séchant aussi vite que possible.

Avec la serviette autour de ma taille, je retourne dans ma chambre, enfile un boxer et un survêtement propres, et me glisse dans le lit.

Est-ce que je veux être ici avec elle ? Non, pas vraiment. Mais putain, je ne vais pas être celui qui frissonne sur le canapé quand il y a un très bon lit avec des couvertures épaisses.

Le sommeil arrive facilement, pas que je sois surpris après ces deux derniers jours. Avec l'aide de sa chaleur contre moi, je laisse l'obscurité m'envahir en espérant qu'un peu de paix l'accompagnera. Être de retour ici, voir les affaires de Maman, être là où elle était, ça me fout la tête en vrac. Je ne veux pas être ici. Je ne veux pas de Ruby ici. Mais en même temps, je ne peux imaginer aucun de nous nulle part ailleurs en ce moment.

Quand je finis par me réveiller, c'est avec l'agitation urbaine auquel je suis trop habitué et qui m'a presque manqué pendant mon court séjour. Mais ce n'est pas le bruit qui m'alerte, c'est le petit corps chaud dans mes bras et le regard brûlant que je peux sentir.

« Je sais que tu es réveillé, » murmure-t-elle. « Alors tu peux me lâcher maintenant. »

J'aimerais pouvoir, mais avec mes membres encore lourds de sommeil, mon bras et ma jambe restent exactement là où ils sont, enroulés autour d'elle, la clouant à moi.

« Tu es chaude, » je murmure, en gardant les yeux fermés et en souhaitant pouvoir m'éloigner de cette réalité à la con.

« Ash. » Elle glousse, en essayant de s'éloigner de moi mais en se retrouvant coincée.

Je devrais la relâcher, je le sais, mais putain.

En ouvrant les yeux, je vois ses yeux verts bien éveillés qui me fixent. Les voir est comme un seau d'eau froide jeté sur moi.

Je la libère immédiatement et roule sur le dos.

« Désolé, » je marmonne, en regardant le plafond. « Tu étais juste... chaude. »

« Ouais, » soupire-t-elle, en suivant mon mouvement et en se déplaçant sur le dos. « Où tu veux aller ? »

« Dehors. »

« Biiien ». Elle s'assoit et attrape son portable sur la table de chevet.

« Tu avais vraiment froid quand je suis entré, alors... »

« Merci, » murmure-t-elle. « Jésus, il est tard. » C'est évident étant donné que le soleil est à nouveau en train de tomber dans le ciel.

Elle tapote un peu sur son téléphone, je suppose

qu'elle répond aux messages, mais je la laisse faire ses trucs.

« Nos parents veulent savoir si nous voulons les rejoindre pour le dîner. »

« Non. »

« O-oh. »

« Dis-leur que tu ne peux pas non plus. »

Elle me jette un coup d'œil, mais je ne la regarde pas.

« D-d'accord. » Elle reporte son attention sur l'écran et tapote quelque chose, j'imagine pour refuser leur offre. Je n'ai aucune idée de ce qu'ils doivent penser en ce moment à propos de tout ça, mais pour être honnête, je m'en fous carrément.

Je regrette mon geste à la seconde où je retire les couvertures et que la froideur de l'appartement frappe ma peau. Je frissonne, mais ce n'est pas suffisant pour me forcer à y retourner. Je suis presque à la porte quand elle s'adresse à moi.

« Ash ? » Sa voix est si douce et incertaine qu'elle me fait me retourner.

« Ouais. »

Ses yeux descendent le long de mon torse nu, en s'attardant là où je sais que mon érection matinale peut se voir contre le tissu de mon jogging. Elle déglutit nerveusement et cela ne fait rien pour m'aider à débander.

« À propos d'hier soir... », commence-t-elle avec hésitation.

« Oublie. C'était... » J'expire, en me rappelant à quoi elle ressemblait en étant à genoux devant moi. « Une erreur. Cela ne se reproduira plus. »

« D-d'accord. B-bien. » Je jurerais voir la déception traverser son visage, mais je ne reste pas assez longtemps pour m'en assurer. Au lieu de cela, je lui tourne le dos et me dirige vers la salle de bain pour prendre une douche qui ne manquera pas d'enrayer l'érection que j'ai depuis mon réveil avec elle dans mes bras.

Quand j'émerge, je la vois en train d'ouvrir les quelques placards que nous avons dans la cuisine.

« Qu'est-ce que tu fais ? » J'aboie et elle sursaute comme si elle venait d'être surprise en train de voler.

« Oh merde, je... hum... je cherche quelque chose à manger. »

« Bonne chance. Tu peux peut-être trouver des crackers. »

Je continue vers la chambre avec une serviette autour de la taille, mais je m'arrête à mi-chemin de la pièce quand elle me parle à nouveau.

« Était-ce vraiment comme ça que tu vivais ? »

« Oui, petite. C'était comme ça, » dis-je tristement et je continue d'avancer avant qu'elle n'ait le temps d'en dire plus. Je n'ai pas honte de la façon dont nous avons vécu, c'était notre réalité. Si je ne voulais pas qu'elle la voie, alors j'aurais pu la déposer au somptueux hôtel que Papa avait réservé et la garder éloignée d'ici.

*Tu aurais probablement dû faire ça,* crie une petite voix dans ma tête alors que je me dirige vers ma commode et en sors un boxer.

Je laisse tomber la serviette lorsqu'un halètement retentit de l'embrasure de la porte. Heureusement, elle attend que je l'enfile pour parler.

« Je sors, » dis-je en attrapant des vêtements.

« Prends ça, s'il te plaît. »

En ne sachant pas de quoi elle parle, je me retourne.

« Non, » je crache en voyant la carte de crédit dans sa main.

« Pourquoi pas ? Tu as le droit de la prendre, Ash. C'est ton père qui paie, » admet-elle avec une grimace lorsque mon visage se durcit de colère. Bien sûr qu'il alimente sa carte de crédit, pourquoi ne le ferait-il pas ?

Putain de trou du cul.

« Je ne veux rien de lui. »

« Je... je comprends— »

« Non, non, putain, non. Tu n'en as aucune idée. Tu penses que voir cet endroit signifie que tu comprends quoi que ce soit concernant ma vie. Putain, ce n'est pas le cas. »

Elle recule dans l'encadrement de la porte alors que je fais un pas vers elle, en se recroquevillant comme un petit animal effrayé.

« Je ne veux pas de son putain d'argent. S'il voulait que je l'aie, alors il l'aurait fait plus tôt, et ma vie aurait été différente. »

« Ash, cet endroit est glacial, il n'y a pas d'eau chaude, pas de nourriture. Si nous voulons rester ici, alors nous devons arranger ça. »

« Pourquoi ? La princesse Ruby ne peut pas surmonter un petit rhume ? » Je lève les sourcils vers elle.

« Je peux parfaitement gérer ça. Mais nous n'avons pas à le faire. » Elle me force à nouveau à prendre la carte. « Je ne suis pas une petite minette qui crie et qui pleure au moindre obstacle, Ash. Mais pourquoi souffrir quand nous n'y sommes pas obligés ? »

Je m'avance vers elle et elle presse à nouveau son corps contre l'embrasure de la porte pour tenter de garder un peu d'espace entre nous.

« Fais-moi confiance, petite. Je sais exactement comment te faire crier. » Je la regarde par dessous mes cils alors que je referme l'espace entre nous. La chaleur de son corps s'infiltre dans le mien et pendant une seconde, je suis presque prêt à tendre la main et à la serrer contre moi comme si elle était un putain de radiateur. Mais je ne le fais pas. Je garde mes bras sur les côtés et je regarde ses yeux qui s'assombrissent rapidement. « Et tu sais que je pourrais le refaire en un claquement de doigts si je le voulais. »

« Ashton, » m'avertit-elle, bien que tout ce que j'entends soit comme un appel pour que je fasse exactement ce que je viens de suggérer.

« Est-ce que c'est ce que tu veux ? Tu me veux encore entre tes cuisses, léchant ta jolie petite chatte jusqu'à ce que tu cries mon nom ? »

Elle déglutit alors que ses yeux se ferment en entendant mes mots.

« Tu es encore mouillée pour moi, n'est-ce pas ? »

« Ash. » Sa poitrine se soulève, ses respirations ressemblent à des halètements.

Je tends la main et je la glisse sous son sweat à capuche et son débardeur jusqu'à ce que je trouve la peau lisse de son ventre.

« Si je devais enfoncer ma main dans ta culotte maintenant, je te trouverais toute dégoulinante pour moi, n'est-ce pas ? »

Elle secoue la tête presque violemment en signe de déni, et tout ce que je peux faire c'est sourire à sa tentative de nier ce truc qui crépite entre nous.

C'est une distraction idéale et je ne suis pas sûr de pouvoir résister à y plonger la main très longtemps...

Son corps entier se tend alors que je glisse ma main dans son pantalon et dans sa culotte.

« Oh mon Dieu, » elle halète quand je frôle son clitoris.

« Tu es vraiment une mauvaise menteuse, petite. Tu sens ça ? », je demande, en plongeant mon doigt en elle et il s'imbibe de son humidité.

Cette fois, elle hoche la tête, les yeux fermés et la tête appuyée contre l'embrasure de la porte.

En me penchant en avant, je passe mes lèvres contre son oreille et me réjouis du frisson qui la parcourt à mon simple contact.

« Très bientôt, je vais m'occuper de ça. Je vais m'assurer que tu te souviendras pour toujours de qui t'a enlevé ton innocence, m'assurer que tous les autres enculés qui oseront essayer de prendre ce qui m'appartient paraissent bien pâles en comparaison. »

Elle halète en entendant mes mots mais son corps la trahit car un flot d'humidité coule le long de ma main.

« Tu crèves d'envie de ça aussi, n'est-ce pas ? »

Elle secoue à nouveau la tête.

« Ne me mens pas, putain, Ruby, » j'aboie, en lui faisant lever la tête et ouvrir les yeux.

Je fais le tour de son clitoris une fois de plus et elle doit se battre pour garder le contact visuel avec moi.

« Dis-moi que tu t'es endormie la nuit dernière en pensant à ce que ça aurait été d'aspirer ma bite profondément dans ta bouche. »

Elle mord sa lèvre inférieure, ses dents s'y enfoncent jusqu'au point où je suis sûr que ça doit lui faire mal. Puis après un temps, elle hoche la tête.

« Brave fille. Si tu as de la chance, tu le feras peut-être bientôt. »

En retirant brutalement ma main, j'approche mes doigts de sa bouche.

« Ouvre. » Elle fait ce qu'on lui dit avec hésitation, et

je pousse mes doigts mouillés entre ses lèvres. « Maintenant, lèche-les pour les nettoyer. »

Elle fait ce qu'on lui dit, ma bite durcit pendant que sa langue lèche mes doigts.

*Putain.*

« Brave fille, » je répète. « Maintenant, ne pense même pas à terminer le travail toute seule parce que ça... » Je lui presse l'entrejambe avec ma main. « C'est à moi. Ton plaisir, ta douleur, à partir de maintenant, c'est à moi. Compris ? »

Elle hoche la tête une fois de plus, et je prends la carte de crédit de ses doigts et m'éloigne.

« Le code ? », je demande par-dessus mon épaule et elle me balance rapidement les chiffres avant que je n'ouvre la porte et ne me précipite hors de l'appartement.

# CHAPITRE DIX-SEPT

Ruby

Je me retrouve une fois de plus avec les fesses sur le parquet froid et dur en train de regarder Ashton s'éloigner de moi. Ma poitrine se soulève, le désir coule dans mes veines et ma tête tourne.

J'étais si proche. Tellement proche. Et puis il a retiré ses doigts. Connard.

En me remettant sur pieds, je retourne à la cuisine sur des jambes tremblantes. Mon cœur palpite à cause de ma frustration, et la tentation d'aller à l'encontre de ce qu'il a dit et d'aller terminer le travail toute seule dans son lit, entourée de son odeur, est presque trop difficile à ignorer.

Mais je ne le fais pas. Au lieu de cela, je me dirige vers la salle de bain.

« Bon sang. » Je marmonne en contournant le canapé et trouve quelque chose que je ne m'attendais pas à voir. Ma valise.

Je la pose sur le canapé et l'ouvre pour y trouver toutes mes affaires exactement comme je les avais emballées.

Je sors ma trousse de toilette et des vêtements propres et les emmène dans la salle de bain.

Je sais déjà qu'il n'y a pas d'eau chaude, donc quand je me déshabille, je me prépare à l'explosion de glace.

« Oh mon Dieu, » je crie en dansant sous l'eau. Si je n'étais pas complètement réveillée avant, je le suis certainement maintenant. Je me lave les cheveux, en maudissant Ash à chaque seconde de cette torture.

Au moment où je sors, mes dents claquent et ma peau est recouverte de chair de poule.

« Putain, putain, putain. » Il n'y a pas de serviette.

J'ouvre la porte et jette un œil dehors, en m'assurant qu'il n'est pas déjà revenu avant de traverser l'appartement en courant, consciente que les fenêtres donnent directement sur celles des voisins. À la seconde où je suis dans sa chambre, je prends la serviette qu'il a laissée tomber tout à l'heure. Elle est encore humide et maintenant gelée, mais c'est mieux que rien.

Je sèche mes cheveux et passe la serviette sur mon corps pour absorber les gouttelettes glacées.

En quelques minutes, j'ai mis mes vêtements propres, mais je frissonne toujours malgré le fait que je serre mon sweat à capuche autour de moi.

Je remplis la machine à café qui est posée sur le comptoir de la cuisine, en priant tous les dieux pour qu'elle fonctionne avant de retourner dans la chambre d'Ashton pour retrouver ses draps.

Avec une tasse de café noir fumant—pas mon préféré, mais je ne suis pas vraiment en mesure de me plaindre pour le moment—et le seul paquet de crackers que j'ai pu trouver, je me blottis dans ses draps et serre la tasse devant moi dans l'espoir qu'elle dissipe le froid.

Le côté sensé de moi sait que je devrais sortir et aller retrouver nos parents. Mais il y a quelque chose qui m'empêche de partir. Je sais ce que c'est, c'est la douleur dans ses yeux, une douleur que je ne veux pas aggraver, et j'ai le sentiment que si je franchissais cette porte, ce serait le cas. Alors je reste à me torturer ici alors que le soleil commence à se coucher dehors, en transformant toutes les couleurs de l'appartement en orange sombre. Je me dis que je devrais me contenter du fait qu'il y ait encore de l'électricité et d'avoir de la lumière.

Je regarde mes réseaux sociaux, en rattrapant tout ce que j'ai manqué en dormant aujourd'hui avant d'envoyer à mon père, Harley et Poppy un message pour leur raconter comment ça se passe à Seattle. En d'autres termes, je mens. Je retourne aussi, un peu à contrecœur, l'appel manqué de Maman. Je sais qu'elle est inquiète, probablement pour une très bonne raison, mais je force à teinter ma voix d'un peu de joie et la convainc que tout va bien et que nous serons aux funérailles à temps demain.

Quelques heures plus tard, j'ai réussi à me réchauffer un peu lorsqu'une clé est enfoncée dans la serrure de l'autre côté de la porte. Mon cœur bondit dans ma gorge alors que j'attends qu'il entre à l'intérieur.

Je n'ai aucune idée de quel genre d'humeur il pourrait être, et je me prépare à ce qui pourrait être sur le point d'arriver.

Dès que je le vois, l'air que je retenais m'échappe à la vue des sacs dans ses mains. Il a acheté de la nourriture.

« Eh bien, ne reste pas assise là, aide-moi à déballer tout ça. »

Je sors de ses draps et me précipite dans la cuisine avec lui.

« Nous avons aussi de l'eau chaude et du chauffage, » dit-il.

« Merci. »

« Je ne l'ai pas fait juste pour toi, » admet-il en me regardant du coin de l'œil.

« Je sais, mais j'apprécie quand même. Café ? », je demande, mes lèvres s'étirant en un sourire quand je le vois sortir de la crème de l'un des sacs.

« S'il te plaît. Noir, pas de sucre. »

« Pourquoi ne suis-je pas surprise ? »

« Parce que je suis un connard plein d'amertume, » plaisante-t-il, en faisant s'agrandir mon sourire.

« Oui, quelque chose comme ça. Alors je peux prendre une autre douche avec de l'eau chaude maintenant ? »

« Oui, mais tu vas devoir être rapide. »

« Pourquoi ? »

« Nous allons sortir. »

« Sortir ? »

« Oui, et tu vas porter ça. » Il me lance un sac que j'attrape en plissant les yeux vers lui.

« Qu-qu'est-ce que c'est ? »

« Une robe, petite. »

« J'ai des vêtements, » je dis sur un ton boudeur, en ne sachant pas vraiment ce que je ressens à propos du fait qu'il a fait du shopping pour moi. « Au fait, merci d'avoir pris ma valise au passage, » je lâche après quelques secondes.

« Ta mère l'avait laissée à la réception de l'hôtel, je viens de la récupérer. » Il hausse les épaules comme si ça n'avait pas d'importance, et j'imagine que c'est le cas, mais cela montre qu'il a vraiment un cœur parce qu'il a pensé à moi et a fait quelque chose de bien. « Nous partons dans une heure. Tu veux un sandwich ? »

« J'adorerais. »

« Tu t'occupes de ça, » dit-il en faisant un signe de tête vers la salle de bain. « Et je m'occupe du sandwich. »

Je suis ses ordres et avec le sac en main, je me dirige vers la salle de bain, en attrapant ma valise au passage pour avoir tout ce dont j'aurais besoin sous la main.

Bien que cela me tue presque de le faire, je ne regarde pas dans le sac avant d'entrer dans la douche. Je remets à plus tard le fait de savoir ce qu'il a pensé qui pourrait m'aller et prend une douche chaude.

À la seconde où la chaleur me touche, je soupire de soulagement. Après avoir eu froid pendant si longtemps, c'est incroyable.

Je prends le temps de me laver les cheveux cette fois et de frotter chaque centimètre de mon corps, en me lavant de ce long voyage.

Je sors et m'enveloppe dans une serviette maintenant chaude grâce au radiateur, et je me mets de la crème hydratante et je m'asperge de parfum.

Mon envie de savoir prend enfin le dessus et je mets la main dans le sac. Ce que je sors ne peut pas être une robe, ça ne ressemble à rien de plus qu'un morceau de tissu.

« Qu'est-ce que... » Je la soulève, mes yeux sortant presque de leur orbite.

Je ne peux pas porter de sous-vêtements sous ce truc.

« Ashton, » dis-je en ouvrant la porte d'un centimètre.

« Ouais. »

« Il n'y a pas moyen que je porte cette robe. »

« Pourquoi ? »

« Tu l'as vue ? »

« Euh... ouais, je l'ai choisie. »

« Pourquoi ? Pour me faire ressembler à la pute que tu penses que je suis ? »

« Non, Ruby. Parce que je pense que tu auras l'air sexy. » Il lève un sourcil. « Maintenant, montre-moi si j'ai raison ou pas. »

« Je ne suis pas... je ne peux pas... », je rouspète.

« Ne m'oblige pas à venir et à te la mettre moi-même. »

« Tu ne le ferais pas. »

« Ah bon ? »

Mes lèvres s'entrouvrent pour argumenter mais je me rends compte que si, il le ferait probablement.

« Tu fais chier. » Je referme la porte et examine le tissu. Je pourrais aussi bien sortir nue. Avec un gémissement, je laisse tomber la serviette et la remonte sur mon corps.

Je fixe les bretelles sur mes épaules et me regarde.

La robe est parfaitement ajustée. Si je ne savais pas qu'il l'avait choisie dans un magasin, je penserais qu'elle a été faite pour moi. Le renflement de mes seins est plus qu'apparent avec le décolleté plongeant et comme si elle n'était pas assez courte, il y a une fente jusqu'en haut de ma cuisse.

Je ne peux voir que la moitié supérieure de moi-même dans le miroir fissuré au-dessus du lavabo, mais je ne peux pas nier que cette moitié a l'air bien, malgré mes cheveux mouillés dont je ne sais pas quoi faire parce que je n'ai pas apporté de sèche-cheveux ni de lisseur.

En prenant une inspiration et un peu de confiance en moi, j'ouvre la porte et sors.

Le sandwich d'Ashton est à mi-chemin de sa bouche

quand il me regarde, et je ne peux m'empêcher de rire quand il le laisse tomber sur l'assiette posée sur ses genoux.

« Putain. »

« Je suis pratiquement nue, Ash. » Je lève mes bras de frustration.

Il doit s'éclaircir la gorge avant de parler. « Tu vas la porter quand même. »

« Je ne peux pas. Si je me penche, alors— »

« Ne te penche pas. »

« Putain d'enfer. »

« Tiens, » dit-il en poussant une assiette vers moi. Je baisse les yeux et mon estomac gronde bruyamment. « Mange. »

Je fais ce qu'on me dit, mais seulement parce que je meurs de faim.

« Maman a un sèche-cheveux et toutes sortes de trucs dans sa chambre, tu peux les utiliser, » dit-il, en s'enfonçant le canapé une fois qu'il a fini de manger et qu'il passe ses yeux le long de mon corps.

« Je... je ne suis pas sûre. »

« C'est bon, petite. Je vais devoir commencer à tout vider demain donc ça peut bien être utilisé une dernière fois. »

« Tu es vraiment sûr, je ne veux pas... »

« Vas-y, c'est bon. »

Je pose mon assiette vide, attrape quelques affaires avant de me rendre dans la chambre de sa mère et sors le tabouret de dessous la coiffeuse.

Il me laisse seule une dizaine de minutes pendant que je me sèche les cheveux, mais il doit s'ennuyer, ou se sentir seul car il se tient bientôt dans l'embrasure de la porte à me regarder me maquiller.

« Où allons-nous ce soir ? », je demande, en me sentant soudain un peu excitée à l'idée de découvrir une autre partie de sa vie passée.

« Tiens, » dit-il en me tendant une petite bouteille de vodka. « Décompresse. »

« Merci, » je marmonne, en portant la bouteille déjà ouverte à mes lèvres. Ça me brûle le fond de la gorge, mais ça me fait du bien.

« Juste dans mon endroit habituel. »

« Tu vas me présenter à tes amis ? »

« Quelque chose du genre. »

Je plisse les yeux vers lui mais il ne dit rien de plus.

« Tu es bientôt prête ? »

« O-Ouais. »

Je fais un maquillage plus lourd que d'habitude pour le faire matcher avec la robe presque obscène, entre ça et la vodka, je me sens bien. Je ne connais personne ici et je ne les reverrai probablement jamais. En quoi mon apparence serait-elle importante ?

« Est-ce que cet endroit est loin ? », je demande alors qu'Ashton m'éloigne de la voiture de son père et nous fait marcher dans la rue. Heureusement, il m'a laissé enfiler l'un de ses sweats à capuche avant de partir, donc au moins je ne suis pas complètement gelée alors que nous nous dirigeons vers son endroit mystérieux.

« Nope. » Il glisse sa main dans la mienne et me tire derrière lui. Je porte les chaussures que j'avais préparées pour demain, et elles ne sont certainement pas faites pour marcher dans les rues de Seattle.

Heureusement, après seulement cinq minutes, il me fait tourner dans une rue sombre.

Des papillons virevoltent dans mon ventre. Où diable m'emmène-t-il ?

Il me dirige vers une porte noire sinistre avant de me pousser contre le mur et de me regarder.

Il ne m'a pas touchée depuis qu'il est sorti tout à l'heure, mais mon corps est toujours honteusement à l'affût de chacun de ses mouvements, en attendant qu'il attaque.

« Ash ? », je demande, ma nervosité au sujet de l'endroit où nous allons est évidente dans ma voix.

« Tu restes près de moi. Tu n'acceptes de boire que les verres que je te donne, et tu ne vas nulle part avec quelqu'un d'autre que moi. Entendu ? » Ses yeux plongent dans les miens, et expriment à quel point il est sérieux.

« D-d'accord, » je dis que je suis d'accord mais ce que je veux vraiment faire, c'est demander si on devrait vraiment s'embêter avec ça. On pourrait juste retourner à son appartement et commander des plats à emporter ou quelque chose du genre.

« Parfait. »

Il me fait m'écarter du mur mais il ne bouge pas, donc tout ce que je finis par faire, c'est m'écraser contre lui.

« Rappelle-toi de ce que je t'ai dit tout à l'heure. Ça, » dit-il en pressant mon entrejambe. La chaleur de ses doigts brûle ma peau sensible, en me faisant presque crever d'envie qu'il me touche davantage. « Aucun autre connard ne peut même oser penser qu'il a une chance de le toucher. »

Je hoche la tête, mes mots sont coincés dans ma gorge.

« Allons-y. »

Il bouge cette fois, son bras vient autour de ma taille et il me tire contre lui.

Après avoir frappé à la porte, elle s'entrouvre et au

bout d'une seconde, celui qui se trouve de l'autre côté doit se rendre compte de qui il s'agit, et la porte s'ouvre.

Ash me conduit dans un couloir sombre, les deux seules personnes qu'on voit semblent être des vigiles.

« Fury, » dit l'un d'eux avec un signe de tête alors que nous passons. Ash renvoie le geste mais il ne dit rien alors qu'il me conduit dans le couloir.

La musique devient de plus en plus forte à mesure que nous nous enfonçons dans le bâtiment avant d'arriver à un escalier. Il me fait descendre et c'est là que la fête apparaît devant mes yeux.

« C'est quoi cet endroit ? » Je crie par-dessus le son de la musique.

« Une cave, petite. »

Il y a des canapés partout, jonchés de monde. Il y a ce qui semble être une piste de danse de fortune dans un coin avec des corps qui se frottent et bougent les uns contre les autres. Il y a d'autres couples éparpillés un peu partout.

« Oh mon Dieu, sont-ils en train d'avoir des rapports sexuels ? », je demande, mes yeux sortant presque de ma tête alors que je vois un couple sur un canapé alors que nous atteignons la dernière marche.

« Probablement, » répond Ash sans même regarder le couple qui a attiré mon attention.

J'ai toujours pensé que les fêtes d'Ethan étaient démentes, mais là c'est vraiment autre chose.

Les yeux se tournent vers nous alors que nous nous frayons un chemin à travers les gens. L'odeur des cigarettes, de l'herbe et de tout ce que les gens pourraient fumer d'autre me remplit le nez et rien que ça me donne l'impression d'en avoir fumé un peu.

« Eh bien, eh bien, regardez qui a décidé de se pointer, » dit un gars depuis un canapé alors que nous nous approchons. Ashton nous arrête alors que le gars se lève. Les deux s'étreignent brièvement. Ashton libère ma taille pour frapper ce type dans le dos. « C'est bon de te voir, mec. »

« Pareil. »

Ils se séparent et les yeux du gars viennent vers moi.

« Et qui avons-nous là ? », demande-t-il, ses yeux affamés me dévorant.

« Celle-ci... » dit Ash en se tournant vers moi. « Est à moi, enculé. »

Le gars rigole. « Et depuis quand Ashton Fury refuse-t-il de partager ses jouets ? »

« Depuis maintenant. »

Je les regarde tour à tour, en essayant de comprendre s'ils plaisantent ou non.

« Eh bien, c'est vraiment dommage parce qu'elle est pas mal. » Il me tend la main. « Je m'appelle Axel, mais ces enfoirés m'appellent X. » Je glisse ma main dans la sienne parce que je n'ai aucune idée de ce que je devrais faire d'autre dans cette situation. Il lève ma main comme s'il allait l'embrasser, mais avant qu'il n'en ait l'occasion, il m'attire contre son corps et porte ses lèvres à mon oreille. « Mais je me fiche de comment tu m'appelleras lorsque tu crieras mon nom. »

« X, » grogne Ashton derrière moi avant que sa main ne s'agrippe douloureusement à ma hanche et que je sois ramenée contre lui. Il enroule un bras protecteur autour de ma taille avant de s'asseoir sur le canapé après que quelqu'un s'est levé pour lui laisser sa place.

Je tombe sur lui et suis forcée à rester là pendant que tout le monde le regarde et me fixe.

Qu'est-ce que c'est que cet endroit et pourquoi sommes-nous ici ?

« Hé, mec, » dit le gars à côté de nous. « Désolé pour ta mère. »

Ash lui fait un signe de tête, pour accepter ses condoléances, mais je ne manque pas la façon dont son corps tout entier se tend à la mention de sa mère.

« Je suis Cash, » dit-il en tournant les yeux vers moi, mais contrairement à Axel, il ne me déshabille pas du regard, bon sang il me regarde comme si je pouvais aussi bien être un mec. C'est un soulagement.

« Ruby, » dis-je avec un sourire.

« Alors, tu as rendu celui-là mordu de toi ? »

Je regarde Ash qui parle au gars de l'autre côté.

« Je ne suis pas sûre que ce soit le bon mot. »

Cash me sourit mais je ne peux m'empêcher de penser qu'il y a des choses qu'il aimerait me dire.

Je regarde encore une fois dans la pièce. Nous sommes assis dans un carré de quatre canapés. La plupart des sièges sont occupés par des gars, il n'y a que deux filles assises seules avec des boissons à la main, toutes les autres sont sur les genoux des gars, certaines assises moins innocemment que d'autres.

Je regarde un couple pendant quelques minutes. Je sais que je devrais détourner le regard, mais je suis étrangement fascinée par leur démonstration impudique en public.

Elle est à cheval sur ses genoux, et il la doigte de toute évidence alors qu'elle se cambre et rejette la tête en arrière de plaisir.

Je suis tellement absorbée par eux que je ne me rends pas compte qu'Ashton a fini de parler.

« Tu aimes regarder, petite ? », il grogne à mon oreille.

« Cela t'a certainement fait mouiller la semaine dernière avec les yeux de tout le monde rivés sur toi. »

« Va te faire foutre, » je crache. « Tu ne peux pas comparer ce que tu m'as fait à... à ça. »

« Hmm, » gémit-il, sa prise se resserrant comme s'il était sur le point de me mettre dans la même position que cette fille.

« Je dois aller aux toilettes, » dis-je en m'écartant de lui.

« C'est juste là-bas. » Il fait un signe de tête vers une porte où une autre fille disparaît.

« Quoi ? Tu ne vas pas m'escorter ? », je demande en écarquillant les yeux vers lui.

« Je peux regarder chacun de tes mouvements. »

« Mais qui sait ce que je pourrais faire dans ces toilettes. »

« Ne me cherche pas, petite. »

Je lui souris, en aimant le fait de pouvoir l'atteindre aussi facilement.

Je m'écarte de lui en essayant d'être la plus élégante possible pour ne pas m'exhiber, et me dirige vers la porte. Ses yeux me suivent tout le long du chemin et quand je regarde par-dessus mon épaule avant d'ouvrir la porte, mes yeux se fixent instantanément sur lui. Malheureusement, en détournant les yeux, je tombe sur ceux de quelqu'un d'autre. Ceux d'Axel. Si le regard froid d'Ashton me fait un peu peur parfois, celui d'Axel me terrifie carrément.

En arrachant mes yeux des siens, je me glisse dans les toilettes et je pousse un soupir de soulagement quand je ne trouve que quelques filles en train de se remaquiller devant les miroirs.

Je passe plus de temps que nécessaire à l'intérieur de

la cabine en essayant de me ressaisir. J'ai besoin de plus d'alcool pour ça.

À la seconde où j'ouvre la porte, mes yeux rencontrent ceux d'une blonde.

Je me dirige vers le lavabo pour me laver les mains et son regard me suit.

« Tu es avec Ashton, » déclare-t-elle.

« Euh... je crois. »

Je me tourne vers elle alors que ses yeux descendent le long de mon corps.

« Tu n'es pas son genre. »

« Oh, c'est vrai ? », je demande, mes sourcils se levant sous le choc. « Et j'imagine que tu es son genre. »

« Il est à moi. »

« Oh vraiment ? C'est marrant parce qu'il n'a jamais parlé de toi. »

Ses lèvres se retroussent et elle s'avance vers moi. Elle mesure quelques centimètres de plus que moi, pas que ce soit difficile, c'est le cas de presque tout le monde. Mais je ne doute pas du fait d'être plus rapide et plus forte qu'elle si jamais elle voulait tenter quelque chose.

« Laisse tomber, Nat, » prévient une autre fille en sortant de l'autre cabine. « Ash a clairement dit que c'était terminé avec toi, au cas où tu l'aurais oublié. »

Nat grogne contre la nouvelle fille. « Va trouver la bite de quelqu'un d'autre sur laquelle rebondir ce soir pour passer à autre chose. »

Nat ouvre la bouche, j'imagine pour passer un savon à cette fille, mais à la dernière minute, elle doit changer d'avis car à la place, elle souffle, tourne les talons et sort en trombe.

« Je suis Willow. Ignore-la, c'est une pute qui pense qu'elle possède tous les mecs de Kingston. »

« L-les mecs de Kingston ? »

« Ne pose pas de questions, » dit-elle en levant les yeux au ciel et en se tournant pour se laver les mains.

« Je suis Ruby, » dis-je après quelques secondes.

« Alors, c'est quoi le truc entre Ash et toi ? »

« C'est... euh... mon demi-frère par alliance. »

Elle siffle. « Demi-frère. La façon dont il t'avait sur ses genoux ne faisait pas vraiment penser à des frères et sœurs. »

Mes joues brûlent et prennent une teinte rouge vif.

« Hé, je ne juge pas. Tu peux te le taper autant que tu veux, je m'en fous. »

Mon menton tombe en entendant ses mots.

« Tu veux un verre ? », demande-t-elle en faisant un pas pour sortir des toilettes.

« Ouais. Vraiment, ouais. »

Je la suis, reconnaissante de trouver quelqu'un d'autre qu'Ash à qui parler.

Elle me conduit de l'autre côté de la cave jusqu'à un bar de fortune. Je reste là gauchement alors qu'elle nous prépare un verre à toutes les deux. Je n'ai aucune idée de ce que c'est, mais j'en ai besoin et j'ai décidé quand j'étais dans les toilettes que je lui faisais confiance.

« Merci, » dis-je en prenant le gobelet et en le portant immédiatement à mes lèvres.

« Donc, d'après ton expression, je suppose que c'est la première fois que tu assistes à une fête comme celle-ci. » Elle allume un joint en posant la question et mes yeux s'écarquillent. Elle avait l'air d'être une nana bien. Elle se moque de moi alors qu'elle prend une bouffée.

« C'est si évident ? »

« Ouais, un peu. »

« Apparemment, j'ai vécu dans un couvent jusqu'à présent. »

« Eh bien, traîne un peu plus longtemps avec Ashton et c'est sûr qu'il réussira à te pervertir. »

Mon visage rougit devant ses mots.

« Il semble qu'il ait déjà commencé. Tu l'as déjà baisé ? »

Ma mâchoire se décroche sous le choc à cause de la facilité avec laquelle elle pose cette question à une étrangère.

« Oh, n'aie pas l'air si horrifiée. Je connais Ash depuis des années. Il s'en foutrait. Il t'a certainement habillée comme ça pour une raison. »

« Comment sais-tu que je n'ai pas choisi de m'habiller comme ça ? »

« Chérie, s'il te plaît, ne me prends pas pour une idiote. »

« Princesse, » ronronne un gars en s'approchant de Willow. « Ça fait un bail. » Il la serre dans ses bras et elle me tourne joyeusement le dos alors qu'elle entame une conversation avec lui.

Je m'adosse au comptoir et continue de regarder. La température dans la pièce est nettement plus élevée que lorsque nous sommes entrés tout à l'heure et le nuage de fumée qui remplit l'endroit est beaucoup plus épais.

Il y a un couple sur le côté, les mains du gars sont partout sur elle, en l'exposant à tous ceux qui veulent regarder comme s'ils ne se souciaient pas le moins du monde d'avoir un public.

Il y a des groupes de mecs pour la plupart assis avec des filles qui essaient d'attirer leur attention ou qui se frottent déjà sans vergogne sur leurs genoux.

Je sirote mon verre en regardant autour de moi. Je

n'ai aucune idée de ce que je bois mais je sais que c'est fort. Assez fort pour que ça me fasse déjà tourner la tête.

Je localise les canapés là où j'ai laissé Ashton et le regarde choquée alors qu'il se penche en avant vers la table basse et sniffe un rail de coke.

« Putain de merde, » je halète, même si je ne sais pas vraiment pourquoi je suis choquée.

« Tu as l'air triste, » dit une voix à ma droite et cela fait se raidir ma colonne vertébrale.

« Non, je suis juste en train de mater. » Je regrette les mots à la seconde où ils tombent de mes lèvres.

« De mon côté, je sais qu'il y a quelque chose que j'aimerais bien mater. » Les yeux d'Axel descendent le long de mon corps et ma peau me picote, mais ce n'est pas avec le désir que j'éprouve quand Ash me regarde.

« Alors tu es amie avec Ash ? », je demande, dans l'espoir de revenir en terrain sûr.

« Je ne suis pas sûr de pouvoir nous décrire comme des amis. Mais nous aimons faire certaines... activités ensemble. » Un sourire malicieux se dessine sur ses lèvres alors que ses yeux se fixent sur ma poitrine. « Je pense vraiment que tu pourrais aimer aussi. »

« J'en doute. Ce n'est pas vraiment mon— » Mes mots sont coupés lorsqu'il s'approche de moi, son genou pressé entre mes cuisses. « Ça va, je te dérange pas ? » Je lui dis sèchement.

« Non, pas vraiment. » Ses yeux regardent les miens en passant de l'un à l'autre. « Tu devrais vraiment boire. » Il me passe un nouveau verre, mais je refuse de le prendre, l'avertissement d'Ashton résonnant fort dans mes oreilles.

Je lève les yeux pour voir si je peux attirer son

attention, mais le corps d'Axel est trop grand et je ne peux pas voir au-delà de son épaule.

« Tu penses qu'il va venir te sauver ? Tu es vraiment une stupide petite fille riche. Ce que je ne peux pas comprendre, c'est pourquoi Fury ne t'a pas encore baisée. Tu es le petit jouet parfait. »

Je tremble alors qu'il tend la main et passe son doigt le long de mon cou, sur ma clavicule et jusqu'au renflement de ma poitrine. Je déglutis et je ferme les yeux alors que je me prépare à ce qu'il descende plus bas mais à la seconde où je le fais, son contact disparaît.

« Enfoiré, » rugit une voix basse et familière devant moi.

J'ouvre les yeux pour voir ce qui s'est passé et je trouve Ashton debout au-dessus d'Axel avec sa poitrine se soulevant et ses poings serrés. Je jette un coup d'œil à Axel et je vois son nez éclaté en train de saigner sur le sol.

Le temps semble s'arrêter pendant quelques secondes alors que je regarde la scène devant moi jusqu'à ce que Willow se précipite à côté d'Axel et l'aide à s'asseoir.

« Putain de connard, » lui aboie-t-elle. « Tu sais qui c'est ? »

« Le dernier petit jouet sexuel de Fury. Aïe, » se plaint-il lorsque la petite rousse fougueuse lui donne un coup. Je savais que je l'aimais bien.

Une seconde plus tard, Ashton semble sortir de sa transe et il tourne ses yeux froids et furieux vers moi. Il fait deux pas en avant et je me presse contre le comptoir avec mon besoin de garder un peu d'espace entre nous.

J'ai vu Ashton en colère plusieurs fois maintenant, mais jamais comme ça.

La peur remonte le long de mon dos et sans m'en

rendre compte, ma main libère la boisson qu'Axel y avait mise.

« Allons-y, » grince Ashton. C'est tellement bas et profond que j'ai l'impression que j'ai rêvé jusqu'à ce qu'il me prenne le bras et me tire.

« Demande-lui de te donner mon numéro, » crie Willow derrière nous, mais je n'ose pas me retourner pour la regarder de peur de finir sur les fesses à cause de la vitesse à laquelle il essaie de me faire marcher.

« Ashton, ralentis, » je crie derrière lui. Sa prise serre fort mon avant-bras alors que nous prenons le couloir par où nous sommes entrés. « Ashton, je ne peux pas aller aussi vite. »

À la seconde où nous franchissons la porte, Aston s'arrête et je pousse un soupir de soulagement en me disant qu'il va lâcher prise, mais je découvre rapidement que c'est une douce illusion.

« Ashton, repose-moi par terre, » je hurle alors que je vole par-dessus son épaule, ses fesses en plein dans mon visage. « Ashton. » Je donne un coup de pied, en espérant pouvoir le toucher d'une manière ou d'une autre. « Aïe, » je couine quand sa paume se connecte avec mes fesses nues.

La prise de conscience que je m'exhibe devant quiconque serait en train de nous regarder me donne un nouveau regain d'énergie et je frappe le bas de son dos.

« Pose-moi par terre, » je crie, mais il refuse toujours de le faire alors qu'il marche d'un pas rapide sur le trottoir, en me portant vers l'endroit où il veut m'emmener.

Je pousse un soupir de soulagement quand je le sens couvrir mes fesses avec le sweat à capuche que je portais quand nous sommes arrivés. Ce sursis ne dure pas longtemps parce que ses doigts glissent le long de ma cuisse jusqu'à ce qu'il me palpe les fesses.

« Ne me touche pas, putain. »

Ma tête commence à tourner tellement que je crains d'être sur le point de vomir sur son dos là où mon sang se précipite si vite.

« Ashton, je te jure—merde. » Son doigt glisse vers mon entrejambe et trouve mon entrée.

Il ne dit rien alors qu'il continue d'avancer, sa prise sur mes jambes est presque douloureuse alors qu'il continue de me taquiner.

« Ash... putain, » je crie alors qu'il enfonce un doigt plus profondément en moi.

Je lève les yeux quand il s'arrête et réalise que nous sommes dans son immeuble. En quelques secondes, nous sommes à l'intérieur et puis il monte les escaliers en courant comme si je n'étais rien qu'une plume sur son épaule, son doigt toujours à l'intérieur de moi.

Il ouvre la porte de son appartement avec son pied avant de la claquer une fois que nous sommes à l'intérieur.

Il me relâche, me remet sur mes pieds et je vacille, inquiète d'être sur le point de m'évanouir, mais je n'en ai pas l'occasion car sa main trouve ma gorge et il est juste là, devant mon visage, son souffle se mêlant au mien et ses yeux m'avertissant de ce qui est sur le point d'arriver.

« Qu'est-ce que je t'ai dit, bordel ? », il bouillonne, c'est si calme que ça m'échappe presque.

Quand je ne réponds pas, sa prise se resserre mais je ne panique pas comme je le devrais probablement, cela me rend encore plus proche de lui, de son odeur, de sa colère, de sa présence.

« Réponds-moi, » exige-t-il.

« T-tu m'as dit— »

« De rester près de moi, » grogne-t-il presque.

« Mais— »

« Tu lui as laissé te donner un verre. Te toucher. »

« Je n'ai pas— » Il inspire entre ses dents. « Je ne l'ai pas bu et je ne l'ai pas laissé faire. »

Ses yeux regardent les miens en passant de l'un à l'autre comme s'il luttait contre un tourment intérieur avant que ses doigts ne se contractent à nouveau et que ses lèvres s'écrasent sur les miennes.

Son baiser est passionné, obscène, humide, tourmenté et je lui rends autant que je reçois. Ma colère contre lui, mon désir de lui qui surgit violemment me rendent incontrôlable. Il libère ma gorge, ses mains tombent sur mes cuisses pour pouvoir me soulever et enrouler mes jambes autour de sa taille.

Mon entrejambe à peine couverte s'aligne avec la braguette de son jean et je ne peux m'empêcher de me frotter contre lui.

« Non, » aboie-t-il, en arrachant ses lèvres des miennes, ses doigts s'enfonçant dans mes hanches pour m'empêcher de bouger. « Tu ne peux pas simplement prendre ce dont tu as envie. »

« Ashton, » je préviens.

« Peut-être que si tu m'avais écouté, ça ne se serait pas passé comme ça. »

« Ça se serait toujours passé comme ça.» Mes mots sont plein de dédain. « Je te déteste trop pour qu'il en soit autrement. »

Ses yeux sont incroyablement sombres, sa mâchoire tressaute d'exaspération et la veine de son cou palpite. Il n'est pas seulement en colère là tout de suite, il a du mal à garder le contrôle. Une partie de moi adore ça. Que je puisse lui faire perdre le contrôle comme ça.

Mes ongles grattent son cuir chevelu alors qu'il me soulève plus haut et me coince avec ses hanches, en libérant ses mains. Ses immenses paumes longent mon corps jusqu'à ce que ses doigts s'enroulent autour des fines bretelles sur mes épaules.

Son regard soutient le mien alors qu'il tire sur le tissu. Il est si fragile qu'il se déchire immédiatement.

« Ash, » je souffle alors que l'air frais de l'appartement enveloppe mes seins.

En laissant tomber sa tête dans le creux de mon cou, il aspire la peau sensible sous mon oreille jusqu'à ce que ça commence à me faire mal.

« Ashton, » je gémis alors que la douleur me provoque une bouffée de chaleur qui me submerge.

Il bouge, mais seulement légèrement, avant que ses dents ne s'enfoncent dans ma peau.

« Oh mon Dieu. »

Il continue le long de ma poitrine jusqu'à ce qu'il mordille et suce mes deux seins et taquine mes tétons avec le bout de son nez au passage.

Mon dos se cambre contre la porte, désespérée d'en avoir plus. Mes doigts se tordent dans ses cheveux alors que j'essaie de le tirer là où je veux qu'il soit, mais il est trop fort et me refuse ce dont j'ai envie.

« Les mauvaises filles n'obtiennent pas ce qu'elles veulent, petite. Tu es à ma merci maintenant et tu vas comprendre ce qui se passe quand tu me défies. »

« Merde, Ash, s'il te plaît. » Je n'ai aucune idée de ce que je mendie vraiment, mais je sais que j'en ai envie. Vraiment envie.

Je crie alors qu'il m'écarte de la porte. Ses doigts s'enfoncent dans la chair de mes fesses alors qu'il nous accompagne vers sa chambre.

Je me bats pour qu'il me lâche mais son emprise ne faiblit pas jusqu'à ce qu'il me jette sur son lit. Ma robe est déjà autour de ma taille, en lui exposant tout mais à la seconde où j'arrête de rebondir, il tend la main et la retire avant que mes chaussures ne touchent le sol avec un bruit sourd.

« Beaucoup mieux. »

Il enlève son sweat à capuche, le laisse tomber sur le sol à côté de lui avant d'enlever ses chaussures alors que ses mains se posent sur sa ceinture.

J'en ai l'eau à la bouche à l'idée de le voir nu. Il a déjà eu pleinement accès à mon corps, mais il s'est toujours caché de moi, en m'obligeant à utiliser mon imagination concernant certaines parties de son corps.

Son jean glisse sur ses hanches et il le retire, ses yeux ne me quittant jamais.

« Je pense qu'il est temps de reprendre ce que tu avais commencé hier, n'est-ce pas ? »

Les papillons virevoltent dans mon ventre avec cette suggestion, mais malgré ma nervosité, je me précipite rapidement au bord du lit. Je suis trop désespérée de le mettre à genoux.

Je sais déjà à cause de ses muscles tendus qu'il est au bord de la jouissance, et j'ai hâte de le faire tomber dans l'orgasme.

# CHAPITRE DIX-HUIT

Ashton

Sa poitrine se soulève alors qu'elle s'assoit sur le bord de mon lit avec ses grands yeux verts qui me fixent. La seule fois où je les ai vus aussi sombres et pleins de désir, c'était la nuit d'Halloween. La nuit qui est gravée dans ma mémoire depuis.

J'en voulais plus ce soir-là, je ne vais pas le nier. Je m'attendais à plus ce soir-là. Dieu sait qu'elle était prête pour ça, mais à la seconde où elle est redescendue de son orgasme et qu'elle s'est évanouie, j'ai su que c'était la fin. Je savais aussi que je ne serais pas capable de rester là et de la regarder dans les yeux le lendemain matin, en sachant à quel point j'avais envie d'elle.

Cette nuit-là a peut-être été la seule nuit de ma vie où j'ai fait passer les besoins et les sentiments d'une fille avant les miens. Dieu sait que, habituellement, après avoir obtenu ce que je veux, je m'en fous. Mais pour Ruby c'était différent. Elle a toujours été différente, et pas seulement parce qu'elle est ma demi-sœur.

La première fois que je l'ai regardée dans les yeux, les sentiments qui m'ont traversé m'ont presque mis à genoux. C'était surtout de la haine. Je la détestais pour la vie qu'elle avait, pour tout ce qu'elle m'avait pris. Mais il y avait plus que ça et plus que la vengeance que je voulais assouvir.

Tout mon corps sursaute quand elle tend la main et glisse ses doigts sous la bande de mon boxer. Ma bite essaie déjà de se frayer un chemin à travers le tissu, mais elle devient encore plus dure à l'idée de ce qui va arriver.

Je tends la main et je la passe dans les cheveux de Ruby.

« Tu vas continuer à me faire attendre, petite ? », je dis sur un ton énervé.

Il est impossible de ne pas sentir ses mains trembler sur moi. Je sais qu'elle est vierge, elle me l'a accidentellement avoué après que je lui ai fait ce sale coup avec sa mère—une petite contrepartie à laquelle je ne m'attendais pas après cette blague, mais dont je suis quand même content.

Quand elle ne bouge toujours pas, je lève mon autre main et fais courir mon pouce le long de sa lèvre inférieure charnue.

« Quelqu'un a-t-il déjà été dans cette jolie petite bouche auparavant ? »

Elle secoue la tête si lentement que mon souffle se bloque dans ma gorge devant son aveu.

Quand j'ai levé les yeux après avoir sniffé ce rail de coke tout à l'heure, la drogue brouillant tous mes sens, j'ai pensé que j'hallucinais en voyant X tendre la main et la toucher. C'est un connard stupide, il l'a prouvé à maintes reprises, mais je ne pensais pas qu'il ferait quelque chose d'aussi culotté après que je l'ai averti de rester loin d'elle.

Mes doigts se serrent ses cheveux alors que ma colère revient en force. Je l'ai peut-être laissée se rendre aux toilettes seule—je venais juste de voir Willow entrer après tout—mais elle avait sans doute raison d'avoir l'air étonné. J'aurais dû l'escorter, putain.

Je pensais qu'elle était en sécurité avec Willow. J'ai fait confiance à Willow concernant des choses que Ruby n'a pas besoin de savoir. En revanche son putain de frère, il n'y a carrément pas moyen.

Mes articulations me font mal alors que je serre à nouveau mes poings, en la rapprochant de l'endroit où je veux qu'elle soit.

« Je ne vais pas attendre toute la putain de nuit. »

J'ai l'impression d'être un connard, mais je n'y peux rien. J'ai autant envie d'elle que j'ai envie d'éloigner de ma tête le souvenir de lui en train de la toucher.

Mes mots la stimulent parce qu'elle fait glisser le tissu qui était autour de mes fesses le long de mes jambes et ma bite rebondit devant elle.

Elle halète avant que sa langue ne sorte et lèche sa lèvre inférieure là où se trouvait mon pouce.

En prenant son menton en coupe, j'incline sa tête pour qu'elle soit obligée de me regarder dans les yeux.

« Ne t'arrête pas tant que je ne viens pas dans ta bouche, petite. Tu me dois ça. »

Elle déglutit nerveusement et ma prise se resserre alors que mon pouce caresse sa joue.

« Tant que tu n'utilises pas tes dents, crois-moi, tu ne peux pas merder. »

Elle hoche la tête et je la relâche. Elle me fixe encore

une seconde avant de se concentrer à nouveau sur ma bite.

Sa main brûle et je prends une grande inspiration alors qu'elle me serre dans son petit poing.

« Putain, » je grogne alors qu'elle commence à me branler. « Ruby, j'ai envie de— » Un gémissement s'échappe de ma bouche alors qu'elle se penche en avant et me lèche le gland. « Putain, ouais. Comme ça. »

Devant ma réaction, elle devient plus téméraire, elle me lèche et me suce doucement dans sa petite bouche chaude.

C'est foutrement hallucinant, mais à la seconde où elle m'aspire plus profondément au fond de sa bouche, mes genoux lâchent presque.

Mes doigts se resserrent dans ses cheveux alors que j'essaye de m'empêcher de me pousser encore plus loin dans sa gorge.

Je la regarde alors qu'elle fait des va-et-vient, ses joues creusées alors qu'elle me suce, ses yeux rivés sur les miens et son rouge à lèvres étalé sur nous deux.

« Tu t'en souviendras la prochaine fois que tu laisseras quelqu'un d'autre te toucher. »

Elle secoue la tête, en voulant argumenter avec moi mais je ne lui laisse pas la chance de s'éloigner et de dire quoi que ce soit. Cela n'aurait pas d'importance même si elle le faisait. X n'est pas le genre de gars qui attend qu'on lui demande avant de faire ce dont il a envie.

Lui et moi sommes en compétition depuis des années. Ça a mal tourné plus d'une fois, et je sais qu'il n'hésiterait pas à essayer de me prendre Ruby. Tout pour me blesser, tout pour jouer au caïd devant ses potes.

Je secoue la tête pour chasser mes pensées. Je n'ai pas besoin de penser à tout ça. Je ne suis pas là pour eux. Mon temps avec eux a été terminé à la seconde où Maman a fermé les yeux ce jour-là et ma vie ici a officiellement pris fin.

En crevant d'envie de plus, j'oublie ma promesse précédente de ne pas me pousser en elle et je fléchis mes hanches jusqu'à ce que ma bite remplisse sa gorge.

Elle a un petit haut-le-cœur et hoquète, et je lâche un peu de lest.

« Tu me veux, petite. Tu dois prendre ce que je te donne. »

Elle hoche la tête et m'aspire avidement dans sa bouche.

Elle m'aspire plus profondément cette fois, en détendant ses muscles et en prenant tout ce que sa petite bouche innocente peut gérer.

L'image d'elle devant moi, la chaleur de sa bouche et de sa main, et je me précipite vers ma jouissance plus tôt que je ne le voudrais.

« Ruby, » je gémis, mes yeux rivés sur elle, en train de faire des mouvements de haut en bas sur ma queue. C'est le seul avertissement qu'elle reçoit. Si elle veut un bon petit mec qui se retire, alors elle devrait sucer l'un des garçons chics de Rosewood, pas ce salaud des rues de Seattle.

« Merde, putain, » j'aboie une seconde avant que ma bite n'éjacule dans sa bouche et que mes doigts se resserrent dans ses cheveux alors que je me vide dans sa gorge, comme je l'avais promis.

À la seconde où je sors de sa bouche, je glisse mes mains autour de sa taille et la soulève contre moi, en claquant mes lèvres sur les siennes et en enroulant ses jambes autour de ma taille.

Je peux me goûter sur sa langue, mais cela ne me

rebute pas du tout, au contraire, cela me rappelle juste ce qu'elle vient de faire et cela fait que ma bite ne reste pas au repos bien longtemps.

« Tu aimes sucer ma bite, petite ? » Je grogne, mes mots se perdant dans notre baiser.

« Ashton, » gémit-elle avant d'aspirer ma lèvre inférieure dans sa bouche et de mordre fort. Le goût du cuivre emplit ma bouche.

« Tu, » je crache en plissant les yeux vers elle. « Tu m'a fait saigner. »

« Ah oui ? », demande-t-elle, un sourire en coin s'étirant sur ses lèvres. « Qu'est-ce que tu vas faire ? »

« Oh. » Je ris. « Tu n'en as aucune putain d'idée. »

Elle couine alors que je la jette sur le lit avant que le son de mon nom ne résonne dans l'appartement silencieux quand je sors de la chambre, en la laissant seule.

« Où diable vas-tu ? »

J'attrape une bouteille que j'avais laissée sur le côté, dévisse le bouchon et le jette quelque part alors que je retourne dans la chambre.

Mes pas chancèlent quand je la vois encore nue au milieu de mon lit. Elle me regarde alors que je porte le goulot à mes lèvres et avale une généreuse gorgée.

Les effets de la défonce de ce soir sont partis depuis longtemps et j'en ai besoin. J'ai besoin de n'importe quoi qui puisse me faire oublier ce que demain va apporter.

« Tu vas partager ou je dois te regarder boire tout seul, » dit Ruby, ses yeux parcourant mon corps et se verrouillant sur ma bite qui est à nouveau au garde-à-vous.

En m'approchant, je lui tends la bouteille avant de ramper sur le lit à ses pieds et de lui écarter les chevilles.

Elle ne s'y attend clairement pas car sous le choc, la

vodka se renverse sur sa poitrine. Penché en avant, je lèche ses seins et les gouttes d'alcool au passage.

« Oh mon Dieu, » gémit-elle en laissant tomber la bouteille sur le lit pour me donner un meilleur accès à son corps. C'est à ce moment-là que je me rends compte qu'elle est encore plus dangereuse que l'alcool qu'elle a dans la main ou que le rail que j'ai sniffé tout à l'heure. Elle est exactement la putain de distraction dont j'ai besoin, et je suis tout à fait prêt à profiter de chaque seconde d'elle ce soir.

Je continue de la lécher, d'aspirer sa peau sensible dans ma bouche et de la mordiller jusqu'à ce qu'elle soit couverte de petites marques rouges. Et puis, j'aspire un de ses tétons et le tire fort alors qu'elle se cambre du lit.

« Ashton, » crie-t-elle, ses doigts se resserrant dans mes cheveux et me tenant contre elle. J'enfonce mes dents et elle couine comme si elle était déjà proche de l'orgasme à cause de cette simple morsure.

« Tu en veux plus ? »

« Oui, » couine-t-elle alors que je suce l'autre.

« Pourquoi ? Pourquoi ne m'as-tu pas écouté ce soir ? »

« Je suis… je suis désolée. Je ne pensais pas… merde, » gémit-elle alors que je commence à lui embrasser le ventre.

« Non, petite. Tu n'as pas pensé. Ces soirées, ce ne sont pas les bonnes petites fêtes de lycée auxquelles tu es habituée. »

« Je… j'avais remarqué. »

« Si tu ne surveilles pas tes arrières ici, quelqu'un te poignardera dans le dos. C'est chacun pour soi. Donc, si tu veux revenir à Rosewood en un seul morceau, je te suggère de commencer à écouter. » Je ne sais pas si ma menace a vraiment une utilité. Après la façon dont Axel l'a regardée tout à l'heure, il n'y a aucun moyen que je la laisse revenir dans l'une de ces fêtes. Ça craignait complètement de l'y emmener dès le départ. Mais cet endroit, moi, on craint.

Je n'aurais pas dû lui en retourner une comme je l'ai fait, mais il le méritait après son dernier petit numéro. Je n'en avais peut-être rien à foutre de la fille qu'il m'avait prise, mais ce n'était pas le putain de point.

« Ashton. » Sa voix me tire de mes souvenirs, de ma querelle avec ce connard.

« Tu veux venir, petite ? »

« Euh... »

« Tu veux que je te mange à nouveau jusqu'à ce que tu viennes sur mon visage comme la dernière fois ? »

« Oui, Ash. Oui, » supplie-t-elle, son dos se cambrant et ses hanches roulant avec son envie que je la touche.

J'embrasse son entrejambe avant de soulever l'une de ses cuisses et d'enfoncer mes dents dans la chair douce, en aspirant jusqu'à ce que je sache que je vais laisser une marque rouge profonde. Ma putain de marque.

Si n'importe quel autre enculé a la chance de s'approcher d'elle, il saura qu'elle est prise.

Quand je recule, je ne peux m'empêcher de sourire devant la noirceur de ma marque.

« Tu vois ça, petite ? », je demande en la regardant.

Elle baisse les yeux, ses yeux troublés mettent quelques secondes à faire le focus mais dès qu'elle la voit, elle halète. « Ash, » crie-t-elle.

« Tu es mienne, » dis-je, en passant mon doigt sur la marque avant de le faire glisser jusqu'à sa chatte et de l'enfoncer dans son humidité.

Mes yeux regardent ses yeux mi-clos alors que je fais des cercles sur son clito.

« Dis-le. »

Elle se lèche les lèvres, et ma bite tressaute devant cette vision.

« Qu-quoi ? »

« À qui appartient cette chatte, petite ? »

« À t-toi ? » Je ne sais pas si c'était censé ressembler à une question, mais c'est le cas.

« Oui, Ruby. Elle est à moi, putain. »

J'attrape la bouteille de vodka et en avale encore une gorgée avant de lui tendre ce qui reste.

« Bois. Et tu seras mienne. »

Elle boit avidement et à la seconde où elle retire la bouteille de ses lèvres, je pose les miennes sur son clitoris.

Elle gémit avec la gorgée de vodka toujours dans sa bouche alors que son corps se tend. « Oh mon Dieu, » crie-t-elle une fois qu'elle a réussi à avaler.

# CHAPITRE DIX-NEUF

Ruby

Mon dos tombe sur le matelas alors qu'il fait le tour de mon clitoris avec sa langue.

Ma tête tourne avec la vodka et tous les événements de la soirée. La fête, Axel, Willow et Ashton.

Il était tellement en colère.

La peur me parcourt à nouveau tout le corps à l'évocation de ce souvenir, mais elle se mélange à ce qu'il me fait et je crie son nom.

C'est si bon.

Il glisse un doigt à l'intérieur de moi, et tout ce qu'il y a autour de nous s'évanouit. Il n'y a pas de Seattle, pas de trucs à la con entre nous, pas de haine, c'est juste nous, ce moment et ce plaisir. Tellement de plaisir.

Mes doigts s'enfoncent dans ses cheveux noirs alors que j'essaie de le rapprocher de moi. Il s'occupe déjà de moi, mais c'est loin d'être assez, et je ne suis pas sûre que ce le sera un jour.

Je me demande si c'est ce qu'il ressentait quand ma bouche était pleine de sa bite. J'ai toujours pensé que je détesterais faire ça, ça ne m'a jamais vraiment tenté avec aucun des gars avec qui j'ai été auparavant, mais à la seconde où j'ai baissé son boxer, et que je l'ai pris dans ma bouche en le faisant se sentir aussi bien que moi cette nuit-là, c'était tout ce à quoi je pouvais penser.

Il enfonce un deuxième doigt en moi alors qu'il continue son assaut sur mon clitoris. Je me sens si pleine de lui, mais j'ai l'impression que ce n'est rien comparé à ce qui va se passer.

Le côté rationnel de mon cerveau sait que je ne devrais pas le laisser faire ça, mais la fille téméraire à l'intérieur de moi sait que c'est exactement ce qui va se passer. Cela aurait dû arriver à Halloween, nous le savons tous les deux, et peut-être que si ça avait été le cas, nous n'aurions pas fini comme ça. Il n'aurait peut-être pas fui, il n'aurait peut-être pas eu de raison de prétendre qu'il a conservé des photos de cette nuit-là. Il se soucierait peut-être de moi.

Je secoue la tête. Non, il ne se soucierait pas de moi.

Être ici, aller à cette fête ce soir, ça m'a beaucoup appris sur Ashton, des trucs qui expliquent beaucoup de choses sur la personne froide et sombre qu'il est. Je suis presque sûre qu'à ce stade de sa vie, il est incapable de se soucier de quiconque. Il est trop perdu.

Ma peau commence à brûler et mon corps commence à se sentir en apesanteur alors que mon orgasme est sur le point d'arriver.

Son doigt se plie un peu et il touche cet endroit

magique à l'intérieur de moi qui me fait lever les yeux au ciel de plaisir.

Je suis sur le point de jouir, le point de non-retour est là, juste à portée de main… et puis tout s'arrête.

« Qu'est-ce que— » Je vois Ash entre mes jambes, en train de s'essuyer le dos de la main sur sa bouche. Ses yeux sont sombres et ses lèvres sont entrouvertes alors qu'il expire.

Putain, il est beau.

Sombre. Dangereux, addictif. Mais vraiment magnifique.

Un sourire narquois se dessine sur ses lèvres.

« Tu m'as défiée, petite. »

Mon menton tombe sous le choc. « T-tu ne peux pas en rester là. »

« Je ne peux pas ? » Sa main glisse le long de l'intérieur de mes cuisses et mon entrejambe se contracte.

« Une si jolie petite chatte. C'est tellement dommage de tout gâcher. »

Il me caresse du bout du doigt, en s'assurant que mon orgasme reste proche, en me taquinant.

« Ashton, s'il te plaît. »

« S'il te plait quoi ? »

« S'il te plaît… » Je baisse les yeux vers l'endroit où il joue avec moi, puis vers sa bite. « Baise-moi. »

S'il est choqué par mes propos, il ne le montre pas.

« Je pensais que tu ne demanderais jamais. »

Il met mes jambes autour de sa taille alors qu'il avance. Mes yeux restent bloqués entre mes jambes alors qu'il prend sa bite en main et glisse son gland sur ma chair humide.

« Ash, » je gémis, ma tête retombant de plaisir alors

qu'il aligne sa queue avec mon entrée et se frotte légèrement sur moi.

Mes muscles ondulent, en essayant de l'attirer plus profondément, pour savoir ce que je ressentirais.

« Tu prends la pilule, petite ? »

J'acquiesce.

« Tu me fais confiance ? »

Je secoue la tête. « Pas même un petit peu, Ash. »

Il rit en tendant la main vers sa table de chevet. Après un temps, il recule avec un petit carré argenté entre les doigts.

« Je ne me suis jamais frotté à une nana en n'étant pas couvert, Ruby. Même pas un peu. »

« Conneries, » je gémis alors qu'il continue de bouger contre moi.

« Non, » aboie-t-il, sa main s'enroulant autour de ma gorge, et en me forçant à le regarder. « Ce ne sont pas des conneries. Pas du tout. »

Je sais qu'il ne me dit pas ça pour me convaincre de ne pas mettre une capote. S'il voulait faire ça, il serait déjà en moi.

Mon cœur s'emballe alors que je regarde tour à tour le préservatif et lui, ma tête me criant que je ne devrais pas être aussi téméraire. Mais ce soir, je m'en fous.

Je tends la main et je l'arrache de ses doigts et le jette à travers la pièce.

« Petite ? »

« Ayons nos premières fois ensemble, » je murmure, en sachant déjà qu'il est loin d'être un puceau. Je n'ai pas besoin de ses doigts experts et de ses mots confiants pour le savoir, son aura dit tout. En plus, si la fête de ce soir reflète la façon dont il vivait ici, alors... eh bien... tout est littéralement possible. Je l'ai vu sniffer de la coke pendant qu'un couple baisait contre le mur derrière lui.

Mes pensées disparaissent de ma tête à la seconde où ses lèvres se contractent en un sourire et que ses doigts se resserrent sur ma gorge. « Ouais ? »

« Ouais. Ce soir, il n'y a que toi et moi. » Je lève ma main et suis le contour de ses lèvres pleines avec mon doigt. « Rien entre nous. »

Il pose ses lèvres sur les miennes et plonge sa langue dans ma bouche, en cherchant la mienne et en la forçant à se joindre à la sienne, ce qu'elle fait volontiers.

Après de longues minutes délicieuses, il recule. Son front se pose contre le mien et ses yeux sombres et tourmentés me pénètrent.

« Je ne suis pas le gars à qui tu devrais donner ça, mais putain, ce n'est pas ce qui va m'arrêter. »

Ses lèvres se posent une fois de plus sur les miennes, ses doigts se contractent autour de mon cou, mais son pouce caresse doucement mon pouls en me faisant tourner la tête. Puis juste au moment où je me détends, il pousse ses hanches en avant. Sa prise sur moi m'empêche de voler vers le haut du lit alors que mon corps essaie de comprendre ce qui vient de se passer.

« Oh putain, » je crie alors que la douleur me traverse. C'est comme si j'étais déchirée en deux.

Les larmes me brûlent le fond des yeux et je les retiens de couler, en ne voulant pas gâcher tout ça en pleurant.

Il ne bouge pas, bon sang, je n'ai même pas l'impression qu'il respire alors que je reste allongée là, en essayant de me ressaisir alors que la douleur commence à s'atténuer.

« Ruby ? » Sa voix est si douce, et tellement en

contradiction avec toutes les choses méchantes qu'il m'a dites depuis... eh bien, depuis la première fois que nous nous sommes rencontrés... et ça me fait ouvrir les yeux. Dès qu'ils sont ouverts, des larmes s'en échappent, en coulant le long de mes tempes et en s'infiltrant dans mes cheveux.

En relâchant ma gorge, il se penche et lèche mes larmes avant de ramener ses lèvres sur les miennes.

Mais ce baiser est différent. C'est plus doux, plus tendre, et ça n'arrange rien en ce qui concerne l'émotion qui me bouche la gorge ou encore les larmes qui sont encore dans mes yeux.

Après quelques minutes, il bouge, et de la douleur et des étincelles jaillissent de mon entrejambe.

« Oh, » je halète.

« C'est si bon d'être en toi, petite. Tu es tellement serrée. » Ses paroles me donnent une confiance dont je ne pensais même pas avoir besoin.

« Oui ? » Je dis dans un souffle, en faisant courir mes mains sur son dos sculpté et en les posant sur ses épaules alors qu'il continue de bouger lentement.

Il m'embrasse sur la joue avant que ses lèvres ne se pressent contre mon oreille.

« Je n'ai jamais pris la virginité de quelqu'un auparavant, » admet-il doucement, en me faisant haleter. « Au cas où tu serais intéressée par une autre de mes premières fois. »

« Ashton, » je gémis lorsqu'il se redresse soudainement. Le changement d'angle est renversant.

J'ouvre les yeux et le regarde assis entre mes cuisses avec sa bite enfouie au plus profond de moi. Je regarde chaque centimètre carré de lui, chaque ligne, creux et chaque muscle tendu, et c'est au moment où je remarque combien il est tendu que je comprends à quel point cela doit être une torture pour lui en ce moment. Sa retenue est bien meilleure que je ne l'aurais imaginé.

« Baise-moi, » je dis dans un souffle. Un sourire se dessine sur mes lèvres quand ses yeux se ferment en entendant mes mots.

« Putain, petite. »

Il glisse ses mains sous mes fesses, en me soulevant légèrement avant de se retirer presque complètement avant de glisser à nouveau l'intérieur de moi.

La douleur est toujours là, mais alors que sa queue s'enfonce encore en moi, quelque chose d'autre prend le dessus. Mon orgasme perdu commence à refaire surface et pour la première fois, je me demande si tout à l'heure il s'est arrêté net non pas pour me torturer mais dans l'espoir de rendre les choses meilleures.

Il recommence, encore et encore, ses mouvements toujours lents. Ses doigts s'enfoncent dans mes fesses avec son envie de plus mais à aucun moment il ne cède.

Je gémis et mon dos se cambre alors qu'il s'enfonce plus profondément.

« C'est bon ? », demande-t-il avec une voix tendue.

« Oui, encore. »

Il libère mes fesses, pour ramener ses doigts vers mon clitoris et serre fort.

« Oh merde. »

« Tu es sûre que tu es prête pour ça ? », demande-t-il, un sourire narquois sur le visage.

« Donne-moi tout ce que tu as. »

Lorsqu'il se retire doucement une fois de plus, au lieu de revenir lentement au fond de moi, il vient tout en puissance, en faisant des va-et-vient rapides qui me font bouger sur le lit.

Son autre main s'agrippe à l'une de mes hanches et il accélère son rythme, en me martelant encore et encore.

Mes yeux deviennent lourds à mesure que mon orgasme se rapproche à nouveau, mais avec ses yeux rivés sur les miens, je ne trouve pas en moi l'envie de les fermer. Je veux le regarder. Je veux voir le moment où il va jouir encore.

Il pince mon clitoris plus fort et je perds tout contrôle sur mon corps. Mes muscles se tendent et mes yeux se ferment alors que le plaisir m'envahit. Vague après vague de chaleur, de plaisir, d'extase.

À aucun moment, il ne s'arrête de bouger et heureusement, mon plaisir s'estompe juste à temps pour me laisser ouvrir les yeux et le regarder perdre le contrôle. Il jette sa tête en arrière, sa prise sur mes hanches devient incroyablement serrée avant qu'il ne rugisse, et que sa bite ne se secoue violemment en moi. Savoir ce qu'il fait, qu'il me marque comme il l'a fait sur ma cuisse, m'envoie des répliques de mon orgasme qui traversent mon corps.

« Putain de merde, » il halète en tombant sur moi et en m'écrasant contre le matelas. Nos peaux moites de sueur sont collées ensemble tandis que ses doigts tracent distraitement des cercles sur la hanche qu'il vient de relâcher.

« Tu vas bien ? », marmonne-t-il, avec une voix lourde d'épuisement.

Je reste silencieuse pendant une minute pendant que je réfléchis à sa question. Mon corps me fait mal, ma tête tourne, mais putain, je me sens tellement vivante.

Je souris, malgré le fait qu'il ne le voit pas. « Oui. Oui, je vais bien. »

Il ne dit rien en réponse, et je ne peux que supposer qu'il s'est évanoui sur moi.

Je passe mes doigts dans ses cheveux, en aimant cette douceur sur ma peau avant de les faire glisser le long de son cou et dans son dos. Sa peau s'hérisse sous mon toucher et je ne peux m'empêcher de sourire en pensant que j'ai un effet sur lui—même s'il dort là tout de suite.

« Tu me fais encore devenir dur, » murmure-t-il, en me faisant sursauter.

« Merde, je suis... désolée. »

« Non, » lance-t-il brutalement, en retirant son visage du creux de mon cou. Au moment où je le regarde dans les yeux, je me détends face à la chaleur de son regard qui me fixe. « Ne t'excuse jamais de ça. »

Je ne peux pas répondre car ses lèvres trouvent les miennes et je suis emportée par son baiser.

Nous nous embrassons pendant une éternité, nos mains explorant tout ce que nous pouvons atteindre, mais à aucun moment il n'essaie d'aller plus loin. Il est bien plus attentionné que je ne l'aurais imaginé, et agit d'une façon totalement opposée à celle dont tout cela a commencé.

« Prends une douche avec moi, » murmure-t-il à mon oreille avant de lécher la peau sensible de mon cou.

« OK, » je dis dans un souffle, en sachant que ça me ferait vraiment du bien après tout ça. Bien que lorsqu'il se lève du lit, en me laissant grelotter, je regrette instantanément ma décision. Jusqu'à ce qu'il se penche et me prenne dans ses bras.

« Je peux marcher. »

« Tu n'es pas obligée. » Il me porte jusqu'à la salle de bain avant d'ouvrir la douche et d'entrer dans la cabine une fois que l'eau est chaude.

Je sursaute quand il presse mon dos contre le carrelage, le froid mordant ma peau rougie.

« Je ne peux pas être rassasié de toi, » admet-il avant de capturer à nouveau mes lèvres.

L'eau pleut sur nous, en emportant les preuves de ce qui s'est passé ce soir tourbillonner dans l'évacuation, j'espère seulement que cela puisse aussi emporter la colère d'Ashton contre le monde entier parce que même si je suis sur un nuage en ce moment, je sais que je vais bientôt revenir brutalement à la réalité.

Il décroche mes jambes de sa taille et les pose sur le sol avant de commencer à embrasser mon corps jusqu'à se trouver à genoux devant moi.

« Est-ce que ça fait mal ? » demande-t-il si doucement que ça m'échappe presque sous le torrent d'eau.

« C'est juste un peu sensible, » je mens. La réalité est que c'est plus qu'un peu sensible.

En soulevant l'une de mes jambes, il la fait passer par-dessus son épaule avant de se pencher en avant et de me lécher doucement. Je suis toujours à vif depuis notre moment passé ensemble et c'est presque trop dur à supporter.

Mes doigts s'emmêlent dans ses mèches humides alors qu'il continue son assaut agréable.

Il ne lâche pas jusqu'à ce que je vienne contre son visage.

Je me bats toujours pour reprendre mon souffle quand il se tient devant moi, et tend la main vers ma joue.

« Hé, » dis-je timidement. Je ne suis pas gênée, il s'est passé beaucoup trop de choses entre nous pour que ce soit le cas maintenant, mais en le regardant là tout de suite, j'ai l'impression de rencontrer enfin le vrai Ashton. Le Ashton qui a mis toute sa haine et sa colère de côté, le garçon qui, ne serait-ce que pour quelques instants, a fait tomber ses murs et m'a permis de voir la personne qui se cache derrière.

« Hé. » Un sourire se dessine sur ses lèvres et je ne peux m'empêcher de m'avancer plus près de lui pour les sentir une fois encore contre les miennes.

D'une manière plus douce que je ne le pensais possible de sa part, il lave chaque centimètre carré de moi avant de m'envelopper dans une serviette et de me ramener dans sa chambre. Il m'encourage à monter sur le lit et après avoir remis correctement les draps qui étaient entortillés, il rampe vers moi, et presse son front contre mon dos en enroulant son bras autour de ma taille, et m'immobilise.

« Ash ? », je chuchote.

« Ouais. »

« Est-ce que ça va ? » Je sais que je devrais probablement laisser tomber et le laisser gérer les choses à sa manière, mais même s'il a été très ouvert avec moi, je ne peux m'empêcher de creuser un peu plus.

Il enfonce ses hanches contre mes fesses nues. « J'ai connu pire, petite. » Il enfouit son nez dans mon cou avant de mordre doucement ma peau.

« C-ce n'est pas ce que je voulais dire. »

« Je sais. Mais c'est tout ce que tu obtiendras. »

« OK. Mais... si tu veux parler, tu sais que je suis là, n'est-ce pas ? »

« Dors, Ruby. J'essaie de bien faire les choses et de laisser ton corps se reposer. »

« O-OK, » dis-je, en combattant un sourire à l'idée qu'il vient d'admettre avoir fait quelque chose de bien pour moi, malgré le fait que mon entrejambe se mette à vibrer en entendant ses mots et que le désir remplisse à nouveau mes veines. « J'avais juste besoin que tu le saches. »

« Merci, » murmure-t-il si doucement que je me demande si j'étais censée l'entendre.

Je n'ai aucune idée de l'heure qu'il est, tout ce que je sais c'est qu'il fait nuit dehors et après la vodka et tout cet exercice, je suis épuisée. Quelques minutes seulement après que nous ayons cessé de parler, je ferme les yeux et me perds dans cette sensation d'être serrée fort dans ses bras.

# CHAPITRE VINGT

Ruby

À la seconde où je me réveille, je sais que quelque chose ne va pas, et ce n'est pas seulement parce qu'il ne me serre plus—comme c'était le cas à chaque fois que je me suis réveillée cette nuit—c'est plus que ça, je peux le sentir.

J'imagine que je ne devrais pas être surprise. Aujourd'hui est le jour où nous enterrons sa mère. J'ai encore tellement de questions la concernant, sur ce qui s'est passé, sur la façon dont il gère ça. Mais il stoppe toutes les tentatives que je fais pour en parler.

Je veux respecter ce dont il a besoin, mais en même temps, je sais que tout garder à l'intérieur ne va pas aider à long terme.

Il culpabilise. Il se déteste. C'est à peu près tout ce que je sais, et cela ne me donne pas assez d'informations pour tenter de l'aider.

Mes tempes palpitent sourdement, en me rappelant la vodka de la nuit dernière et je m'assieds lentement pour ne pas avoir mal à l'estomac. Je tire sur les draps pour couvrir mon corps encore nu mais ils ne bougent pas. Je découvre vite pourquoi quand je lève les yeux.

Ashton est assis au bout du lit, la tête dans ses mains. Ses épaules sont affaissées comme en guise de défaite et mon cœur souffre pour lui. Je veux l'aider, je veux soulager sa douleur, mais je ne peux pas. Je ne peux rien faire d'autre que de rester à ses côtés pendant qu'il va vivre ce qui, j'en suis sûre, est sur le point d'être le pire jour de sa vie.

S'il sait que je suis réveillée, il ne le montre pas. En me glissant vers l'avant, je pousse mes jambes hors du lit et m'assois à côté de lui avant d'enrouler mon bras autour de son épaule et de placer mon autre main sur sa cuisse.

Il se raidit à mon contact mais il ne fait rien d'autre.

« Dis-moi ce dont tu as besoin, » dis-je en pressant mes lèvres sur son épaule nue, en espérant qu'il va me laisser entrer, et me laisser le soutenir.

Il attend quelques secondes, puis inspire profondément. Je commence à penser qu'il va répondre et un peu d'espoir s'infiltre en moi mais au lieu de parler, il saute du lit avec une telle force que son coude vole en arrière et droit dans mon œil.

J'ai envie de crier alors que mes yeux pleurent de douleur, mais je ne veux pas qu'il se sente plus mal qu'il ne l'est déjà, alors je refoule la douleur.

« Ash, qu'est-ce que tu fais ? », je demande quand ma vision s'éclaircit, et je le vois en train d'enfiler un pantalon de jogging noir et un sweat à capuche zippé noir.

« Je ne peux pas faire ça putain, » marmonne-t-il

avant de mettre son portable dans sa poche et de sortir de la pièce.

« Attends, » dis-je, en courant après lui, en ne m'arrêtant pas pour prendre le temps de me couvrir. C'est inutile maintenant, il a définitivement vu tout ce que j'avais à offrir.

Il se tient dans l'embrasure de la porte, prêt à quitter l'appartement, mais avant de disparaître, il me regarde par-dessus son épaule.

Je sursaute devant l'expression de son visage. Ses yeux sont sombres et tourmentés, ses lèvres sont pressées en une fine ligne. Il a l'air... dévasté. Brisé. Totalement et complètement perdu.

« Ash, s'il te plaît, » je le supplie, en m'élançant vers lui dans l'espoir de pouvoir l'empêcher de sortir et de faire ce qu'il a l'intention de faire.

Mais avant que je ne m'approche de lui, il ferme la porte derrière lui.

« Ashton, » je crie, mais je peux seulement imaginer qu'il est parti et je sais que je ne peux pas le pourchasser. « Putain de merde, » j'aboie en tournant sur place, sans savoir quoi faire.

Je vais dans la salle de bain, puis aux toilettes et je me brosse les dents tout en essayant de faire fonctionner mon cerveau. J'inspecte mon œil dans le miroir, heureusement, il n'y a aucun signe de ce qui vient de se passer. Je ne peux qu'espérer que ça reste comme ça.

Je trouve le sweat à capuche qu'il a jeté quand nous sommes entrés la nuit dernière, je l'enfile et pars à la recherche de mon sac à main, ou plus important encore, de mon portable.

Je le trouve près de la porte d'entrée où j'ai dû le laisser tomber quand il m'a coincée contre la porte.

Les images de la nuit dernière sont sur le point de défiler dans mon esprit comme un putain de film, mais je les repousse. La sensibilité que je ressens entre mes jambes est un souvenir suffisant pour le moment.

En sortant mon portable, j'appelle Maman.

« Bonjour, chérie. Es-tu prête ? »

« Euh... » J'hésite, en regardant dans l'appartement pour trouver une horloge, mais je ne vois rien. En retirant mon portable de mon oreille, je regarde l'heure et je panique. « Pas vraiment. Euh... on va peut-être avoir un problème, » j'admets avec une grimace.

« Qu'est-ce qui ne va pas ? » Le ton de la voix de Maman change immédiatement quand elle m'entend.

« Euh... Ashton vient de sortir en trombe. Il est... euh... il ne gère pas très bien tout ça. Je ne sais pas quoi— »

« Stephen, » dit-elle loin du haut-parleur. « Ruby dit qu'Ashton est parti. »

Je n'entends pas sa réponse mais quoi qu'il dise, elle est d'accord avec lui.

« Notre Uber arrive dans dix minutes pour aller à l'église, on va te prendre au passage. Il sera là. Il a juste besoin de... » Elle s'interrompt parce que, très honnêtement, aucune de nous ne sait ce dont il a besoin en ce moment.

« Je serai prête, » dis-je en me précipitant pour raccrocher pour pouvoir me préparer en un temps record.

Heureusement, j'ai eu un peu plus de trente minutes avant que la sonnerie ne retentisse. Je mets les chaussures que je portais hier soir et après avoir attrapé mon sac à main, je me dirige vers la porte.

Je vois un Uber sur le trottoir avec Stephen debout à côté dans un costume noir bien coupé.

Il me sourit tristement. « Tu es magnifique, Ruby. As-tu eu des nouvelles de lui ? » Ses sourcils se froncent d'inquiétude.

« Non, je suis désolée. Je ne pense pas qu'il se sente bien. »

Je fais un pas vers l'arrière de la voiture où je peux voir Maman en train de m'attendre, mais la voix de Stephen m'arrête avant que ne je tende la main vers la poignée.

« Je n'ai aucune idée de ce qui se passe entre vous deux, mais je voulais juste te remercier d'être là pour lui... autant qu'il te le permet, en tout cas. »

J'ouvre la bouche pour répondre mais je me rends vite compte que je n'ai pas de mots. Je ne sais pas si j'aide Ashton de quelque façon que ce soit en ce moment. Je pense à la nuit dernière, si ce n'avait pas été moi, je suis sûre qu'il aurait trouvé une autre prête à l'aider à oublier pendant quelques heures.

La jalousie me tord le ventre en pensant à la fille des toilettes à cette fête la nuit dernière. Je ne doute pas qu'elle lui aurait tenu compagnie si elle en avait eu l'occasion.

« Nous devrions y aller, » dis-je finalement, en tendant la main et en ouvrant la porte.

Je porte une jupe crayon noire. Cela ne facilite pas la montée dans la voiture, mais après quelques secondes, je me laisse tomber sur le siège à côté de Maman.

« Salut, Maman, » dis-je en lui jetant un coup d'œil.

« Hé, chérie. Comment vas-tu ? » Quelque chose dans son ton semble bizarre. Je ne sais pas si elle est toujours énervée parce qu'elle pense que j'ai fait l'amour dans son lit ou si elle est contrariée que je ne reste pas à l'hôtel avec eux. Quoi qu'il en soit, je n'ai vraiment pas l'énergie de m'en préoccuper.

Je regarde par la fenêtre alors que la voiture commence à avancer.

« A-t-il dit où il allait ? », demande-t-elle après quelques secondes de silence. « S'il allait assister aux funérailles ? »

« Je ne sais pas, Maman. Il n'a rien dit. J'espère vraiment qu'il ne les manquera pas. Il le regretterait. »

Maman hoche la tête et lance à Stephen un regard inquiet.

« Il sera là, » dit-il, sa voix pleine d'une confiance que je ne ressens vraiment pas.

Il y a déjà quelques personnes rassemblées lorsque nous arrivons à l'église. Mais quand je regarde autour de moi, je ne le vois pas.

« Allez, Ash, » je murmure quand Stephen va parler à quelqu'un, en entraînant Maman avec lui.

Je me tiens gauchement sur le chemin cahoteux qui mène vers l'entrée de l'église, en priant pour qu'il vienne. En m'inquiétant qu'il ne fasse pas une erreur qu'il regretterait pour toujours.

Il m'a dit qu'il voulait faire les choses bien. J'espère que c'est ce que ça voulait dire.

Nous sommes accueillis dans l'église à temps pour l'arrivée du cercueil, mais il n'est toujours pas là.

Je m'assois près de l'allée avec Maman et Stephen à côté de moi. Mon genou bouge nerveusement pendant que nous attendons. Quelques personnes remplissent l'église derrière nous, et je ne peux m'empêcher de me demander qui ils sont et s'ils sont aussi préoccupés que moi par l'absence d'Ashton.

« Il sera là, » me chuchote Stephen à l'oreille,

probablement pour essayer d'empêcher ma jambe qui rebondit de l'agacer.

Après de longues minutes de silence et d'angoisse, le prêtre vient se placer devant, et j'essaie de ravaler la boule d'émotion qui est soudainement apparue dans ma gorge.

« Pourriez-vous, s'il vous plaît, vous lever ? »

Nous faisons ce qu'on nous dit et l'orgue se met à jouer. Mon estomac se tord tandis que mes yeux brûlent. Je ne peux pas m'en empêcher. Je n'ai peut-être jamais rencontré cette femme, mais c'était la mère d'Ashton, la femme de Stephen. Je ressens leur douleur, leur perte juste à côté d'eux. Je ne connais peut-être pas toute l'histoire concernant sa relation avec Stephen, mais je sais qu'il y tenait suffisamment pour l'épouser, avoir un bébé avec elle. Peu importe l'issue, il y tenait toujours, comme je sais que ma mère et mon père tiendront toujours l'un à l'autre.

Tout le monde se déplace autour de moi, le bruissement de leurs vêtements remplissant mes oreilles, alors que j'imagine qu'ils regardent vers les portes. Bien que je ne sache pas pourquoi, ce n'est pas un putain de mariage.

J'inspire profondément, en essayant de me reprendre pour ne pas pleurer et je regarde par-dessus mon épaule.

Ce que je vois vide tout l'air de mes poumons.

« Ashton. » Son nom est un murmure faible sur mes lèvres alors que je le regarde.

Il porte les mêmes vêtements que lorsqu'il est sorti de l'appartement, seulement maintenant la capuche est relevée.

Ses yeux sont concentrés sur un point à l'avant de l'église alors qu'il marche dans l'allée avec le cercueil de sa mère sur son épaule.

Ma vision se brouille lorsque je le regarde. Son expression dure, ses yeux froids et sa mâchoire tendue alors qu'il avance.

Je dois me battre pour ne pas laisser échapper un sanglot.

Il est venu, et non seulement il est là, mais il fait ça... pour elle. C'est trop.

Mon corps tremble à cause de mon envie de pleurer, mais je sais que je dois combattre cette envie. Je dois être forte pour lui, même s'il pense qu'il n'a pas besoin que je le sois.

J'expire un souffle tremblant alors que je le lâche des yeux et que je regarde les deux gars derrière lui. Leurs capuches sont relevées et ils sont habillés exactement de la même manière qu'Ash, mais mon souffle s'arrête quand je réalise que je les reconnais. Celui juste derrière lui est le gars avec qui il parlait sur le canapé hier soir, Cash, je pense. Et derrière lui, étonnamment, se trouve Axel.

Je les regarde tous les trois passer devant moi. Si l'un d'entre eux sait que je suis ici en train de les regarder, alors ils ne le montrent pas car ils continuent d'avancer et en quelques secondes seulement, ils placent le cercueil sur le support. Cinq d'entre eux s'éloignent mais Ashton s'arrête à côté du cercueil.

Maman doit sentir que je suis sur le point de perdre le contrôle car sa main se glisse dans la mienne. Je la serre fort dans l'espoir que cela puisse aider, mais rien n'y fait. La vue d'un Ashton brisé et dévasté debout devant sa mère me détruit totalement.

Tout ce qu'il m'a fait depuis qu'il est réapparu, ses mots vicieux, ses attouchements cruels, tout s'envole jusqu'à ce que tout cela ne signifie plus rien pour moi.

Ce mec. Ce mec froid, en colère et impitoyable est

complètement perdu, complètement brisé et se noie plus vite qu'aucun d'entre nous ne le réalise.

Mon cœur souffre pour lui. Mes muscles me crient de marcher là-bas et de le prendre dans mes bras, de lui donner le genre de soutien dont je suis sûre qu'il a désespérément besoin en ce moment.

Mais je ne peux pas. Je sais que je ne peux pas.

Il ne l'accepterait pas. Il l'accepte à peine quand nous sommes seuls, il n'y a aucune chance qu'il l'accepte dans une pièce remplie de monde. Il ne montrerait à personne ici ce genre de faiblesse.

Au bout d'une seconde, il tend la main et la pose sur le bois lisse du cercueil.

Ses épaules montent et descendent à un rythme rapide alors qu'il baisse les yeux. J'ai l'impression que chaque personne de cette assemblée retient son souffle pendant ces quelques instants alors que nous le regardons tous dire au revoir à la personne qu'il aimait le plus au monde.

Après une seconde de plus, sa main retombe, ses épaules s'affaissent et il recule d'un pas. Il ne se retourne pas et ne regarde pas par-dessus son épaule. Il n'en a pas besoin, il semble savoir où il va alors qu'il recule vers le banc à côté de l'endroit où nous nous tenons et qu'il rejoint les cinq gars avec qui il est entré.

« Asseyez-vous, je vous en prie. »

Tout le monde prend place, mais je reste figée sur place alors que je regarde le profil d'Ashton. Je ne vois pas grand-chose, il a toujours sa capuche sur la tête mais je vois suffisamment.

Je veux m'approcher, glisser ma main dans la sienne et me tenir debout—ou m'asseoir—à côté de lui pour lui donner de la force.

« Ruby, » chuchote Maman, en me sortant de mon état hypnotique, et à contrecœur, je me retourne et je pose mes fesses sur le bois froid.

La cérémonie est magnifique, la façon dont les gens parlent de Leanora ne fait que confirmer ce que je sais déjà—qu'elle était une femme incroyable. Chaque personne qui parle le fait avec tant d'amour dans la voix, avec une expression montrant tant de tristesse.

Au moment où le prêtre met fin à la cérémonie et nous demande de sortir, j'ai l'impression que mes émotions ont été passées au sèche-linge. Je sais à peine comment me lever et quand je marche à côté de Maman hors de l'église, je sais que je le laisse derrière pour emmener sa mère vers sa dernière demeure.

Mes yeux scrutent le côté de son visage alors que je passe devant lui, en crevant d'envie qu'il se tourne vers moi, mais il ne bronche pas.

Maman et moi ne parlons pas pendant que nous suivons les autres vers le cimetière. Stephen marche derrière nous, également silencieux.

L'assemblée semble plus petite alors que nous nous tenons tous autour de la tombe. Je n'ai assisté qu'une seule fois à des funérailles auparavant et c'était une crémation. Cela semble tellement plus définitif de voir ce trou dans le sol où elle va reposer.

Après seulement quelques minutes, le cercueil est devant nous et les porteurs sous leur capuche se joignent à la foule. Mais cette fois, Ashton se sépare de sa petite bande de six et il vient se tenir juste à côté de moi dans le demi-cercle que nous formons tous.

Je le regarde, mais il ne se retourne pas pour me regarder. Ses yeux sont toujours rivés sur le cercueil, son visage portant toujours un masque de pierre. Je pense qu'il espère que personne ne peut voir en dessous. Mais il a tort. Bien que son visage reste indéchiffrable, son expression impénétrable, ses yeux racontent une toute autre histoire, et je ne les ai même pas regardés de face. Mais je sais que quand ce sera le cas, ce qu'il y a à l'intérieur va me couper en deux.

Le prêtre commence à parler alors que l'air froid de Seattle mord notre peau, nos souffles sortant en nuages blancs autour de nous.

Je n'ai aucune idée de ce qu'il dit. Ses mots s'estompent en un bruit de fond alors que la chaleur du bras d'Ashton brûle le mien à travers mon manteau.

Je veux l'atteindre mais je ne peux pas. Mes poings se courbent sur mes côtés alors que j'essaie de m'empêcher de faire quelque chose dont il ne voudrait pas, quelque chose qui le pousserait à bout.

Je réalise que la cérémonie touche à sa fin quand le prêtre se déplace autour de la tombe, une pelle à la main, prêt à l'enterrer. Cette vision, la pensée qu'elle est sur le point d'être enterrée dans le sol fait se former une boule si énorme dans ma gorge que j'ai du mal à respirer.

Je ne suis pas le seule à ressentir ça parce que les gens reniflent et se déplacent en étant mal à l'aise autour de moi, mais je ne regarde aucun d'entre eux, je ne peux pas, mes yeux sont fixés sur ce cercueil en bois et le premier tas de terre qui est jeté sur lui.

Un halètement se fait entendre à côté de moi. C'est la seule réaction que j'aie entendue ou vue venant de lui depuis son arrivée. Une partie de moi est soulagée qu'il ressente réellement ce qui se passe. J'avais peur qu'il ait complètement verrouillé ses sentiments et que, bien que son corps soit ici, son esprit soit entièrement ailleurs.

Le deuxième tas est jeté et mon corps tressaute alors

que sa main se faufile dans la mienne. Ses doigts serrent les miens incroyablement fort, ce qui provoque une douleur dans mon bras, mais je ne peux pas bouger, je réussis à gérer parce qu'en ce moment, il a besoin d'une bouée de sauvetage et je refuse de lui causer plus de douleur qu'il n'en ressent déjà.

Nous nous tenons côte à côte, connectés, pendant que le prêtre termine ce qu'il est en train de dire.

Le monde autour de moi s'évanouit alors que je me tiens à côté d'un Ashton immobile.

Le bruit des gens qui parlent remplit mes oreilles avant que le mouvement autour de moi ne m'alerte du fait qu'ils s'éloignent.

« Il y a une voiture qui vous attend tous les deux. Prenez votre temps. On se verra à la réception, » dit Stephen à mon oreille.

En me tournant vers lui, je souris tristement. « Merci, » je murmure.

« Prends soin de mon garçon. »

Je hoche la tête, c'est la seule chose que je puisse faire alors qu'une nouvelle vague de larmes me brûle les yeux et rend le monde tout flou autour de moi.

# CHAPITRE VINGT-ET-UN

Ashton

Je sers la main de Ruby dans la mienne comme un étau. Je sais que je devrais la lâcher, la laisser suivre les autres jusqu'à la réception que Papa a organisée. Mais je ne trouve pas la force en moi de le faire.

J'ai besoin d'elle. J'ai tellement besoin d'elle en ce moment que je ne peux pas la laisser partir.

Je sais que tout ce que j'ai fait jusque-là, ça a été de lui faire du mal. Même si une partie de moi avait prévu que ce soit ainsi, pour lui montrer à quel point elle avait de la chance de former une petite famille heureuse avec mon père. Mais ça s'est transformé en une chose à laquelle je ne m'attendais pas et maintenant je compte sur elle d'une façon dont je ne devrais pas, comme si j'aspirais sa vie pour nourrir la mienne, pour m'aider à respirer.

Je regarde le cercueil de Maman. Celui que j'ai choisi

spécialement pour elle, qui est recouvert d'un tas de terre. C'est tout ce qu'elle est maintenant. Juste un corps. Un corps froid dans une boîte qui est sur le point d'être entièrement recouverte de terre.

Je suis responsable de ça. J'ai causé ça.

« Tout est de ma faute. » Je ne réalise pas que les mots sortent de ma bouche jusqu'à ce que la prise de Ruby sur ma main se resserre. Je suis surpris qu'elle ait encore du sang dans sa main pour la bouger.

« Non, Ash. Rien de tout cela n'est de ta faute. » Sa voix est si douce qu'un flot de larmes me remplit les yeux. Je me suis battu toute la matinée pour le maîtriser, pour ravaler ma douleur, ma perte, mon chagrin. Mais debout ici et maintenant, juste tous les deux. Je ne suis pas sûr de pouvoir le garder à l'intérieur plus longtemps.

Je suis épuisé. Putain de complètement vidé.

Je tombe sur le sol froid et dur, et parce que je refuse de lâcher sa main, Ruby n'a d'autre choix que de me suivre.

Je garde les yeux rivé sur le trou dans le sol devant nous alors que je ramène mes genoux contre ma poitrine et enroule mon bras libre autour de mes jambes.

« Axel et moi avons été arrêtés dans la rue. Nous avons été fouillés sur-le-champ, mais malgré le fait qu'ils n'aient rien trouvé, les agents nous ont quand même jetés à l'arrière de leur véhicule. »

« Ils pensaient que nous étions en train de dealer, ou du moins que nous étions en possession de drogue. Mais c'était notre jour de chance, enfin c'est ce que je pensais, car pour une fois, aucun de nous n'avait rien sur soi, et nous ne faisions rien de suspect. »

« Nous avons été emmenés à la station de police,

interrogés et obligés de nous asseoir et d'attendre pendant des putains d'heures. »

« Axel a été arrêté maintes et maintes fois, je savais qu'il s'en sortirait à bon compte. Son père a assez d'officiers de Seattle dans la poche pour s'assurer de le sortir de presque tout ce dont il pourrait être accusé. De mon côté, je n'avais pas ce luxe. J'ai peut-être travaillé pour eux, mais j'étais sans valeur. »

« Mais tu as dit que tu n'avais rien fait, » dit-elle rapidement à côté de moi dans une position symétrique à la mienne. Elle ne m'a toujours pas regardé et je n'en ai jamais été aussi content. Je ne veux pas que quelqu'un me regarde en ce moment. Je ne veux même pas me regarder.

« Non, mais les flics honnêtes de la ville veulent désespérément faire tomber les Kingston. Ils échappent aux autorités depuis des années, et n'ont jamais été condamnés. Ils sont sans foi ni loi, au-dessus de tout. Ils parviennent à se tirer de tout et à le faire passer sous silence. »

« Quoi qu'il en soit, nous avons été libérés et quand je suis sorti, Maman était assise là, en attendant de me ramener à la maison. Je ne l'avais jamais vue aussi en colère. Elle savait que j'étais impliqué dans des conneries plus qu'illégales, même si nous n'en avions jamais parlé, mais je rapportais à la maison plus d'argent que la plupart des lycéens pour nous aider à garder un toit au-dessus de nos têtes et à rembourser certaines des dettes qu'elle avait contractées au cours des dernières années. »

« Elle n'a rien dit quand elle a enroulé sa main autour de mon bras et qu'elle m'a presque traîné hors de la station comme si j'étais un enfant, et non pas comme un jeune homme qui était plus grand qu'elle. » Un sourire triste s'étire sur mes lèvres en se remémorant ce souvenir avant que la douleur ne traverse mon cœur en sachant que je ne la verrai plus jamais essayer de me punir. Elle me disait que, peu importe mon âge, je serai toujours son petit garçon, qu'elle continuerait à me réprimander à chaque fois que je ferai une connerie, même si j'étais un homme marié avec des enfants.

« Nous sommes montés dans la voiture et elle était toujours silencieuse. Je me sentais comme une merde. Elle était tellement déçue par moi. » J'inspire longuement, le silence s'installant entre nous.

Elle ne dit rien et je lui en suis reconnaissant. Je n'ai pas besoin d'un interrogatoire. Je ne sais même pas pourquoi je lui raconte tout ça au juste. Je suppose que c'est en moi depuis trop longtemps que ça doit enfin sortir. Que je dois confesser mes péchés ou un truc du genre avant de la laisser reposer en paix.

« J'ai essayé de m'excuser, mais elle n'a pas voulu m'écouter. J'ai compris pourquoi. Je lui avais dit après mon retour de Rosewood que je m'éloignerai des garçons de Kingston, que j'essaierai de prendre un nouveau départ. Que je me concentrerai sur le fait d'essayer d'obtenir mon diplôme, sur le football, mais ce n'était que des conneries. Une offre de fric pour un travail avec eux et j'ai sauté sur l'occasion. »

« Le fait d'essayer de faire tout ce que je pouvais pour sortir cette fille de ma putain de tête n'a pas aidé, » j'admets avec une grimace. Je ne la regarde pas mais j'aime à penser qu'elle sourit. Cela me donne la force nécessaire pour continuer.

« Quand elle a commencé à parler, elle était furieuse et j'ai réalisé que son silence était dû au fait qu'elle essayait de se calmer jusqu'à notre retour à la maison, où nous pourrions tirer ça au clair. »

« Mais nous n'y sommes jamais arrivés. Elle a heurté une plaque de glace et sa voiture est sortie de la route et a longé la rive jusqu'à ce que nous nous retrouvions encastrés dans un arbre. »

« Je me suis évanoui et quand je suis revenu à moi, je l'ai trouvée à côté de moi, penchée sur le volant, sa main dans la mienne, ses yeux à peine ouverts. » Ma voix se brise alors que je m'en rappelle aussi vivement que si cela s'était passé hier. « Elle... elle m'a dit qu'elle m'aimait, qu'elle était fière de moi, que... que je devais faire quelque chose de mieux de ma vie. E-elle m'a fait p-promettre de ne plus les fréquenter. »

Ruby se déplace vers moi, en rapprochant nos mains jointes tout en en retirant une pour l'enrouler autour de mon bras.

« E-elle est morte. Juste là devant moi. »

« Je suis vraiment désolée, Ash, » murmure-t-elle, le son sa voix aussi rauque que le mien.

J'inspire et tourne la tête pour la regarder. Ses joues sont maculées de larmes et de maquillage qui a coulé et d'autres larmes sont sur le point de déborder.

Sa respiration se coupe alors que ses yeux trouvent les miens. Je n'ai aucune idée de ce qu'elle voit, mais je peux imaginer que je ne suis pas au meilleur de ma forme.

Elle libère mon bras et tend la main pour prendre ma joue, son pouce frottant ma peau, en essuyant les larmes dont je ne savais même pas qu'elles avaient coulé.

« Elle a l'air d'avoir été une femme incroyable, » murmure-t-elle, son regard soutenant le mien. « Et elle a vraiment eu de la chance de t'avoir. »

Je mords ma lèvre inférieure pour essayer de retenir le sanglot qui menace d'éclater en écoutant ses mots. Au lieu de cela, un rire sort de ma bouche.

« Je ne lui ai causé que des emmerdes pendant des années. » Je ris à nouveau, en me rappelant certaines choses que j'ai faites pour l'énerver.

« Tu es un ado, c'est un peu ce que nous sommes censés être. »

« Petite, n'essaye pas de me dire que tu as déjà emmerdé tes parents. Tu es une telle sainte-nitouche. »

Elle me sourit et cela allège quelque chose en moi.

« J'ai eu mes moments. En plus, Maman est toujours en colère contre moi parce qu'elle pense que j'ai couché dans son lit alors... »

Je ris, en baissant la tête alors que je me souviens de son petit visage en colère quand elle essayait de plaider son innocence.

« C'était excellent. Tu ne peux pas le nier. »

« Tu es un con, Ashton Fury, » dit-elle avec légèreté, mais à la seconde où elle réalise ce qu'elle vient de dire, elle halète. « Merde, je suis désolée. Je ne voulais pas— »

« Chut, ça va. Insulte-moi autant que tu veux, ça ne va vraiment pas empirer ma journée. »

« Je suis— »

« Non. Ne me dis plus que tu es désolée. Rien de tout cela n'est de ta faute. Rien de tout cela n'est de la faute de personne mais— »

Ses doigts se pressent contre mes lèvres, en coupant ce qu'elle sait que je m'apprêtais à dire.

« C'était un accident, Ash. »

En écartant mes lèvres, je mets ses doigts dans ma bouche, en ayant besoin de penser à autre chose que le chagrin qui me déchire en deux.

Elle me sourit, ses yeux s'assombrissant alors que ma langue la lèche.

« Ash, » dit-elle à la fois en gémissant et en

m'avertissant, en jetant un coup d'œil à la tombe devant nous.

Je relâche ses doigts mais pas parce qu'elle le veut ou parce qu'elle pense que c'est inapproprié, elle devrait savoir maintenant que je me fous de ce que tout le monde pense. Je la libère parce que je ne peux pas arrêter les mots qui sortent de ma bouche. « Elle t'aurait beaucoup aimé. »

« Qu-qui ? Ta mère ? »

« Oui, ma mère. Elle a toujours voulu que je rencontre une gentille fille qui soit assez forte pour me tenir tête. »

« Ash, je ne suis pas sûre— »

Je lui coupe la parole de la même manière qu'elle me l'a coupée tout à l'heure, sauf que je ne laisse pas mes doigts posés sur ses lèvres assez longtemps pour qu'elle puisse faire quoi que ce soit parce que je les glisse à l'arrière de sa tête et pousse ses lèvres vers les miennes.

Je passe ma langue dans sa bouche, je me perds dans son baiser et elle me laisse faire ce dont j'ai besoin. Sa main s'enroule autour de ma nuque et la serre légèrement, son toucher me réchauffe de l'intérieur et me fait réaliser que je ne suis peut-être pas aussi seul que je le pensais.

Je ne voulais pas déménager à Rosewood. Je ne voulais pas être avec Papa et sa nouvelle famille. Mais les choses changent plus vite que je ne peux les contrôler.

En interrompant notre baiser, je pose ma tête contre la sienne et la regarde dans les yeux. Le vert brille avec un mélange de désir et d'émotions qui tourbillonnent en eux.

« Tu mérites mieux que ça, » j'admets calmement. C'est la vérité, elle mérite bien mieux que la façon dont je l'ai traitée, que la façon dont je suis sûr que je continuerai à la traiter.

« Je te donnerai tout ce dont tu as besoin, Ash. »

« Putain, petite. »

« Nous devrions probablement y aller, » suggère-t-elle en s'écartant de moi.

Je regarde autour de moi, en réalisant soudainement où nous sommes. La froideur du sol sous moi s'infiltre dans mes os.

« Oui, nous devrions y aller. »

Je me lève, en lui prenant la main et en la tirant avec moi.

« Ils vont t'attendre. »

J'ouvre la bouche pour répondre mais je décide de ne pas le faire pour l'instant.

Nous nous essuyons tous les deux les fesses avant que je ne me tourne à nouveau vers la tombe de Maman. Je tire Ruby contre moi et embrasse ses cheveux. Même avec ses talons, elle est si petite que je peux facilement poser mon menton sur le dessus de sa tête.

« Merci, » je murmure, mais ce n'est pas trop bas pour qu'elle l'entende car elle se tend dans mes bras.

« Je suis là, Ash. Je te donnerai tout ce dont tu as besoin. »

Je hoche la tête, en acceptant silencieusement ses paroles alors que je dis mon dernier au revoir à la femme qui a tout donné dans sa vie pour m'assurer un avenir.

« Au revoir, Maman, » je respire avant de tourner le dos à la tombe et de marcher vers les portes avec mon bras autour des épaules de Ruby, son bras autour de ma taille pour me soutenir.

Une fois hors de l'enceinte de l'église, je sors mon portable de ma poche pour appeler une voiture.

Elle comprend ce que je fais et m'arrête.

« Ton père a dit qu'une voiture nous attendait. » Elle

regarde dans la rue jusqu'à ce que ses yeux se posent sur une voiture tournant au ralenti. « Là. »

Je la laisse m'y conduire, mais je me fige lorsqu'elle ouvre la portière et demande au chauffeur si c'est bien nous qu'il attend.

Elle entre, en tirant sur mon bras pour que je la rejoigne mais je ne bouge pas.

« Ash ? », demande-t-elle, ses sourcils froncés d'inquiétude.

Je secoue la tête. « Je ne peux pas. »

« Mais— »

« S'il te plaît, Ruby. Vas-y et... et je te rejoindrai plus tard. »

« Mais—», essaie-t-elle à nouveau mais je n'ai pas le courage d'argumenter. « Je suis désolé. » Je ferme la portière et tape ma main sur le toit en faisant signe au chauffeur de partir.

Je regarde la voiture disparaître et j'ai l'impression qu'elle emmène une partie de moi avec elle.

Je ne détourne pas le regard jusqu'à ce qu'il passe le coin, seulement quand je détourne le regard, je me retrouve à regarder par-dessus mon épaule vers l'endroit où elle repose.

En mettant ma tête dans mes mains, je crie ma frustration et ma douleur. Si les passants remarquent mon attitude, alors ils ne le montrent pas parce que pendant que je reste là à purger ma douleur sur le trottoir, tout le monde continue sa vie.

# CHAPITRE VINGT-DEUX

Ruby

Je me retourne sur mon siège et le regarde sur le trottoir alors qu'il fixe la voiture.

Mon cœur souffre pour lui et tout ce qu'il traverse, mais je sais que le forcer à faire une chose qu'il n'a pas envie de faire est mal.

Il doit faire les choses à sa manière et à son rythme. Et s'il a besoin de souffler avant d'aller à la réception, alors qui suis-je pour juger ? Ce n'est pas comme si j'avais vraiment une expérience personnelle en la matière.

Je ne détourne pas le regard jusqu'à ce que le conducteur passe le coin et qu'il disparaisse de ma vue.

Je jette un coup d'œil au chauffeur et je suis presque sur le point d'exiger qu'il fasse demi-tour pour revenir vers lui. Mais je ne le fais pas. Je lui ai dit que je lui donnerai tout ce dont il avait besoin pour l'aider à traverser tout ça, mais je ne veux pas m'imposer à lui. S'il me voulait à ses côtés maintenant, j'y serais.

Putain, pourquoi cette pensée fait-elle si mal ?

Je frotte la paume de ma main contre ma poitrine alors qu'un frisson me parcourt.

« Je suis désolée, mais c'est possible de monter un peu le chauffage ? » Il accepte alors que je m'entoure de mes bras et regarde par la fenêtre.

Mes yeux sont gonflés à force d'avoir pleuré avec Ashton, et mes entrailles ont l'impression d'avoir été secouées par un ouragan.

Le trajet jusqu'à la réception est à la fois court et long et avant que je n'y sois préparée, la voiture s'arrête devant une sorte d'entrée.

« Merci, » je marmonne au conducteur avant d'ouvrir la portière et de sortir. Le soleil commence déjà à tomber derrière les bâtiments, en rendant la ville plus sombre qu'elle ne l'est en réalité.

Je lisse mon manteau, en me disant qu'il doit probablement être couvert de boue après être restée assise par terre dans le cimetière, mais je n'ai pas la force de m'en préoccuper.

À la seconde où je franchis la porte, j'ai l'impression que tous les regards se tournent vers moi.

J'inspire tandis que mon estomac se noue.

Stephen arrive en courant, rapidement suivi par Maman.

« Où est-il ? » demande-t-il précipitamment.

« Il... hum... il avait besoin de souffler. »

« Il va venir, n'est-ce pas ? »

Je le regarde un instant, son inquiétude pour son fils se lisant dans ses yeux. « Je ne sais pas, Stephen. Je suis désolée. Il... il a vraiment du mal à gérer ça. »

« Merde. Où est-il ? »

« Je ne sais pas, » réponds-je honnêtement. « Mais même si je le savais, je pense qu'il vaudrait mieux le laisser se débrouiller seul. »

Il hoche la tête avec regret. « J'aimerais que les choses soient différentes. J'aimerais qu'il me laisse entrer dans son intimité. Quel est le secret ? »

Un rire de surprise sort de ma bouche. « C'est à moi que tu demandes ? Il me déteste. »

Stephen secoue la tête. « Ruby, allez. Tu es plus intelligente que ça. Mon fils ne te déteste pas, il se déteste lui-même en ce moment. Mais il t'a laissée entrer. »

Mes lèvres s'entrouvrent pour répondre, mais je suis trop choquée pour trouver des mots.

« S'il te plaît, juste... prends soin de lui. »

« Stephen, je ne pense pas— » Mes mots sont coupés lorsqu'un gars du même âge que Stephen s'approche et lui tend la main. Lui et maman se tournent vers l'homme et les présentations s'engagent.

J'inspire et me détourne d'eux pour me diriger vers les toilettes. Je me sens comme loque et je suis sûre que je ressemble aussi à une loque.

En repérant le panneau, je m'avance en gardant la tête baissée pour m'assurer que personne ne tente d'engager une conversation avec moi.

Heureusement, c'est vide. Je m'arrête devant le lavabo et me risque à me regarder dans le miroir.

Mes yeux sont rouges et injectés de sang, ma peau est marbrée et mon maquillage est un désastre... enfin, quasi inexistant, pour être honnête.

J'essuie les taches noires sous mes yeux avant de me tourner vers une cabine et de m'enfermer à l'intérieur. Je baisse le couvercle et m'assois. Je laisse tomber ma tête dans mes mains et m'accorde quelques minutes de calme pour rassembler mes pensées.

Tout ce qu'Ashton m'a dit tourne dans ma tête comme dans une espèce de vortex, sa douleur se mélange à la mienne et son désespoir me fait mal au cœur.

J'aimerais pouvoir l'aider, tout lui enlever, mais il n'y a rien que je puisse faire en ce moment à part faire ce qu'il me dit.

Mon portable vibre sur mes genoux et je le sors pour découvrir des messages de Harley et de Poppy sur notre groupe qui me demandent comment ça se passe.

Je leur ai à peine parlé depuis que nous avons quitté Rosewood, et la culpabilité s'ajoute à ce que j'essaie déjà de gérer.

En constatant que c'est Harley qui a envoyé le message le plus récent, j'appuie sur son nom pour l'appeler. Ce n'est que lorsque ça commence à sonner que je me rends compte qu'elle est sans doute à l'entraînement mais alors que je suis sur le point de raccrocher, elle répond.

« Salut, comment tu vas ? »

J'ouvre la bouche pour parler mais aucun mot ne sort, à la place, un sanglot me déchire la gorge.

« Merde, Ruby. Attends. » Elle couvre le haut-parleur, mais je l'entends dire à Chelsea—je suppose— que c'est moi et qu'elle revient dans un instant. « Hé, je suis là. Qu'est-ce qui se passe ? »

« Bon Dieu, Har. C'est tellement horrible, » dis-je honnêtement. « C'est comme si je le regardais se briser sous mes yeux. »

« Ashton ? »

« Ouais, qui d'autre ? »

« Je... je ne sais pas. Que se passe-t-il, Rubes ? » Une

porte se ferme mais je n'y prête pas attention et me concentre sur ma conversation.

« Je... euh... j'ai couché avec lui. »

« Ruby, » dit-elle à la fois en soupirant et en riant.

« Je suis restée avec lui dans son ancien appartement. Il m'a emmené à cette soirée de malade hier soir, et... euh... je ne sais pas. Une chose en a entraîné une autre et... »

« Tu lui as donné ta virginité. »

« Ouais. »

« C'était comment ? », demande-t-elle avec curiosité.

« C'était... » Je souffle. « Incroyable. Mais ce jour est arrivé et... euh... je ne sais pas. C'est un désastre. Il est en vrac. Je ne sais pas ce que je dois faire. »

« Tout ira bien, Rubes. Quand rentres-tu ? »

« Nos vols sont demain, mais je ne sais pas si nous allons repartir en voiture ou quoi. La voiture de Stephen est là alors... »

« Nous... euh... nous avons vraiment besoin que tu reviennes, Rubes. Les championnats nationaux sont le week-end prochain. »

« Je sais, je sais. » Je n'ai vraiment pas besoin qu'elle me dise ça. Je suis bien consciente que le temps ne joue pas en ma faveur.

« Je suis désolée, mais je dois y aller. Chelsea me lance un regard mortel. Je t'appelle plus tard, OK ? »

« Ouais. Merci, Har. »

« De rien. On se parle bientôt. » Elle me souffle un bisou avant de raccrocher.

Je range mon portable, utilise les toilettes tant que j'y suis avant d'ouvrir la porte avec l'intention de me maquiller et d'y retourner. Seulement, je n'ai pas cette chance parce que quand je lève les yeux, mon monde s'écroule sous mes pieds.

« Maman ? » Ses sourcils se soulèvent. « Qu'est-ce que tu as entendu ? »

« Suffisamment de choses. »

Sa déception et son incrédulité sont évidentes dans ces trois mots qu'elle prononce. Mon estomac se serre et je prie pour que le sol m'engloutisse et mette fin à toute cette journée.

Mon cœur s'emballe alors qu'elle continue de me regarder, et je rejoue cette brève conversation avec Harley encore et encore dans ma tête.

« Ruby, » dit-elle lentement comme si elle ne pouvait même pas croire les mots qui sont sur le point de sortir de ma bouche. « S'il te plaît, dis-moi que tu n'as pas... que tu n'as pas... » Elle ne peut même pas dire les mots.

Je déteste la façon dont elle me regarde, comme si j'avais fait quelque chose de tellement sale et tellement répréhensible qu'elle ne veut même pas me voir devant elle.

Tout en moi me crie de mentir, de lui dire que ce n'est pas vrai que rien ne s'est passé. Mais pourquoi devrais-je me cacher juste parce qu'elle pense que c'est mal ?

Ouais, les choses entre Ash et moi sont... compliquées. Il me déteste, et je suis presque sûre que je le déteste encore... peut-être. Mais quand on est ensemble, c'est... différent. Il est différent. Il a laissé tomber ses murs, il m'a permis d'entrer, ne serait-ce qu'un instant. Je refuse de laisser son jugement ruiner ce qui grandit entre nous, même si cela devait se terminer un jour.

« Oui, Maman. J'ai couché avec lui. »

Elle halète, ses yeux se rétrécissant au point que je me

demande si elle peut réellement me voir. « Mais... mais... c'est ton demi-frère. »

« Oui, *demi par alliance*. » Je lève les yeux au ciel. « Nous ne sommes pas liés par le sang. Stephen n'est pas mon père. Ash n'est qu'un garçon que j'ai rencontré récemment, tout comme les nouveaux jeunes que je rencontre au lycée presque toutes les semaines. »

« Mais... tu ne peux pas. C'est le fils de Stephen. »

« Donc, parce que tu couches avec son père, Ash et moi ne sommes pas autorisés à être proche l'un de l'autre ? C'est des conneries et tu le sais. »

Son visage rougit de colère.

En me détournant d'elle, j'ouvre le robinet avec plus de force que nécessaire et me lave les mains pendant qu'elle se tient là, furax.

« Où vas-tu ? », me lance-t-elle quand je me dirige vers la porte.

« J'y retourne pour soutenir ton mari. »

« Tu dois rester loin de lui, Ruby. Il n'est pas fréquentable. »

« Oh, arrête ton char. Tu ne le connais même pas. »

« Je sais ce que Stephen m'a raconté. »

« Pff, tu penses qu'il connaît Ash ? » Je secoue la tête. « Tu délires. »

Ma main est sur la poignée, prête à l'ouvrir pour m'éloigner de son regard critique lorsque ses mots m'arrêtent.

« Ce n'est pas quelqu'un de bien. »

Je tourne sur mes talons et l'épingle du regard. « Il est en colère, je comprends. Je le comprends même. Il a eu une vie heureuse ici et puis son père a quitté Leanora pour toi. Il a déménagé à l'autre bout du pays et l'a abandonné. »

« Stephen ne l'a pas abandonné. Sa relation avec Leanora était terminée bien avant son départ. »

« C'était un enfant, Maman. Ce truc n'a pas d'importance. Aux yeux d'Ash, son père est parti et s'est installé avec toi, avec nous. »

« Ton père est parti et tu n'as jamais fait partie d'un gang. »

Je lève les mains d'exaspération.

« Rien à voir. Même pas un peu. Papa habite de l'autre côté de la ville. » Quand il est à Rosewood, cela dit, et pas en voyage d'affaires. « Je peux le voir quand je veux. On peut sortir, faire des choses ensemble. Vous vous parlez toujours, vous êtes toujours amis. Nous avons une belle maison, une vie confortable. Ash n'avait rien de tout cela. Il a regardé Leanora se battre pour garder un toit au-dessus de leurs têtes. Elle— »

« Était alcoolique, » Maman m'interrompt.

« Est-ce si étonnant ? As-tu vu où ils habitaient ? »

« Non mais— »

« Non, Maman. Je ne veux pas de tes arguments et ni que tu me dises tout ce que tu penses savoir. Tu ne connais pas Ash, tu ne sais pas comment c'était pour lui. » Je veux dire, je ne le sais pas non plus vraiment et je prends des risques ici, mais je refuse de la laisser nous juger comme elle le fait. Nous n'avons rien fait de mal. Nous ne faisons rien de mal.

Et si nos parents étaient mariés ?

« Tu as dix-sept ans, Ruby. » Elle essaie de changer de tactique.

« Peut-être, mais plus pour longtemps. Et au cas où tu ne l'aurais pas remarqué. Ash aussi, alors ne joue pas la carte de l'âge avec moi. Et en plus, tu vas vraiment me faire croire que toi et Stephen n'avez rien fait jusqu'à ce que vous ayez tous les deux dix-huit ans ? Je sais déjà que vous étiez ensemble à treize ans. » Je hausse les sourcils, lui rappelant qu'elle dit à tous ceux qui veulent l'entendre qu'ils étaient des amours d'enfance.

Ses lèvres s'entrouvrent mais elle n'a pas de mots. Cela dit, elle n'en a pas besoin, la réponse est écrite sur son visage.

« Donc, est-ce qu'on pourrait continuer cette conversation lorsque tu seras moins hypocrite ? »

« Ruby, » menace-t-elle d'une voix basse et en colère.

« Non. » Je lève la main pour l'arrêter. « Tout ce que tu dois savoir, c'est que je sais ce que je fais. » En vrai, je ne sais pas, je n'en ai pas la moindre idée, mais je lui dis ça quand même. « Nous sommes prudents, je prends la pilule, donc tu n'as pas à t'inquiéter. » J'ouvre la porte alors qu'une pensée me frappe. « Oh, et... nous ne l'avons pas fait sur ton lit. C'est une blague qu'Ash m'a faite. Alors ne t'inquiète pas, nous n'avons pas sali ta chambre. »

Je sors de là avant qu'elle n'ait le temps de répondre. Mes jambes sont comme de la gelée alors que je cours dans le petit couloir et que je retourne à la réception. Je n'ai jamais tenu tête à Maman comme ça auparavant. Pour être honnête, je n'ai jamais eu à le faire. Mais il n'y avait aucune chance que je la laisse me regarder comme ça. Comme si j'étais une idiote pervertie par Ash. J'ai fait tout ça en toute conscience, je n'y peux rien si je n'ai jamais pu lui résister.

Je scrute la pièce à la recherche de Stephen. J'ai bien l'intention de prendre congé et de foutre le camp d'ici. Quelque chose me dit qu'Ash ne va pas montrer son visage, et je n'ai pas vraiment envie d'avoir encore affaire à Maman.

En le repérant dans la pièce, je m'avance mais je suis à

peine à mi-chemin quand quelqu'un d'autre attire mon attention.

« Willow ? », je dis dans un souffle, mes sourcils froncés. Ses cheveux coupés à la garçonne sont aussi parfaits qu'hier soir et son maquillage est au top, en me faisant me sentir encore plus comme une loque que je ne le suis déjà. Et comme la plupart des gens dans cette pièce, elle porte du noir, mais j'ai le sentiment que ce n'est pas parce qu'elle avait l'intention d'assister à des funérailles. Le reste des amis d'Ashton ne sont pas là, alors je suppose que l'église était bien assez pour eux.

« Tu dois venir avec moi. » Elle tend la main et prend la mienne, en me tirant hors de la pièce sans hésiter.

« Attends, je ne peux pas partir comme ça, » dis-je, mais c'est loin d'être convaincant.

« Il a besoin de toi, Ruby. Qu'est-ce qui est le plus important en ce moment ? Ces gens que tu n'as jamais rencontrés ou lui ? »

Mes lèvres s'entrouvrent pour répondre mais elle doit lire la réponse sur mon visage car elle recommence à me tirer vers la sortie.

« Qu'est-ce qu'il a fait ? », je demande une fois que nous sommes dehors et que le bruit des bavardages de tout le monde a disparu derrière nous.

« Rien encore, mais ce n'est qu'une question de temps. Il est en train de se noyer, Ruby, et je pense qu'il n'y a qu'une seule personne capable de le maintenir à flot. » Mes sourcils se rapprochent. « Toi, Ruby. »

Elle ouvre la portière de la grosse cylindrée devant laquelle nous nous arrêtons et me pousse presque à l'intérieur. Je me laisse tomber sur le siège passager alors qu'elle court et s'assoit à côté de moi, et allume le moteur.

« C'est ta voiture ? », je demande, en réalisant soudain

que ce n'est pas le genre de voiture que je m'attendais à ce qu'elle conduise.

« Non, c'est celle d'Axel. Il vaut probablement mieux que nous ne lui disions pas que je l'ai empruntée. »

« Ton secret est en sécurité avec moi. » Je n'ai vraiment pas envie de parler à ce gars plus que nécessaire.

Willow nous éloigne de ce côté de la ville pour aller vers l'endroit où ils vivent, ou plus précisément vers là où la fête a eu lieu la nuit dernière.

La peur noue mon estomac à mesure que nous nous rapprochons jusqu'à ce qu'elle arrête la voiture à l'arrière du bâtiment.

« C'est quoi cet endroit ? », je demande en regardant le vieux bâtiment délabré devant nous.

« C'était une usine autrefois, mais elle n'est plus en activité depuis quelques années. Depuis, c'est notre repaire. Je suis presque sûre que Papa a oublié son existence. C'est parfait pour nous. » Elle pousse la porte et se retourne pour sortir.

« Attends, qui est ton père ? »

« Nous n'avons définitivement pas le temps pour cette petite leçon d'histoire. Disons simplement que c'est quelqu'un que tu n'aurais probablement pas envie de rencontrer. »

« OK, » je soupire alors qu'elle ferme la porte derrière elle avant de me tourner pour faire de même chose.

À la seconde où je sors, elle me pousse vers la porte.

Elle frappe et en quelques secondes, nous sommes à l'intérieur et retournons dans ce couloir. Un couloir que j'espérais ne plus jamais revoir.

La fumée de cigarette se mélange à l'herbe et j'ai du mal à aspirer l'air dont j'ai besoin.

Nous sommes sur le point de tourner à l'angle où se

déroule la fête quand elle se tourne soudainement vers moi, en me forçant à m'arrêter pour ne pas la percuter.

« Quoi ? », je demande quand ses yeux cherchent les miens.

« Je viens… de me souvenir qu'il souffre vraiment. »

Mon cœur bondit dans ma gorge. Dans quoi suis-je sur le point de m'embarquer ?

J'inspire et hoche la tête.

« Je sais, » je murmure mais avec la musique qui gronde au loin, je doute qu'elle m'ait entendue.

# CHAPITRE VINGT-TROIS

Ruby

Si je pensais que mes jambes étaient faibles quand je me suis éloignée de Maman tout à l'heure, ce n'est rien comparé à ce que je ressens en suivant Willow dans cette fête.

Je regarde autour de moi et j'ai l'impression que c'est du déjà-vu. Je me demande si l'une de ces personnes est partie d'ici depuis hier soir ou s'il ne s'agit que d'une fête permanente. Le nombre de gobelets et de bouteilles qui jonchent l'endroit indique que la seconde option est la plus probable.

Je scrute les gens du regard. Il y en a moins qu'hier soir. Peut-être que certains d'entre eux ont une vie en dehors de l'alcool et de la drogue.

Les gars qui ont porté le cercueil, enfin quatre d'entre eux, sont assis sur les mêmes canapés que ceux sur lesquels Ash était assis hier soir. Deux d'entre eux lèvent les yeux et Cash me sourit tristement avant de donner un coup de coude à celui à côté de lui qui regarde à son tour dans ma direction.

Leur attention me rend nerveuse mais pas aussi nerveuse que de savoir qu'Ash et Axel sont portés disparus.

« Où est-il ? », je demande en me tournant pour regarder Willow qui se tient à côté de moi.

Elle fait un signe du menton, et l'instant d'après, je regarde vers ce qu'elle m'indique.

Je scanne les visages à sa recherche mais ce n'est que lorsque j'arrive sur un mur très éloigné que mes yeux se posent sur lui.

Mon estomac se retourne, en menaçant de répandre son contenu sur le béton à mes pieds.

« Est-ce... est-ce... »

« Nat, » crache Willow.

« Il ne veut pas d'elle, Ruby. Il... »

« Souffre. Tu l'as dit. Même si je suis sûre que ça fait un peu moins mal avec ses seins dans sa main, » je marmonne, en remarquant où son bras disparaît sous son t-shirt.

« Il ne sait pas ce qu'il fait. »

« Tu vas vraiment prendre sa défense ? »

Elle me fait tourner sur moi-même pour lui faire face. « Il ne veut pas d'elle. Il a besoin de toi. Va le lui prouver. »

Je me retourne pour le regarder presser cette pute contre le mur, son corps plaqué contre le sien, sa main disparaissant sous son t-shirt, et j'imagine sa langue dans sa bouche.

Je repense au baiser que nous avons échangé dans le cimetière plus tôt. C'était si doux, si plein d'émotions et de désir et ce souvenir vole en éclats. Il le gâche, comme il gâche tout.

Ma poitrine se soulève alors que je continue de le regarder. Le sentiment de trahison inonde mes veines, la jalousie me ronge de l'intérieur.

*Mais il n'est pas à toi*, dit une petite voix dans ma tête.

« Ruby, » prévient Willow, à côté de moi. « Tu ne peux pas rester là à regarder. Va lui donner une leçon. »

L'idée de marcher là-bas et d'afficher ma présence, de voir son regard prétentieux comme pas possible dont je sais qu'il sera sur son visage, me remplit d'effroi.

Heureusement, je n'ai pas à le faire car comme s'il pouvait sentir mon regard, il arrache ses lèvres de sa petite salope et regarde par-dessus son épaule.

Ses yeux ne font pas le focus pendant de longues secondes et mon souffle se bloque dans ma gorge.

« A-t-il pris quelque chose ? »

« Oui, même si je n'ai aucune idée de ce qu'il a pris. Ce connard d'abruti. »

Alors que je ne pensais pas que les choses pouvaient empirer, la peur fait frissonner mon dos une seconde avant que des bras ne s'enroulent autour de ma taille et que je sois tirée contre un torse solide.

« Je ne pensais pas qu'il te laisserait revenir ici, bébé, » grogne pratiquement Axel. Ses yeux me parcourent, en se réchauffant de désir. « Tu es sexy, mais je dois dire que je préférais la robe d'hier. »

« Axel, lâche-la. Elle est là pour Ash. »

« Oui, mais il me semble qu'il a d'autres engagements. Il l'a déjà baisée ? »

« Axel, » dit-elle sèchement. Mais il n'avait pas besoin

de poser la question à voix haute, on se demande déjà tous la même chose, en tout cas moi oui.

Je regarde Ash pour découvrir qu'il s'est un peu éloigné de Nat, il l'a lâchée, mais elle est maintenant enroulée autour de lui comme un putain de serpent.

« Ma sœur t'a dit de lui donner une leçon, alors on y va ? », propose-t-il, sa voix basse et menaçante, mais il ne me laisse aucune chance de lui dire d'aller se faire foutre parce que sa prise sur moi se resserre et avant que je ne sache ce qui se passe, mon dos s'écrase contre le mur, ma tête rebondit contre lui alors que la douleur s'abat sur mon cou et que je suis prisonnière de son corps imposant avec ses lèvres sur les miennes.

« Non, non, » je crie contre ses lèvres alors que sa main géante s'enroule autour de ma taille, en me clouant sur place. « Lâche-moi. »

Je retrouve mon énergie pour le combattre juste au moment où son autre main tombe sur ma jambe à la recherche de l'ourlet de ma robe et je lève mon genou, mais je ne le touche pas car il n'est déjà plus là et quand j'ouvre les yeux, il n'est plus devant moi.

Les gens crient, hurlent et courent vers moi, avec de l'excitation dans les yeux.

« Ne la touche pas putain, » rugit Ashton.

En entendant sa voix, je regarde où ils sont et je le vois au-dessus d'Axel, en train de lui écraser ses poings sur le visage.

« Ashton, » crie Willow, en attrapant son bras mais il ne lui prête aucune attention alors qu'il lève son bras une fois de plus, son coude la percutant et l'envoyant trébucher au sol avant qu'il ne continue son assaut.

Les gars l'encouragent, tous affamés de sang tandis que les quelques filles qui sont ici reculent ou crient.

« Putain, » je crie, en arrachant mes yeux du dos d'Ashton pour regarder Willow, affalée sur le sol.

Je me précipite parce que, avouons-le, elle mérite mon aide plus qu'aucun de ces deux-là.

« Je vais bien. Essaie de l'arrêter. »

« Willow, je— »

« S'il te plaît, Ruby. Empêche-les de s'entretuer. »

Putain de Jésus-Christ.

Je me lève et je me précipite vers eux.

« Ashton, » je crie à tue-tête, en ne voulant pas m'approcher trop près après avoir vu Willow voler il y a quelques instants.

Mais il ne s'arrête pas pour autant.

« Ashton. » J'essaie à nouveau mais les rugissements de la foule en plus de l'afflux de sang dans ses oreilles sont trop forts pour qu'il puisse m'entendre.

Ses deux mains enserrent la gorge d'Axel et je saisis l'opportunité.

En inspirant pour récupérer un peu de force, je fais un pas en avant, en espérant pouvoir éviter ses bras s'il décide de les utiliser et je mets ma main sur son épaule.

À la seconde où je le touche, ses muscles se détendent à mon contact.

« Arrête, » je le supplie, en regardant par-dessus son épaule le visage presque méconnaissable d'Axel pour constater que la prise d'Ashton sur sa gorge est toujours serrée. « Ashton, s'il te plaît. Tu vas le tuer. »

Axel suffoque, ses doigts agrippent les avant-bras d'Ashton, en étant désespéré de faire entrer de l'air dans ses poumons.

« Je devrais le tuer. Putain, il t'a touchée... encore une fois. »

« Ashton, » dis-je avec beaucoup plus de calme que je ne le suis. « Laisse-le partir. »

Après quelques secondes, il le lâche avant de basculer en avant.

« Allons-y, » je dis avec une voix dure alors que j'essaie d'enfouir ma colère. Je refuse de perdre mon sang-froid devant ces nombreuses personnes, même si je crève d'envie de mettre mes mains autour de la gorge d'Ash comme il le faisait avec Axel.

Après un instant, il commence à s'extirper du corps mou d'Axel. Mais il n'est pas assez dans les vapes car à la seconde où il peut bouger, il s'assoit et son poing vole vers la tête d'Ashton.

Sa lèvre se fend, et du sang rouge vif commence immédiatement à en couler.

Le rugissement qui sort de la gorge d'Ashton ne ressemble à rien de ce que j'ai jamais entendu auparavant. Puis il se retourne et balance un coup de poing sur la tempe d'Axel, l'envoyant à terre.

« Putain de merde, » je marmonne, en tirant sur le bras d'Ashton pour l'éloigner d'Axel au cas où il reviendrait à lui et essaierait à nouveau. C'est peu probable vu son état mais je ne veux pas prendre le risque.

Alors que nous reculons, je sens sa poitrine se soulever rapidement et je pousse un soupir de soulagement. Au moins, il ne l'a pas tué.

« Nous devons partir. » Il ne bouge pas pendant un instant, il reste les pieds plantés dans le sol et continue de regarder la scène qu'il a créée devant lui.

« Ashton. Maintenant, » j'aboie.

Finalement, il bouge, mais pas vers la sortie, à la place il tourne vers moi ses yeux froids et en colère.

Je halète et il avance vers moi. Il me fixe, sa chaleur me brûlant et son odeur remplissant mon nez.

L'image de lui avec Nat me saisit et une nouvelle vague de colère et de trahison me traverse.

Incapable de me contrôler, mon bras s'envole avant que la peau douce de ma paume ne se connecte à la rugosité de sa joue.

Ses yeux s'illuminent de colère quand il saisit mon poignet dans une prise serrée et me tire contre sa poitrine.

« Tu vas le regretter, petite. »

Avant même que je réalise que nous bougeons, il me porte et je ne réalise que nous sommes dans une autre pièce que quand une porte claque derrière lui et que nous sommes plongés dans l'obscurité.

« Est-ce que ça fait mal ? », demande-t-il en jetant un coup d'œil à ma paume qui est rouge écarlate.

« Oui, » je siffle. Je suis sur le point de lui dire que ça en valait la peine quand il me pousse brutalement contre un truc qui est derrière moi. Un bureau ? Un appareil quelconque ? Je n'en ai aucune idée car à part la lumière qui traverse une petite fenêtre en verre dépoli qui donne sur la pièce principale, il fait complètement noir ici.

« Eh bien, laisse-moi t'aider à oublier ça. »

Ses lèvres s'écrasent sur les miennes, le goût du cuivre remplit ma bouche alors que je me bats contre lui mais il est trop insistant et alors que sa langue glisse entre mes lèvres, je succombe à son baiser.

Le baiser est à l'opposé de celui que nous avons partagé dans le cimetière tout à l'heure. Il n'y a pas de tendresse ou d'inquiétude sur les sentiments de l'autre. C'est violent, pervers, plein de haine et d'envie de faire mal.

« Ashton, » je halète alors que ses lèvres s'écartent des miennes pour sucer la peau de mon cou.

« Tu me rends fou, putain. »

« Tu vois, je pensais que c'était cette pute qui te rendait fou il n'y a pas si longtemps. »

« Elle n'est rien pour moi, » grogne-t-il, sa main encercle ma taille puis glisse jusqu'à ce qu'il me serre les fesses, ses doigts s'enfonçant jusqu'à ce que ça commence à faire mal.

« Ah bon ? Tu semblais vraiment t'amuser avec ta main sous son t-shirt. »

« J'avais besoin d'une distraction. »

Un rire amer sort de ma bouche. « J'ai déjà entendu ça. C'est tout ce que je suis pour toi ? »

Il s'éloigne de ma clavicule et me regarde dans les yeux. Son regard est si perçant que j'ai l'impression qu'il peut voir jusque dans mon âme, ses yeux gonflés clignant dans l'obscurité qui nous entoure.

« Non, Ruby. Ce n'est pas tout ce que tu es pour moi. Tu es... tu es... différente. »

« Bien. Tellement différente que c'est une bonne chose de venir ici, de se défoncer et de peloter une pute. Va te faire foutre, Ashton. Je vaux plus que ça. »

Je me pousse de là où je suis, mais je ne vais pas très loin car à la seconde où j'avance, il vient vers moi avec plus de force et je me retrouve contre le mur.

« Tu es tout, Ruby. Putain de tout. »

Mes pieds sont sur le sol et la seconde suivante ma jupe est retroussée et mes jambes sont enroulées autour de sa taille.

Sa bitte dure se frotte contre mon entrejambe et la tête me tourne.

« Tu sens ça ? C'est pour toi, seulement toi. »

« Tu es un putain de menteur, Ashton. N'essaie pas de me dire que tu ne bandais pas pour elle il y a quelques minutes à peine. »

« Ce n'était pas pour elle que je bandais. Elle était peut-être un corps, mais dans ma tête, c'était toi. Seulement toi. »

« Alors tu allais la baiser, en imaginant que c'était moi. C'est n'importe quoi. » Il continue de se frotter contre moi, avec le plaisir qui jaillit d'entre mes cuisses, c'est de plus en plus difficile de penser correctement.

« Putain, » gémit-il. « Ouais. Je t'ai toujours ici, petite, » admet-il en se tapotant la tempe. « Toujours toi, putain. »

Ses lèvres retrouvent les miennes et cette fois, je ne me bats pas. Je ne peux pas.

« Ashton, » je gémis quand ses doigts se glissent dans ma culotte et trouvent ma chair.

« Tu es tellement humide pour moi. Tu aimes te battre, hein ? »

« Tu es un connard, » dis-je, ma tête retombant en arrière alors qu'il enfonce deux doigts en moi.

« Je sais, mais je pense que tu aimes ça. »

« Oh mon Dieu. » Il trouve cet endroit magique en moi et frotte jusqu'à ce que je voie des étoiles.

Ses lèvres effleurent mon oreille. « Je ne voulais pas d'elle, Ruby. J'avais besoin de... j'avais besoin d'oublier et toi... tu n'étais pas là. »

« Parce que tu m'as congédiée, » je halète alors qu'il m'étire encore plus.

« Je... j'ai envie de toi. »

« Alors prends-moi, Ash. »

Sa queue entre à l'intérieur de moi en un temps record.

« Oh mon Dieu, » je gémis alors que mon corps essaie de l'aspirer encore plus profondément.

Je ne devrais pas avoir autant envie de lui. C'est dangereux. Et je sais déjà que ça risque de me tuer quand tout va s'arrêter d'un coup. Parce que je ne doute pas que ça se produise.

# CHAPITRE VINGT-QUATRE

Ashton

À la seconde où je m'enfonce en elle, tout dans ma tête se remet en ordre et je me sens à nouveau bien.

J'ai su au moment où sa voiture a disparu de ma vue, que j'avais fait une énorme erreur en la renvoyant.

Elle était ma bouée de sauvetage. Elle était la seule chose qui m'empêchait de me noyer et je venais de la laisser partir.

Aller à l'usine n'était pas une décision consciente, c'est enraciné en moi de m'y rendre quand ça devient trop dur. C'est l'endroit qui m'a servi d'échappatoire pendant des années. Là-bas, personne ne juge, personne ne critique, tout le monde te laisse te perdre dans le poison de ton choix. Alcool, drogue, chatte. Tout est offert et disponible à presque n'importe quelle heure de la journée, et je n'ai jamais eu autant besoin de me perdre qu'après m'être éloigné de cette église en laissant Maman pourrir dans le sol.

Les mecs étaient déjà là et à la seconde où ils m'ont vu, quelqu'un m'a passé une bouteille de vodka et j'ai failli avaler le contenu d'une seule traite dans mon besoin de disparaître, de noyer la douleur, de tout faire s'en aller.

Elle était ma bouée de sauvetage et elle n'était plus à mes côtés. L'alcool et les pilules que quelqu'un m'a données étaient tout ce que j'avais. Jusqu'à ce que Nat tombe sur mes genoux.

Ruby n'a pas tort. Nat est une pute. Elle a baisé tous les mecs plus d'une fois, et maintes et maintes fois elle a essayé de nous monter les uns contre les autres en pensant qu'elle était plus qu'un simple coup facile. Elle est un jeu. Auquel nous avons joué plusieurs fois au fil des ans.

J'étais trop perdu dans ma tête, parti trop loin pour réfléchir à ce qu'elle me proposait.

Je sais qu'au fond je savais que je ne devais pas. Mais le bien et le mal n'avaient plus aucun sens quand elle écrasait son cul sur ma bite.

Seulement quand j'ai penché la tête en arrière et fermé les yeux, ce n'était pas Nat avec ses cheveux blonds et ses lèvres pleines que je voyais, c'était Ruby et son doux sourire, ses yeux verts qui m'hypnotisent et ses courbes pécheresses.

« Putain, petite, » je grogne alors que je m'enfonce si profondément en elle, et que je sens son col de l'utérus au bout de ma bite. « Ça... ça. C'est bon, putain. » Je recule lentement.

« Oui, » crie-t-elle alors que je rentre à nouveau, mais plus fort cette fois.

« Tu sens ça ? Tu sens ce que tu me fais, putain ? »

« Oui, Ashton. Oui. »

Mes doigts s'enfoncent dans ses hanches avec une telle force que je n'ai aucun doute que je vais laisser des bleus mais peu importe à quel point j'essaie, je ne peux pas relâcher ma prise. J'ai envie d'elle, de ça, tellement que je ne peux pas faire autrement.

« Juste toi et moi, petite. Juste toi et moi. »

Je laisse tomber mes doigts sur son clitoris. Je fais le tour plusieurs fois, en gémissant alors que ses muscles se resserrent autour de moi avant de la pincer plus fort et de la propulser vers son orgasme.

Elle me serre si fort, et me tire si fort que je n'ai pas d'autre choix que de la suivre et de jouir.

Son nom sort de ma gorge dans un rugissement guttural alors que je la remplis, la marque, la fais mienne.

« Tu es à moi, Ruby. Putain de mienne, » je halète dans le creux de son cou alors que nous redescendons tous les deux de nos orgasmes.

Après quelques secondes, je la remets sur ses pieds, mais je ne la relâche pas tout de suite, au lieu de cela, je ramène ses lèvres vers les miennes, en enfilant mes doigts dans ses cheveux et en la tenant fermement.

J'essaie de mettre tout ce que je ressens dans ce baiser, mais je sais que je ne pourrai jamais y parvenir.

Ayant besoin d'un peu d'air, je recule, en posant ma tête contre la sienne, et la regarde profondément dans les yeux.

« Ash— » Je presse mes doigts sur ses lèvres, en arrêtant ce qu'elle était sur le point de dire.

« Je suis désolé. » Les mots me semblent étranges quand ils sortent de ma bouche. La seule personne auprès de qui je me suis vraiment excusé auparavant, c'était Maman, et même si je ne comprends peut-être pas complètement la raison pour laquelle j'ai besoin de dire

ces mots à Ruby là tout de suite, je sais que j'en ai besoin.
« Rentrons à la maison. »

Elle hoche la tête et après un instant, je la relâche pour que nous puissions tous les deux remettre nos vêtements en ordre avant de retourner là-bas.

En prenant sa main dans la mienne, je la conduis vers la porte.

À la seconde où je l'ouvre et que je sors, presque tous les yeux se tournent vers nous.

« Oh mon Dieu, » marmonne-t-elle en se cachant derrière moi.

« Inutile de se cacher maintenant, petite. Ils t'ont probablement entendu crier mon nom. » Je ne peux pas empêcher le sourire qui s'étire sur mes lèvres, pas plus lorsque mes yeux se posent sur Axel allongé sur l'un des canapés, ses blessures en train d'être soignées par quelques nanas.

Axel est un con. Nous faisons peut-être partie du même groupe et j'ai peut-être fait le sale boulot de son père et le sien pendant quelques années, mais nous ne serons jamais de vrais amis.

Quelques gars me font un signe de tête, aucun ne vient me parler pendant que je mène Ruby hors de cet endroit. Je n'ai jamais voulu qu'elle revienne ici, mais je sais que je n'ai à m'en prendre qu'à moi-même.

Dès que nous sommes dehors, je l'attire contre moi et passe mon bras autour de son épaule. Aucun de nous ne dit rien sur le court trajet de retour à l'appartement.

Je ne sais pas ce que je pourrais dire même si j'en avais envie.

Je suis juste... vidé. Totalement et complètement vidé.

« Tu as faim ? », demande Ruby alors que je ferme la porte derrière nous.

« Euh ? » J'essaie de me souvenir de la dernière fois que j'ai mangé quelque chose. Hier, peut-être. Tout ce que je me souviens avoir consommé, ce sont de la vodka et des pilules.

« Je crois. Commande ce que tu veux à emporter. Je vais... » Je fais un signe de tête en direction de la salle de bain et je pars avant qu'elle n'exprime l'une des millions de choses que je peux lire sur son visage.

Elle veut savoir si je vais bien. S'il y a quelque chose qu'elle peut faire pour m'aider. Mais pour le moment, je n'ai pas de réponses.

Je ferme la porte derrière moi, ouvre la douche pour qu'elle soit très chaude et me déshabille.

Je me tiens sous l'eau bouillante en espérant qu'elle puisse me laver de cette journée et de tous mes péchés.

En laissant tomber ma tête dans mes mains, je repense à ce matin. Mon arrivée à l'église et ma vision d'elle au fond du corbillard entourée de ses fleurs préférées, moi en train de la soulever sur mon épaule, moi en train d'écouter tout le monde dire combien elle était incroyable, dont la plupart ne connaissait rien de sa beauté.

Un sanglot jaillit alors que je repense au moment où je l'ai fait descendre dans ce trou, dans cet endroit où elle reposera pour toujours.

En retombant contre le carrelage, la pièce tourne autour de moi, l'effet persistant de l'alcool et des pilules finissant par s'estomper et permettant à la réalité de revenir en force.

Le souvenir de Nat, de moi en train de la toucher, d'avoir presque failli en faire plus, me retourne l'estomac.

Putain de merde, je suis tellement en vrac.

Je glisse le long du mur jusqu'à ce que mes fesses

touchent le vieux bac à douche sous moi, maintenant incapable de contenir toute l'eau à l'intérieur.

Mon corps tremble alors que des sanglots secouent mon corps en pensant à tout ce que j'ai perdu et à toutes les erreurs que j'ai commises. La culpabilité me ronge plus que jamais alors que j'essaie de faire face à la surintensité d'aujourd'hui.

Je ne sais pas depuis combien de temps je suis là quand la porte s'ouvre mais ma gorge est sèche et mes yeux brûlent à cause de toutes les larmes que j'ai versées.

« Ash, tu es... merde, » elle halète quand, j'imagine, ses yeux se posent sur moi recroquevillé sur le sol.

« Je vais bien, laisse-moi. » Les mots sont calmes, comme un murmure. Je doute qu'elle les entende à cause du bruit de l'eau.

La porte se referme et j'imagine qu'elle fait ce que je lui ai dit de faire et qu'elle me laisse me noyer dans ma souffrance, mais quelques secondes plus tard, j'entends un bruissement de tissu.

En relevant ma tête qui reposait sur mes genoux, je lève les yeux.

« Ruby, » je dis dans un souffle, en pensant que je m'imagine des choses.

Elle me regarde alors qu'elle fait glisser sa culotte le long de ses hanches puis fait un pas en avant.

Elle ne bronche pas alors qu'elle passe sous l'eau encore brûlante et me donne doucement des petits coups dans les chevilles. Je baisse les genoux pour lui laisser un peu d'espace, et en un instant, elle est assise à califourchon sur mes genoux avec mon visage dans ses petites mains.

« C'est OK de s'effondrer, Ash, » dit-elle doucement

avant de se pencher en avant et de frotter ses lèvres contre les miennes.

Je veux lui dire non, qu'elle devrait me laisser seul pour me battre avec ma culpabilité et mes décisions à la con, mais à la seconde où sa langue trouve la mienne, je perds tout sens de la réalité et j'accepte ce qu'elle m'offre.

Une évasion.

Mes doigts glissent dans ses cheveux mouillés, pour la tenir contre moi, et m'assurer qu'elle n'est pas sur le point de partir aussi vite qu'elle est entrée parce que pour le moment, je sais que je ne pourrais pas y faire face. Mon autre main descend le long de son dos, s'enroulant autour de sa taille fine et la serrant contre moi aussi fort que possible.

Son baiser est si doux, si passionné qu'il me fait monter les larmes aux yeux. Mais cette fois, avec elle ici, avec elle enroulée autour de moi, je ne sombre pas.

Elle me garde la tête au-dessus de l'eau, tout comme je savais qu'elle le ferait et tout comme je sais qu'elle ne devrait pas le faire.

# CHAPITRE VINGT-CINQ

Ruby

J e n'avais aucune idée de ce que j'allais trouver en entrant dans la salle de bain. Mais ce n'était certainement pas un Ashton brisé et en train de sangloter sur le sol de la douche. Je pensais qu'il s'était peut-être évanoui à cause de l'alcool et de la drogue, mais jamais qu'il était en train de s'effondrer de l'autre côté du mur.

J'aurais probablement dû sortir et le laisser seul.

C'est ce qu'il méritait après ce qu'il a fait ce soir. Mais je ne suis pas comme ça.

Mon estomac se tord violemment à la pensée qu'il a mis ses mains partout sur elle. Mais je le comprends... je crois.

Les gens font des trucs cons quand ils sont consumés par le chagrin, totalement accablés par une perte qu'ils ne peuvent ni comprendre ni accepter.

C'est la raison pour laquelle je ne franchis pas cette porte. La raison pour laquelle, à la place, je me déshabille et le rejoins.

Je veux qu'il voie qu'il y a autre chose que de la douleur en ce moment. Si, sa mère est partie. Lui n'est pas parti, il est bien là. Et elle voudrait qu'il saisisse la vie à bras-le-corps et qu'il fonce tête baissée. J'ai aussi le sentiment qu'elle voudrait que quelqu'un soit à ses côtés, et il ne me semble pas que ses soi-disant amis aient envie de le soutenir.

Je sais que les mecs et les nanas font les choses différemment, mais l'idée de traverser ce genre de choses sans que mes amies soient près de moi pour me tenir la main me déchire le cœur, mais cela n'arriverait pas de toute façon.

Pourquoi est-il tout seul pour gérer ça ? Rien de tout cela ne semble juste.

À la seconde où je tombe sur ses genoux, il m'attrape comme si j'étais l'air dont il avait besoin, et là tout de suite, je suis heureuse d'être là pour lui.

Je suis consciente que cela pourrait être une chose passagère, que demain pourrait redistribuer la donne une fois de plus quand nous réfléchirons à comment revenir et tenter de continuer—ou dans le cas d'Ashton, redémarrer —nos vies.

Nous nous embrassons pendant une éternité. Finis les brutalités et les mots vicieux échangés dans cette usine qui sont remplacés par des caresses douces, par le désespoir de notre baiser dans le cimetière tout à l'heure.

« Ruby, » gémit-il dans mon baiser, sa voix remplie d'incertitude quant au fait que je sois vraiment là.

« C'est bon, » dis-je, en prenant une fois de plus ses joues dans mes mains. « Je suis là. »

Je le regarde, nos fronts collés l'un contre l'autre, mais il refuse d'ouvrir les yeux.

Je dépose un baiser sur le bout de son nez, et je fais glisser ma bouche sur ses lèvres et sur sa mâchoire.

« Ruby, » répète-t-il, mon nom ressemblant presque à une supplication.

J'embrasse son cou, pendant que mes doigts courent le long de ses bras et de sa poitrine.

« Fais-moi oublier, » me supplie-t-il.

Mon cœur se brise pour lui. Je voudrais en faire plus mais il n'y a rien à faire de plus.

Au lieu de cela, mes lèvres retrouvent les siennes et mes hanches se frottent contre sa bite qui est doucement pressée contre moi depuis un moment.

Un gémissement monte dans sa gorge et je recommence à bouger, avec un peu plus d'insistance. Sa prise sur mes hanches se resserre, ça pique un peu mais je n'y accorde pas d'importance alors qu'il continue de m'encourager.

Au bout de quelques minutes, je m'écarte de lui. Ses lèvres se séparent des miennes et pour la première fois depuis des lustres, ses yeux s'ouvrent.

La panique les remplit parce que je suppose qu'il pense que je suis sur le point de partir.

Je secoue la tête et je m'approche, en enroulant mes doigts autour de sa queue.

« Je ne vais nulle part, » je murmure en la levant et en frottant son gland sur ma chair humide.

Ses yeux s'assombrissent et menacent de se fermer une fois de plus mais, bien qu'à moitié fermé, ils restent rivés sur moi alors que je le guide vers mon vagin et l'enfonce lentement en moi.

Tout en moi est sensible après hier soir, et après la

façon dont il m'a prise à l'usine tout à l'heure mais ça ne fait pas suffisamment mal pour que je veuille arrêter. En fait, plus je rebondis sur lui, plus c'est facile au fur et à mesure que le plaisir prend le dessus.

Un couinement sort de ma bouche alors que je m'assois sur lui, en le prenant tout entier en moi.

« Ruby, tu es... » Il s'interrompt, ses grandes mains effleurant mes épaules et mon cou jusqu'à ce qu'il prenne mon visage dans ses mains comme je le faisais il y a quelques instants. « Tu es incroyable, » souffle-t-il, ses yeux s'écarquillant alors qu'il prononce les mots comme s'il ne pouvait pas croire qu'ils venaient de sortir de sa bouche.

« Chut, » je dis sur un ton calme, en pressant deux doigts contre ses lèvres. « Interdit de parler. »

Il hoche la tête alors que je me soulève avant de retomber sur lui.

Sa tête se cogne contre le carrelage avec un bruit sourd mais ses yeux restent rivés sur moi.

Je recommence en soutenant son regard. Un sourire commence à s'étirer sur ses lèvres alors que je continue de bouger, et son contact, la douce caresse de ses pouces sur mes hanches, me donne la confiance dont j'ai besoin pour continuer.

À aucun moment je n'augmente la vitesse. Le rythme reste lent, et alors qu'il bouge ses mains et commence à taquiner mes seins, en pinçant mes tétons entre ses doigts, je crève d'envie d'en avoir plus. Mais il ne s'agit pas de moi.

En me penchant une fois encore, je l'embrasse. Il retourne avidement mon baiser avant de se décaler du mur pour changer notre angle.

Avec mes bras et mes jambes enroulés autour de lui

alors qu'il me prend, il entre très profondément en moi. Je suis tellement pleine de lui que je peux à peine respirer. Si on ajoute mon empathie pour ce qu'il ressent, et je me perds presque avec lui.

Sa prise sur moi se resserre, son baiser devient plus ardent et je sais que, malgré notre rythme lent, il est proche de la jouissance.

Sa bite gonfle encore plus en moi, en m'étirant davantage avant qu'il ne glisse sa main entre nous pour trouver mon clitoris.

« Ensemble, » gémit-il à mon oreille.

Je n'ai pas besoin de ses doigts, ces mots et tout le reste avec la sensation de lui en moi me font craquer en un instant. Son corps vibre avec un gémissement alors que sa bite se contracte en moi, du sperme chaud et visqueux me remplit, me marque, me fait sienne.

Les larmes me brûlent les yeux devant l'émotion de l'instant, devant la connexion que je ressens avec lui mais je refuse de les laisser couler. Je dois être la plus forte en ce moment et que je sois damnée si je ne fais pas exactement ce dont il a besoin.

Je me promets sur-le-champ, que jusqu'au lever du soleil, je serai à lui. Au diable les conséquences.

Ashton trouve mes lèvres une fois de plus et il m'embrasse doucement alors que nous redescendons de nos vagues de plaisir. Puis au bout de quelques minutes, il me remet sur pied et se met à me laver.

Aucun mot n'est dit alors qu'il attrape la bouteille de shampoing que j'ai laissée sur le côté et en met dans sa paume avant de commencer à me laver les cheveux.

Il le rince avant de me mettre de l'après-shampoing et de s'attaquer à mon corps. Son toucher est si doux alors qu'il s'active sur chaque centimètre carré de ma peau avec les bulles onctueuses.

Il me regarde avec fascination, scrute chaque partie de moi comme s'il n'arrivait pas à croire que je suis ici avec lui. Je sursaute à la fois de choc et de plaisir lorsque ses doigts se glissent entre mes jambes pour me laver.

Le désir serpente au bas de mon ventre une fois de plus, en me faisant me demander si je serai un jour rassasiée de lui. Si j'aurai toujours besoin de plus.

Je mords ma lèvre inférieure alors qu'il continue. Mais juste avant que j'atteigne mon orgasme, il s'arrête.

Mais il ne s'éloigne pas, au lieu de cela, il prend ma main dans la sienne, met un peu de son gel douche dans ma paume et fait un geste vers son corps. En n'ayant besoin d'aucun encouragement pour le toucher, je frotte mes paumes sur sa poitrine et ses abdominaux. Je descends plus bas jusqu'à son V et souris quand sa bite à nouveau dure se contracte. Mais je ne la touche pas. Pas encore. Au lieu de cela, je me glisse derrière lui et frotte ses épaules tendues, en descendant ensuite le long de son dos et sur ses fesses. Je les serre légèrement alors qu'il gémit à mon contact, en me tirant devant lui et en nous forçant tous les deux à reculer sous le jet d'eau qui se refroidit rapidement. Je suis étonnée qu'il y ait eu de l'eau chaude pendant aussi longtemps. Nous avons dû vider tout le bâtiment.

À peine les bulles ont-elles disparu de notre peau qu'Ashton tend la main derrière moi et coupe l'eau.

Nos corps se frottent l'un contre l'autre et mon souffle s'arrête alors qu'il me fixe, ses yeux regardant les miens en passant de l'un à l'autre. J'ai l'impression qu'il me regarde pour la première fois. Je suis fascinée alors que j'essaie de lire tout ce qu'il garde habituellement caché dans ses profondeurs sombres.

Mais quelques secondes plus tard, il recule et le moment est rompu.

Il attrape une serviette derrière lui et l'enroule autour de mon corps avant de faire la même chose pour lui-même, seulement il l'attache autour de sa taille.

Je m'attends à ce qu'il marche jusqu'à la porte et me laisse ici. Cette seule pensée me refroidit. Mais ce n'est pas ce qu'il fait, à la place, il me prend dans ses bras et m'emporte jusqu'à son lit où il m'allonge, arrache la serviette de mon corps et rampe sur moi.

Ses mains se posent de chaque côté de ma tête et il me fixe, des gouttelettes de ses cheveux ruisselant sur mon visage et coulant sur les draps sous moi.

« Ruby, je ne... » Il baisse la tête vers la mienne. « Je n'ai pas les mots pour te dire ce que tu me fais ressentir, combien cela signifie pour moi, alors laisse-moi te le montrer à la place. »

Il emporte mes lèvres dans le baiser le plus profond que j'aie jamais connu avant de commencer à faire ce qu'il vient de promettre.

Au moment où il se laisse tomber à côté de moi et tire les couvertures sur nous deux heures plus tard, il n'y a pas un centimètre de mon corps qui n'ait pas été touché, embrassé, léché, oserais-je le dire... aimé. J'ai perdu le compte du nombre de fois qu'il m'a fait jouir et du nombre de fois où son nom est sorti de ma bouche alors que je plongeais la tête la première dans le plaisir. Mais il est clair que lorsqu'il me prend dans ses bras et pose ses lèvres sur mon épaule, je suis bel et bien épuisée.

Quand je me réveille finalement, le soleil est levé et la place sur le lit à côté de moi est vide.

Mon cœur tressaute quand je constate qu'il n'est pas là. Mais je crois que je ne suis pas vraiment surprise. Je sais que la nuit dernière—ou la précédente—n'était pas le début de quelque chose entre nous. C'était juste... eh bien... pour assouvir un besoin.

Après tout ce temps passé ensemble, avec une tension croissante, c'était inévitable. Et maintenant, c'est fini... J'imagine que nous allons recommencer à nous haïr comme avant, ou que nous allons trouver, d'une manière ou d'une autre, un moyen de cohabiter ensemble.

J'expire un long souffle et balance mes jambes du lit.

Mon corps me fait mal et quand je baisse les yeux, je vois des marques rouges partout sur mes seins et mes cuisses et des ecchymoses sur mes hanches.

Une vague de chaleur me traverse alors que je pense à nos moments passés ensemble, à toutes les façons dont il m'a fait jouir, à toutes les choses qu'il m'a fait ressentir.

Mon cœur se serre une fois de plus pour le garçon brisé que j'ai trouvé sur le sol de la douche.

J'ai envie de dire qu'il a merdé hier soir. Mais nous n'étions pas—nous ne sommes pas—un couple. Je suppose qu'il avait parfaitement le droit d'aller courir dans les bras de quelqu'un d'autre. J'aimerais vraiment que cette vision d'eux ensemble ne fasse pas si mal, ne ressemble pas à une trahison.

J'enfile des sous-vêtements propres, un pantalon de jogging et un sweat à capuche zippé avant d'ouvrir la porte et de sortir pour découvrir quelle est l'humeur du jour d'Ashton, en supposant qu'il soit là, bien sûr.

Je le vois à la seconde où je sors de la chambre et je sais instantanément que ses murs sont dressés. Je peux le dire à la dureté de ses épaules.

Il ne porte qu'un boxer noir alors qu'il se tient les paumes sur le comptoir de la cuisine, en regardant par la fenêtre, j'imagine dans l'appartement d'en face car il n'y a rien d'autre à regarder.

En marchant, je m'arrête à côté de lui pour découvrir ce qui le fascine tant.

Dans le salon de l'autre appartement, il y a un petit garçon qui fait des puzzles avec son père. Le garçon a probablement huit ans environ et il a l'air très heureux.

En détachant mes yeux de cette scène, je regarde Ashton. Son expression est tendue, ses mâchoires tressautent, et ses yeux sont un peu humides.

J'ouvre la bouche pour dire quelque chose mais je n'en ai pas l'occasion car le bruit de l'interphone se fait entendre.

« Merde, » marmonne-t-il en s'éloignant de moi et en appuyant son doigt sur le bouton pour laisser entrer la personne qui a sonné.

Je plisse les yeux vers lui, en me demandant qui c'est alors qu'il passe ses doigts dans ses cheveux en bataille et lève les yeux au plafond.

La personne qui arrive ne mérite pas qu'il s'habille car il ne fait aucun effort pour aller dans sa chambre pour aller chercher des vêtements.

« Qui est-ce ? », je demande, en retrouvant enfin ma voix.

Il se tourne vers moi, avec des yeux sombres et froids dont je ne me souviens que trop bien. Je me suis dit dans la salle de bain hier soir que c'était l'histoire d'une nuit. Je le savais, pourtant en le regardant maintenant, en sachant que c'était exactement ça. Ça fait mal. Ça fait vraiment mal.

Tout en moi a envie de s'approcher de lui et d'enrouler mes bras autour de sa taille, pour lui dire que tout ira bien. Mais je ne pense pas qu'il accepterait même si j'essayais.

Ses lèvres ne s'entrouvrent même pas pour me répondre, bien que ses yeux courent le long de mon corps, en s'attardant sur les marques rouges qui ne sont pas cachées par le sweat à capuche ouvert et la brassière que j'ai enfilée.

On frappe à la porte quelques minutes plus tard et il ne tarde pas à ouvrir.

Je n'ai pas regardé l'heure, je n'y ai même pas pensé. Mais à la seconde où j'entends une voix familière, je réalise mon erreur. Ma bêtise.

« Bonjour, êtes-vous tous les deux— » Stephen s'arrête de parler à la seconde où ses yeux se posent sur Ash, ils se rétrécissent, se durcissent, puis se tournent vers moi.

Je devrais enrouler mon sweat à capuche autour de moi, couvrir les marques qu'Ashton regardait il y a quelques secondes à peine, mais sous son regard furieux— un peu comme celui de son fils—je suis figée, incapable de faire autre chose que de rester plantée là et d'être jugée par lui.

« Non, » dit Stephen après de longues secondes atroces. « Non, Ash. Non. »

« Stephen, c'est OK, » dit Maman, en me choquant. Elle pose sa main sur son épaule et il se détend visiblement.

« C'est... c'est... », bégaie-t-il en se retournant vers Ash, qui n'a pas l'air de se soucier de quoi que ce soit là tout de suite, encore moins de l'opinion de son père sur ses décisions. Ensuite, le dos de Stephen se redresse et il se retourne vers Maman. « Attends, » crache-t-il. « Tu savais... à propos de ça. » Il agite son bras derrière, en le pointant vers nous deux. « Et tu ne me l'as pas dit. »

« Je l'ai découvert hier aux funérailles, je pensais que nous avions déjà eu assez de drame pour une journée. J'allais te le dire une fois rentrés à la maison. »

« Eh bien, c'est un peu tard pour ça maintenant, tu ne penses pas ? », aboie-t-il sur un ton que je ne l'ai jamais entendu utiliser avec Maman ou avec qui que ce soit d'autre auparavant.

Stephen se retourne, en épinglant Ash du regard alors qu'il se précipite vers moi.

« Comment as-tu osé ? », il crache sur son fils. « Je te faisais confiance, Ashton. »

Stephen passe son bras autour de mes épaules et me tient comme si j'étais son enfant unique en train de saigner devant lui. Seulement, ce n'est pas le cas. Je ne suis pas son enfant unique, Ashton l'est. Et Ashton a l'air comme possédé alors qu'il nous regarde, qu'il regarde son père qui me soutient, au lieu de le soutenir.

« Je suis désolé d'avoir baisé ta précieuse petite Ruby, Papa. »

Stephen halète, sa prise sur moi se resserrant alors qu'Ash tourne les talons et se précipite vers sa chambre.

« Attends, » crie Maman. « Notre vol est dans quelques heures. Nous devons savoir comment on s'organise, comment nous récupérons la voiture de Stephen. »

Ashton s'arrête, les muscles de son dos se contractent. Mon cœur s'était déjà emballé à cause des événements de ces dernières minutes, mais en attendant qu'il dise quelque chose, je me rends compte à quel point je veux qu'il dise à nos parents que nous revenons ensemble en voiture afin que nous puissions avoir plus de temps tous les deux, mais au fond de moi, je sais. Je l'ai su quand je me suis réveillée pour la première fois ce matin. Je l'ai su quand il s'est tourné vers moi avant l'arrivée de nos parents. Ça y est. C'est fini.

« Je ramènerai la voiture, Ruby prendra l'avion avec vous. »

« Non, attends, » dis-je en m'écartant de Stephen et en me dirigeant vers lui. « Je peux venir avec toi. Comme ça tu ne seras pas seul, » dis-je doucement juste pour lui.

Il sursaute en entendant mes mots, mais il ne se tourne pas vers moi, il ne me regarde même pas par-dessus son épaule. Au lieu de cela, il me brise le cœur juste devant nos parents sans même me prêter attention.

« Je ne veux pas de toi, Ruby. » Puis il continue d'avancer et claque la porte de sa chambre derrière lui.

Un sanglot est sur le point d'éclater mais je parviens à le refouler.

Je savais que ça allait arriver. Je l'ai su quand le soleil s'est levé ce matin que tout allait encore changer. Je savais, et pourtant j'ai pensé—espéré—que peut-être, juste peut-être, cela ne finirait pas et que la nuit dernière signifiait vraiment quelque chose pour lui.

Mais il vient de prouver qu'il n'est au fond que ce mec aux mots acerbes et vicelard.

J'inspire profondément par le nez, puis j'expire par la bouche, en essayant de me calmer. Personne n'a besoin que je m'effondre en ce moment.

J'ai besoin de me relever et d'avancer comme si tout allait bien, c'est-à-dire jusqu'à ce que je rentre à la maison et que je m'enferme dans ma chambre. Les jeux sont faits, donc.

« Quand faut-il que nous soyons à l'aéroport ? », je demande sans me retourner. Je sais que si je jette un coup d'œil à Maman, je vais craquer. Je peux déjà imaginer le regard doux et empathique dans ses yeux, c'est déjà assez, je n'ai pas besoin de les regarder.

Elle n'était peut-être pas d'accord avec ça hier, en fait, elle est probablement contente de ce qui se passe, mais je sais que son inquiétude pour moi l'emportera, du moins pour le moment.

« Nous devons idéalement être là-bas dans une heure, » répond Stephen.

« D'accord. Euh... asseyez-vous, je ne serai pas— »

La porte d'Ashton s'ouvre à nouveau et mes mots s'évanouissent alors que je le regarde. Il est à nouveau vêtu de noir de la tête aux pieds, sa capuche est relevée haut sur sa tête et ses yeux sont braqués sur le sol.

Même si je voulais lui parler là tout de suite, je sais que même essayer serait inutile. Il a érigé ses murs si haut que je n'ai aucune chance de les franchir. Probablement jamais.

« Ashton ? », dit Stephen, sa voix pleine de l'inquiétude qu'il n'avait pas pour son enfant unique lorsqu'il est entré tout à l'heure.

« Ne t'inquiète pas, je vais ramener ta voiture. Et si tu as de la chance, elle sera même peut-être en un seul morceau, contrairement à ta précieuse *fille*, » crache-t-il en ouvrant la porte et en la franchissant en trombe.

Le silence pèse pendant de longues secondes après son départ.

« D'accord, eh bien... » Je me force à parler malgré la boule dans ma gorge. « Je ferais mieux de préparer mes affaires, alors. »

Je suis dans l'embrasure de la porte de la chambre

d'Ash, les yeux rivés sur le sol, effrayée de lever les yeux et de voir le lit ou l'un de ses effets personnels qui briserait le fragile contrôle que j'ai sur mes émotions en ce moment.

« Ruby, es-tu— »

« Je vais bien, Maman », je dis sèchement, en n'ayant vraiment pas besoin d'entrer dans le vif du sujet maintenant—ou jamais. « Il y a une machine à café sur le comptoir, s'il te plaît pourrais-tu m'en faire un ? »

« B-bien sûr, ma chérie. Tout de suite. Stephen ? »

Je n'entends pas sa réponse parce que je ferme la porte avec mon pied. Je veux me poser et ruminer en pensant à ce qui vient de se passer, mais je sais que si je pense à lui, je vais m'effondrer plus vite que je ne peux le contrôler. Pour le moment, je dois juste me concentrer sur ce qui doit être fait. Je dois m'habiller, faire mes bagages et aller à l'aéroport. La vraie vie m'appelle. Le cheerleading m'appelle. Les championnats m'appellent.

Il ne veut pas de moi... c'est bien. J'ai d'autres choses plus importantes dans ma vie en dehors de ce putain d'Ashton Fury.

# CHAPITRE VINGT-SIX

Ashton

Je savais ce qu'il fallait faire avant même de fermer les yeux la nuit dernière. Et savoir que ça allait arriver me déchirait en deux. Mais je ne pouvais pas être assez égoïste pour la garder.

Elle supporte déjà plus qu'elle ne le devrait s'agissant de moi. Sa place n'est pas ici avec moi. C'est à Rosewood avec son équipe, ses amis, sa vie.

Ce n'était qu'un rêve... ou un putain de cauchemar selon la façon dont on voit les choses.

J'étais debout avant le lever du soleil ce matin en sachant que je ne voulais pas être allongé à côté d'elle quand elle se réveillerait et tournerait ses grands yeux verts vers moi.

Je l'ai laissée entrer en moi plus que quiconque, et maintenant je vais devoir en payer le prix.

La réaction de mon père en découvrant ce qui se

passait n'a fait que confirmer qu'il était temps de tout arrêter. Se concentrer sur ça m'a aidé à mettre de côté la façon dont il s'est tourné vers elle en pensant que la seule chose que j'étais capable de faire était de lui faire du mal.

Hier soir, c'était tout le contraire. Les baisers, les caresses, les mots murmurés. Rien de tout cela ne faisait mal. Mais ce matin, c'est un putain de supplice.

Hier, j'ai dit au revoir à la femme qui m'a donné la vie, et ce matin j'ai l'impression que je viens de dire au revoir à celle qui m'a peut-être ramené à la vie.

Je marche pendant des heures à travers la ville, jusqu'à ce que je sache qu'ils sont tous partis depuis longtemps. Ça va être déjà assez dur de rentrer dans cet appartement et de sentir son parfum, de sentir sa présence, je n'ai vraiment pas envie de la revoir.

Le soleil commence à décliner quand je reviens enfin vers le bâtiment et monte les escaliers.

Je ne veux pas être ici, mais à part Rosewood, je n'ai littéralement nulle part ailleurs dans le monde où aller.

Je mets la clé dans la serrure et entre.

En regardant autour de moi, je les vois toutes les deux partout.

Maman, dans la cuisine en train de cuisiner, en chantant sur sa musique préférée. Ruby, endormie sur le canapé le premier jour de notre arrivée.

Je vacille contre la porte, les souvenirs se déroulant dans ma tête comme un film alors que je me laisse glisser et touche le sol.

Je suis assis là pendant une éternité, en revisitant différents moments de ma vie, de bons souvenirs d'il y a des années, certains plus récents avec une certaine petite brune, mais même s'ils peuvent tous m'apporter une sorte de réconfort, ils sont tout aussi angoissants. Juste des rappels constants de toutes les manières possibles dont j'ai merdé et de toutes les choses que j'ai perdues.

Au moment où un coup à la porte retentit au-dessus de ma tête, mes fesses sont engourdies et mon estomac gronde de faim.

Je soupire, me lève et ouvre la porte. Je n'ai aucune idée de qui c'est, mais franchement, s'il y a un mec debout de l'autre côté avec un pistolet prêt à me tirer une balle dans la tête pour cambrioler l'endroit, alors qu'il le fasse, je m'en bats les couilles.

« Willow ? » Mes sourcils se froncent en la voyant se tenir là avec des plats à emporter dans les bras et une expression douce sur le visage.

Ce n'est pas inhabituel pour elle d'être ici, bon sang, elle et les mecs ont été ici plus de fois que je ne peux compter. Mais pourquoi maintenant ? Pourquoi aujourd'hui ?

« Je pensais que tu pourrais avoir faim, » dit-elle en soulevant le sac au cas où je ne l'aurais pas déjà vu.

« Entre. »

Elle fait immédiatement comme chez elle, en prenant les assiettes du placard et en servant la nourriture.

« J'ai apporté ça aussi, » dit-elle en brandissant une bouteille de vodka.

« Super, est-ce qu'on peut juste prendre ça ? », je marmonne, assis sur le canapé avec mes coudes sur mes genoux et la tête en train de pendre de façon pathétique entre mes épaules.

« Non, » annonce-t-elle joyeusement, ce qui me fait gémir.

« Tiens. Tu ne ressembles à rien, tu as besoin de manger quelque chose. » Elle me tend une assiette, en me forçant à m'asseoir et à la prendre. L'odeur fait grogner

mon estomac, si fort que ça la fait rire avant que les mots :
« Je te l'avais bien dit, » glissent de ses lèvres.

« Peu importe, » je marmonne, en saisissant la fourchette et en plongeant dans l'assiette.

« Alors... », me demande-t-elle en me rejoignant sur le canapé avec son assiette.

« Alors... », je rétorque, vraiment pas d'humeur à parler de quoi que ce soit mais en craignant qu'elle ne me laisse pas m'en tirer facilement. Pourquoi ce n'est pas l'un des gars qui est venu avec de la nourriture ? Aucun d'eux ne se serait soucié de ce que je ressens en ce moment. Ils m'auraient juste laissé me saouler et tout oublier.

« Tu l'as laissée partir. »

« Oui, elle devait rentrer à la maison. »

« Ouais, je sais, mais je ne parlais pas de *son retour à la maison*, Ash. » Elle m'épingle d'un regard qui me dit qu'elle sait exactement ce que j'ai fait.

« Tu lui as parlé ? »

Elle hausse les épaules, la culpabilité passant sur son visage.

« Putain de merde. » J'aurais dû savoir que ces deux-là s'entendraient et se ligueraient contre moi.

« Je l'ai peut-être trouvée sur Instagram et lui ai peut-être envoyé un message ou deux, oui. Au fait, elle est bien rentrée, au cas où tu te poserais la question. »

« Je ne me la posais pas, » je mens.

« Bien sûr. » Elle lève un sourcil entendu avant de retourner à son dîner.

Le silence est pesant mais c'est mieux que le genre de conversation qu'elle veut avoir avec moi, alors ça me va.

Malheureusement, cela ne dure pas, et pas une seconde après que Willow a repoussé son assiette vide sur la table basse, elle replie ses pieds sous elle et se tourne vers moi.

« Elle tient à toi, tu le sais, non ? »

Je ne réponds pas et ça l'énerve.

« Bon sang, Ashton. Cette fille pourrait bien être la meilleure chose qui te soit jamais arrivée. »

« Tu ne la connais même pas, » je fais remarquer.

« Non, peut-être pas. Mais je te connais. » Elle plisse les yeux vers moi. « La façon dont tu la regardes, la façon dont tu es avec elle. Elle est différente. Et— » elle ajoute rapidement avant que j'aie la chance de dire quoi que ce soit. « Ne pense même pas à me mentir. »

« Je... je... », je bégaie, en essayant de trouver quelque chose à dire.

« Je t'ai regardé avec toutes ces autres salopes, Ash. J'ai vu la façon dont tu les regardais, tu les traitais comme si elles n'étaient rien de plus que des jouets pour t'amuser. Ce n'était pas comme ça que tu la regardais. »

« Tu ne sais pas de quoi tu parles, » je crache, paniqué à l'idée qu'elle soit si près de la vérité.

« C'est ça, putain. La repousser n'aidera personne. Encore moins toi, là tout de suite. »

« Comment sais-tu ce dont j'ai besoin en ce moment ? », j'aboie, sans réfléchir.

« Bien, Ash. Vraiment sympa. »

La culpabilité me submerge alors que les larmes remplissent ses yeux. « Putain, je suis désolé, Low. Je ne le pensais pas. »

« Je sais, je sais, » dit-elle en se ressaisissant. « Je comprends, Ash. Vraiment, putain. Je sais aussi que tu n'as pas besoin d'être seul en ce moment, surtout pas quand tu as une fille qui crève d'envie de te soutenir. »

« Ouais, eh bien... elle ne devrait pas. Je n'ai été qu'un

connard avec elle depuis que nous nous sommes rencontrés. Je suis presque sûr que ces derniers jours n'étaient qu'un geste de sympathie parce que j'étais en deuil. Elle m'a laissé— »

« Sérieusement, Ash. Tu le crois vraiment ? »

*Non.* « Ouais, qu'est-ce que ça pourrait être d'autre ? Elle me déteste et le sentiment est plutôt réciproque. »

« Biiieen. Tu es un putain d'idiot, Ashton, tu le sais ça ? »

Je hausse les épaules.

« Donc c'est quoi le plan ? », demande-t-elle, en coupant court à toute conversation concernant Ruby. « J'imagine que cet endroit va être loué d'ici peu. »

« À la fin de la semaine, » j'admets. J'ai essayé de ne pas y penser. Cet endroit était notre vie et maintenant je suis censé le vider, me débarrasser de toutes nos affaires comme si cela ne signifiait rien.

« OK, donc... »

Je hausse à nouveau les épaules et ça la fait se relever un peu. « Arrête ça. Arrêtez d'essayer d'agir de manière nonchalante. Ça ne te va pas, putain. »

« J'essaie juste de surmonter ça, Low. Je ne sais pas comment faire autrement. »

« Par où veux-tu commencer ? »

« Quoi ? »

« Par où veux-tu commencer ? Sa chambre ? Occupe-toi d'abord de la partie la plus douloureuse. »

Un frisson me parcourt l'échine à l'idée de trier toutes les affaires de Maman et de m'en débarrasser. Low doit voir ma réaction car elle tend la main et prend la mienne.

« Tout va bien aller, Ash. Je t'aiderai si tu en as besoin. »

Je soutiens son regard quelques secondes. « Tu es une bonne amie, Low. »

Un petit sourire se dessine sur ses lèvres. « Je suis contente que tu le penses parce que quelque chose me dit que tu en as besoin. »

J'inspire longuement avant de me pencher en avant et de boire la boisson qu'elle m'a préparée.

« Je vais chercher les sacs poubelles. »

Je me lève du canapé, en emmenant nos deux assiettes dans la cuisine avant de prendre les sacs et la bouteille de vodka et de marcher jusqu'à la porte de la chambre de Maman sans trop réfléchir.

L'idée de faire ça tout seul me terrifie, mais avoir Low ici... eh bien, ça améliore un peu les choses.

Je pousse la porte et entre dans la pièce, en laissant l'odeur qui persiste encore emplir mon nez.

Putain, elle me manque.

Je sens Willow qui se tient dans l'embrasure de la porte derrière moi et je me tourne pour la regarder.

Un sourire triste se dessine sur ses lèvres alors qu'elle me regarde.

J'apprécie tellement qu'elle soit ici en ce moment, mais je ne peux m'empêcher de souhaiter que ce soit quelqu'un d'autre.

« Tu souhaites que ce soit elle à ma place, n'est-ce pas ? »

Mes lèvres s'entrouvrent mais aucun mot ne passe.

« C'est normal de la vouloir, d'avoir besoin d'elle, Ash. Il est également normal d'avoir peur. Concentre-toi là-dessus, trie l'appartement et une fois que tu auras eu quelques jours pour tout digérer, va la voir. Va lui parler. Sois honnête avec elle. Montre-lui ce qu'il y a vraiment ici. » Elle me tapote la poitrine avec deux doigts sur mon cœur avant d'enrouler ses bras autour de mes épaules et de me serrer fort.

Il me faut quelques secondes pour lui rendre son étreinte, mais quand je le fais, je suis content.

Il n'y a jamais eu quoi que ce soit entre Willow et moi, mis à part le fait que je sais que son frère me castrerait si jamais je la touchais—moi ou n'importe quel autre mec— ça n'a jamais été comme ça entre nous. Pour moi, elle est comme l'un des mecs. Juste un peu plus agréable à regarder.

« OK, allons-y. Je peux le faire. »

# CHAPITRE VINGT-SEPT

Ruby

Le voyage de retour est atroce. La colère de Stephen ne le quitte pas. Chaque fois qu'il regarde Maman, je jurerais qu'elle est sur le point de s'enflammer. Maman a l'air d'être sur le point d'éclater en sanglots toutes les trente secondes, les regrets nageant dans ses yeux. Moi, par contre, je suis juste engourdie.

Plus je m'éloigne de lui, plus j'ai l'impression d'avoir laissé quelque chose derrière moi.

Même si je suspectais que ça allait arriver, son rejet me fait mal.

Il y a à peine un mot échangé entre nous trois pendant tout le voyage. Je passe tout le temps avec un nœud douloureux dans l'estomac et une boule dans la gorge qui m'empêche de manger ou de faire quoi que ce soit qui puisse me distraire.

Ce n'est que lorsque nous sommes enfin à la maison et que je peux m'enfermer dans ma chambre que je sors mon portable de mon sac à main et le rallume.

Je sais que tout le monde attendait mon retour aujourd'hui, mais j'ai raté l'entraînement, alors j'espère pouvoir me cacher ici jusqu'à ce que lundi matin arrive et que je n'aie pas d'autre choix que de retourner à ma vraie vie.

En me laissant tomber sur mon lit, son côté familier me fait soupirer et j'aimerais pouvoir me blottir sous les draps et ne plus jamais en ressortir.

En me retournant sur le dos, j'allume mon portable et j'attends de voir si j'ai un message de quelqu'un.

Une notification apparaît avec un message de @queenwillow. En dépit de tout, un sourire se dessine sur mes lèvres. J'aime bien Willow.

En allant sur Instagram, je trouve son message.

**Willow : J'espère que cela ne te dérange pas que je te contacte. Je suis juste inquiète. Comment va-t-il ?**

Tout l'air que je ne savais pas que je retenais dans mes poumons s'échappe de moi alors que j'appuie ma tête contre l'oreiller et ferme les yeux.

*Comment va-t-il ?* Si seulement je le savais.

**Ruby : Bien sûr que non. Je viens de rentrer… sans lui. Il m'a demandé de partir. Il ne va pas bien.**

Je ferme les yeux, en voulant que les larmes s'arrêtent alors que je pense à son regard, à sa douleur, à son désespoir.

Je me dis que c'est ce qu'il voulait, mais aussi que c'est la bonne chose à faire. Il suffit de voir nos parents, à cause de nous, ils vont s'entretuer. Je n'ai peut-être encore rien entendu, mais je sais qu'une dispute se prépare entre eux, et tout sera de notre faute.

En regardant mon écran à travers mes yeux flous, je lis sa réponse.

**Willow : Je vais aller le voir. Ça va aller.**

**Ruby : Tu crois vraiment ?**

Mes mains tremblent alors que je baisse mon portable. Je suis presque sûre de connaître déjà la réponse à cette question, et cela n'a rien à voir avec l'optimisme de Willow.

Ne voulant pas vraiment lire sa réponse à cette question, je lève à nouveau mon portable et change de sujet.

**Ruby : Comment va Axel ?**

**Willow : Toujours un enfoiré bien amoché. Il survivra.**

Contrariée par l'odeur de l'avion et par son odeur persistante, je sors de mon lit, sors des sous-vêtements et un pyjama propres, et me dirige vers ma salle de bain dans l'espoir de pouvoir me laver de ces derniers jours.

Je savais qu'aller à Seattle était une mauvaise idée. Pourquoi personne ne m'écoute jamais ?

Je reste si longtemps sous l'eau que ma peau commence à se rider mais je sais que je ne peux pas me cacher ici pour toujours.

Finalement, je coupe l'eau et sors, en enroulant une serviette autour de moi. Je me tourne pour me regarder dans le miroir au-dessus du lavabo.

J'ai l'air fatiguée, non, épuisée. Les cernes sous mes yeux sont plus foncés que jamais et ma peau est pâle. Je suppose qu'il n'y a pas moyen de cacher ce que je ressens à l'intérieur.

Je fais tout ce que je peux pour me distraire, mais il n'y a pas grand-chose que je puisse faire ici, alors j'enfile mon pyjama et retourne dans ma chambre.

Deux personnes assises sur mon lit me font sursauter, mais à la seconde où ma panique se calme et que je les regarde dans les yeux, je ne peux pas arrêter mon flot de larmes.

« Oh merde. »

« Ruby. »

Je n'ai aucune idée de qui dit quoi, et je m'en fiche car Harley et Poppy m'entourent de leurs bras et me serrent fort.

« J'ai merdé, » j'admets une fois que je réussis à sortir quelques mots.

« Non, meuf. Tu n'as pas merdé. Il a merdé. »

« N-non, » dis-je, mais c'est inutile parce que Harley recule et me regarde avec un sourcil levé. « OK, il est en partie à blâmer. »

« En partie ? »

« Oui, ce n'est pas comme s'il s'était imposé à moi. Je suis la fille stupide qui est tombée dans le panneau. »

« Tu n'es pas stupide, Rubes, » dit doucement Poppy. « Certains mecs trouvent le moyen de nous faire perdre la tête. »

« Eh bien, je suis presque sûre d'avoir laissé mon cerveau ici pendant que mon corps s'enfuyait à Seattle. »

« Nous avons apporté des pizzas et des glaces. »

Je soupire car malgré le fait que je n'aie pas vraiment envie de manger, mon estomac gronde à l'idée d'être rempli.

« Tu peux tout nous raconter pendant que nous nous empiffrerons de glucides. »

« Comment va l'entraînement ? Sommes-nous prêtes pour ce week-end ? »

« Tout va bien, Ruby. Tu n'as pas besoin de t'inquiéter. »

Poppy ouvre la boîte à pizza, en laissant l'odeur de fromage et de tomate imprégner l'air, et mon estomac gronde plus fort. Elle m'offre la première part et je la prends, avidement. Ensuite, je commence par le début. Il y a quelques jours seulement, nous sommes sortis de cet aéroport pour prendre la voiture de Stephen, mais là tout de suite, ça donne l'impression que c'était il y a des lustres.

« Alors, quand est-ce qu'il revient ? », demande Harley.

Je hausse les épaules. « Aucune idée. Mais il a la voiture de Stephen, donc j'imagine qu'il va devoir la rendre à un moment donné. S'il ne la fait pas tomber tout droit d'une falaise, » dis-je avec un rire triste.

« Il ne le ferait pas, n'est-ce pas ? », demande Poppy, l'inquiétude rapprochant ses sourcils.

« Honnêtement, je n'en ai aucune idée. Je suis presque sûre qu'il est déjà en mode autodestruction, je pense que nous avons juste besoin d'attendre pour voir jusqu'où il va aller. »

J'expire lentement. En priant pour qu'il ne fasse pas quelque chose de stupide, mais en même temps en ne me sentant pas super confiante à ce sujet. Je pense à Nat. Nous sommes partis depuis quelques heures maintenant, je me demande s'il a déjà eu recours à ses *services*.

Le reste du week-end passe. Le dimanche je m'entraîne et me prépare pour une semaine d'entraînements intensifs et pour les championnats nationaux. Je me dis de ne pas regarder mon portable car il ne m'aura pas contactée, et bien que j'aie raison, cela ne m'empêche pas de le regarder toutes les heures environ, juste au cas où.

Willow m'envoie plusieurs messages pour essayer de me rassurer sur le fait qu'il ira bien, qu'elle l'a vu, mais même ses mots ne me font pas me sentir mieux.

Je suis toujours en vrac quand j'entre au gymnase tôt le lundi matin. Je suis la première, vu que je n'arrivais pas à dormir, mis à part Chelsea qui est en train de tout installer.

« Tu es de retour, » dit-elle, ravie, quand elle me repère.

« Ouais, » je marmonne.

« Est-ce que... tout va bien ? Harley a dit— »

« Tout va bien. Les nationaux c'est ce week-end, je suis prête pour ça. »

Elle me fixe pendant de longues secondes. Elle n'en croit pas un mot.

« Tu n'as pas à me mentir, Ruby, » dit-elle doucement, en tendant la main vers la mienne. « Je suis ici en tant qu'amie, pas seulement en tant que capitaine. Certaines choses sont plus importantes que le cheerleading, que les championnats se rapprochent ou non. »

J'inspire, désespérée de ne pas laisser couler les larmes qui me brûlent les yeux.

Il y a de l'agitation aux portes principales alors que les autres commencent à arriver et Chelsea lève les yeux.

« Va attendre dans le bureau, laisse-moi tout mettre en place. »

« O-OK. » Je n'ai vraiment pas envie de parler, mais en même temps, je n'ai vraiment pas besoin que l'équipe me voit m'effondrer.

Je me laisse tomber sur la chaise devant ce qui devrait être le bureau de Kelly, si elle était là. Cela fait si longtemps que je n'ai pas vu son visage que je me demande si elle travaille encore ici. Chelsea prend tellement bien soin de l'équipe, que ce n'est pas comme si elle nous manquait vraiment.

Je regarde le plafond, en voulant que mes larmes se résorbent.

Je n'ai jamais été une pleureuse. En fait, jusqu'à ce qu'Ashton apparaisse dans ma vie, je n'ai jamais été vraiment affectée par quoi que ce soit. J'ai toujours été parfaitement équilibrée. Mais ajoutez un peu d'Ashton et je me transforme en une timbrée émotive.

Putain de mecs.

Chelsea me rejoint au bout de quelques minutes et se laisse tomber sur la chaise de Kelly, sa main se dirigeant instinctivement vers son ventre bombé.

« Comment va-t-elle ? », je demande en faisant un signe de tête vers son ventre.

« Parfaitement bien, mais elle n'arrête pas de bouger. »

« C'est une petite pom-pom girl, voilà pourquoi. Déjà des culbutes. »

Elle sourit mais cela n'atteint pas ses yeux, elle est plus préoccupée par moi en ce moment, ce que je comprends un peu après m'être regardée dans un miroir.

« J'ai couché avec lui, » je lâche. « Il souffrait, les choses sont juste... arrivées. »

« Et puis... »

« Et puis il a dressé à nouveau ses murs et m'a renvoyée. Il est toujours à Seattle en train de faire Dieu sait quoi et j'essaie de me ressaisir. Nos parents se prennent la tête à cause de ça, » dis-je en pensant aux cris que j'ai essayés de noyer ce week-end. Je ne sais pas si Ashton et moi sommes la cause de toute cette tension ou si nous n'avons fait qu'en rajouter à des problèmes existants. La plupart du temps, j'essaie de rester en dehors de leurs affaires et de me concentrer sur ma vie, mais je ne peux pas m'empêcher de me sentir responsable de ça. « C'est juste le bordel. »

« Bien... » Elle s'assoit plus confortablement sur son siège, sa main frottant toujours son ventre. « Tu l'aimes ? »

« Qu-quoi ? », je demande, surprise.

« Tu l'aimes ? »

« Non, c'est un connard. »

« Ça n'empêche pas de tomber amoureuse, Rubes. La plupart des gars de l'équipe sont des connards, mais regarde la facilité avec laquelle ils se mettent en couple. »

« Ash est à un niveau supérieur. » Je repense à cette usine où il plaquait Natalie contre le mur, défoncé par tout ce qu'il avait pris. Je secoue la tête.

« Plus ils sont mauvais, plus nous tombons amoureuses, Rubes. »

« Est-ce qu'on doit parler de ça ? Je veux juste oublier tout ça avec le cheerleading, me concentrer sur ce week-end. Oublier même qu'il existe. »

« Et s'il revenait avant ce week-end ? »

« Je pourrais emménager avec vous, n'est-ce pas ? », je demande en plaisantant, mais ça ne la fait pas rire.

« Ruby, » dit-elle sérieusement, en se penchant en avant et en plaçant ses coudes sur le bureau. « Cette équipe a besoin de toi. Cette équipe peut être la tienne en quelques semaines seulement si tu le veux vraiment. Mais aucune de nous ne te méprisera si tu as besoin d'une pause. La vie est dure, Ruby. Je comprends ça mieux que quiconque ces temps-ci. Je n'ai aucun doute que tu seras aux championnats nationaux l'année prochaine si tu veux p— »

« Non, » je l'interromps, en sachant où elle veut en venir. « Non, j'ai travaillé trop dur pour ça. Je le veux vraiment. »

« Je sais, Ruby. Je ne suggérerais pas que tu diriges cette équipe si je ne le savais pas déjà. Mais je m'inquiète pour toi. »

« Je vais bien. J'ai besoin de ça, Chelsea. J'ai besoin d'une distraction. »

« Et s'il revenait avant le week-end et devenait une distraction ? »

« Alors je gèrerai ça si cela devait se produire. »

Elle hoche la tête. « OK. Tu seras une excellente capitaine un jour, Ruby. Le cheerleading est dans ton sang. Mais tu dois te rappeler que le monde extérieur existe aussi. » Il y a de la tristesse dans ses mots et je sais qu'elle parle par expérience. « Il est trop facile de se laisser engloutir par cette vie. Je refuse que cela arrive à l'une d'entre vous, et j'ai besoin que tu en sois consciente, afin de t'assurer que cela n'arrive pas non plus sous ta surveillance. »

Elle se lève pour partir mais je l'arrête.

« Tu es vraiment sérieuse au sujet de moi qui prendrais le relais ? » Je déteste demander. Je déteste la vulnérabilité dans mon ton. C'est ce que je voulais d'aussi loin que je me souvienne et c'est sur le point d'arriver. Je suis aussi excitée que terrifiée à cette idée.

« Oui, Ruby. Je suis sérieuse. Après les championnats nationaux, je dois coincer Kelly et préparer un plan. Les filles vont devoir voter pour toi, donc rien n'est gravé dans le marbre mais je crois que tu es la seule pour le job, nous devons juste espérer qu'elles sont toutes d'accord avec moi. Ensuite, ensemble, nous pourrons commencer les auditions pour l'année prochaine. »

Des papillons virevoltent dans mon ventre à cette pensée.

« Mais en ce moment, les nationaux sont notre priorité. Tu es prête ? », demande-t-elle en me tendant la main et en m'attirant pour une étreinte une fois que je suis sur mes pieds. « Tu sais où je suis, OK. Ne laisse pas ce trou du cul tout gâcher. Et rappelle-toi, mon offre tient toujours. L'équipe le neutralisera si cela s'avérait nécessaire. »

Je ne peux m'empêcher de rire à cette seule pensée. « Ash n'est pas un mec de Rosewood, Chels. Je ne suis pas sûre qu'ils soient vraiment une menace pour lui. »

Je pense aux mecs avec qui il traîne. Ils font ressembler Jake et Ethan à des nounours.

« OK, eh bien, ils assureront tes arrières si tu en as besoin. »

« J'apprécie, mais ce ne sera pas nécessaire. Je peux mener mes propres batailles. »

« Je sais, mais parfois, tu n'as pas besoin de le faire seule. »

Lorsque nous sortons du bureau, Harley est en train de diriger l'échauffement et Chelsea a toujours son bras autour de mes épaules.

« Il y a ta capitaine adjointe juste là, meuf, » murmure-t-elle à mon oreille, et un large sourire se dessine sur mes lèvres.

Harley et moi contre le reste du monde... le monde du cheerleading tout du moins. Putain, ouais !

Je rejoins l'équipe sur les tapis pour terminer l'échauffement avant que Chelsea ne nous remette en formation.

Je reviens comme si je ne m'étais pas absentée une semaine. C'est comme rentrer à la maison et ça fait du bien.

Le reste de la semaine est comme n'importe quelle autre semaine à Rosewood. Quand nous ne sommes pas en train de nous entraîner pour ce week-end, alors nous sommes en cours. Nous n'allons même pas à Aces avec l'équipe parce que nous sommes trop épuisées. C'est exactement ce dont j'ai besoin pour essayer d'éloigner mes pensées de Seattle et du mec qui me met la tête à l'envers.

Je n'ai pas eu de ses nouvelles en direct et chaque fois que j'ai parlé à Willow, elle m'a donnée une variante de 'il va bien'. Je ne la croyais pas quand elle l'a dit pour la première fois le week-end dernier, et je ne le crois certainement pas plus maintenant. Mais qu'est-ce que je suis censée faire ?

Heureusement, Maman et Stephen semblent avoir arrangé les choses entre eux et c'est à nouveau calme dans notre maison. Aucun d'eux n'a essayé de me parler, peut-être parce que je me cache le plus possible, mais je sais que cette conversation va arriver. Stephen était trop en colère pour laisser passer ça. Et nous savons tous qu'à un moment donné, il va réapparaître et que nous allons devoir faire face à ce qui se passera ensuite.

Mais je mets tout ça de côté parce que ce week-end est le mien. Il s'agit uniquement de moi et de mon rêve.

# CHAPITRE VINGT-HUIT

Ruby

Le week-end est tout comme je l'espérais et plus encore. Dès que je suis montée dans le bus—conduit par Mlle Kelly qui est miraculeusement réapparue dans l'espoir d'une victoire nationale—avec ma meilleure amie à mes côtés et le reste de l'équipe, j'ai mis de côté tout ce qui a un rapport de près ou de loin avec ce putain d'Ashton Fury.

Il était temps de se concentrer.

Nous avons passé les éliminatoires vendredi après-midi, et bien que les demi-finales aient été plus serrées ce soir, nous avons gagné avec une bonne avance.

« Nous y sommes presque, les filles, » dit Chelsea en levant son jus de fruit en l'air devant nous.

Nous sommes rentrées à l'hôtel il y a trente minutes et Kelly nous a donné des instructions strictes sur le fait de ne pas boire d'alcool et de ne pas se coucher après minuit.

Elle s'est ensuite habillée et s'est barrée, donc je ne pense pas vraiment qu'elle s'en soucie beaucoup. J'espère bien que non alors que je verse de la vodka dans mon verre et que je bois une gorgée.

Nous traînons ensemble sur les chaises longues autour de la piscine, en profitant de notre victoire de cet après-midi et en essayant de nous détendre avant de recommencer demain lors de la finale.

La finale. Des picotements parcourent mon corps à cette pensée. La finale universitaire.

Je me bats pour contenir mon sourire, en ne voulant pas avoir l'air d'une malade mentale mais je ne peux pas le cacher quand mes lèvres se recourbent.

« Tu vas bien ? », demande Harley en riant quand elle remarque l'expression sur mon visage.

« Tu peux croire que nous sommes en finale demain ? »

« Non, » souffle-t-elle. « Je ne peux pas. » Elle jette un coup d'œil à l'équipe junior de l'autre côté de la piscine. Elles ont perdu leur demi-finale. Je ne suis pas trop surprise. Elles n'ont pas Chelsea qui les pousse à chaque instant.

Quelques filles de l'équipe junior remarquent mon attention sur elles. Nous étions toutes de bonnes amies. Après tout, nous avons toutes grandi ensemble, mais depuis que Harley et moi avons été choisies pour l'équipe universitaire, la plupart d'entre elles nous ont snobées. Je comprends, elles veulent être là où nous sommes, mais une fois que ce week-end sera fini, nous allons commencer les auditions pour l'équipe universitaire de l'année prochaine, donc elles devront surmonter ça si elles veulent une place—en supposant que j'aie mon mot à dire bien sûr.

Quelqu'un met une chanson sur le haut-parleur sans fil et quelques filles viennent nous chercher et commencent à danser.

« Allez, nous sommes censées nous amuser, » dit Harley, en attrapant ma main et en me tirant de ma chaise longue.

Elle me tire contre elle puis me repousse. Ma tête tourne avec la vodka et je ris de ses singeries, en me sentant légère pour la première fois depuis... eh bien... des mois.

Nous dansons, rions et faisons les idiotes avec le reste de l'équipe.

« J'ai envie de pisser, » je crie dans son oreille, en relâchant ma prise sur elle et en m'éloignant.

« Je vais prendre plus de verres. »

J'entre à l'intérieur de l'hôtel, la musique devenant plus faible à chaque pas que je fais. Je pousse un soupir de soulagement, en profitant de cette paix pendant quelques minutes.

Heureusement, il n'y a personne d'autre dans les toilettes ce qui me laisse un peu de temps pour moi pour digérer tout ce qui s'est passé aujourd'hui et réfléchir à ce que nous avons à faire demain.

Pourtant, je ne peux pas retirer ce sourire de mon visage. Nous avons une vraie chance de gagner demain, je sais que nous l'avons. Mais je ne veux pas me laisser emporter trop vite. Il y a encore beaucoup de choses qui pourraient mal tourner, ce n'est pas le moment de relâcher les efforts.

Quelqu'un arrive puis repart pendant que je suis assise là mais je ne fais aucune tentative pour bouger. Mais je sais que je dois sortir avant que Harley ne vienne me chercher.

Je ne peux m'empêcher de sourire en me regardant dans le miroir. Je ressemble de nouveau à mon ancienne moi. L'éclat est de retour dans mes yeux. Cela ne veut pas dire que je l'ai oublié ou que j'ai oublié ce qui s'est passé, mais le fait de me concentrer sur ce week-end m'a aidée à tout mettre dans un coin de ma tête pour y faire face plus tard.

Je remets du rouge à lèvres et essuie un peu de maquillage qui a coulé sous mes yeux avant d'ajuster ma jupe et de quitter les toilettes.

La vodka que les filles ont mise dans mes boissons commence à faire effet et ma tête tourne, l'air frais lorsque je sors de l'hôtel n'arrange pas la situation. Je pense que je devrais peut-être m'arrêter là pour ce soir si je veux avoir une chance d'être en forme pour la finale demain.

Je passe devant les buissons avec le bruit des rires et des plaisanteries de l'équipe au loin, mais juste au moment où je suis sur le point de passer l'angle pour les rejoindre, il y a un bruissement derrière moi. Je me tourne pour regarder par-dessus mon épaule mais je n'ai pas la chance de bouger avant qu'une poitrine solide ne s'appuie contre mon dos et qu'un bras fort ne s'enroule autour de ma taille, épinglant un de mes bras sur mes hanches, tandis qu'une énorme main couvre ma bouche pour m'empêcher de crier. J'essaie quand même, mais le son est étouffé alors que j'essaie de donner des coups de pied et de coude.

Mes tentatives sont vaines, je n'entre pas en contact avec le connard qui pense que c'est une bonne idée.

Mon cœur bat dans ma poitrine et je continue d'essayer de crier alors que nous disparaissons dans le sous-bois sombre derrière l'hôtel.

« Continue de te battre, petite. Tu sais que ça me donne seulement plus envie de toi. »

*Ashton.*

Il me fait tourner et me plaque le dos contre un arbre.

« Putain de connard, » je lui crache. « Pourquoi es-tu ici ? »

Nous sommes peut-être dans le noir avec seulement la lune qui nous éclaire, mais je ne peux pas manquer l'obscurité de ses yeux, ou le fait que ses yeux montrent des preuves évidentes qu'il s'est battu.

« Qu'est-il arrivé ? », je demande, en détestant avoir l'air de m'en soucier alors que je tends la main et passe doucement le bout de mon doigt sur la coupure en train de cicatriser sur sa lèvre inférieure.

« J'ai juste exorcisé des démons. »

« Avec des poings. Ne me dis rien. Axel. »

« Ouais, lui et quelques autres. Mais ça n'a pas d'importance. » Il se penche vers moi, sa bite dure se pressant contre mon ventre. Sa main longe mon corps jusqu'à ce que ses doigts s'enroulent autour de ma gorge, en se courbant un peu comme pour me dire quelque chose.

« Tu ne devrais pas être ici. » Ma voix est dure mais à l'intérieur de moi je suis complètement secouée avec lui si près, son odeur dans mes narines.

« Peut-être pas, » dit-il, son nez frottant ma joue. « Mais je suis là quand même. »

« Tu devrais partir. » J'essaie de rester forte mais avec ses lèvres si proches des miennes, ça devient de plus en plus dur.

Je me force à me rappeler la façon dont il m'a jetée avant de quitter Seattle, en essayant de me concentrer sur la douleur, pas sur les bonnes choses entre nous.

« Tu ne le penses pas, petite, » dit-il, ses lèvres si proches qu'elles effleurent les miennes. Son odeur se mélange à l'alcool de son haleine.

« Tu as bu. »

« Toi aussi. J'espère que ton entraîneur ne sait pas ce que tu mets dans tes boissons. »

« Notre entraîneur s'en fout. »

La main qui n'est pas autour de ma gorge trouve le bas de mon sweat à capuche et se glisse dessous, en trouvant la peau lisse de mon ventre.

« Tu étais si sexy dans ton petit uniforme sur cette scène tout à l'heure. »

Je halète. « T-tu regardais ? »

« Bien sûr, petite. Je regardais et imaginais ce que ça pourrait être de te baiser pendant que tu portes cet uniforme. »

« M-même pas en rêve. » Je veux avoir l'air forte, bien sûr, mais ma voix sort toute voilée.

Maudit soit-il et l'effet qu'il a sur moi.

Il rit. « C'est mignon que tu penses pouvoir nier ce que tu veux vraiment. »

Sa main se lève plus haut jusqu'à ce qu'il serre ma poitrine par-dessus mon crop top, et je combats mon envie de gémir quand il pince mon téton entre ses doigts.

« Tu m'as manqué, petite. »

« Eh bien, tu aurais peut-être dû y penser avant de me tourner le dos. »

« Je suis désolé, » murmure-t-il à mon oreille, en faisant courir une chair de poule sur ma peau.

« Non, tu ne l'es pas. Tu dis ça juste pour arriver à tes fins. »

« Ah bon ? » Ses lèvres frôlent cet endroit sous mon oreille et tout mon corps frémit.

Je lève mes mains pour les presser contre son torse pour essayer de le repousser mais quand il aspire ce morceau de peau sensible dans sa bouche, au lieu de pousser, mes poings s'enroulent dans le tissu de son sweat à capuche.

« Ashton. » C'est censé être un avertissement mais c'est loin d'être le cas quand son nom sort de ma bouche. « Tu dois partir, » j'essaie à nouveau, mais mon argument est pour le moins faible.

« Tu ne mens qu'à toi-même. » Il enroule sa main autour de l'arrière de ma cuisse et accroche ma jambe autour de sa hanche, en permettant à sa queue de se frotter contre mon entrejambe.

Ma tête retombe contre l'arbre avec un bruit sourd.

« Je te déteste, » je gémis alors qu'il se presse plus fort contre moi.

« Tu devrais, » admet-il avant de planter ses dents dans mon cou.

« Alors pourquoi es-tu ici ? »

« Parce que j'ai envie de toi. »

Je me crispe contre lui. « Alors tu veux juste un coup facile ? », je dis sèchement.

« Non, petite. Si je cherchais la facilité, je ne serais certainement pas ici. »

Sa main effleure ma cuisse jusqu'à ce qu'il me palpe les fesses. Il gémit dans mon cou quand il se rend compte que je ne porte qu'un string et que mes fesses sont nues.

« Je ne veux personne, Ruby. Je suis venu pour toi, personne d'autre. »

« Putain de merde, » je murmure pour moi-même, en fermant fort les yeux. Pourquoi est-ce si difficile de lui dire non ?

Ses doigts descendent jusqu'à ce qu'il trouve le bord de ma culotte.

« Oh petite, tu es tellement mouillée pour moi. » Il passe ses doigts sur le tissu humide en me taquinant.

« Ashton. »

« Alors maintenant tu veux que je reste. » Il rit contre mon cou.

« Non. Je veux que tu partes, mais si tu insistes pour me torturer, autant en tirer quelque chose. »

Il retire sa tête de mon cou et me regarde dans les yeux. Je jurerais qu'il arrête de respirer quand il me regarde, ce qui fait que mon estomac se noue d'impatience.

« Tu me tues, putain, Ruby. »

Il plonge vers mes lèvres et je suis incapable de l'arrêter alors que sa langue plonge dans ma bouche et lèche la mienne.

Son goût explose dans ma bouche et je suce sa langue. Un gémissement monte dans sa gorge alors que ses doigts glissent sous ma culotte.

« Putain, ça m'a manqué. »

« Tu veux dire que tu n'as pas couru vers cette salope à la seconde où je suis montée dans l'avion ? » Je regrette mes mots à la seconde où ils sortent de ma bouche, mais je ne peux pas m'empêcher de me demander si c'est là qu'il est allé quand il est parti en trombe.

Il recule, ses doigts me coupant presque la respiration, ses yeux plongeant dans les miens.

« Est-ce vraiment ce que tu penses de moi ? » La colère se lit sur son visage, ses lèvres formant une fine ligne.

« Je ne peux que me baser sur l'expérience

précédente, Ashton. Tu as couru assez vite vers elle la dernière fois. »

« C'était différent. »

« Ah bon ? »

« Oui, c'était avant. Avant... »

« Avant ? », je demande.

Mais il ne répond pas, il se contente de secouer la tête avant de poser ses lèvres sur les miennes et de plonger deux doigts au plus profond de moi.

L'esprit de combat que j'avais en moi—qui n'était certes pas énorme—disparaît à la seconde où il replie ses doigts en moi et trouve cet endroit magique.

« Oh mon Dieu, » je gémis dans sa bouche.

« Viens pour moi, petite. Mais ne crie pas. Pas à moins que tu ne veuilles ma bite à l'intérieur de toi. »

Je sens une vague de chaleur dans mon entrejambe devant cette promesse et ça ne lui échappe pas.

« Putain, est-ce que tu pourrais être plus sexy ? Tu dégoulines sur ma main, petite. »

Je devrais être mortifiée par ma réaction face à ses paroles grossières, mais je m'en fous.

« Encore, » je supplie.

Sa main quitte mon cou au profit de la fermeture éclair de mon sweat à capuche qu'il fait descendre tout du long. Il écarte le tissu avant de remonter mon crop top sur mes seins.

L'air frais les enveloppe et fait se dresser mes tétons.

« Oh mon Dieu, » je gémis lorsqu'il souffle sur mes pointes sensibles.

Ma tête s'écrase à nouveau contre l'arbre mais je le sens à peine.

Il repousse mon sweat à capuche de mes épaules puis se penche un peu en arrière pour me regarder.

« Si tu ne restes pas silencieuse, tout le monde va pouvoir voir ce que je vois en ce moment. C'est ce que tu veux ? »

Je secoue la tête en fermant les yeux d'embarras.

« Regarde-moi. Je veux que tu me regardes dans les yeux pendant que tu jouis pour que tu te souviennes qui t'a fait ça. »

Je scelle mes lèvres pour ne pas lui dire qu'il n'y a personne d'autre que lui dans ma tête. Il sait déjà qu'il est le seul, et en ce moment, je ne veux pas lui donner la satisfaction de ce rappel.

Il referme l'espace entre nous une fois de plus, mes tétons effleurant son sweat à capuche, ce qui fait jaillir des étincelles jusqu'au bas de mon ventre et me fait me pousser plus près de lui pour trouver du plaisir avant que ses lèvres ne trouvent les miennes.

Il m'embrasse si profondément que l'émotion me bouche la gorge mais je refuse de me laisser croire que c'est plus qu'un jeu. Il a vu une opportunité de me tourmenter et nous y voilà.

« Viens, Ruby, » exige-t-il dans ma bouche, et d'un seul mouvement de ses doigts, mon orgasme explose.

« Ashton, » je gémis contre ses lèvres alors que mon corps convulse et que vague après vague, le plaisir déferle sur moi.

Bien avant que mon orgasme ne se soit calmé, ses doigts ont disparu, en me laissant frustrée, mais cela ne dure pas car, en quelques secondes, il m'a collée contre l'arbre, mes deux jambes autour de sa taille et sa bite taquine mon entrée.

« J'ai tellement envie de toi, Ruby. » Il s'enfonce violemment en moi, et je dois mordre l'intérieur de mes joues pour m'empêcher de crier alors que le plaisir et la morsure de la douleur liée à une semaine d'abstinence, se mélangent et engloutissent mon corps tout entier. « C'est si bon. Tu es tellement serrée, » gémit-il dans mon oreille.

Ses hanches commencent à me marteler, en entrant et en sortant de moi alors qu'il embrasse mon cou et qu'une de ses mains se soulève pour taquiner mes tétons.

« Ashton, » je gémis doucement alors que le plaisir se mélange à la douleur du tronc d'arbre qui s'enfonce dans mon dos. C'est une combinaison enivrante et je ne suis pas encore prête à en finir.

« Putain, je ne vais pas tenir longtemps, petite. »

Ses doigts trouvent mon clitoris et il pince fort, en stimulant mon orgasme imminent à venir. Sans prévenir et sous son contact magique, le plaisir me submerge et je crie son nom plus fort que nécessaire alors que je jouis. Sa bite se contracte violemment en moi, en me remplissant de son sperme chaud.

« Oh mon Dieu, » je dis à moitié en gémissant et en jurant.

Nous n'aurions vraiment pas dû faire ça.

La musique de la fête que j'ai quittée me revient aux oreilles alors que je redescends de mon orgasme.

Ashton lèche toujours la peau au-dessus de ma clavicule. En enfilant mes doigts dans ses cheveux, je le tire en arrière.

« Tu dois partir. »

« Je viens à peine de commencer, petite. As-tu la clé de ta chambre ? »

« Non, absolument pas moyen, Ash. » Je pense à la chambre que je partage avec Harley. *Non, juste non.*

« Tu dois partir et je dois y retourner. Demain est l'un des jours les plus importants de ma vie et je n'ai pas besoin d'être absorbée par toi. »

« Oh, tu es absorbée par moi. »

« Est-ce que tu me donnes vraiment le choix ? » je dis sèchement. Maintenant que j'ai repris mes esprits, je suis en colère et déçue de l'avoir laissé m'atteindre si facilement.

Je devrais être plus forte que ça après la façon dont les choses se sont terminées entre nous.

« Repose-moi par terre, » je demande, en essayant de me dégager de son emprise et en ne réussissant qu'à m'écorcher davantage le dos.

« Très bien, » crache-t-il. « Mais ce n'est pas fini. »

Je remets correctement mes vêtements avant de le regarder droit dans les yeux.

« Ça l'est, Ashton. C'était la dernière fois que tu t'approchais de moi. Considère ça comme une baise d'adieu. »

« Ruby ? » Ses sourcils se froncent comme si cela lui faisait mal, mais je ne suis pas dupe. Rien de ce que je pourrais lui dire ne pourrait le blesser. Il n'est venu ici que pour mettre la main dans ma culotte, eh bien, mission accomplie, connard. J'espère que cela t'a plu car cela ne se reproduira plus.

« Je te suggère de rentrer à la maison, Ashton. Je ne veux plus te revoir ici ce week-end. »

Avant qu'il ne puisse répondre, je fais exactement ce qu'il m'a fait à Seattle, lui tourne le dos et m'éloigne comme s'il ne signifiait rien pour moi.

Il n'a pas besoin de savoir que mon cœur se brise à nouveau à chaque pas que je fais.

# CHAPITRE VINGT-NEUF

Ashton

La regarder s'éloigner est le moins que je mérite après ce que je lui ai fait subir. Cela étant dit, ça fait mal comme pas possible.

Je reste là dans l'ombre pendant une éternité à me demander si elle est retournée directement à la fête avec la preuve de ce que nous venons de faire en train de dégouliner d'elle ou si elle est juste passée en courant et est retournée directement dans sa chambre.

La tentation de voir si je peux la suivre et découvrir quelle chambre est la sienne est forte, mais je sais qu'elle a raison. Je dois lui donner l'espace dont elle a besoin. C'est son grand week-end. Je ne me pardonnerais jamais de lui gâcher ça.

Je sais une chose cela dit, je ne partirai pas. Je ne raterai pas l'occasion de la revoir sur scène demain.

Comme la plupart des mecs, j'aime les pom-pom girls

pour une très bonne raison. Mais je n'ai jamais vraiment beaucoup prêté attention à ce qu'elles faisaient à moins qu'elles ne soient à genoux devant moi, donc dire que j'ai été bluffé par Ruby et son équipe quand elles étaient sur scène tout à l'heure, est bien en-dessous de la vérité.

Elle était totalement captivante quand elle défiait les lois de la gravité avec certains de ces mouvements. Je ne suis peut-être pas resté assez longtemps pour regarder d'autres équipes, ça ne m'intéressait pas, mais je savais déjà qui méritait de gagner.

Après de longues minutes, je me détourne de la musique de la piscine où elles sont toutes et retourne vers le motel où j'ai réservé une chambre pour la nuit.

Il n'a pas fallu beaucoup de temps pour savoir où elle serait ce week-end, et après avoir fouiné dans son ordinateur portable qu'elle avait gentiment laissé sur son lit sans mot de passe, j'ai rapidement trouvé l'hôtel dans lequel elle se trouvait.

Heureusement, Papa et Lisa n'étaient pas là quand je suis arrivé à la maison ce matin. Cela fait peut-être une semaine qu'ils m'ont laissé à Seattle, mais je ne doute pas qu'ils m'en veulent toujours d'avoir perverti leur gentille petite fille.

J'ai déchargé tout ce que j'avais mis dans la voiture de Papa avant de préparer un sac et de repartir. Je sais que je vais devoir les affronter, j'ai mis ça de côté trop longtemps, mais je me suis dit qu'ils pouvaient attendre encore quelques jours. Ruby était plus importante.

Je savais que j'avais merdé au moment où je l'ai rejetée ce matin-là. Je n'avais pas besoin que Willow vienne pour le confirmer. Mais en même temps, j'avais vraiment besoin de cette semaine pour tenter de me remettre sur pied.

Je suis le premier à admettre que ma vie à Seattle était un désastre et que perdre Maman n'a vraiment pas aidé à améliorer les choses. Retourner là-bas, devoir l'enterrer. C'était tout simplement trop.

Cela a peut-être pris trois jours d'ivresse et de défonce avec les mecs de Kingston et sans Ruby, mais au moment où je me suis réveillé mardi matin avec la même gueule de bois que j'ai eue tous les jours depuis son départ, je savais qu'il était temps de me sortir les doigts du cul et de tenter de reprendre ma vie en main.

Et la première chose que je devais faire était de la retrouver. De la retrouver et de lui dire combien j'ai apprécié tout ce qu'elle a fait pour moi.

Même si je sais déjà que j'ai merdé avec ça.

Elle n'aurait pas dû conduire jusqu'à Seattle avec moi, elle n'aurait pas dû rester dans l'appartement et elle n'aurait certainement pas dû essayer de me prendre en charge alors que je voulais tellement m'effondrer.

Je pousse la clé dans la serrure de ma chambre de motel et ferme la porte derrière moi.

Mon sac est toujours posé sur le lit où je l'ai laissé à mon arrivée, je le regarde, en sachant ce qu'il y a à l'intérieur.

J'enlève mes chaussures, je rampe sur le lit et tire mon sac plus près, je l'ouvre et prends le livre qui se trouve au-dessus.

J'ai trouvé deux boîtes pleines de journaux que je ne savais pas que Maman tenait. Les deux boîtes se trouvent dans ma chambre chez Papa. Ces boîtes, ainsi que d'autres affaires à elle que j'ai gardées en ayant besoin d'avoir quelque chose lui appartenant dans l'espoir que cela m'aide à me sentir plus proche d'elle même si elle est partie.

Je fais glisser mon doigt sur la couverture en cuir gaufré avec la date de cette année dessus. Je n'en ai encore lu aucun. Je me suis dit que j'allais passer quelques jours à Seattle pour me perdre pendant que je trierais le reste de l'appartement et que je déciderais quoi faire de toutes les choses qui faisaient partie nos vies, puis que j'allais revenir ici, m'excuser auprès de Ruby et tenter de reconstruire ma vie.

Eh bien, je suis de retour depuis quelques heures et je suis presque sûr d'avoir foiré cette première partie de mon plan concernant mon retour ici.

J'expire et lève mon visage vers le plafond.

Les choses ne peuvent que s'améliorer, non ?

En ouvrant la couverture, je me prépare à ce que je m'apprête à lire.

*1er janvier*

*Nouvelle année. Nouveau départ. Nouveau moi.*

*C'est ce que tout le monde dit, non ?*

*Je suppose que, cette fois, c'est approprié parce que cette année tout va changer. C'est l'année où je prends ma vie en main et que je vais faire quelque chose dont je rêve depuis des années.*

*Ashton va obtenir son diplôme cette année, ou du moins j'espère que ce sera le cas. Et puis nous partirons de cet enfer qui nous a tant fait de mal à tous les deux.*

*Je pensais que Seattle était une opportunité de recommencer à zéro quand je suis arrivée ici pour l'université. J'avais des projets, des rêves. Je voulais faire quelque chose de ma vie. Être meilleure que ce que j'avais été jusque-là, être meilleure que les gens avec qui j'avais été obligée de passer mes premières années.*

*Et c'était super. C'était tout ce que je voulais.*

*J'ai eu mon diplôme, un travail, un garçon.*

*Tout était parfait.*

*Jusqu'à ce que ce ne soit plus le cas.*

*Je ne peux pas déterminer exactement quand les choses ont commencé à mal tourner avec Stephen—cela dit, si je relisais ce que j'ai écrit il y a quelques années, je le découvrirais peut-être—et à ce jour, je ne pense pas que l'un de nous ait fait quoi que ce soit de mal. On s'est juste... éloignés l'un de l'autre. Et avec ça, il a retrouvé Lisa, et j'ai retrouvé... la solitude.*

*Je suis contente pour lui. Une partie de moi aimera cet homme jusqu'à mon dernier jour. Après tout, il m'a donné mon fils. Un garçon pour qui je donnerais ma vie s'il le fallait.*

*C'est pour ça qu'il est temps que cela arrive.*

*Il pense que je ne sais pas ce qu'il fait. Il pense que j'ignore qu'il fréquente les gars de Kingston, ou il pense peut-être même que je ne sais même pas qui ils sont.*

*Chaque jour, je vois un peu plus le garçon heureux que j'ai connu s'en aller de lui et à la place, je vois la colère, l'abattement à cause du genre de choses que je suis sûre qu'ils lui demandent de faire. Si nous restons ici trop longtemps, ils vont l'attirer si profondément dans leur bande qu'ils ne le laisseront jamais plus partir.*

*C'est pour ça que nous partons.*

*C'est pour ça que j'ai économisé chaque centime que j'ai pu depuis le jour où Stephen est parti, pour nous donner une nouvelle vie, une bonne vie, une vie avec des perspectives, un avenir. Pour toujours.*

Je ferme le livre et passe ma main sur mon visage.

Elle prévoyait que nous quittions Seattle ?

Mes sourcils se rapprochent alors que je repense aux semaines et aux mois qui ont précédé sa mort. Je n'en avais aucune idée. Pourquoi ne me l'a-t-elle pas dit ?

*Parce que tu aurais refusé de partir, connard.*

J'inspire et rouvre le livre. La simple vue de son écriture me bouleverse, mais la lecture de ses mots me déchire les entrailles. Sachant qu'elle avait des projets pour sa—pour notre—vie. Je secoue la tête.

*Putain, tu me manques.*

Je passe à la page suivante et trouve une photo d'une maison.

C'est une superbe maison de style colonial gris clair avec un porche et une cour. Il a des volets aux fenêtres et des fleurs écloses à l'avant.

Je passe mon doigt dessus alors que j'imagine Maman sous le porche au soleil en train de profiter de la tranquillité.

Ayant besoin d'en savoir plus, je continue de lire.

*Peut-être que mettre tout cet argent de côté n'était pas la meilleure idée à court terme. Ash et moi en avons souffert. Mais à chaque fois que mon estomac gargouille et qu'on n'a rien à manger dans l'appartement, je me dis que ça vaut le coup. Qu'un jour, nous aurons notre maison, nous aurons tout ce que nous pouvons désirer.*

*Il va probablement me détester quand je lui ferai part de mes plans, et lui dirai que je l'emmène loin du seul endroit qu'il ait jamais vraiment connu, et je sais aussi qu'il aurait parfaitement le droit de refuser. Il aura dix-huit ans. Mais c'est un risque que je dois prendre. Même si j'aurais aimé le faire il y a des années, je n'avais pas l'argent pour le faire proprement et recommencer à zéro dans un nouvel endroit n'aurait pas été une bonne chose pour nous.*

*En procédant ainsi, il aura obtenu son diplôme, pourra commencer l'université ou d'autres études, selon le déroulement des prochains mois, et nous pourrons avoir une vraie chance d'être heureux.*

*Le comté de Maddison n'est peut-être pas l'endroit où j'ai toujours rêvé de vivre, mais je sais que c'est bien pour nous.*

*Il a de bonnes opportunités d'éducation pour Ash. Il a une communauté florissante, donc je devrais pouvoir trouver un emploi. Mais le plus important, c'est que c'est proche de Stephen.*

*Je me déteste tous les jours pour la tournure qu'a pris la relation entre Ash et Stephen. Ash le blâme pour tout, et je le comprends, j'ai vu mes parents vivre quelque chose de similaire. Je sais qu'il est facile de blâmer la personne qui part. Mais Stephen n'est pas une mauvaise personne. En fait, il est génial. C'est pour ça que je l'ai épousé et que j'ai eu un bébé avec lui. Les choses... n'ont pas duré. Cette flamme dont vous espérez qu'elle brûlera toujours s'est... éteinte.*

*Je veux arranger les choses. Je veux qu'Ashton apprenne à connaître son père. Je veux que Stephen soit le père incroyable que je sais qu'il est.*

*Je veux juste que tout le monde soit heureux et en sécurité.*

Je referme le livre et repose ma tête contre le mur.

Maman allait nous faire déménager à Maddison.

Elle a raison. Je n'y serais pas allé volontiers. Mais maintenant que je suis ici et que ma vie a changé d'une manière qu'elle n'aurait jamais pu anticiper, je peux voir qu'elle avait raison.

J'avais besoin de partir de Seattle. La semaine dernière, retrouver les gars m'a appris quelque chose, c'est que j'aurais pu finir par mourir. Je fréquentais les gars de Kingston de loin, mais lentement, ils m'entraînaient dans leur rang. Mes boulots pour eux devenaient plus importants, plus risqués. Ce n'était qu'une question de temps car ma mort aurait été la seule issue. Parce qu'une fois que vous êtes dedans et que vous connaissez leurs secrets, c'est la seule façon pour eux de vous faire sortir de leurs griffes.

Je feuillette le reste des pages, en regardant les mots de Maman et en m'arrêtant sur certaines des images qu'elle a collées alors qu'elle rêvait de notre nouvelle vie.

Ce n'est que lorsque j'arrive à la fin que je trouve une enveloppe avec un nom de banque estampillé dessus.

Avec mes sourcils rapprochés, je soulève le rabat et sors le contenu. La carte bancaire est toujours attachée à la lettre comme le jour de son arrivée par la poste. La seule différence, c'est que Maman a écrit le code PIN en haut.

Ma main tremble pendant que je la tiens.

Est-ce que tout notre avenir qu'elle préparait se trouve sur ce compte bancaire ?

Je secoue la tête une fois de plus, un sourire se dessinant sur mes lèvres.

Elle nous a vraiment donné la chance de recommencer à zéro.

La tentation d'aller chercher un distributeur et de découvrir combien d'argent se trouve dessus est forte. Mais il est tard et je ne sais pas où en trouver un.

Je me force à tout poser sur la table de chevet avant de me déshabiller et de me diriger vers la douche. Non pas que je veuille vraiment me laver l'odeur de Ruby, c'est réconfortant mais c'est aussi une torture en même temps.

Elle devrait être ici avec moi en ce moment, nue dans mes bras, mais à la place, j'ai tout foutu en l'air avec mon envie d'elle et je viens probablement de lui montrer une fois de plus la raison pour laquelle elle me déteste comme elle le prétend.

La douche bouillante ne change pas grand-chose à mon humeur. Ma tête tourne avec les révélations que j'ai découvertes sur Maman et mon sang se réchauffe alors que je pense à ce à quoi ressemblait Ruby contre cet arbre tout à l'heure.

Je passe une nuit agitée pleine de rêves de maisons coloniales et de Ruby dans son uniforme de pom-pom et au moment où mon réveil sonne pour que je sois sûr d'arriver à temps pour sa finale ce matin, je suis loin d'être prêt à me réveiller.

Il y a des gens—des pom-pom girls—partout quand j'arrive au complexe sportif à moto. Je pensais qu'hier après-midi il y avait du monde, mais ce n'était rien comparé à ça. Je savais que le cheerleading occupait une place importante dans le pays, mais notre équipe à Seattle n'était rien de plus que des culs à baiser lors des matchs de football et des fêtes. Elles n'ont jamais participé à quoi que ce soit. Dieu merci, car après ce que j'ai vu hier, je me rends compte qu'elles n'étaient vraiment pas là pour le sport, je pense vraiment qu'elles voulaient juste se mettre à genoux devant les joueurs.

Je me gare et rentre à l'intérieur. Sans billet pour me permettre d'entrer, il me faut un peu de temps pour entrer dans la salle où se déroule la compétition finale, mais j'ai rapidement convaincu une pom-pom girl de me faire entrer clandestinement à l'intérieur en me faisant passer pour son frère avant de la laisser tomber à la seconde où j'ai dépassé les vigiles.

Je trouve un siège dans l'ombre pour pouvoir regarder sa performance. Je ne sais pas si Papa et Lisa sont là. D'après le nombre de familles que je peux voir, je serais étonné qu'ils ne soient pas là pour soutenir Ruby. Aucun d'eux ne semble être le genre de parents à ne pas faire tout son possible pour être ici pour son moment de gloire.

Je dois rester assis et regarder quelques autres finales —tout cela me montre à quel point l'équipe de Ruby est bonne en comparaison—avant que les finalistes universitaires ne montent sur scène.

À la seconde où je la vois, la nervosité éclate dans mon ventre. Elle a l'air fatiguée et nerveuse, mais elle est toujours à couper le souffle. Le petit uniforme rouge et blanc de Rosewood High lui va comme un gant, et je me rends compte à ce moment-là combien tout cela signifie pour elle.

Je l'ai taquinée sur le fait d'être une salope de pom-pom à maintes reprises pendant mon séjour ici. Mais rien de tout cela n'a pour but d'attirer l'attention des équipes de sport masculines du lycée. C'est son sport.

Elles se mettent en formation alors que la foule autour de moi se calme avant que la musique ne commence et qu'elles se mettent à l'action.

Les filles sautent, plongent et font des sauts périlleux, c'est fascinant, mais à aucun moment je ne quitte ma nana des yeux.

*Ma nana.*

Mon cœur bat alors que ces mots se répètent dans ma tête.

Putain, je voudrais qu'ils soient vrais.

Le sourire sur son visage pendant qu'elle fait son truc me fait fondre le cœur. Je ne l'ai jamais vue aussi heureuse qu'elle l'est en ce moment, et cela me rend déterminé à la voir me sourire de cette façon.

Je n'ai aucune idée de comment je vais y parvenir. Tout ce que je sais faire pour rendre une fille heureuse, c'est de la faire jouir, mais je suis sûr que je trouverai un autre moyen.

Ma bite gonfle alors que je la regarde se déplacer avec aisance sur la scène rembourrée. Elle est tellement synchro avec les autres filles, je n'ai littéralement aucune idée de comment elles parviennent à si bien se coordonner.

Je n'ai aucune idée d'où nous en sommes dans leur routine mais tout d'un coup, l'un des projecteurs qui parcourent la foule m'éclaire.

Mon cœur bondit dans ma gorge, mais je me dis qu'elle est trop occupée et concentrée pour me voir.

Mais quand je lève les yeux, ils croisent immédiatement les siens. Notre connexion ne dure qu'un instant, une nanoseconde, mais c'est assez pour voir son choc, sa consternation de constater ma présence ici.

Cela dit, rien dans ses mouvements ne faiblit. Si je ne pouvais pas lire en elle comme je le peux, alors je n'aurais aucune idée que quelque chose s'est passé.

Mais en l'état, je peux le voir, et cela ne fait que confirmer ce que je sais déjà.

J'ai merdé hier soir. Bon sang, j'ai merdé depuis que j'ai mis les pieds à Rosewood. Mais la nuit dernière était peut-être la cerise sur le gâteau. Cela dit, je ne suis pas sûr que le fait d'être ici en ce moment aide beaucoup non plus. Mais il n'y avait aucun moyen que je rate ça.

Alors que la musique se termine et qu'elles prennent leur position finale, la foule autour de moi explose et applaudit. Je la rejoins, mais je ne me lève pas, à la place, je m'enfonce dans mon siège parce que je pense que ma présence pourrait ne pas avoir un bon effet sur Ruby alors qu'elle serre le reste de son équipe, un énorme sourire placardé sur son visage.

Je reste à ma place à regarder les autres finalistes performer, mon intérêt pour la compétition diminuant de seconde en seconde. Je ne suis pas surpris de découvrir que mon intérêt soudain pour le cheerleading n'existe que lorsque Ruby est en train de rebondir sur scène.

Je suis presque sur le point de me lever pour voir si je peux aller la retrouver, mais je ne le fais pas, pas encore. Je pense que je vais attendre que les résultats soient annoncés et quand elles seront inévitablement sacrées championnes, j'espère qu'elle sera de si bonne humeur qu'elle ne me tournera pas le dos. Est-ce une pensée optimiste ? Sans doute.

Chapitre Trente
Ruby

Je me tiens avec ma main droite verrouillée dans celle de Chelsea et ma gauche dans celle de Harley alors que nous nous entassons sur la scène à côté de l'autre équipe finaliste en attendant d'entendre les résultats.

Mon cœur bat jusque dans ma gorge alors que je revis notre performance encore et encore dans ma tête.

C'était parfait. Putain de parfait et sans faute. Jusqu'à ce que je le voie dans la foule. À la seconde où mes yeux se sont posés sur lui, tout a commencé à s'effondrer.

Mon décompte a faibli et mon timing était mauvais, mais peu importe ce que je faisais, je ne pouvais pas le sortir de ma tête et me concentrer à nouveau sur ce que j'aurais dû faire.

Avons-nous été assez bonnes pour gagner ? Les autres,

oui. Elles étaient au top, même après leur fin de soirée. Harley m'a peut-être vu courir devant la piscine en voulant m'échapper d'Ashton, mais les autres sont restées là-bas bien après le couvre-feu de minuit.

En revanche, j'ai merdé et tout est de sa faute.

Pourquoi est-il ici ? Je ne peux pas imaginer qu'il s'intéresse au cheerleading à moins d'avoir une salope à genoux devant lui comme je suis sûre que c'était le cas avec Krissy il y a quelques semaines.

Une fureur brûlante remplit mes veines. Est-il venu ici pour continuer à détruire ma vie ? Il semble que tout ce qu'il fait est de respecter cette promesse depuis que cette menace est sortie de sa bouche pour la première fois il y a quelques mois.

Je scrute la foule, en essayant de voir Maman et Stephen dans la masse de visages mais avec les lumières vives braquées sur nous, il est difficile de voir grand-chose. Par contre, je refuse catégoriquement de regarder là où je l'ai vu plus tôt.

Je m'en fiche qu'il soit toujours là. Mais j'espère qu'il ne l'est pas. Je n'ai pas besoin ou je ne veux pas de lui ici, peu importe le résultat.

La main de Chelsea tremble dans la mienne. Elle veut tellement la victoire et je suis terrifiée à l'idée de l'avoir gâchée pour elle.

« Et les gagnantes des championnats nationaux universitaires de cheerleading sont... » L'annonceur s'interrompt pour faire monter la tension alors que mon estomac se retourne. Je refoule ma nervosité en espérant ne pas être sur le point de vomir devant tous ces gens. « Les Clift... » Ses mots s'estompent alors que le bruit du sang qui bourdonne dans mes oreilles devient trop fort. Je ferme les yeux alors que les larmes les remplissent plus vite que je ne peux le contrôler.

J'essaie de relâcher leur main mais elles refusent de me lâcher.

Nous avons perdu. On a perdu et tout est de ma faute.

Non, tout est de *sa* faute.

Mes yeux s'ouvrent d'eux-mêmes et je fixe l'endroit dans les gradins où je l'ai vu tout à l'heure. Je le cherche frénétiquement, j'ai besoin qu'il sache ce qu'il m'a fait, mais je ne le trouve pas. Je ne trouve qu'un siège vide.

Le connard n'est même pas resté pour savoir s'il avait réussi à tout gâcher.

Je suis complètement hébétée en regardant ce siège quand Harley tire sur mon bras et m'entraîne dans une étreinte.

« Je suis désolée, je suis tellement désolée, » je murmure à son oreille. Son corps se tend contre moi.

« De quoi diable parles-tu, Rubes ? Nous venons de participer aux championnats nationaux, c'est putain d'énorme. »

Quand elle recule, elle a un large sourire sur le visage. Bien que je ne puisse pas nier que nous avons bien fait, c'est sûr, c'est juste que... nous aurions dû gagner. Nous étions assez bonnes. Elles étaient assez bonnes.

« Nous aurions dû gagner, » dis-je tristement.

« Hé, il y aura toujours l'année prochaine, » dit-elle joyeusement, son sourire ne faiblit pas, jusqu'à ce que ses yeux rencontrent à nouveau les miens. « Rubes, qu'est-ce qui ne va pas ? »

« Chelsea n'aura pas cette opportunité l'année prochaine. » Je la regarde en train de serrer Aria dans ses bras et mes larmes coulent.

J'ai foutu ça en l'air. J'ai foutu son rêve en l'air.

« Ruby, » crie Harley alors que je quitte la scène.

Je franchis la porte qui mène aux vestiaires où se trouvent toutes nos affaires.

Mes poumons brûlent au moment où j'arrive et mes mains tremblent alors que je retire frénétiquement mes affaires du casier.

Je dois sortir d'ici. Je ne peux pas être ici.

Je passe devant des foules de pom-pom girls, leurs entraîneurs, leurs familles et leurs amis, mais je ne vois personne tant je suis concentrée sur mon besoin de m'échapper.

Je marche rapidement vers la sortie qui me mènera vers les portes principales et enfin à l'extérieur quand quelqu'un m'attrape le bras et je suis obligée de m'arrêter.

Je suis tirée en arrière et je trébuche, trop abasourdie d'être attrapée pour trouver mon équilibre et je m'écrase contre une poitrine solide.

Une odeur familière emplit mon nez et tout mon corps se raidit de colère. Mes dents grincent et mes poings se courbent.

« Ruby ? », il chuchote comme s'il parlait à un animal effrayé.

« Pourquoi es-tu ici ? » Je bouillonne, en regardant enfin ses yeux sombres. Mais contrairement à ce à quoi je suis habituée, ils ne sont pas en colère, ils sont pleins de... d'inquiétude ?

« Je suis venu te soutenir. »

« Conneries, » je crache, en essayant d'arracher mon poignet de son étau. « Tu ne te soucies pas de moi, de ce que je fais ou de l'équipe. Tu es probablement en train de te poiler à l'intérieur en ce moment parce que nous sommes arrivés deuxièmes. »

« Non, on vous a volé la victoire, si tu veux mon avis. Vous étiez clairement les meilleures. »

« Oh, va te faire foutre, Ash. »

« Quoi ? Je suis honnête. »

« Honnête ? Honnête ? », j'aboie. « Tu ne serais pas honnête même si tu le voulais. Maintenant, retire tes putains de mains de moi. »

Alors qu'il me retient toujours captive, je laisse tomber mon sac de mon épaule, en le laissant tomber au sol avec un bruit sourd et je balance mon poing serré contre sa poitrine.

« Je te déteste, Ash. Je te déteste et tout ça est de ta faute. Nous aurions gagné si tu n'avais pas été là. Tout est de ta faute. »

Je sais que je fais une scène et je sais que j'ai l'air d'une folle mais tout ce que je peux voir, c'est la déception qui sera dans les yeux de Chelsea qui n'a pas atteint son objectif et la culpabilité de savoir que c'est moi qui ai tout fait foirer. J'ai perdu mon décompte, j'ai perdu le timing. Et tout ça à cause de lui. »

« Putain, je te déteste, » je crie à nouveau. Des larmes coulent sur mes joues et jusque sur ma mâchoire, mais je m'en fiche.

J'ai pris sur moi toute la semaine et c'est tellement bon de laisser tout ça sortir, de lui crier dessus après qu'il m'ait blessée.

Je ne suis pas assez rapide pour tirer mon bras en arrière et il parvient à enrouler ses doigts autour de mon autre poignet, en m'empêchant avec succès de le frapper. Non pas que je me fasse d'illusion quant au fait de lui faire mal, mais cela m'a fait du bien.

Il nous retourne et me pousse contre le mur, mes mains coincées au-dessus de ma tête. Ma poitrine se soulève alors que je le regarde, mes yeux se plissent de colère, et je montre les dents.

« Je sais que tu me détestes, petite. À juste titre, mais crois-moi, je suis là pour toi. »

Un rire amer tombe de mes lèvres.

Nos regards se soutiennent et quelque chose crépite entre nous.

« Sais-tu à quel point tu es sexy dans cet uniforme, » dit-il, ses yeux quittant enfin les miens. « Je bande depuis la seconde où tu es montée sur scène. »

« Très bien. J'espère que ça fait mal. »

« Ruby, je— » Ses mots sont coupés quand deux personnes m'appellent et arrivent en courant.

« Te voilà. Est-ce que ça va ? », Chelsea demande alors que Harley regarde Ash avec des poignards dans les yeux.

« Laisse-la partir, » crache-t-elle comme s'il n'était rien de plus qu'une merde sur sa chaussure.

Il la regarde et lève les sourcils.

« Désolée, la rouquine. Ça ne te regarde pas. »

« Pardon ? » Elle enroule ses doigts autour de son avant-bras et enfonce ses ongles rouges dans sa peau. Je ne peux pas m'empêcher de lui sourire avec un air narquois. « Tu as ma meilleure amie plaquée contre le mur contre son gré, je pense que ça me regarde, connard. »

Chelsea les ignore et me regarde.

« Est-ce lui ? »

J'acquiesce, en souhaitant que le sol m'engloutisse et m'éloigne de tout cela.

« À moins que tu ne veuilles avoir un problème plus gros que quelques pom-pom girls, alors je te suggère de la laisser partir. »

« Pas avant qu'elle ne m'ait entendu. »

« Non, elle n'a pas besoin d'écouter ce que tu as à dire. Je suis aussi presque sûre que tu n'as pas été invité ici et que tu n'as même pas de billet. »

Ashton déglutit, en confirmant les soupçons de Chelsea.

« Donc, si tu ne veux pas que la sécurité te sorte d'ici en te tirant par la peau du cul, je te suggère de partir maintenant. »

Heureusement, il me libère, et tout le sang revient dans mes bras à la seconde où je les baisse.

« C'est une menace ? », demande-t-il en se tournant vers Chelsea. Ses yeux tombent sur sa bosse évidente et je ne peux m'empêcher de me demander ce qu'il doit penser de cette situation.

« Oui, clairement, connard. Tu as fait du mal à un membre de mon équipe donc tu m'as fait du mal aussi. »

Il regarde Chelsea en secouant la tête.

« Continue, sous-estime-moi. Je t'en prie, » bouillonne-t-elle.

Il rit, plus exactement il lui rit au nez.

« On dirait que quelqu'un s'est déjà bien amusé avec toi, je vais le laisser continuer si ça ne te dérange pas, parce que je ne suis pas intéressé. »

Les lèvres de Chelsea se pressent en une fine ligne, mais avant qu'elle ne réagisse, je le fais.

« Hé, Ash ? »

« Ouais. » Il se tourne vers moi, un léger soulagement s'infiltrant dans ses traits à l'idée que j'ai envie de lui parler. Bien, je comptais sur l'effet de surprise.

Mon bras s'envole et ma paume se connecte à sa joue quand je lui balance une forte gifle.

« Éloigne-toi de notre capitaine. Reste loin de ma

meilleure amie, et surtout, reste loin de moi. » Je fais courir mes yeux sur son corps avant de remonter vers ses yeux. « J'ai testé, et ce n'était vraiment pas si mémorable, » je mens, en me détournant de lui. J'attrape mon sac au sol et en prenant les mains de Chelsea et Harley, je les ramène vers l'endroit d'où je venais.

Je sens ses yeux me brûler jusqu'à ce que la porte se referme derrière nous, en coupant notre connexion.

« Est-ce que ça va ? », demande Chelsea en s'arrêtant devant moi.

« Je suis vraiment désolée. » Ma lèvre inférieure tremble en disant ça.

« Désolée de quoi ? J'affronte des gens comme lui juste pour le plaisir tous les jours, tu n'as pas besoin de t'excuser pour ça. »

« Non pas pour ça. Nous avons perdu et c'était de ma faute. Il était dans la foule et je— »

« Attends, attends, » dit-elle en levant la main pour m'arrêter. « Nous n'avons pas perdu, Rubes. Nous sommes arrivés deuxièmes. Aux championnats nationaux. C'est incroyable. »

« Je sais, mais c'était ton rêve et j'ai mer— »

« Non. Tu n'as pas merdé. J'ai regardé toute cette routine. C'était parfait, Rubes. Si tu penses que tu as raté un pas ou que tu as mal compté, alors c'est dans ta tête parce que je peux te dire tout de suite que toi, vous toutes, étiez parfaites. »

« Mais— »

« Ce n'était pas notre heure. L'autre équipe était incroyable aussi. Les juges ont dû y voir un peu plus d'étincelles ou un truc du genre. Si n'avons pas gagné, ce n'est pas de ta faute, Ruby. »

Ma lèvre inférieure tremble fort alors qu'elle me regarde avec des yeux doux mais déterminés.

« Tu n'as laissé tomber personne. Je suis tellement contente de cette deuxième place. Nous avons toutes travaillé dur pour cela, et après l'année que j'ai eue, c'est plus que ce que j'aurais pu demander. Mais tu sais quoi ? »

Je secoue la tête, trop abattue pour parler.

« L'année prochaine, tu vas emmener cette équipe jusqu'ici, et je serai tellement fière de toi même si tu n'allais pas au-delà des éliminatoires parce que gagner n'a pas d'importance, pas vraiment. Ce qui compte, c'est ça. » Elle serre ma main et les larmes qui remplissent mes yeux deviennent finalement trop abondantes et débordent. « Vous êtes toutes ma famille et tout ce que je veux, c'est le meilleur pour vous toutes. » Elle me prend dans ses bras et me serre fort, sa bosse se pressant contre mon ventre.

Les bras de Harley nous entourent toutes les deux avant que je ne sente encore plus de gens m'entourer. Quand je lève enfin les yeux, je vois toute l'équipe autour de moi, toutes avec de grands sourires sur le visage.

« Tu vas bien ? » Chelsea articule silencieusement et je hoche la tête parce qu'avec les filles autour de moi, je peux affronter le monde, y compris ce putain d'Ashton Fury.

« Bon. Maintenant que nous sommes arrivées à la seconde place, mesdames, on va carrément fêter ça, hein ? »

Une salve d'acclamations et d'approbation retentit alors que nous nous dirigeons en groupe vers les casiers pour récupérer les affaires de chacune.

Chelsea me tire contre elle, en enroulant son bras

autour de mon épaule. « Tu vas être une capitaine géniale l'année prochaine, tu le sais, n'est-ce pas ? »

Je mords ma lèvre inférieure pour m'empêcher de lui rappeler qu'elles doivent d'abord voter pour moi et à la place, je hoche la tête en signe d'acquiescement.

« Et je déteste avoir à dire ça, Rubes. Mais putain, ton mec est pas mal. C'est un bon coup ? »

« Ugh... oui, » dis-je avec un grognement, ce qui la fait rire.

« Fais-le ramer avant de recommencer, d'accord ? »

« Ça ne se reproduira plus. »

Elle me regarde avec son front levé. « Meuf, je t'aime mais s'il te plaît, ne me mens pas. Tu as vu la façon dont il te regardait, il ne te lâchera pas. »

« Mais— »

« Fais-moi confiance, Rubes. Fais-le simplement ramer... dur. » Elle me fait un clin d'œil avant de se diriger vers les autres seniors de l'équipe et de se joindre à leur conversation.

« Qu'a-t-elle dit ? »

« Elle pense qu'Ash est sexy et que je vais recommencer. »

Harley me regarde comme si je venais de me faire pousser une autre tête.

« Quoi ? »

« Eh bien, elle a raison. Il est sexy et il est à fond sur toi. Depuis des siècles. »

« Non. Il me déteste autant que je le déteste. »

« Bien sûr. Tu n'arrêtes pas de le répéter. »

Collectivement, nous avons décidé de ne pas organiser de célébrations officielles ce dimanche soir et au lieu de cela, après avoir quitté les lieux, nous avons rejoint nos familles et sommes allés manger une pizza pour célébrer notre deuxième place. Ensuite, nous avons retrouvé Mlle Kelly qui nous a toutes ramenées.

Toutes les filles étaient encore excitées par notre succès pendant que je ruminais silencieusement la dispute avec Ashton. Peu importe ce qu'il dit, ou ce dont Chelsea essaie de me convaincre, s'il n'était pas venu, les choses se seraient passées différemment. Même si je ne peux pas nier que Chelsea semble ravie de notre deuxième place. J'aurais quand même adoré la voir avec ce trophée des vainqueurs. Peut-être qu'elle a raison, peut-être que ce n'était tout simplement pas notre heure.

J'expire en regardant le paysage qui défile.

« Tu veux en parler ? »

Après que Harley m'a trouvé dans la salle de bain de notre chambre d'hôtel la nuit dernière en sous-vêtements en train d'inspecter les dommages sur mon dos, elle a exigé de savoir ce qui s'était passé. Je lui ai raconté les grandes lignes, mais vu l'état de mon corps, ce n'était pas difficile à deviner.

J'ai avoué qu'Ash m'avait trouvée mais c'est tout.

Elle a pensé que c'était sexy de m'avoir abordée comme ça et de s'être amusé avec moi dans l'obscurité sous les arbres et je lui ai laissé se faire son petit fantasme.

« Pas vraiment, » je marmonne en m'affalant un peu plus sur mon siège.

« Rubes, allez. Tu vas devoir rentrer chez toi et l'affronter. Tu dois savoir ce que tu ressens à ce sujet. »

« Je sais ce que je ressens à ce sujet. Je le déteste et je ne veux plus jamais le revoir. »

« Je comprends, mais ce n'est pas vraiment pratique vu qu'il vit dans ta maison. En plus, en sachant qu'il est venu ici ce week-end juste pour te soutenir, je doute qu'il te laisse l'éviter bien longtemps. »

« Har, tu ne crois pas à ces conneries, n'est-ce pas ? Il n'est pas venu me soutenir, il est venu me tourmenter. »

« Vraiment ? Je sais qu'il a été cruel, mais tu penses vraiment que c'était ça ce week-end ? »

« Oui. Vraiment. »

« Même après tout ce qui s'est passé à Seattle ? »

Je soupire, mon irritation augmente avec son insistance. Je ronge mes ongles rouges pour m'occuper. « Il ne s'est rien passé à Seattle. Il m'a utilisée pour enterrer sa douleur, c'est tout. J'étais là et bêtement consentante. »

« Je sais qu'il le mérite probablement, mais tu as une très mauvaise opinion de lui. »

« Bien sûr qu'il le mérite. Il m'a embarrassée devant tout le monde à la fête d'Ethan, il m'a menti, il a laissé croire que j'avais baisé dans le lit de nos parents. » Les sourcils de Harley se rapprochent mais je secoue la tête et continue. « Et il prétend avoir des photos de moi sur son portable qu'il aurait prises à Halloween. »

« Et tu le crois ? »

« Pourquoi pas ? Il n'a pas vraiment prouvé qu'il était digne de confiance ou qu'il avait mes meilleurs intérêts à cœur. »

« Non, tu as raison. »

« Pourquoi es-tu en mode 'Team Ashton' tout d'un coup ? »

Elle hausse les épaules. « C'est juste la façon dont il te regardait. Le fait qu'il soit venu ici. Je ne sais pas. Je pense que tu devrais probablement juste lui parler, tout mettre sur la table et peut-être... je ne sais pas, recommencer à zéro ? Les choses ont été plus que tendues pour vous deux. Tu as été stressée à propos de ce week-end, il a perdu sa mère. Il est peut-être temps de tout laisser derrière vous et de prendre un nouveau départ. Il sera à Rosewood... demain ? »

« Oh mon Dieu, » je gémis en inclinant la tête en arrière et en fixant le toit du bus. « Est-ce que je t'ai dit qu'il jouait au football ? »

Elle rit à côté de moi. « Bien sûr qu'il joue... Ruby, qu'on le veuille ou non, ce garçon est sur le point de faire partie de tous les pans de ta vie. Que tu ailles de l'avant avec lui ou que tu essaies de couper les ponts et de vivre aussi loin que possible de lui, tu vas devoir t'expliquer avec lui. »

« J'ai peur, Harley, » j'admets doucement.

« Peur de quoi ? »

« De lui. D'être dans une pièce seule avec lui. De ce que je ressens pour lui. »

Je n'ai pas besoin de la regarder pour savoir qu'elle a un large sourire sur le visage.

« Tu peux le dire, tu sais... *je te l'avais dit*. »

« Moi ? Non jamais. Je ne ferais pas ça. »

Je ris de sa tentative de jouer l'innocente.

« C'est le bordel, Har. »

« Tu vas trouver une solution. Et je serai juste ici à côté de toi. » Elle cogne son épaule contre la mienne en guise de soutien.

« Alors... comment va Nathan ? »

Harley couine d'excitation à la mention de son nom. « Il vient tout à l'heure. Il veut m'inviter à dîner pour célébrer notre succès. »

« Il vient en voiture depuis Maddison un dimanche soir ? Le mec est accro ! »

Elle chavire. « Il est si gentil. Je pense vraiment que nous pourrions construire quelque chose ensemble. »

Je lui souris, en souhaitant que ma vie soit aussi simple avec un gars doux et gentil.

« Tu veux revenir chez moi pour m'aider à choisir quelque chose à porter et éviter de rentrer à la maison ? »

« Eh bien, cela ressemble à une offre que je ne peux pas refuser. »

Après avoir dit au revoir à l'équipe une fois que Mlle Kelly est arrivée devant l'école, je monte dans la voiture de Harley qu'elle a laissée sur le parking pendant le week-end et nous nous dirigeons vers sa maison.

« Sais-tu où il va t'emmener ? »

« Non, aucune idée. »

Elle parle de lui, me raconte des choses que je sais déjà, mais je n'ai pas le cœur de lui dire tellement elle est excitée.

« Est-il déjà arrivé ? », je demande quand elle arrive devant chez elle et qu'il y a une voiture inconnue garée dans l'allée.

« Non, ce n'est pas la sienne. Peut-être que c'est quelqu'un qui est venu rendre visite à Zayn. »

Elle hausse les épaules et sort, et je m'abstiens de lui dire que presque tous les amis de Zayn sont aussi nos amis et que nous savons ce qu'ils conduisent. Mais elle ne semble pas trop s'en préoccuper, alors je la suis juste à l'intérieur.

« Maman, je suis à la maison, » crie-t-elle dans la maison silencieuse.

Jada était au stade tout à l'heure pour nous soutenir, mais elle a dû retourner travailler. Ce n'est pas surprenant, cette femme est toujours en train de travailler.

« Oh salut, les filles, » dit-elle lorsqu'elle sort du couloir où se trouve son bureau.

« Hé. »

D'autres pas retentissent derrière elle et Jada se tend, et je remarque que ça n'échappe pas à Harley.

« Maman ? », demande-t-elle mais Jada déglutit nerveusement.

« Je... euh... je ne m'attendais pas à ce que tu sois de retour si tôt. »

Je m'attends à moitié à ce qu'un homme à moitié nu arrive du couloir. Harley n'a jamais rien dit sur le fait que sa mère avait un petit ami, mais je suis sûre qu'elle doit sortir de temps en temps. Elle est jeune et sexy après tout. Mais quand un gars émerge, je suis à peu près sûre qu'elle n'a pas de relation avec lui. Il est évidemment plus âgé que nous, mais pas de beaucoup.

Ses yeux se posent immédiatement sur Harley avant de se plisser de colère.

Harley se tend à côté de moi et me prend la main.

*C'est quoi ce bordel ?*

« J'étais juste en train d'aider Kane sur quelques trucs, » dit Jada pour se justifier car la tension dans la pièce ne fait que s'intensifier. Elle se tourne vers lui et sourit légèrement. « Je t'appellerai une fois que tout sera sous contrôle. »

« Merci, » dit-il froidement, avec une voix rauque et... menaçante, tout comme son apparence.

Ses yeux ne quittent pas Harley jusqu'à la porte d'entrée alors qu'il nous contourne.

« Maman ? », demande Harley à la seconde où la

porte se referme derrière nous, sa voix pleine de reproches.

« Ce n'est rien, Harley. Je ne fais qu'aider. Tout va bien. »

« Vraiment ? », demande-t-elle, un rire sarcastique sortant de sa bouche. « Tu crois vraiment ça après tout ce qui s'est passé ? »

« Oui, ma chérie. C'est le cas. »

« Je ne peux pas te croire. » Elle secoue la tête en direction de sa mère et se dirige vers les escaliers.

« Harley, » appelle Jada alors que ma meilleure amie monte les escaliers. Mais c'est trop tard, elle est partie.

Jada tourne ses yeux tristes vers moi. « Je suis désolée, Ruby. »

« Ne vous en faites pas. Je suis sûre qu'elle ira bien, » dis-je, bien que vu que je n'ai aucune idée de ce qui vient de se passer, ce ne sont peut-être que des mensonges. « Je vais... » Je m'interromps en pointant les escaliers du doigt et en suivant Harley.

Quand j'arrive en haut et que je me dirige vers sa chambre, je la trouve en train de faire les cent pas devant son lit.

« Har, qu'est-ce qui se passe ? » Il lui faut quelques bonnes secondes pour me regarder, et quand elle le fait, mon souffle se coupe face à son regard. Elle a l'air terrifiée. « Harley ? » Je préviens, mon propre rythme cardiaque s'accélérant face à sa peur évidente. « Qui était ce type ? »

Elle baisse les yeux vers le tapis et expire.

Je commence à penser qu'elle va ignorer ma question et je m'apprête à poser la suivante quand elle répond enfin.

« Tu te souviens après Halloween, après ce qui s'est passé avec Ash ? »

« Ouais, » je l'encourage.

« Peu importe combien Poppy ou moi insistions, tu as refusé d'en parler. »

« Ouais. »

« Eh bien... c'est un peu la même chose. »

« Tu l'as laissé te faire un cunni à Halloween ? »

Ses yeux s'écarquillent sous le choc. « Quoi ? Non, je ne parlais pas ça. Je voulais simplement dire que je n'avais pas envie d'en parler. »

« Oh, parce que j'allais dire, qu'il était canon. J'imagine que si un truc s'était passé entre vous tu aurais voulu le crier sur tous les toits— »

« Arrête. S'il te plaît, arrête. »

« O-OK. »

« Je peux te garantir qu'il ne m'a pas touchée, ça n'a rien à voir avec ça. Il... » Elle secoue la tête. « Je ne peux pas. »

Ses épaules s'affaissent alors qu'elle tombe sur le bord de son lit.

Je la regarde essayer de gérer tout ce qui concerne le mec à l'air menaçant d'en bas, en souhaitant pouvoir faire quelque chose pour l'aider, et en comprenant pour la première fois combien cela a dû être pénible pour Harley et Poppy quand je refusais de parler d'Ash.

En décidant que je dois la distraire, elle a un rendez-vous important après tout, je me dirige vers sa garde-robe. « Alors... qu'est-ce que tu veux porter ? », je demande en la regardant par-dessus mon épaule.

« Je vais annuler, » admet-elle tranquillement.

« Non. Harley, tu ne vas pas faire ça. Quoi qu'il se passe, ne le laisse pas gâcher tes moments avec Nathan. »

Elle me fixe un instant comme si elle luttait avec elle-même concernant sa décision.

« T-tu as raison. » Elle se lève du lit et vient se placer à côté de moi. « Merci, » murmure-t-elle.

« Pas de souci, Har. Je suis là. » Je passe mon bras autour de son épaule et la tire contre moi.

Trente minutes plus tard et nous sommes de retour dans la voiture de Harley pour qu'elle me dépose à la maison avant d'aller retrouver Nathan. Je suis presque sûre qu'il était censé venir la chercher, mais elle a dû changer d'avis et insister sur le fait qu'elle voulait conduire. Quelque chose me dit qu'elle avait juste besoin de rester seule un moment pour digérer ce qui s'est passé avec sa mère dans l'entrée de leur maison.

« Appelle-moi si tu as besoin de moi, » dit Harley avant de sortir de sa voiture, mes yeux, quant à eux, rivés sur la moto d'Ash.

Mon estomac se noue en sachant qu'il est à l'intérieur et qu'il m'attend peut-être. Mais je peux difficilement éviter ma propre maison.

Je pourrais aller chez mon père. Il n'est pas en ville, mais j'ai la clé. Je pourrais emménager avec son colocataire. Je ris de moi-même.

*Ressaisis-toi, Ruby*, dit une petite voix dans ma tête alors que je fais un pas vers l'avant de la maison.

Harley me fait un petit signe de la main alors que je me retourne avant qu'elle ne sorte de l'allée.

J'entre et dépose mes sacs près des escaliers alors que je me dirige vers la cuisine d'où je peux entendre Maman et Stephen parler.

« Salut, ma chérie, le reste de ta journée s'est bien passé ? »

« Ouais, c'était bien. On a juste célébré notre deuxième place aux championnats, » dis-je avec une grimace. Ne pas avoir gagné fait mal, je ne peux pas le nier. Mais je sais que Chelsea a raison, ce n'était tout simplement pas notre heure. Peut-être l'année prochaine.

« Vous avez bien fait, tu as été incroyable. Toute l'équipe a été incroyable. »

« Merci, Maman. »

« Tu veux manger ? Je peux réchauffer les restes. »

« Non, ça va. On a pris une pizza. Je vais aller faire mes devoirs. »

« OK. » Je me tourne pour partir mais sa voix m'arrête. « Ruby ? »

« Ouais. »

« Ashton est à la maison. »

Je fais un signe de tête pour acquiescer, incapable de faire passer un mot au-delà de la boule qui s'est soudainement coincée dans ma gorge.

« Je lui ai dit de te laisser tranquille. Je te suggère de faire la même chose le concernant. » Elle n'a pas besoin de me le dire deux fois.

« Bien sûr. »

« Il commence le lycée demain, » ajoute Stephen.

« Demain ? »

« Oui, mais ne t'inquiète pas, je ne vais pas te demander d'être son chaperon ou quoi que ce soit du même genre. »

« Bien. »

« D'accord, eh bien... » Je m'éloigne d'eux, en ne leur laissant aucune chance de dire autre chose avant de m'enfermer dans ma chambre pour la soirée.

Ils me regardent partir, mais ils ne disent rien d'autre. Je suis surprise, je m'attendais à un sermon sur Ashton et sur ce qu'on peut faire et ne pas faire sous leur toit. Cela dit, j'ai été si triste et en colère la semaine dernière, qu'ils sont probablement assez confiants sur le fait que je ne veux pas être près de lui. Et ils auraient raison de penser ça.

Avec un soupir, je récupère mes sacs et me dirige vers ma chambre. Mes pas vacillent alors que je passe devant la porte d'Ash. Je sais qu'il est à l'intérieur, je peux le sentir et ça m'énerve.

Mais je garde la tête haute et passe devant.

À la seconde où j'entre dans ma chambre, je ne peux m'empêcher de sourire devant l'énorme bouquet de fleurs rouges et blanches, aux couleurs de l'école, posées sur ma commode.

En jetant mes sacs sur le lit, je m'approche pour les admirer, en attrapant la carte au passage. Je trouve un message dactylographié, ce qui est étrange parce que Maman préfère toujours écrire à la main pour rendre le message plus personnel, mais je me dis que c'est dimanche et que ça été fait à la dernière minute.

*Tu seras toujours ma première !*
XXX

Je souris devant ses mots un peu cucul et place la carte à côté du vase dans lequel reposent les fleurs.

Elles sont vraiment belles et exactement ce dont j'avais besoin pour rendre ce retour un peu plus agréable.

Un bruit provenant de la chambre d'à côté m'arrête dans mon élan vers la salle de bain, et je retiens mon souffle en attendant de voir s'il va venir se précipiter ici pour s'expliquer avec moi.

Mais au bout de quelques secondes, il n'y a plus de bruit, et je me dis qu'il va me laisser tranquille et je reviens à ce que j'étais en train de faire.

# CHAPITRE TRENTE-ET-UN

Ashton

Mes poings se recroquevillent dans les draps sous moi tandis que j'écoute ses pas feutrés monter les escaliers.

Chaque centimètre de moi veut ouvrir la porte et la traîner jusqu'ici pour que nous puissions terminer ce que nous avons commencé plus tôt.

Elle peut crier, hurler, me frapper autant qu'elle veut. Je le mérite. Peut-être pas pour ce week-end où je suis venu la soutenir, mais pour toutes les autres conneries que j'ai faites.

Mais je reste là à ne rien faire.

Je dois la laisser se calmer. Je ne peux pas la pourchasser. Pas encore.

Après de longues minutes douloureuses à l'écouter se déplacer dans sa chambre, un coup retentit à la porte de ma chambre.

Après mon retour, j'ai refusé de manger avec Papa et Lisa, ou même de leur parler. Je voulais juste me cacher. Donc, après avoir pris quelques canettes de soda et un sac de chips, c'est exactement ce que j'ai fait. Cela dit pas avant que Papa ait eu le temps de me crier que j'avais douze heures pour me ressaisir parce que demain le directeur m'attendait à Rosewood High de bonne heure pour commencer ma nouvelle vie.

Super. J'ai trop hâte.

Je pensais que j'en avais bientôt fini avec le lycée. OK, cela signifie que je n'aurais pas obtenu mon diplôme comme Maman l'espérait, mais j'aurais été libre de faire ce que je voulais.

Mais maintenant, je reviens en arrière.

« *L'opportunité idéale de recommencer à zéro et de faire quelque chose de ma vie,* » disait Papa en montant les escaliers alors que je m'éloignais de lui tout à l'heure.

J'imagine que c'est peut-être vrai. Je pourrais aller au lycée au lieu de me bourrer la gueule et de me défoncer avec les gars de Kingston et me donner un avenir. Mais redevenir un putain d'élève de première, ça craint. Même si Rosewood a une équipe de football qui déchire. Ai-je vraiment envie de tout recommencer ?

Ça frappe à nouveau à la porte et je me fige. Est-ce que je ne l'aurais pas entendue se déplacer et venir à ma porte ? Mon cœur bat la chamade à l'idée qu'elle apparaisse dans l'embrasure de la porte, mais quand je dis d'entrer et que la porte s'ouvre, ce n'est pas Ruby qui se tient là. Je lève presque les yeux au ciel, bien sûr ce n'est pas elle, c'est Papa qui vient me faire un sermon, j'en suis sûr.

« Tu es occupé ? »

Je lève un sourcil vers lui. Je suis allongé sur mon lit à ne rien faire. Est-ce que j'ai l'air occupé ?

« Non. »

« Tu peux venir dans mon bureau ? Nous devons discuter. »

Je veux refuser, continuer à être le connard que je suis sûr de l'avoir convaincu que j'étais depuis que j'ai emménagé ici. Mais il a raison. Il est temps que nous discutions.

« Bien sûr, je te suis. »

Le trajet jusqu'à son bureau est tendu comme pas possible, mais je lutte contre mon envie de faire demi-tour et de me cacher dans ma chambre. Cette discussion a été longue à venir, des années en fait.

« Assieds-toi. » Je fais ce qu'on me dit, en grinçant des dents.

« J'ai parlé au principal Hartmann. Il a obtenu tes papiers de transfert de ton ancienne école et il est heureux que tu arrives en tant qu'élève de première prêt à recommencer ton année de terminale le semestre prochain. Il semble que ton ancien entraîneur ait fait tes éloges, et Hartmann a déjà mentionné le fait que tu pourrais rejoindre l'équipe. Je pense vraiment que tu devrais y réfléchir. »

Je lui fais un signe de tête, il ne dit rien que je ne sache déjà. Et en ce qui concerne l'équipe, jouer au football sera probablement la seule chose qui me permettra de traverser tout cela, alors oui, je suis d'accord avec ça.

« Il te présentera certainement à l'entraîneur et à une partie de l'équipe demain. Mais je dois t'avertir que je lui ai dit que tu allais prendre cela au sérieux. C'est ta seconde chance, Ashton. Peu de gens ont la chance de pouvoir réparer leurs erreurs. Ton assiduité et tes notes ne sont pas terribles, et sans tes compétences sur le terrain, je pense vraiment que Hartmann aurait hésité à te laisser entrer dans son école. Je lui ai assuré que tu allais être un atout à la fois pour l'école et l'équipe, et j'ai vraiment besoin que tu sois totalement partant pour ça. »

Je le regarde, en ne sachant pas ce qu'il attend vraiment de moi. J'ai toujours détesté l'école. Le football est la seule chose que je trouve bien en ce qui concerne la scolarité, donc j'ai du mal à être enthousiaste à l'idée de ce nouveau départ même si je pense que c'est ce qu'il attend de moi.

« Savais-tu que Maman économisait tout l'argent que tu lui envoyais depuis le jour de ton départ ? », je lâche, en ayant besoin de changer de sujet, d'éviter de promettre quelque chose que je suis déjà sûr de ne pas pouvoir tenir.

« Euh... non. » Son froncement de sourcils me dit qu'il n'en avait aucune idée.

« Je savais que tu envoyais de l'argent, elle me le répétait encore et encore quand je te reprochais notre situation à la con. Alors j'imaginais simplement que tu n'en avais jamais envoyé assez. »

« Ashton, chaque mois j'envoyais— »

« Je sais, je l'ai découvert. »

« Découvert ? »

« J'ai découvert ses journaux dans sa chambre. J'ai commencé à lire celui de cette année. Elle gardait tout ton argent sur un compte bancaire. Elle attendait que j'aie fini l'école et elle prévoyait de nous faire déménager tous les deux dans le comté de Maddison pour recommencer à zéro. Elle voulait acheter une maison, me donner de meilleures opportunités et que nous soyons plus proches tous les deux. »

« Ouah, d'accord, » dit-il dans un souffle en s'effondrant sur sa chaise.

« Je pensais que tu étais le méchant qui ne s'occupait pas de nous— de moi. »

« Ash, non. Je sais que je suis parti, mais les choses n'allaient pas bien entre ta mère et moi. Je l'aimais, je l'aimerai toujours, elle a été une si grande partie de ma vie, mais les choses étaient terminées depuis longtemps lorsque j'ai renoué avec Lisa via Internet. Tu as toujours été ma priorité et j'ai toujours voulu m'assurer que tu étais en sécurité, qu'on prenait soin de toi. »

« Mais tu voyais comment nous vivions, tu nous as laissés comme ça. »

« Ta mère était une femme têtue et indépendante, Ash. Je suis sûr que tu n'as pas besoin que je te le dise. J'ai essayé de l'aider, de lui donner plus, de faire ce dont je pensais que vous aviez tous les deux besoin, mais elle ne l'a pas accepté. Elle voulait que je sois heureux ici tout autant que je voulais que vous le soyez tous les deux. Elle ne voulait pas m'impliquer dans vos vies plus que nécessaire parce que techniquement, j'avais renoncé à ce droit quand j'ai quitté Seattle. »

J'expire longuement, en écartant mes yeux des siens et en fixant son bureau entre nous.

« Je ne vais pas dire que j'ai tout fait correctement, Ash, parce que je sais que je ne l'ai pas fait. Notre relation n'aurait pas été ce qu'elle est si j'avais bien fait les choses. Mais j'ai essayé. Tout ce que je voulais, c'était que tu aies le meilleur départ possible dans la vie. »

« Tu n'es pas le seul à avoir merdé. »

Il secoue la tête. « Rien de tout cela n'est de ta faute, Ash. »

« J'apprécie que tu me dises ça, mais c'est de ma faute. »

Il ouvre la bouche pour dire quelque chose mais la referme rapidement. Après avoir refoulé sa nervosité ou quoi que ce soit qui l'ait interrompu, il dit enfin les mots auxquels je m'attendais.

« Nous devons parler de Ruby. »

Je hoche la tête parce que je savais que je ne sortirais pas de cette pièce sans avoir parlé d'elle.

« Je suis désolé, » dis-je, en le choquant carrément si le fait que sa mâchoire se décroche est un indice. « Honnêtement, je ne suis pas sûr que j'aurais réussi à surmonter la semaine dernière sans elle. C'est un putain d'ange. »

Il hoche la tête. « O-oui, elle est un ange. »

« Je la détestais au début. Elle avait tout ce que je voulais. *Toi.* » Je m'effondre sur ma chaise, en ne voulant pas vraiment avouer ces choses-là mais en sachant en même temps qu'il faut que ça sorte. « Je ne peux même pas exprimer à quel point tu m'as manqué quand tu es parti. Et puis voir des photos de toi en train de jouer la famille heureuse avec Lisa et Ruby. Ça faisait mal, Papa. Ça faisait tellement mal. »

« Quand je suis venu ici l'année dernière, c'était avec l'intention de lui faire du mal. De te faire du mal. De te montrer que m'abandonner et recommencer ta vie avec une nouvelle famille n'allait pas être si facile. Seulement... elle n'était pas ce à quoi je m'attendais et quand j'ai vu son côté vulnérable, elle m'a parlé comme personne ne l'avait fait auparavant. Elle m'a touché comme personne d'autre et j'ai paniqué et— »

« Tu es parti, » m'interrompt-il en hochant la tête

comme s'il rassemblait les pièces manquantes d'un puzzle dans sa tête. « C'était donc toi. »

« Qu-qu'est-ce qui était donc moi ? », je demande, les sourcils froncés.

« Après ton départ, Ruby, elle... elle s'est en quelque sorte effondrée. Elle a changé. Nous pensions que c'était juste des trucs d'ado. Elle se rebellait, se soûlait—merde, je ne devrais probablement pas te raconter ça. »

« Non, non, continue, » dis-je avec un sourire en coin.

« Jésus, Ash. Que veux-tu que je te dise ? C'est ma belle-fille. Je l'aime presque autant que toi. »

« Tu peux dire ce que tu veux, nous savons tous les deux que si ça ne me plaît pas, je l'ignorerai. »

« Oui, c'est bien ce qui m'inquiète. »

Il expire longuement et passe sa main sur son visage. « Lisa va me tuer pour ça, » marmonne-t-il pour lui-même. « C'est sérieux entre vous ? »

« Euh... » J'hésite parce que comment suis-je censé lui donner une réponse sérieuse? Nous avons eu quelques moments de colère et d'émotion ensemble. Je doute qu'ils puissent être considérés comme sérieux.

« Est-ce que ce que tu ressens pour elle est sérieux ? »

Je me frotte la mâchoire en souhaitant être ailleurs qu'ici et sans avoir cette conversation atroce avec un homme que j'ai l'impression de ne plus connaître.

« Je-je pense que oui. C'est tout nouveau pour moi, mais je peux te dire que ce que je ressens pour elle est différent de ce que je ressentais pour toutes les autres filles que j'ai b— » Je m'interromps quand ses poings se posent sur le bureau. « Avec qui j'ai passé du temps. »

« Je ne peux pas t'empêcher de faire ce que tu as envie de faire. Je ne suis même pas assez stupide pour essayer de le faire. Mais j'ai besoin que tu me promettes quelque chose. »

« Vas-y. »

« Tu fais les choses bien ou tu pars, Ash. Soit tu la veux et tu es sérieux, auquel cas tu dois faire tes preuves auprès d'elle, de moi, de nous. Ou... tu t'en vas maintenant avant de causer plus de dégâts, et tu lui laisses continuer sa vie pendant que tu recommences la tienne. Je veux que vous soyez tous les deux heureux et j'ai suffisamment confiance en vous deux pour pouvoir choisir ce qui vous convient le mieux. Mais si tu t'en prends à elle et que tu la blesses, eh bien... Je ne serais peut-être pas super gentil après ça. Je te veux ici, Ash, mais tu as bientôt dix-huit ans... » Il s'interrompt, en laissant sa menace de m'expulser de sa maison, si je faisais quelque chose pour tout foutre en l'air ou blesser Ruby, suspendue dans les airs entre nous.

« Je comprends, Papa. »

« Bien, parce que je suis sérieux. Je te veux ici plus que tout. Je veux tous ceux que j'aime autour de moi. Mais si tu blesses Lisa ou Ruby dans leur propre maison, je n'aurai pas le choix. »

« Je sais. Je ferai les choses correctement. » *J'espère*. Il doit y avoir une première fois à tout, non ?

« On a fini ? », je demande en m'avançant jusqu'au bord du siège. Nous avons plus parlé que nous ne l'avons fait pendant des années et je suis plus que prêt à aller m'enfermer une fois de plus dans mon silence.

« Oui. » Je suis à la porte quand il s'adresse à nouveau à moi. « Je vais en parler à Lisa, mais ne répète pas tout ce que je t'ai dit. »

Un sourire se dessine sur mes lèvres. « Bien sûr. » Je

peux juste imaginer comment sa phrase 'Tu fais les choses bien ou tu pars' sonnerait aux oreilles de la mère de Ruby.

« Merçi, Papa. »

« Je veux te faire confiance, Ash. S'il te plaît, ne me laisse pas tomber. »

Je hoche la tête, incapable de faire la moindre promesse. La seule chose pour laquelle je semble être doué, c'est de laisser tomber les gens et de tout foutre en l'air.

Je m'arrête à ma porte quand j'y arrive. Je veux désespérément continuer et frapper à sa porte pour voir si elle va même me parler, mais je ne le fais pas.

On va avoir beaucoup de temps pour parler. Je lui dois lui laisser un peu d'espace après tout ça.

Je n'ai peut-être pas fait de promesses à voix haute à Papa, mais j'ai bien l'intention d'essayer juste parce qu'elle le mérite. Elle a fait tout ce qu'elle pouvait pour moi quand j'étais au plus bas, le moins que je puisse faire c'est ce qu'elle me demande.

Pour l'instant, tout du moins.

---

« Ashton Fury, j'ai beaucoup entendu parler de vous, » dit le principal Hartmann après s'être présenté et m'avoir invité dans son bureau.

Je n'ai peut-être marché que dans la partie administrative de Rosewood High, mais les différences avec mon ancienne école sont déjà flagrantes. Pour commencer, le personnel que j'ai vu semble avoir envie d'être ici, les bâtiments ne semblent pas sur le point de s'effondrer et les étudiants ont l'air... heureux. C'est étrange.

« En bien, j'espère, » je réponds en me laissant tomber sur la chaise devant son bureau et en enfonçant mes mains dans les poches de mon sweat à capuche.

« Si nous parlons du football alors oui, en revanche, en ce qui concerne les cours... pas tellement. »

« Hein, je suis surpris que les enseignants aient remarqué, » je marmonne, en parcourant son bureau avant que mes yeux ne se posent sur la photo de sa famille posée dessus. Mon ancien principal n'aurait pas osé faire un truc comme ça de peur qu'un de ses élèves ne s'en prenne à ses enfants. Cela prouve simplement que ce n'est définitivement pas Seattle.

« Votre moyenne laisse à désirer, jeune homme. Si vous pensez que vous allez venir ici et nous impressionner avec vos talents de footballeur et que nous ignorerons votre progression scolaire, alors vous vous méprenez complètement. »

J'acquiesce, en sachant que ses paroles sont justes.

« J'ai parlé à l'entraîneur et il est plus que disposé à vous laisser assister à ses séances de conditionnement à partir de cet après-midi si vous êtes prêt, mais obtenir une place dans son équipe nécessitera de la détermination et une amélioration de vos notes. »

« Pas de problème. »

« D'accord, » dit-il en m'étudiant, en se demandant probablement pourquoi je lui rends les choses si faciles. Je me demande ce qu'il a exactement entendu à mon sujet. Je n'étais peut-être pas le meilleur élève dans le passé, mais j'étais loin d'être le pire.

« J'ai votre emploi du temps ici, il peut être modifié si vous avez besoin— »

« Ça ira, merci. » Je me penche en avant et le prends de ses doigts. Mes performances passées peuvent amener les gens à penser que je ne suis pas capable de réussir quoi que ce soit, mais c'est loin d'être la vérité. Je ne suis pas stupide, je m'ennuie.

Je parcours le morceau de papier, en repérant toutes les matières habituelles et il n'y a rien que je ne puisse pas gérer.

« D'accord, bien... avez-vous des questions ? »

« Nope. Indiquez-moi simplement où se trouve la classe de... » Je jette un coup d'œil à l'emploi du temps pour voir avec quoi ma semaine commence. « Chimie, et je vous laisse tranquille. »

« En fait, je me suis arrangé pour que quelqu'un vous fasse faire le tour du lycée. »

« Super. » J'arrive à peine à retenir mon gémissement. Je n'ai vraiment pas besoin de quelqu'un pour me tenir la main, je suis sûr que je peux me repérer dans cet endroit sans trop de difficultés.

Les pensées d'une pom-pom girl joyeuse et pleine d'entrain me faisant faire le tour du lycée remplissent mon esprit, et je commence à me demander s'il s'est arrangé pour que Ruby soit ma guide. Je n'aurai certainement pas cette chance.

« C'est probablement mieux que vous appreniez à vous connaître, vous savez, entre capitaines. » Hartmann me fait un clin d'œil et je me lève de la chaise.

Donc, ce ne sera pas Ruby, alors. J'essaie de ne pas montrer la déception sur mon visage.

Il appuie sur le bouton de l'interphone sur son bureau avant d'aboyer : « Pouvez-vous, s'il vous plaît, envoyer Jake ? »

Une voix polie acquiesce avant que la porte ne s'ouvre et qu'un gars aux cheveux noirs portant un maillot des Ours de Rosewood n'entre.

« Jake Thorn, voici Ashton Fury. Ashton était capitaine de son équipe à Seattle. Il va se joindre à vous pour le conditionnement dans l'espoir de faire partie de l'équipe. Jake est notre capitaine. Il nous a menés jusqu'aux championnats. »

« OK, génial. Allons-y, » dis-je en faisant un signe de tête à Jake et en sortant du bureau de Hartmann.

« Alors, tu étais capitaine. Vous avez gagné quelque chose ? »

« Nan. Notre lycée... ce n'était pas comme celui-ci. Le financement sportif était pourri, mais nous avons fait de notre mieux avec ce que nous avions. »

« Eh bien, j'espère que tu es bon parce que nos meilleurs joueurs sont sur le point d'obtenir leur diplôme. »

« J'imagine que tu le sauras bientôt. »

« Je suppose. »

Je suis Jake alors qu'il me fait faire une brève visite de l'endroit, en m'indiquant où aller et où ne pas aller, où l'équipe squatte et comment les choses fonctionnent.

« Ta première classe est là-bas. » Il désigne une porte verte au bout du couloir.

« Super, merci pour la visite. » Je me retourne pour le quitter mais il m'arrête.

« Fury, » dit-il en faisant un pas vers moi pour que nos poitrines ne soient qu'à quelques centimètres l'une de l'autre. « Je me fous de savoir combien tu es bon sur le terrain. Tu fais du mal à Ruby, et mes gars et moi ferons en sorte que tu ne joues plus jamais. C'est clair ? »

Je regarde ses yeux plissés, en ne baissant pas les miens alors qu'un sourire narquois s'étire d'un côté de ma bouche.

« Clair comme de l'eau de roche, *capitaine*. Mais je

dois te prévenir que j'ai eu affaire à des mecs bien plus grands que toi. Alors j'aimerais bien te voir essayer. »

Je n'attends pas qu'il réponde. Je tourne sur mes talons et file dans le couloir, prêt à me présenter à mon premier professeur.

« On verra, Fury. On verra, » je l'entends marmonner derrière moi.

Je souris toujours quand j'entre dans la classe.

Le silence emplit immédiatement la pièce quand j'interromps le cours.

« Oh bonjour, vous devez être Ashton, » dit doucement le professeur. Elle est jeune, presque trop jeune pour enseigner au lycée, mais peu importe. Ce n'est pas elle qui capte mon attention car lorsque je me tourne vers ma gauche, je croise les yeux de la seule personne que j'ai envie de voir.

Mon sourire s'élargit alors qu'elle déglutit nerveusement et s'enfonce dans son siège comme si elle allait pouvoir se cacher derrière son bureau.

Bien tenté, petite. Bien tenté.

# CHAPITRE TRENTE-DEUX

Ruby

Je n'ai pas été surprise quand mon corps m'a réveillé avant le lever du soleil ce matin. Je me suis levée tôt pendant tellement de semaines quand nous préparions les championnats nationaux, que c'est presque devenu normal.

J'ai essayé de me forcer à me recoucher et à me rendormir mais c'était inutile.

Finalement, je me suis levée et je me suis préparée comme si j'avais quelque part où aller. Le soleil était à peine levé que j'ouvrais la porte d'entrée et me dirigeais vers ma voiture.

J'ai pensé qu'il n'y avait aucune chance de tomber sur Ash si je partais si tôt.

Maman m'a parlé quand je suis sortie de ma chambre la nuit dernière pour aller chercher un truc à manger et m'a confirmé que son premier jour à Rosewood serait aujourd'hui et que Stephen lui avait parlé, en lui demandant de me laisser un peu d'air.

J'ai apprécié ça, mais Ashton m'a prouvé à maintes reprises qu'il ne suit pas vraiment les règles, surtout quand il s'agit de moi.

Elle m'a dit de faire attention mais heureusement, elle a évité de parler de quoi que ce soit d'autre ayant un rapport avec nous deux. Je ne peux qu'espérer l'avoir convaincue dans les toilettes lors des funérailles de Leanora et qu'elle va laisser tomber et nous laisser faire nos propres erreurs.

Je laisse échapper un soupir en poussant les portes du gymnase et en entrant dans le lieu sombre.

J'allume quelques lumières, juste assez pour voir où je vais et pour alerter quiconque du fait que je suis ici.

Je croise les jambes et m'assois en plein milieu de la pièce pendant que je passe en revue les événements du week-end dans ma tête.

Chelsea avait raison, nos routines et nos performances étaient mortelles. Je sais que j'ai été dure avec moi-même quand nous n'avons pas obtenu la première place, mais c'est seulement parce que je le voulais aussi pour toutes les filles qui ont tout mis là-dedans. Je le voulais plus pour elles que pour moi. Je le voulais pour Chelsea. Elle le méritait.

Je me repose sur mes paumes et lève la tête vers le plafond alors que je me demande ce que les prochains mois me réservent.

Est-ce que Chelsea a raison ? L'équipe me voudra-t-elle comme capitaine, et si c'est le cas, qui remplacera les terminales ? Harley et Stella sont des choix évidents, mais concernant le reste de l'équipe junior, elles vont avoir besoin de travailler.

Espérons que le stage d'été les aidera à y voir clair, les aidera à voir la montagne qu'elles doivent gravir si elles veulent égaler notre succès de ce week-end, et encore plus le surpasser.

Je n'ai aucune idée du temps qui passe pendant que je suis assise là à contempler mon avenir.

Ashton continue d'essayer de se frayer un chemin dans mes pensées, mais chaque fois que son visage me vient à l'esprit, je le refoule. Il a assez consommé de mon énergie ces dernières semaines. J'en ai fini avec ça. Avec lui.

Finalement, la porte qui s'ouvre derrière moi me tire de mes pensées. En regardant par-dessus mon épaule, je vois Chelsea en train d'entrer.

« Tu ne pouvais pas dormir non plus, hein ? », demande-t-elle, en devinant avec justesse pourquoi je suis assise ici comme une idiote.

« Nan. Tu as foutu en l'air mon sommeil pour toujours, » je plaisante.

« Désolée. Cela en valait quand même la peine. » Elle jette son sac contre le mur et s'approche, avant de se laisser tomber à côté de moi.

« Ouais, c'est vrai, » dis-je avec un sourire.

« Comment ça... se passe ? »

« Je ne l'ai pas vu, » j'avoue. « Mais il commence ici aujourd'hui, donc je pense que mes tactiques d'évitement vont rapidement prendre fin. »

« Tu dois lui parler, » dit-elle, en confirmant ce que je sais déjà.

« Je sais, » je dis en soupirant. « Il me rend juste un peu folle quand nous sommes proches. »

Elle rit toute seule. « Je sais ce que c'est. » Sa main caresse sa petite bosse.

« Comment as-tu surmonté cela ? »

Elle hausse les épaules et se recule sur ses paumes.

« Je ne l'ai pas surmonté, je me suis retrouvée en dessous. »

Je ne peux pas m'empêcher de laisser échapper un rire. « Ton conseil est que je couche à nouveau avec lui ? »

« Non, non. Honnêtement, je ne sais pas, Rubes. Je l'ai à peine rencontré. Je ne suis pas sûre que ces quelques minutes de colère dont j'ai été témoin dans le stade l'aient vraiment montré sous son meilleur jour. Mais j'ai vu la façon dont il te regardait. Ce n'était pas le regard d'un gars qui te déteste, Rubes. Peut-être qu'il suffit de l'écouter. Il a traversé beaucoup de choses. Peut-être que quelque chose a changé depuis que tu l'as laissé à Seattle. »

« Hmm... peut-être. »

« En fin de compte, Ruby. Tu ne le découvriras jamais si tu passes ton temps à te cacher dans ta chambre ou ici. S'il doit se retrouver dans l'équipe, comme tu le soupçonnes, vous devrez être capable de rester dans la même pièce l'un que l'autre. Et vous devrez peut-être le faire rapidement, car s'il s'intègre bien, tu sais qu'il sera à la fête de Justin ce week-end. »

Je gémis en pensant à la fête que les gars organisent pour célébrer le succès de notre équipe.

« Je ne vais jamais lui échapper, n'est-ce pas ? »

« Non, c'est pour ça que tu dois essayer de tirer le meilleur parti de cette situation. » Elle rit. « Quel est le pire qui puisse arriver ? »

Nous restons là à discuter jusqu'à ce que le bruit des étudiants qui arrivent remplisse le gymnase et que quelques professeurs passent la tête pour nous surveiller.

« Nous devrions probablement partir. »

« Ça fait bizarre de ne pas s'entraîner. »

« Tu n'as qu'une semaine de congé, profites-en au maximum. »

Je me lève et je tends la main pour aider Chelsea à se relever avant de partir rejoindre les autres sur les bancs de l'équipe.

J'espérais passer au moins une heure sans avoir à le voir, mais il semble que la chance ne soit pas de mon côté ce matin car il arrive à peine vingt minutes après le début de mon cours de chimie.

« Putain de merde, » je marmonne dans ma barbe, au grand amusement de Harley qui est assise à côté de moi.

Comme s'il pouvait sentir mon regard, ses yeux trouvent presque immédiatement les miens et mon cœur bondit jusque dans ma gorge.

Peut-être que cela va être encore plus difficile que ce à quoi je m'attendais.

Mes yeux ne le quittent pas tout le temps qu'il parle à Mlle Harris. Je sais que je dois baisser les yeux, regarder n'importe où ailleurs, mais je ne peux pas.

Au moment où il se tourne vers moi, je suis complètement hébétée et incapable de faire autre chose que de le regarder.

« Tiens, prends ma place. » Les mots de Harley me ramènent à la réalité.

« Quoi ? », je lui dis sèchement, en étant complètement incrédule face à l'idée qu'elle envisage même de me faire ça.

« Quoi ? », demande-t-elle innocemment en rassemblant ses livres et en se levant de son siège. « Je fais une expérience. Une expérience de chimie. »

Je grogne et elle éclate de rire alors qu'elle se dirige vers le fond de la pièce et vers un autre siège.

Elle me fixe alors qu'elle s'assoit et me sourit gentiment.

« Je te déteste, » dis-je, mais tout ce qu'elle fait c'est

hausser les épaules avant de recommencer à trier ses livres.

« Alors... c'est confortable, » murmure Ashton en s'asseyant à côté de moi.

« Ah bon ? », je marmonne, en croisant mes bras sur ma poitrine et en laissant échapper un souffle d'exaspération. Tant pis pour l'idée de rester loin de lui.

En refusant de le regarder, je garde les yeux rivés sur Mlle Harris qui reprend rapidement là où elle s'était arrêtée, complètement inconsciente de la tension qui a soudainement rempli la pièce.

« Clairement, ma matinée ne fait que s'améliorer. » Son bras repose sur le dossier de ma chaise, son pouce effleurant mon omoplate et envoyant des picotements dans mon dos.

« Je te dérange ? », je dis sèchement, en me poussant loin de son contact.

« Non, petite. Pas vraiment. »

« Eh bien, ça me dérange. Garde tes mains loin de moi. »

« Est-ce vraiment ce que tu veux ? », il grogne presque.

C'est si bas et profond que je sais que personne d'autre ne l'a entendu et je le maudis parce que cela m'affecte exactement comme il le souhaitait. La chaleur inonde mon corps et je suis immédiatement ramenée dans sa chambre à Seattle où il disait toutes sortes de choses obscènes à mon oreille.

Il se penche en avant, ses doigts glissent le long de mon dos et je sursaute.

« Ruby, est-ce que tout va bien ? »

« O-oui. J'ai juste besoin d'aller aux toilettes. Est-ce que je peux ? »

Mlle Harris soupire et lève les yeux au ciel. « Fais vite. »

Je m'élance hors de cette salle de classe comme si quelqu'un m'avait mis le feu aux fesses.

« Putain d'enfer, » je marmonne, en tombant contre la porte des toilettes et en inclinant mon visage vers le plafond.

En même pas une heure il me rend déjà folle.

Après m'être fait un petit discours de motivation, je retourne en classe. Je m'excuse auprès de Mlle Harris et je retourne à contrecœur à ma place.

Heureusement, Ashton avait commencé à prendre des notes pendant les quelques minutes où je suis partie, et il continue après mon retour.

Je suis contente qu'il ait détourné son attention de moi, mais de manière agaçante, je suis aussi déçue.

Je jette un coup d'œil à Harley derrière moi qui nous regarde curieusement. Un sourire se dessine sur ses lèvres et je secoue la tête.

Dès que la sonnerie retentit, je sors de la pièce. Un sourire narquois se dessine sur mes lèvres lorsque Mlle Harris appelle Ashton pour lui donner des devoirs supplémentaires pour rattraper son retard. Je croise les doigts pour que tous ses professeurs fassent la même chose et le gardent occupé pendant un certain temps.

« Qu'est-ce que c'était que ça ? », j'aboie après Harley quand elle s'approche de moi alors que nous nous dirigeons vers le cours d'histoire.

« Quoi, j'essayais juste d'être gentille avec le nouvel élève. »

« Conneries, Har. À quel jeu joues-tu ? »

« Moi ? En fait, je voulais voir à quel jeu jouait Ash.

Tu pensais vraiment qu'il se pointerait ici et te laisserait l'ignorer ? »

« Je... » J'avais espéré que oui, mais je savais de manière réaliste que cela n'arriverait pas.

« Il te veut, Rubes. Que cela te plaise ou non. Et d'ailleurs, je pense que ça te plaît, si la façon dont tu as réagi tout à l'heure signifie quelque chose. »

« Quoi ? Je n'ai pas— »

« Vraiment ? », demande-t-elle en riant.

« Il faut que tu lui parles. »

« Vraiment, vraiment, je— »

Elle m'épingle d'un regard juste avant d'arriver à notre prochain cours. « Tu vas vraiment, vraiment le faire. Tu ne veux pas ça ? Dis-lui et sois ferme. Tu décides que tu veux ça ? Arrête de jouer à des jeux. Cela ne finira que par te faire davantage de mal. »

Les mots de Harley résonnent dans ma tête pendant le reste de mes cours du matin.

Il m'a fait du mal. En s'éloignant de moi ce matin-là à Seattle après tout ce qui s'était passé entre nous. En faisant tout ce qu'il a fait après notre départ. Tout ça fait mal, ça fait toujours mal.

Puis-je simplement lui pardonner tout ça ?

Je sais qu'il était—est—dans une mauvaise passe. Sa mère est décédée, mais ce n'est pas une excuse pour s'en prendre à moi, m'arracher le cœur et le piétiner.

Je me souviens de la façon dont il m'a touchée ce matin-là. Combien ça brûlait, combien ça a enflammé mon sang.

Je veux encore ça, je ne vais même pas essayer de le nier. Mais est-ce que ça en vaut la peine ? Ou sommes-nous destinés à nous détruire ?

Je ne vois pas Harley après le cours d'histoire, et

heureusement, je ne revois plus Ashton, enfin pas avant d'entrer dans la cafétéria pour le déjeuner. Dès que je suis dans l'embrasure de la porte, je le vois.

Il est avec l'équipe de foot, Jake à ses côtés, qui, je suppose, présente Ash à tout le monde.

Mon ventre se retourne. Cela est vraiment en train d'arriver. Il s'insère dans tous les aspects de ma vie et je ne peux rien y faire.

Partout où je serai—à la maison, à l'école—il sera là, à me narguer, à me rappeler des souvenirs, à me tenter.

« Eh oh, regarde, les pétasses arrivent, » dit Harley à mon oreille alors qu'elle apparaît à mes côtés.

En détachant mes yeux d'Ashton, je vois Krissy, Aria et Victoria en train de se diriger tout droit sur lui.

« Est-ce qu'elle l'a vraiment sucé à la fête d'Ethan ? »

Un grognement monte dans ma gorge en entendant sa question.

« D'accord, pas besoin de jouer la femme des cavernes avec moi, je demandais simplement ce qui s'était passé. »

« Je ne sais pas. Je n'ai pas demandé. » Mais alors que nous restons là à regarder le spectacle, je pense que nous avons notre réponse parce que Krissy se rapproche de lui, toute la longueur de son corps se pressant contre le sien, sans absolument aucune hésitation ni aucune honte, alors qu'elle fait courir ses paumes sur sa poitrine.

« Ouah, quelqu'un est sur le point de se faire crever les yeux avec tes ongles, » marmonne Poppy, en nous rejoignant et en regardant le spectacle.

« Je m'en fous. Elle peut le toucher autant qu'elle veut. » Au moment où je dis cela, il lève les yeux, ses yeux trouvant immédiatement les miens.

« J'ai perdu l'appétit. On se verra toutes les trois plus tard. »

Je ne perds pas une seconde de mon temps à regarder Krissy se frotter sans vergogne contre lui comme si elle le possédait et je m'enfuis, prête à aller me cacher et à essayer de tout oublier de cette journée.

Les larmes me brûlent les yeux quand je cours dans les couloirs, mon cœur bat la chamade et mes mains tremblent alors que j'essaie de contenir tout ce qui menace de sortir de moi. La colère, la dévastation, les regrets.

Je vole à travers les portes du gymnase et le trouve aussi vide qu'à la première heure ce matin avant de pousser la porte cachée du bureau dans l'angle.

Comme je m'y attendais, il est vide. Mlle Kelly est introuvable comme d'habitude. Je claque la porte derrière moi mais malgré le grand fracas, ça ne fait pas grand-chose pour que je me sente mieux.

# CHAPITRE TRENTE-TROIS

Ashton

Avant que j'aie la chance de repousser Krissy, une voix retentit à travers l'équipe.

« Laisse le nouveau, Krissy. Tu ne sais pas où il a traîné, » aboie la pom-pom girl enceinte en venant se placer devant moi.

Elle enroule ses doigts autour du haut du bras de Krissy et la tire loin de moi.

« Toi, » dit-elle en me pointant le visage du doigt. « Tu joues à un jeu très dangereux. »

Mon menton tombe alors que le silence nous entoure. J'ai l'impression que toute la cafétéria retient son souffle pour voir ce qui va se passer ensuite.

« Tu ne sais pas de quoi tu parles. »

« Ah bon ? », demande-t-elle alors que les deux amies de Ruby viennent se tenir à côté d'elle. « Alors, Ruby n'est pas sortie d'ici parce que cette salope a décidé que tu lui appartenais ? »

Je jette un coup d'œil à Krissy, qui ne réagit même pas à l'insulte.

« Tu ne sais rien sur moi et Ruby. »

L'équipe de foot se place derrière les filles, pour montrer où se situe leur loyauté, non pas que j'ai pensé une seconde qu'ils seraient de mon côté alors qu'ils viennent de me rencontrer, mais je me demande si devenir l'un d'entre eux va être une plus grande montagne à gravir que je ne le pensais a priori.

« Prends soin d'elle ou laisse-la partir, » prévient-elle, ses yeux plongés dans les miens, en s'assurant que je ne puisse pas détourner le regard. « Mais si tu la blesses, je peux te garantir que nous viendrons tous après toi. »

La tension crépite autour de nous alors que nos regards se soutiennent

C'est qui cette pute ?

« Je suis Chelsea, au fait, » dit-elle avec un sourire narquois comme si elle pouvait lire dans mes pensées. « Et nous, » dit-elle en faisant un geste vers elle et ceux qui l'entourent. « Nous régnons sur cet endroit. Tu fais un faux pas et c'en est terminé pour toi. *Famille* ou pas. Ruby est l'une des nôtres, tu ne seras jamais obligé à l'être. »

Je veux rire de ses menaces. Par rapport à ce que j'ai vécu à Seattle, c'est une partie de plaisir. J'ai l'habitude que les gars—et les filles—aient des couteaux et des armes à feu sans avoir peur de les utiliser.

Mais quelque chose dans la façon dont elle plisse les yeux sur moi me touche plus profondément que d'avoir une arme agitée devant mon visage et je sais que cela a tout à voir avec la fille à propos de laquelle ils me mettent en garde.

« Où est-elle ? », je demande, en supposant qu'ils vont me dire d'aller au diable et de la laisser tranquille.

« Je ne le sais pas avec certitude, mais j'ai peut-être une idée. Suis-moi. »

« Bébé, » crie l'un des gars de l'équipe avant de contourner les autres et de la tirer contre lui. « Tu m'excites tellement là tout de suite, » murmure-t-il pas super doucement à son oreille.

« Vraiment ? Peux-tu juste me montrer le putain de chemin ? »

Ils se tournent tous les deux vers moi, les yeux plissés.

« Tu t'aventures sur un terrain glissant, » grogne Chelsea. « Putain de terrain glissant. » Puis elle prend la main du gars et commence à sortir de la cafétéria en s'attendant à ce que je la suive. Ce que je fais bien sûr parce qu'elle est sur le point de me conduire à Ruby.

« Alors, c'est là que la magie opère ? », je demande alors que nous entrons dans le gymnase rempli de l'équipement des pom-pom girls.

« Ashton, » grogne Chelsea. « Je te conduis peut-être à elle, mais ne te fais pas d'illusion quant au fait que c'est parce que je t'aime bien, parce que je ne t'aime pas. Tu l'as blessée et tant que tu ne feras pas les choses bien, nous ne serons jamais amis, que tu fasses partie de l'équipe ou non. Mes filles sont ma priorité, et ma future capitaine est en tête de cette liste. »

Je ressens un peu de fierté alors que Chelsea insinue que Ruby va prendre sa place dans les mois à venir. Après l'avoir regardée sur scène pendant le week-end et avoir vu sa volonté quand les choses n'allaient pas comme elle le souhaitait, je ne doute pas qu'elle sera incroyable.

Chelsea passe la tête derrière le coin puis me fait un signe de tête.

« Elle est là. On peut te faire confiance ? »

« Je ne lui ferai jamais de mal. »

Chelsea place une main sur sa taille et fait ressortir sa hanche.

« Pas physiquement. » Je ne peux pas promettre que tout ce qui va sortir de nos bouches ne va pas piquer parce que nous avons l'habitude de nous faire mal avec des mots.

« Nous resterons ici. »

« Vous n'êtes pas obligés de nous babysitter. »

« Non, mais nous pourrions avoir besoin de te botter le cul. »

Je lève les yeux au ciel, jette un bref coup d'œil à son petit ami qui a surtout l'air amusé et excité par le fait qu'elle soit gonflée à bloc et je me détourne d'eux.

À la seconde où la fenêtre du bureau apparaît, je la vois recroquevillée sur la chaise, en train de serrer ses jambes contre sa poitrine avec sa tête sur ses genoux.

Elle a l'air si petite et désemparée que tout ce que j'ai envie de faire, c'est de la prendre dans mes bras et de lui dire que tout ira bien.

Le clic de l'ouverture de la porte la surprend, tout son corps sursaute alors que j'entre dans la pièce.

« S'il te plaît, laisse-moi tranquille. Je vais bien. »

Je la regarde pendant quelques secondes de plus alors que la culpabilité m'envahit.

Je suis responsable de ça.

J'expire alors que je me prépare à dire les mots que j'ai besoin de lui dire.

« Je suis désolé, petite. »

Sa tête se redresse si vite que je suis surpris qu'elle ne se blesse pas.

« Sors, » bouillonne-t-elle, ses yeux se plissant alors qu'elle me regarde.

« Non, pas avant que nous ayons discuté. » Je ferme la

porte dans mon dos pour joindre le geste à la parole. Nous ne quitterons pas ce bureau avant d'avoir réglé les choses entre nous ou de nous entretuer. Je suppose que seul le temps nous dira ce qui va se passer.

« Je n'ai rien à te dire, alors je te suggère de repartir directement et d'aller retrouver ta petite salope. »

« Je ne veux pas d'elle, Ruby. »

« Tout comme tu ne voulais pas de Nat ? Tu avais une drôle de façon de le montrer aussi. »

« Je ne... » Je soupire, mes mains remontant jusqu'à ma tête.

« Rien ne s'est passé avec Nat. »

« À part ce que j'ai vu de mes yeux. » Elle lève un sourcil vers moi, en se dépliant de la chaise et en se levant, en train de se préparer à se battre.

« O-ouais, à part ça. J'ai fait une erreur, Ruby. J'étais... j'étais perdu et j'avais besoin de quelqu'un. »

« Tu m'avais, Ash. J'étais là avec toi pendant tout ça, et tu m'as repoussée quand tu avais le plus besoin de moi. Tu n'avais même pas besoin d'elle. Tu aurais pu monter dans cette voiture avec moi et nous aurions pu aller n'importe où. »

« Je sais. J'ai merdé, » j'admets en soutenant son regard pour qu'elle sache à quel point je suis sérieux.

Je peux trouver tous les prétextes possibles concernant mes actions de ce jour-là, mais en fin de compte, j'ai merdé. J'ai renvoyé la seule bonne chose de ma vie et je suis retombé dans mes vieilles habitudes pour noyer mes conneries.

« C'est tout ce que tu es capable de faire, Ash. Merder. Tout ce que tu as fait depuis notre rencontre, c'est me blesser. Je sais que tu me détestes, et je le comprends, je le sais, mais putain, il est temps de laisser tomber. Nous sommes coincés l'un avec l'autre maintenant, que cela nous plaise ou non. »

« Je ne veux pas te faire de mal, Ruby. »

« Eh bien, pourtant, tu es super doué pour ça. » Elle marche vers moi, en s'arrêtant avant que nous ne soyons trop proches. « Excuse-moi. »

« Non. »

« Non ? Tu vas me garder enfermée ici ? »

« Jusqu'à ce que tu m'écoutes, ouais, si c'est ce qu'il faut. Je ne veux pas me battre avec toi, Rubes. »

« C'est tout ce que nous sommes capables de faire, tu ne réalises donc pas ? Nous sommes toxiques l'un pour l'autre, Ash. Un désastre est sur le point d'arriver. Tout ce qu'on fait, c'est se faire du mal, nos parents s'engueulent. C'est juste... » Elle écarte les bras. « C'est inutile, Ash. Maintenant, dégage de mon chemin et laisse-moi continuer ma vie. »

« Et si je ne veux pas ? »

« Je me fous de ce que tu veux en ce moment. Je t'ai donné ce dont je pensais que tu avais besoin à Seattle, et tout ce que tu as fait c'est de me le renvoyer à la figure. Alors va chercher Krissy, ou l'une des autres, je suis sûre qu'elles seraient ravies d'être ton petit jouet jusqu'à ce que tu t'en lasses. »

« Non, » je crache, en entrant dans son espace et en la forçant à reculer jusqu'à ce que ses fesses touchent le bord du bureau. Mes doigts agrippent sa mâchoire alors que mon corps se presse contre le sien. « Je ne les veux pas. Je me fous de ce qu'elles seraient contentes de faire pour moi. Je te veux, Ruby. Juste toi. » Mes yeux plongent dans ses yeux verts alors qu'ils se remplissent de larmes. Elle essaie de secouer la tête, mais ma prise est trop forte pour qu'elle puisse bouger.

« Tu mens. »

« Tu crois ? » Je ricane, en refermant l'espace entre nous jusqu'à ce que mon nez effleure le sien.

« Que veux-tu, Ash ? Que dois-je faire pour que tu me laisses sortir d'ici ? »

Un sourire se dessine sur mes lèvres en évoquant toutes les possibilités.

« Dis-moi ce que j'ai besoin de savoir. »

« Quoi ? », demande-t-elle, en se forçant à avoir l'air ennuyée par tout cet échange mais je sais que c'est faux. Je peux voir la chaleur dans ses yeux derrière ses larmes, et je peux sentir son pouls tonner contre mes doigts.

Je me penche plus près, en frottant ma joue contre la sienne jusqu'à ce que mes lèvres taquinent le lobe de son oreille.

« Dis-moi que tu es à moi. »

Elle se raidit mais aucun mot ne sort de sa bouche.

« Ruby, » je grogne. « Nous savons déjà tous les deux que c'est un fait, mais j'ai besoin de t'entendre le dire. »

« Un fait ? », elle dit sèchement. « Pour toi peut-être, mais en ce qui me concerne, je n'appartiens à personne. »

En me reculant, je pose mon front contre le sien, ma respiration s'accélère et se mélange à la sienne alors que je la regarde.

« S'il te plaît, Ruby, j'ai besoin— »

Je suis trop perdu en elle pour voir ses mains se soulever. Ses paumes claquent contre ma poitrine et je suis tellement choqué par sa force que je recule, en mettant un peu d'espace entre nous.

« Je m'en fous de ce dont tu as besoin en ce moment, Ash. Je me préoccupe de ce dont j'ai besoin, et ce n'est pas d'être près de toi. »

Avant que je n'aie l'occasion de répondre, elle a ouvert la porte et est partie.

« Putain, » j'aboie, en tirant sur mes cheveux jusqu'à ce que ça me fasse mal. « PUTAIN. »

Je fais un pas en arrière jusqu'à ce que mes fesses touchent le bureau et je me pose là en inclinant mon visage vers le plafond.

Tous ces trucs sont nouveaux pour moi. Je veux lui dire ce que je ressens, que je suis sérieux à propos de tout ça, mais je n'ai aucune idée de comment le faire.

Je suis surpris de trouver le gymnase vide quand j'émerge un peu plus tard, je m'attendais à ce que l'équipe m'attende pour me donner une leçon pour avoir blessé l'une des leurs.

La sonnerie retentit alors que je me dirige dans le couloir et je suis obligé d'abandonner l'idée de déjeuner pour aller à mon prochain cours.

Tout ce que je peux espérer, c'est qu'elle y soit aussi.

Mais il semble que ce soit une douce illusion car je ne la revois pas du reste de la journée, je passe cependant mes deux derniers cours dans la ligne de mire de l'équipe de foot et sous les regards assassins de l'équipe de pom-pom.

Comme premier jour dans une nouvelle école, ce n'est pas génial jusque-là. Les choses ne deviennent pas plus faciles non plus lorsque je repère enfin les vestiaires après les cours pour participer à la séance de conditionnement de l'équipe et que je découvre que l'entraîneur n'est pas disponible, et que c'est Jake qui est aux commandes et que sa seule intention pour la séance est de voir jusqu'où il peut me pousser.

Au moment où il baisse en intensité, tout mon corps

me fait mal et est couvert de sueur. Cela faisait trop longtemps que je n'avais pas fait ce genre d'exercices.

« Je pense que je t'ai peut-être sous-estimé, » admet Jake, en venant se tenir à côté de moi alors que je m'habille après avoir pris une douche pour me laver de la boue et de l'herbe qui recouvraient presque chaque centimètre carré de moi.

« Oh ouais ? »

« Cela aurait brisé la plupart des gars. »

« Je ne suis pas n'importe quel gars, cela dit. »

« C'est ce que je vois. » Un autre gars vient nous rejoindre, le petit ami de l'amie de Ruby, je crois.

« Tu penses qu'il a ce qu'il faut ? », demande-t-il à Jake tout en me fixant.

« Ce n'est que le début. Voyons d'abord s'il tient toute la semaine. Chelsea pourrait bien le tuer en premier. »

« Je t'ai entendu, » crie le gars blond, que je ne peux que supposer être le père du bébé de Chelsea, de l'autre côté du vestiaire.

« Va te faire foutre, Dunn. Ne prétends même pas que ça ne t'a pas excité quand elle a joué la maman ours avec ce gars, » crie Jake pour amuser quelques-uns des gars.

« Je ne nie rien. Peut-être qu'on va rentrer à la maison et que je vais essayer de la mettre à nouveau enceinte. Aïe, » se plaint-il quand quelqu'un lui lance quelque chose.

« Est-ce qu'on a besoin d'avoir une autre conversation à propos de Ruby ? » Jake me demande alors que le front de l'autre gars se soulève.

« Nope. Je sais ce que je veux. Mais si tu veux m'aider, tu pourrais plaider en ma faveur auprès de Ruby. »

« Pas moyen, mec. Tu dois te sortir de ta merde tout seul. »

« Super, » je marmonne en me détournant d'eux et en continuant à m'habiller.

« Alors, même chose demain ? »

« J'ai trop hâte. »

« L'entraîneur et moi allons bientôt choisir l'équipe de l'année prochaine. Le capitaine aussi. »

Je ne réponds pas et je pense que ça l'énerve mais il laisse tomber.

« Aces ? », demande-t-il au reste du vestiaire et après quelques minutes, ils commencent tous à disparaître. Je n'ai aucune idée de si cette invitation de groupe m'incluait, mais je ne fais aucun mouvement pour les suivre.

Au moment où je suis prêt, ils ont tous disparu, en me laissant marcher seul jusqu'au parking. Je monte sur ma moto et me dirige vers la maison, en me demandant si Ruby sera partie rejoindre l'équipe à Aces ou si elle se cachera de moi dans sa chambre.

J'obtiens ma réponse à la seconde où j'arrive à la maison parce que sa petite voiture bleue est garée dans l'allée.

Après m'être arrêté dans la cuisine pour prendre des trucs à boire et à manger, je monte les escaliers, en passant devant ma porte et en allant directement vers la sienne.

Je frappe en sachant qu'elle est à l'intérieur, mais je n'obtiens aucune réponse.

« Ruby ? »

« Va-t'en. »

« Tu veux qu'on passe du temps ensemble ? » C'est un

pari risqué, mais je pense que ça vaut le coup. « Qu'on fasse ce devoir de chimie ensemble ? »

« Non. »

Je ne peux m'empêcher de sourire devant le mordant de son ton. « Ruby ? »

« Quoi, connard ? Je suis occupée. »

« Je pensais ce que j'ai dit tout à l'heure. Tu es faite pour moi, petite. »

« Peu importe. »

« J'attendrai aussi longtemps qu'il le faudra, » dis-je doucement en posant ma tête contre sa porte.

Je devrais juste entrer en trombe et prendre ce qui m'appartient. La tentation est forte, mais je sais qu'à long terme, elle ne fera que me haïr davantage.

« Eh bien, si tu changes d'avis, je serai juste à côté. »

Je n'obtiens aucune réponse cette fois, alors je la laisse faire et je ferme la porte de ma chambre derrière moi.

Ce n'est que dix minutes plus tard que j'entends sa porte s'ouvrir et elle dévale les escaliers en trombe. Le claquement de la porte d'entrée secoue la maison avant qu'elle ne disparaisse.

Je retombe sur mon lit avec un soupir.

Ce que j'ai dit est vrai, j'attendrai qu'elle se calme et réalise que je suis sérieux même si je n'en ai pas vraiment envie.

# CHAPITRE TRENTE-QUATRE

Ruby

Le souvenir de ce que cela faisait d'avoir son corps pressé contre le mien dans ce bureau et de savoir qu'il n'était que de l'autre côté du mur est rapidement devenu trop dur à supporter et peu de temps après m'être dit de rester là et de faire mes devoirs, j'ai fini par enfiler mes baskets et sortir de la maison en trombe pour retrouver Poppy et Harley à Aces.

Je savais qu'elles rejoindraient l'équipe là-bas, mais j'avais refusé d'y aller au cas où les gars auraient fait venir Ashton. Je sais qu'il est bon, Stephen s'est vanté du fait qu'Ashton était le capitaine de son équipe à Seattle, donc je ne peux que supposer que Jake voudra qu'il fasse partie de l'équipe de l'année prochaine, ce qui signifie qu'il traînera avec eux.

Ils étaient peut-être tous de mon côté tout à l'heure, mais c'est uniquement parce que c'est le nouveau. Je suis sûr qu'en un clin d'œil, il deviendra l'un des leurs.

Je passe la soirée avec les filles mais alors qu'elles sont toutes occupées à bavarder et à revivre le week-end, je suis perdue dans ma tête, même si je ne suis pas assez perdue pour ne pas remarquer que je n'étais pas la seule avec ma tête dans les nuages car Harley n'était pas vraiment présente non plus. Mais peu importe combien de fois je lui ai demandé ce qui se passait, elle a refusé de me le dire. J'imagine que c'est ce type. Et bien que je comprenne qu'elle n'ait pas envie d'en parler, j'aimerais qu'elle me donne au moins une piste pour savoir comment l'aider.

Le soleil s'est couché depuis longtemps au moment où je retourne à la maison, malheureusement, à la seconde où j'entre dans la cuisine, je me rends compte que j'aurais dû rester dehors plus longtemps parce que j'arrive directement au milieu de ce qui ressemble à un joyeux dîner de famille.

« Ruby, tu as faim ? Viens nous rejoindre. »

Des frissons me parcourent l'échine et j'arrache mes yeux de ceux de Maman et trouve exactement ce à quoi je m'attendais. Ash avec son regard fixé sur moi.

Mon souffle se coupe à cause de la chaleur de ses profondeurs sombres alors qu'il les fait courir le long de mon corps, en s'attardant sur mes jambes nues pendant quelques secondes de trop, vu qu'il est assis avec nos parents.

« Euh... non, je vais bien, merci. Je vais juste... » Je fais un grand pas en arrière avant de tourner les talons et de courir hors de la pièce et de monter les escaliers.

« Ruby, » appelle Maman alors que je m'échappe, mais je ne m'arrête pas pour découvrir ce qu'elle veut me dire.

En passant la porte de ma chambre, je jette mon sac à

main sur mon lit et souris en apercevant les fleurs posées sur le côté.

« Ruby ? », Maman appelle, en s'invitant à l'intérieur.

« Qu'est-ce qu'il y a, Maman ? J'ai des tonnes de devoirs à faire. »

« Je veux juste... ouah, elles sont magnifiques. De qui viennent-elles ? »

« Euh... de toi ? », je demande comme si elle avait perdu la tête.

« Je ne t'ai pas offert ça, Ruby, » dit-elle en prenant la carte et en la retournant. « Ouah, quelqu'un a une très haute opinion de toi. »

« C'est... elles ne viennent vraiment pas de toi ? »

« Non, Ruby. Elles ne viennent vraiment pas de moi. »

« Stephen ? »

« Bébé, Stephen ne m'achète pas de fleurs, je doute qu'il t'en ait acheté. »

« Euh. Tu penses... »

« Qu'elles viennent d'Ash ? », elle finit pour moi quand je m'arrête. « Je pense qu'il y a de fortes chances, ma chérie. »

Je me laisse tomber sur le bord de mon lit et elle vient s'asseoir à côté de moi, en tendant la main pour prendre la mienne.

« Je sais que j'étais en colère et que j'ai dit des choses que je n'aurais probablement pas dû dire à Seattle. J'étais choquée, abasourdie en fait. Je ne l'ai tout simplement pas vu venir. Je n'ai même pas pensé que tu regarderais Ash comme ça, et lui non plus d'ailleurs. Tu es ma petite fille, et il est facile d'oublier que tu grandis et que tu deviens une jeune femme. »

« Je ne vais pas te dire que je suis d'accord avec ce qui

s'est passé entre vous deux parce que, franchement, je ne le suis pas. Ashton n'est pas exactement le genre de garçon avec qui j'ai toujours espéré que tu sois. Il est impulsif, en colère, il a une mauvaise réputation et certaines des choses qu'il a faites étaient mal, notamment son arrestation pour possession de drogue. Sur le papier, il n'est pas exactement le genre de garçon qu'une mère souhaiterait pour sa fille. »

« Mais... », dit-elle avant que j'aie la chance d'essayer de défendre Ash. Même si, vraiment, tout ce qu'elle vient de dire est vrai, et que je ne suis pas tout à fait sûre de ce que je pourrais dire pour le défendre. « J'ai vu comment il te regarde. J'ai entendu la façon dont sa voix s'adoucit quand il parle de toi— »

« Quand est-ce qu'il a parlé de moi ? » Je l'interromps, en ayant l'impression que quelque chose m'a échappé.

« Cela n'a pas d'importance. » Elle secoue la tête et me fait un sourire. « Il sait qu'il ne s'est pas bien comporté en te renvoyant comme il l'a fait— »

« Ce n'est pas tout ce qu'il a fait. »

« Je suis sûre que ce n'est pas le cas, ma chérie. Je n'arrive pas à croire que je dise ça, mais tu devrais peut-être lui donner une chance. Écoute-le, et puis décide de ce que tu veux faire de cette relation une fois que tu auras toutes les informations. Après tout, il va rester là un moment, vous devrez donc conclure une sorte de trêve à un moment donné. Je refuse de vivre dans une maison où les gens se battent. »

« Je ne sais pas, Maman. »

« Tu n'as pas à décider tout de suite. » Elle se tourne pour me faire face et me regarde dans les yeux. « Tu es une fille intelligente, Ruby. Si j'avais un doute sur le fait que tu n'étais pas quelqu'un de réfléchie, alors nous n'aurions même pas cette conversation, mais je te fais confiance pour faire ce qui va te rendre heureuse. Et si c'est Ash, qu'il en soit ainsi. Le cœur veut ce qu'il veut, et ce que nos parents ou d'autres pensent n'entre pas vraiment en ligne de compte. »

« Tu parles par expérience ? », je demande, intriguée par son histoire avec Stephen et Papa.

« Oui, ta grand-mère détestait Stephen quand nous avons commencé à sortir ensemble. Elle pensait qu'il allait me pervertir. »

J'étouffe un rire parce que nous savons toutes les deux que grand-mère avait raison.

« Nous devons faire nos propres choix et faire confiance à nos propres instincts. J'ai été assez sage pour choisir Stephen quand nous étions beaucoup plus jeunes que tu ne l'es maintenant, alors je crois que si je le savais à l'époque, alors toi aussi. »

Elle me donne un sourire que je lui rends. « Merci, Maman. J'apprécie vraiment ta compréhension. »

« Je veux juste que tu sois heureuse, ma chérie. Je déteste te voir souffrir comme ça. »

Elle me prend dans ses bras et me serre fort.

« Cela dit, ton père va probablement péter une durite quand il le découvrira. » Je ne peux m'empêcher d'éclater de rire.

« Je lui parlerai quand il sera de retour en ville. »

« C'est mieux si c'est toi qui lui dis plutôt que moi, Ruby, » plaisante maman. « Tu es sûre que tu ne veux pas dîner ? »

« Non merci, j'ai mangé à Aces avec l'équipe et Poppy. »

« OK. » Elle serre mon genou avant de se lever et de

marcher vers la porte. « Ruby, » dit-elle une fois la porte ouverte.

« Ouais. »

« La vie est courte. Leanora vient de nous l'apprendre. Ne perds pas de temps. »

« Je ferai de mon mieux. Je t'aime, Maman. »

« Je t'aime aussi, ma chérie. Je te laisse faire tes devoirs. »

« Merci. » Elle ferme la porte et je regarde mon devoir de chimie qui est toujours étalé sur mon lit où je l'ai laissé avant de sortir tout à l'heure.

Une idée me vient à l'esprit et avant d'avoir la chance de me convaincre que c'est une très mauvaise idée, je rassemble le tout et je mets mes affaires sous mon bras. Peut-être qu'avoir de l'aide ne sera pas si mal après tout. Nous pourrions même faire le devoir plus rapidement.

Il y a un léger tremblement dans ma main lorsque je la lève pour frapper, mais je ne le laisse pas m'arrêter.

« Ouais, » aboie-t-il, en rendant les papillons dans mon ventre hystériques.

J'expire lentement avant de saisir la poignée et d'ouvrir la porte.

Je suis presque sûre que je suis la dernière personne qu'il s'attendait à voir parce qu'il ne relève même pas les yeux de son cahier.

« Qu'est-ce qu'il y a ? Je suis occupé. »

Je le regarde penché sur son cahier. Il porte un t-shirt blanc, le tissu tendu sur ses larges épaules musclées, et un pantalon de survêtement noir. Ses pieds sont nus et ses cheveux sont encore mouillés après sa douche.

« Je... hum... » Je bégaie, maintenant que je suis là, je n'ai aucune idée de quoi dire.

« Merde, » souffle-t-il, si doucement que je suis sûre

que je n'étais pas censée l'entendre. « Hé. » Il lève les yeux vers moi et bien que ses yeux soient plus doux que toutes les fois auparavant, il y a toujours un côté dur et malgré le fait que ses lèvres se courbent en un sourire, je peux voir la tension à l'intérieur.

Je comprends. Je l'ai abandonné tout à l'heure alors qu'il essayait de me dire quelque chose. Mais alors qu'il se tenait là à essayer de se défendre, tout ce que je pouvais voir, c'était lui en train de se frotter contre Nat dans ce sous-sol, puis lui avec Krissy. S'il veut me convaincre que ce qu'il disait était vrai, alors il va devoir me débarrasser de ces images de la tête et les remplacer par autre chose.

« Hé. » Je lui souris et je déteste avoir l'air nerveuse quand je m'appuie contre l'embrasure de sa porte, effrayée d'entrer et d'être seule dans une pièce avec lui. Je me souviens trop bien de Seattle et du temps que nous avons passé ensemble dans son appartement, ces souvenirs font déjà monté une chaleur dans mes veines. « Est-ce que tu... euh... »

Il se repose sur sa tête de lit alors que mes mots vacillent, ses yeux parcourant mon corps et enflammant ma peau. Je porte peut-être un sweat à capuche et un pantalon de yoga, mais je pourrais aussi bien être nue vu la façon dont il me regarde.

« C'est toi qui m'a offert les fleurs ? »

Ses lèvres se contractent et ses yeux s'envolent pour rencontrer les miens. Je jure devant Dieu que ses joues rougissent un peu en entendant ma question et cela rend l'attraction que j'ai pour lui encore plus forte. Ce mauvais garçon pervers rougit.

« Oui, petite. C'est moi. Je voulais que tu aies quelque chose de sympa pour ton retour à la maison. Tu le méritais. »

« Ash, c'est... » Je secoue la tête, mes mots m'échappent. « Merci. »

« De rien. Tu vas rester plantée là ou tu veux rentrer ? »

« Euh... » J'aspire ma lèvre inférieure dans ma bouche alors que je réfléchis à mes options.

« Je ne mords pas. Enfin, pas à moins que tu ne le veuilles. » Il me fait un clin d'œil et je gémis.

« Ash, ne fais pas ça, ou je vais... » Je fais un signe par-dessus mon épaule pour montrer la sortie, même si je sais déjà que je ne suis probablement pas capable de m'en aller pour le moment.

« Je suis désolé. Qu'as-tu là ? », demande-t-il en désignant les livres que j'ai sous le bras.

« Chimie, » dis-je en brandissant les livres pour prouver que c'est ça et en me sentant stupide de le faire. « Je pensais que nous pourrions peut-être... »

« Je n'ai pas encore commencé. Viens t'asseoir et je vais prendre mes livres. »

En prenant une profonde inspiration, j'acquiesce et ferme lentement la porte derrière moi.

Je regarde autour de moi, en me demandant où je dois m'asseoir. Mes yeux se posent sur son bureau et sa chaise vide et je suis sur le point de me diriger par là pour garder le plus d'espace possible entre nous lorsqu'une boîte de l'autre côté de son lit attire mon attention. Je regarde ce qu'il lisait quand je suis entrée et je m'aperçois que ce ne sont pas du tout des devoirs.

« Qu'est-ce que c'est ? », je demande, incapable de garder mon nez hors de ses affaires.

« Les journaux de Maman. Je les ai trouvés dans sa chambre quand Willow et moi l'avons rangée. » Il m'étudie en prononçant son nom, je suppose qu'il attend une sorte de réaction de ma part à l'idée qu'il a passé du temps seul avec une fille. Mais je sais déjà qu'elle l'a aidé, elle me l'a dit elle-même. Nous sommes en contact depuis que je suis partie, nous nous sommes envoyées des messages presque tous les jours. Ayant vu Ash au plus bas, elle comprend ce que je, ce que nous traversons mieux que Harley et Poppy. En plus, elle le connaît, donc ça aide. Enfin, jusqu'à ce que ce ne soit plus le cas, et qu'elle ait commencé à me dire à combien il était gentil et attentionné, même s'il ne l'admettrait jamais.

« Oh, ouah. Tu les as lus ? » C'est une question stupide étant donné qu'il était assis ici en train de les lire il y a quelques minutes à peine, mais la question sort de ma bouche malgré moi.

« Ouais, j'apprends toutes sortes de choses sur elle que je ne savais pas. »

« Ah ouais, comme quoi ? »

« Comme ça. » Mon mouvement vers son bureau est stoppé lorsqu'il me tend un morceau de papier, en me forçant à marcher vers son lit pour que je puisse le prendre et voir ce que c'est.

« Quoi... oh, » je souffle, en voyant un relevé bancaire avec un chiffre assez impressionnant au bas de celui-ci.

« Il s'avère que je me suis trompé sur beaucoup de choses. »

« Oh ? »

« Papa envoyait de l'argent, beaucoup. Maman le mettait de côté. Nous étions sur le point de déménager ici après mon diplôme, apparemment. Enfin, à Maddison. Elle voulait que je sois proche de mon père, que je prenne un nouveau départ. »

« Ouah, » je souffle, en ne sachant pas vraiment quoi dire. « T-tu l'aurais laissée te déraciner de ta vie comme ça ? », je demande, en pensant à sa vie à Seattle. Ce n'était peut-être pas l'idéal, mais c'était néanmoins sa vie.

« Je ne sais pas. Je me suis beaucoup posé cette question ces derniers jours, mais je ne pense pas avoir de réponse. Ce n'est pas vraiment important maintenant. Je suis ici. »

« J'imagine. Qu'est-ce que tu vas faire de tout ça ? », je demande en lui rendant le papier.

« L'utiliser pour l'université, je suppose. C'est ce qu'elle voulait pour moi, alors autant y aller. »

« Tu veux aller à l'université ? » Je m'assieds au bord de son lit, désormais trop investie dans cette conversation pour m'inquiéter de notre proximité.

« Ouais, je pense. Ce n'était pas vraiment une option auparavant, alors je l'ai simplement écartée. Mais maintenant... Papa a raison. J'ai une seconde chance. Redoubler et devoir refaire l'année ça craint, mais à long terme, c'est probablement pour le mieux. Je sais que je n'avais pas d'avenir à Seattle. Si j'étais resté avec les mecs, alors j'aurais fini par être entraîné encore plus avec eux, ou j'aurais fini par mourir. »

Mes doigts serrent ses draps alors qu'il prononce ces derniers mots, un mouvement qui ne lui échappe pas.

Ses yeux se fixent sur ma main pendant une seconde avant de remonter le long de mon bras jusqu'à ce qu'il trouve mes yeux. J'avale nerveusement, en attendant de voir ce qu'il va dire ensuite.

« Donc, j'imagine que tout tourne autour de l'avenir maintenant. »

J'acquiesce. « Et qu'est-ce que tu veux ? »

« Toi. »

Je sursaute devant son honnêteté, nos yeux restant connectés alors que mon rythme cardiaque augmente.

Il se penche en avant et pose sa main sur la mienne. « Je pensais ce que j'ai dit tout à l'heure, Ruby. J'attendrai aussi longtemps qu'il le faut pour que tu réalises que je suis sérieux. »

J'acquiesce, incapable de parler à cause de la boule dans ma gorge.

« Alors... cette chimie, » dit-il en riant, en brisant immédiatement la tension suffocante qui a rempli la pièce avec sa confession. Il prend son manuel et l'ouvre sur la page sur laquelle nous travaillions en cours et attrape un cahier.

« Je pensais... » Je le regarde et c'est comme si je le voyais pour la première fois comme un vrai étudiant avec sa tête enfoncée dans un livre, pas comme un garçon trop consumé par sa colère pour penser à autre chose qu'à la vie de merde qui lui a été infligée. Il ne remarque pas mon attention et continue de parler de notre devoir comme s'il s'en souciait vraiment.

Je me rends compte que c'est probablement le cas et que toute la colère et la haine envers le monde de ce bad boy n'étaient que sa façon de faire face à la merde dans laquelle il se trouvait.

En lui souriant, je rampe sur le lit et m'assois à côté de lui, en attrapant sa main libre au passage.

Il ne dit rien quand je le touche, ses mots faiblissent un peu mais j'entends sa voix trembler à la seconde où il sent ma chaleur.

Ensemble, nous terminons le devoir avant de passer à d'autres devoirs que nous avons pour d'autres cours.

« Montre-moi ton emploi du temps. Je peux te donner des tuyaux sur les profs. »

Il le prend et me le passe, mais avant de regarder le nom de ses professeurs, je regarde combien de cours nous avons en commun. Mon estomac se noue quand je réalise que ce n'est pas que de la chimie. Aujourd'hui était, semble-t-il, exceptionnel car nous allons passer beaucoup de temps ensemble durant le reste de la semaine. Peut-être que cette trêve était vraiment la meilleure chose à faire.

« Quoi ? », me demande-t-il alors que je ne dis rien pendant quelques secondes.

« R-rien. Nous avons beaucoup de cours en commun, » j'admets.

« Ah ouais ? », demande-t-il en se penchant et en glissant une mèche de cheveux derrière mon oreille. « On dirait que je ne vais peut-être pas obtenir mon diplôme, alors. »

« Pourquoi ? » Je tourne la tête vers lui et le vois en train de me fixer, ses yeux pleins de chaleur et sa lèvre inférieure enfoncée dans sa bouche.

« Parce que je passerai plus de temps à t'étudier que je ne le devrais. »

Je ne peux m'empêcher de rire de lui malgré l'expression super sérieuse sur son visage. « C'est un peu cucul, non ? »

« M'en fous. C'est vrai. Tu es si belle, petite. »

Mes joues s'enflamment devant son compliment.

« Ash, » je préviens, en sachant que s'il me pousse trop, je vais finir par mettre la prudence de côté et replonger à pieds joints.

« Tu sais ce que je veux, Ruby. Je ne vais pas te le cacher. »

« Je-je sais mais... » Je déglutis de nervosité et détourne mes yeux des siens qui m'hypnotisent.

« Ne te cache pas de moi, petite. » Ses doigts chauds trouvent le bord de ma mâchoire et il penche mon visage en arrière pour que je n'aie d'autre choix que de le regarder. « Dis-moi ce que tu penses. »

« Je pense... Je ne suis pas prête pour ça. » Je fais un geste du bras entre nous.

« Je ne te demande pas de m'épouser. » Il rit et le son fait se serrer de désir tous mes muscles au bas de mon ventre.

« J-je sais mais... il y a tellement de choses que je ne sais pas sur toi, et tu viens d'emménager ici et— »

Il tend la main et comme si je ne pesais pas plus lourd qu'une plume, il me soulève et me met sur ses genoux de façon à ce que je me retrouve à califourchon sur ses cuisses.

Ses mains glissent sous mon sweat à capuche, mais elles s'arrêtent à ma taille, en me maintenant en place.

« Ruby, » soupire-t-il en s'asseyant en avant jusqu'à ce que nous soyons torse contre torse. « Tu m'as vu au plus bas, je serais tenté de dire que tu me connais mieux que quiconque. Tu as été témoin de ça, tu as accepté ça et tu m'as aidé à recoller les morceaux. Tu es toujours là, putain. Et cela me dit tout ce que j'ai besoin de savoir. »

« Ce— »

« Hé, » dit-il doucement. « Regarde-moi. »

Je détourne les yeux, en craignant que s'il les regarde vraiment, il puisse y voir tout ce que j'essaie de maîtriser en moi.

« Je ne te demande rien d'autre que de me donner une chance. » Son pouce caresse mon ventre et malgré le tissu de mon pantalon entre nous, ma peau frissonne. « Fais-moi confiance quand je te dis que je te veux, toi, et seulement toi, Ruby. »

« Ash, » je soupire, en me sentant emportée par ses mots et l'honnêteté dans ses yeux.

« On peut recommencer à zéro. Un nouveau départ. Il semble que ce soit mon truc en ce moment. Je vais t'emmener au restau, te traiter correctement. Tu n'as même pas besoin qu'on remette ça... pour le moment. » Il me fait un clin d'œil, bien que sa blague soit un peu gâchée par le fait que je peux le sentir dur contre ma cuisse. « Peu m'importe combien de temps tu me feras attendre. Je veux juste ça. Je te veux simplement. »

Ses lèvres effleurent ma mâchoire et tout mon corps frémit de plaisir.

« Oh mon Dieu, » je gémis alors qu'il embrasse mon oreille.

La chaleur de ses mains, le doux effleurement de ses lèvres. Tout me fait tournoyer dans une spirale dont je ne me souviens que trop bien.

« Tu m'as manqué, petite. J'ai détesté quand tu es partie. Je ne me suis jamais senti aussi seul. J'ai détesté cet appartement sans toi. Tout ce à quoi je pouvais penser, c'était à toi. » Ses lèvres descendent le long de mon cou alors qu'il continue de parler, en me disant toutes les choses que j'avais désespérément envie d'entendre mais que je n'aurais jamais pensé entendre.

« Tu m'as sauvé, Ruby. Et si tu me le permets, je passerai une éternité à essayer de te rendre au centuple ce que tu as fait pour moi cette semaine-là. »

« Ash, je ne l'ai pas fait pour — »

Mes mots sont coupés quand il lèche mon cou.

« Je sais, mais je veux que tu aies tout ce que tu mérites. Je sais foutrement que, de mon côté, je ne le mérite pas mais je suis un putain d'égoïste qui ne va pas te laisser partir, Ruby. »

« Tu mérites le meilleur. » Mes mains effleurent ses bras jusqu'à ce que je passe mes doigts dans ses cheveux et que je tire pour relever son visage qui était dans le creux de mon cou. « Le meilleur, Ash, », je répète pour m'assurer qu'il m'a bien entendue.

Ses yeux se ferment alors qu'il assimile mes paroles et sa tête se secoue légèrement, mais je resserre ma prise sur ses cheveux et l'empêche de refuser d'accepter mes mots.

« Un nouveau départ, OK ? », je demande en frottant le bout de mon nez contre le sien.

Cette fois, il hoche la tête. « OK, ouais. Un nouveau départ. »

En refermant l'espace entre nous, je presse mes lèvres contre les siennes. Nous ne bougeons pas pendant une éternité, en nous tenant juste l'un à l'autre, mais au bout d'un moment, mon envie de plus devient trop grande et mes lèvres s'entrouvrent, ma langue cherchant à entrer dans sa bouche.

« Ruby, » gémit-il en acceptant mon baiser et en emmêlant sa langue avec la mienne. « Putain, tu m'as manqué. »

En quelques secondes, mon dos est pressé contre son lit, et il se penche sur moi, en me regardant dans les yeux.

« Je suis désolé. Je suis désolé pour tout, pour toutes les conneries, pour toute cette douleur. » L'honnêteté dans sa voix, sur son visage, me déchire complètement.

Je lève la main et je prends sa joue avec ma paume, en aimant la rugosité de sa peau contre la mienne. « C'est bon. »

« Putain, je ne te mérite pas. » Il plonge à nouveau sur mes lèvres, en rapprochant son corps du mien et en nous pressant si fort l'un contre l'autre que je n'ai pas d'autre choix que de sentir sa bite contre mon ventre. Des vagues de chaleur inondent mon entrejambe mais je me dis que peu importe à quel point c'est bon, nous allons vraiment recommencer à zéro, et cela inclut le fait d'aller plus loin.

Aussi désespérée que je sois de glisser mes mains sous son t-shirt, de sentir sa peau brûlante, ses muscles durs contre mes paumes, je m'abstiens. Nous avons tout le temps du monde pour cela, mais nous n'aurons cette chance de recommencer à zéro qu'une seule fois et je veux le faire correctement, y aller doucement, et prendre le temps d'apprendre à se connaître.

Nous nous embrassons jusqu'à ce que nous soyons tous les deux à bout de souffle et quand il s'éloigne c'est pour poser son front contre le mien.

« Ash ? », je demande, une pensée me frappant. « Ces photos que tu disais avoir sur ton porta— »

« Tu veux voir les photos que j'ai de toi ? », demande-t-il, l'amusement faisant se plisser le coin de ses yeux.

« Euh... » Je ne suis pas sûre de ce que je ressens à propos du fait de potentiellement regarder des images de moi de cette nuit-là dans des positions improbables.

Il s'éloigne de moi un instant pour attraper son portable sur la table de chevet. Il ouvre son application photo et me le donne.

« Vas-y, » m'encourage-t-il.

Je fais défiler les photos et en seulement une seconde, je sursaute sous le choc.

« Oh mon Dieu, tu n'as pas fait ça. » Je continue de faire défiler, en voyant photo après photo de moi. Seulement, elles ne sont pas du tout ce à quoi je m'attendais. « Ashton, c'est flippant. »

« Ah bon ? Je pensais juste que tu étais trop belle pour ne pas capturer des souvenirs de toi. »

Je secoue la tête en regardant toutes les images de moi en train de dormir dans son lit à Seattle. Il n'y a rien de pervers ou de louche dans les images. Il n'y a même pas de nudité, juste mon visage illuminé par un jet de soleil traversant les rideaux à moitié fermés.

Je continue de les faire défiler, en sachant que Halloween avait eu lieu longtemps avant ça, mais je ne trouve rien. Juste des photos de soirées d'ado ivres classiques et un million d'autres photos du même genre.

« C'était des conneries, Ruby. Je n'ai rien de cette nuit-là à part mes souvenirs. »

« Oh mon Dieu, c'est peut-être presque aussi mal. » Mon visage s'enflamme. « Je ne peux pas croire que je t'ai laissé me faire ça cette nuit-là. »

« Ça ? Tu veux dire que tu m'as laissé te manger jusqu'à ce que tu cries mon nom ? » Il frotte son nez contre le mien, récupère son portable de ma main et le jette quelque part sur le lit. « Tu n'as pas besoin d'être gênée avec moi, petite. Je suis allé plus loin que ça depuis. »

« Ashton. » Je frappe légèrement sa poitrine.

« Et... » Il pose ses lèvres sur mon oreille. « Je peux te promettre que je le ferai encore. »

Mes cuisses se frottent l'une contre l'autre à cette pensée.

« Ce qui s'est passé après... c'est arrivé comme par magie. Je ne me souviens pas être descendue du piano, encore moins d'être rentrée à la maison. »

« Que penses-tu qu'il soit arrivé ? » demande-t-il, les yeux pétillants d'amusement.

Je hausse les épaules. « Si je le savais, je ne demanderais pas, » dis-je en haussant les sourcils.

« OK, alors après que tu sois venue sur mon visage et que tu aies enlevé mon désir pour toutes les autres femmes de la planète, je t'ai couverte, je t'ai prise dans mes bras et je t'ai emmenée en bas jusqu'à la voiture de Papa que j'avais... empruntée... et t'ai ramenée à la maison. Je t'ai bordée dans mon lit, je t'ai embrassée et je suis parti en sachant que ma vie ne serait plus jamais la même. »

Son honnêteté me fait mal au cœur.

« Pourquoi n'es-tu pas resté, le lendemain matin, nous aurions pu— »

« Je savais ce que je ressentais, mais je ne voulais pas l'accepter à l'époque. Ma vie était... un désastre. Et je vivais à Seattle, ça n'aurait pas pu marcher, et j'aurais refusé que tu viennes à Seattle et que tu rencontres les gens que je fréquentais depuis des années. »

« Ils font quoi au juste, les gars de Kingston ? », je demande, la question me ronge depuis que Willow a esquivé la question la nuit des funérailles.

« Tu peux être sûre qu'ils ont contribué de près ou de loin à tout ce qui se passe d'illégal à Seattle. Ceux que tu as rencontrés ne sont que des enfants. Leurs pères. Ils dirigent cette ville, et les garçons ne font que leur sale boulot. »

« La drogue ? »

« Oui, et tout ce que tu peux probablement imaginer. »

« Je comprends pourquoi ta mère voulait que tu partes. »

« Crois-moi, je comprends aussi. »

« Alors, ils t'ont simplement laissé partir ? »

« Je ne me suis jamais investi suffisamment pour être une menace pour eux, et je ne leur ai jamais donné de raison de s'inquiéter de ma loyauté. Tant que je passe à autre chose en gardant la tête baissée, ils ne me dérangeront plus jamais. »

« Étais-tu réellement ami avec eux ? », je demande, en pensant à son aversion évidente pour Axel.

Il rit. « Ouais, il y a des bons gars parmi eux. »

« Et les filles ? », je demande en abordant le sujet.

« Juste une. Et ne pense pas que je ne sais pas que tu lui as parlé. »

« Willow ? »

« Ouais. Je sais tout de votre amitié naissante. »

« Je l'aime bien, » j'admets. « Et elle tient à toi. »

« C'est une fille bien. Nous nous entraidons depuis quelques années maintenant. »

« Je suis contente que tu l'aies, ainsi que les autres. »

« Mm-hmm... et je suis content de t'avoir. »

Il me tire pour que je me retrouve juste sous son corps. Sa main effleure ma cuisse et disparaît à nouveau sous mon sweat à capuche et s'arrête à ma taille.

« Merci, » murmure-t-il contre mes lèvres.

« Tu l'as déjà dit, » je lui fais remarquer.

« Ouais, eh bien... je le pense vraiment. »

# CHAPITRE TRENTE-CINQ

Ashton

Quand je me réveille le lendemain matin, je pense que c'était un rêve et qu'en vrai je suis seul dans mon lit, peut-être avec mon manuel de chimie pour compagnie, mais ensuite un léger ronflement se fait entendre à côté de moi et mes yeux s'ouvrent.

Elle a vraiment passé la nuit ici avec moi.

Je la regarde pendant quelques longues secondes. Ses cheveux noirs sont en désordre éparpillés autour de son visage, ses yeux sont fermés avec ses longs cils qui reposent presque sur ses pommettes, ses lèvres charnues et rouges sont légèrement entrouvertes et elle est allongée avec sa main appuyée sous sa joue.

Je prends mon portable et j'ouvre l'appareil photo pour prendre quelques photos d'elle. Tout comme ce matin dans ma chambre à Seattle, je ne peux pas m'en empêcher. Elle est trop belle, trop parfaite, j'ai l'impression que je dois la capturer au cas où ce ne serait qu'une grosse blague, que ce n'est pas ma vie et qu'elle n'est pas réelle.

En sachant que je me suis réveillé tôt pour une bonne raison, je sors du lit à contrecœur sans la réveiller et enfile mon pantalon de jogging que j'ai retiré à un moment donné la nuit dernière. Je sais que sous mes couvertures, elle est habillée comme moi, juste en sous-vêtements, et cela rend mon érection matinale douloureuse.

Mais je lui ai fait la promesse de recommencer à zéro en faisant les choses lentement—aussi lentement que l'avoir en train de dormir en sous-vêtements dans mon lit, bien sûr—et j'ai l'intention de respecter ça.

Elle en vaut la peine. Ça vaut le coup et plus encore.

Je comprends que je dois faire mes preuves auprès d'elle, et je suis plus que disposé à le faire.

Je me glisse hors de la pièce aussi silencieusement que possible et descends les escaliers. Je prends une boisson énergisante dans le réfrigérateur avant de me rendre à la salle de gym à domicile de Papa.

La dernière chose dont j'ai envie alors qu'elle est presque nue dans mon lit est d'une séance d'entraînement, mais j'ai le sentiment que Jake ne va pas y aller doucement avec moi dans les semaines à venir en essayant de prouver que je ne suis pas assez bon pour devenir un Ours de Rosewood, mais je suis déterminé à lui prouver qu'il a tort.

Je synchronise mon portable avec le haut-parleur sans fil et me mets au travail. Je me suis laissé aller après la fin de la saison qui s'est terminée sur une défaite dévastatrice de mon ancienne équipe, j'ai donc pas mal de travail pour me préparer à la sélection et, espérons-le, à une nouvelle saison.

Je force jusqu'à ce que ma peau soit trempée de sueur et que mes muscles brûlent. Ça fait du bien, mais c'est loin d'être aussi satisfaisant que d'être avec ma copine.

Je ralentis le tapis roulant, éteins la musique et monte à l'étage, en sachant qu'il me reste encore toute une journée de cours et une séance de conditionnement physique avec Jake après le lycée.

La maison est toujours silencieuse alors que je monte les escaliers et quand je pénètre dans ma chambre, je trouve Ruby encore profondément endormie dans mon lit, seulement elle s'est retournée et les couvertures sont loin de couvrir son petit corps chaud. Ses fesses sont dehors, sa culotte échancrée exhibant ses rondeurs avant que je ne dirige mes yeux vers sa taille fine, jusqu'à son visage paisiblement endormi.

Je tâte ma bite qui gonfle rapidement, mais en secouant la tête, je me dirige vers ma salle de bain pour me laver de la sueur de ce matin.

Je retire mon pantalon et mon boxer et me dirige vers la douche, en la laissant m'asperger d'eau glacée avant qu'elle ne commence à se réchauffer.

En levant mon visage vers le torrent d'eau, j'essaie de chasser les pensées d'elle de mon esprit et de me concentrer sur d'autres choses banales comme les cours et les devoirs.

Ce serait si facile de prendre ma bite et de me branler pour soulager ma frustration, mais je ne veux pas que cela vienne de ma main. La prochaine fois que je viens, je veux que ce soit avec elle... pour elle.

Le picotement d'une prise de conscience parcourt mon dos et ma bite tressaute. Je n'ai pas besoin de regarder par-dessus mon épaule pour savoir qu'elle vient d'entrer et qu'elle me regarde.

« Tu comptes me rejoindre, petite ? »

Son halètement de choc quand elle réalise que je sais qu'elle est là me fait rire.

« Je sais toujours quand tu es proche de moi, Ruby. Je le sens. »

Finalement, je me retourne et regarde par-dessus mon épaule. Mes yeux sortent presque de ma tête en la voyant appuyée contre le lavabo avec juste son petit haut court et sa culotte.

Ses yeux regardent les miens pendant une seconde avant de descendre le long de mon corps. Il n'y a pas grand-chose qu'elle ne puisse pas voir là tout de suite, vu que je me tiens juste derrière une porte vitrée.

Elle se mord la lèvre inférieure alors qu'elle lève une main pour écarter ses cheveux de son visage.

L'air dans la pièce crépite de fébrilité alors que j'attends de voir ce qu'elle va faire.

« Petite ? »

Au bout d'un moment, elle tourne les talons, ouvre le placard au-dessus du lavabo et sort ma brosse à dents et mon dentifrice.

Elle se penche légèrement, en me montrant ses fesses, alors qu'elle prend la brosse et commence à se brosser les dents.

« Euh... je pense que c'est à moi, petite. »

Elle hausse les épaules avant de se pencher davantage en avant et de cracher le dentifrice.

Mes poings se serrent à cause de mon envie de la traîner ici avec moi et de la prendre.

Ma bite me fait mal alors qu'elle ballotte devant moi.

Je sais que si je demandais assez gentiment, elle me

soulagerait, mais je veux vraiment faire ce qu'elle a demandé et attendre.

Je claque ma main sur le robinet de la douche, coupe l'eau et sors de la douche. Je me tiens juste derrière elle, son cul contre mon ventre et mon sexe effleurant sa cuisse nue.

J'enroule mon bras humide autour de sa taille et la force à se redresser, en amenant mes lèvres à son oreille. Ses yeux trouvent les miens dans le miroir et je les tiens captifs.

« Tu joues à un jeu très dangereux, vu que c'est toi qui a fixé les règles, » je grogne.

« Peut-être que j'aime enfreindre les règles. »

J'enroule ma main autour de la sienne alors qu'elle la lève pour remettre ma brosse à dents en place.

Je la lui prends et la lui tends pour qu'elle mette du dentifrice dessus avant de la porter à ma bouche, en refusant de la laisser partir malgré le fait qu'elle essaie de se dégager de ma prise.

« Ash, tu es mouillé. »

« Je sais. Et toi ? »

Je ne peux pas m'en empêcher et je glisse ma main le long de son ventre. Je suppose que si elle est vraiment déterminée à ne rien faire, alors elle m'arrêtera.

Mais tout ce qu'elle fait c'est haleter, sa main retombant contre ma poitrine alors que mes doigts glissent sous la dentelle.

Ses yeux se ferment alors que mes doigts la séparent et recherchent son clitoris.

« Garde tes yeux sur moi, » je marmonne avec la brosse à dents toujours dans ma bouche.

Ses yeux vert foncé retrouvent immédiatement les miens.

En laissant tomber mes doigts plus bas, je la trouve trempée et plus que prête pour moi.

En jetant la brosse à dents dans le lavabo, je porte ma main maintenant libre à son cou, et je sens son pouls s'accélérer sous mes doigts.

« Putain, petite. Tu t'es réveillée un peu excitée, non ? »

Elle hoche la tête, les joues rouges. « Mais tu n'étais pas là, » murmure-t-elle, en me faisant gémir.

« Non, j'étais ici. Nu. »

Elle gémit alors que je mets un peu de son liquide humide autour de son clitoris et le pince entre mes doigts.

« Merde, » souffle-t-elle.

« Tu veux venir, ma petite allumeuse ? »

Elle hoche lentement la tête, ses yeux s'alourdissant de désir.

« Tu es comme une addiction, putain. » Je mordille son oreille et ses hanches roulent.

« Ash, » gémit-elle, son corps se tendant alors qu'elle se rapproche de son orgasme.

« Tu vas me laisser te regarder venir, petite ? Tu vas être une brave fille et garder les yeux ouverts pour moi ? »

« O-oui. »

Je fais descendre une fois de plus mes doigts vers son entrée et en glisse deux profondément à l'intérieur, mon pouce continuant à taquiner son clitoris.

« À qui appartiens-tu, Ruby ? »

« À toi. »

« Dis-le, » je demande en lui mordillant à nouveau le lobe de l'oreille.

« À toi, Ash. Je t'appartieeens... » crie-t-elle alors que le plaisir s'abat sur elle.

Ses yeux clignent avec leur envie de se fermer, mais

elle maintient notre connexion alors que son corps se serre autour de mes doigts.

« Putain, tu es sexy. »

Je retire mes doigts de sa chatte une fois que son orgasme s'est estompé et les traîne le long de son ventre et sur ses seins.

« Ouvre, » je dis dans un souffle, et elle le fait sans perdre un instant.

Je glisse mes doigts dans sa bouche.

« Suce. »

Et elle le fait, sa langue tourbillonnant autour de mes doigts, en faisant suinter ma bite qui a envie de subir le même traitement.

Je libère son cou, retire mes doigts de sa bouche et la fais tourner sur elle-même.

« Putain, tu es parfaite. »

Je pose mes lèvres sur les siennes avant qu'elle n'ait le temps de répondre.

Je gémis quand je la goûte alors que sa langue caresse la mienne.

« Tellement doux. »

Je la prends dans mes bras et j'enroule ses jambes autour de ma taille et la porte hors de ma salle de bain avant d'arracher mes lèvres des siennes et de la déposer sur mon lit.

Je fais un pas en arrière et souris alors qu'elle tend la main vers moi, sa poitrine se soulevant et sa peau encore rougie par son orgasme.

« Tu mets vraiment ma patience à rude épreuve, petite, » préviens-je en reculant un peu.

« Considère que c'est ta punition pour m'avoir renvoyée. »

Elle penche la tête sur le côté, sans doute pour essayer

de se donner un air mignon, mais elle continue de regarder tranquillement mon corps nu et ça n'a pas l'effet escompté, d'autant plus que ses yeux se fixent sur ma bite plus que prête.

Elle passe sa langue le long de sa lèvre inférieure pendant qu'elle la regarde, et j'en perds presque la tête.

« Ruby, » préviens-je. Je suis à trois secondes de lui dire qu'on laisse tomber ses règles à la con et de la baiser.

Elle se redresse, ses yeux se relevant vers les miens.

« Ash, » souffle-t-elle, et je m'apprête à m'approcher d'elle quand ses lèvres se contractent en un sourire et que je réalise qu'elle se moque de moi. « Nous devrions vraiment nous préparer pour le lycée. Je ne voudrais pas que tu sois en retard le deuxième jour. »

Avant que j'aie une chance de faire quoi que ce soit, elle se précipite vers la porte.

« Je serai prête dans trente minutes. Peut-être que tu peux me prendre en voiture ? », elle dit en plaisantant et en haussant les sourcils avant d'éclater de rire et de disparaître de ma chambre.

Putain. Cette nana va me tuer.

Je frotte ma main sur mon visage, en réalisant mon erreur presque instantanément. Je peux la sentir.

« Putain, » j'aboie, assez fort pour être sûr qu'elle m'entendra.

Je m'habille et rassemble tout ce dont j'ai besoin pour la journée et m'invite dans la chambre de Ruby. Elle peut toujours rêver si elle pense que je vais frapper après avoir mis les doigts au fond d'elle ce matin.

Je me laisse tomber sur son lit, en profitant de sa chambre et des fleurs que j'ai déposées là dimanche avant qu'elle ne rentre à la maison.

Elle ne me fait attendre que quelques minutes, et

quand elle sort de sa salle de bain, déjà toute habillée et prête à partir, elle ne bronche même pas en me voyant.

« J'étais sûr que tu serais là à m'attendre, » dit-elle en riant.

« Suis-je si prévisible ? Je ferais mieux d'améliorer mes tactiques de jeu. »

« Non, » dit-elle durement en se mettant entre mes cuisses. Mes mains effleurent ses jambes avant de lui tâtonner les fesses et de les serrer juste assez pour les pincer. « Nous en avons fini avec les jeux. C'est ça ou rien. »

« Oh, petite, » dis-je en me relevant et en prenant son visage dans mes mains. « On fait ça, alors. »

« OK, mais... » Elle détourne le regard nerveusement.

« Mais quoi, bébé ? » Je croise à nouveau son regard en attendant qu'elle dise ce qu'elle pense.

« Pourrait-on faire profil bas au lycée pour l'instant ? Jusqu'à ce que ce soit moins récent. Les gens vont juger et— »

« Tout ce que tu voudras. » Je dépose un baiser sur le bout de son nez.

Je n'en ai rien à foutre que les gens sachent à propos de nous, j'irais le crier sur tous les toits si elle le voulait, mais j'acquiesce parce que je veux juste qu'elle soit heureuse, et si elle veut du temps, alors je peux le lui donner.

« On y va ? »

« Yep. » Main dans la main, nous descendons les escaliers. Il y a des preuves que nos parents étaient là il y a peu. L'odeur du pain grillé remplit l'air et il y a deux assiettes et des tasses sales dans l'évier mais aucun signe d'eux. Non pas que je m'en plaigne.

« Que veux-tu manger ? Nous n'avons pas beaucoup de temps. »

« Toi, » dis-je en enroulant mes bras autour d'elle par derrière et en suçant la peau de son cou.

« Certainement pas le temps pour ça. » Elle rit, en se libérant de ma prise et en ouvrant un placard. « Tiens. » Elle me lance une barre de céréales avant de sortir deux mugs thermos et de faire démarrer la machine.

« Je peux à peine en prendre un ma moto. »

« Je peux nous conduire. »

« Mais j'ai un entraînement après l'école. »

« OK, eh bien... je vais prendre ton café alors. »

« Marché conclu. »

Quelques minutes plus tard, Ruby se glisse dans sa voiture pendant que je jette ma jambe par-dessus ma moto et démarre le moteur.

Je la suis jusqu'à l'école, en essayant d'effacer le sourire sur mon visage tout le long du trajet.

Je lui prends mon café une fois que nous nous sommes garés, et elle m'emmène sur les bancs où l'équipe de foot et l'équipe de pom-pom sont en train de traîner.

Ses amis nous regardent avec méfiance alors que nous marchons vers eux, et à la seconde où Ruby se détache de moi pour les rejoindre, je les vois la bombarder d'un million de questions tout en jetant des coups d'œil dans ma direction.

« Bonjour, » dis-je à Jake, qui a ses bras autour d'une jolie blonde.

« Bonjour. L'Anglaise, voici Ashton, » dit-il à sa copine.

« Salut, ravie de te rencontrer, » dit-elle gentiment, son accent britannique me déconcertant pendant une seconde.

« Tu es prêt pour la session de cet après-midi ? »

« Plus que prêt. »

« Bien. » Il reporte son attention sur sa copine et je regarde le reste de l'équipe. Zayn, le gars qui me parlait dans les vestiaires hier soir, a sa langue dans la gorge de Poppy pendant que Harley continue d'interroger ma copine.

Comme si elle pouvait sentir mon regard, Ruby regarde par-dessus son épaule et directement vers moi. Elle sourit et ça me fait presque partir à la renverse.

# CHAPITRE TRENTE-SIX

Ruby

Je sais à la seconde où son regard se pose sur moi. Je le sens. Mon corps a l'impression de brûler de l'intérieur.

« Ruby, » prévient Harley lorsqu'elle remarque pourquoi mon attention a dérivé. « Arrête d'essayer de me dire qu'il ne s'est rien passé. »

J'ai essayé de faire comme si de rien n'était après avoir marché jusqu'ici côte à côte avec lui, mais ni elle ni Poppy n'ont gobé ça. Ma seule grâce salvatrice est que Poppy est pour l'instant occupée par la langue de Zayn.

« D'accord, bien, » je soupire. « Mais nous gardons ça secret. »

« Si tel est le cas, vous devriez peut-être arrêter de vous regarder comme si vous aviez envie de vous dévorer. »

Je hausse les épaules. Je ne peux pas m'en empêcher.

« Putain de merde, » gémit Harley, en levant les mains

en guise de frustration. « J'ai besoin de trouver de nouvelles amies. Je ne peux pas supporter que Poppy et toi soyez en couple. Je déteste tenir la chandelle. » Ses yeux errent sur les membres de l'équipe de pom-pom qui sont déjà là, comme si elle était en train de choisir sa victime.

« Les terminales c'est hors de question, elles sont toutes des garces et partiront bientôt. Ooooh... Stella. »

« Je pense qu'elle pourrait peut-être bien partir aussi, » dis-je avant de fermer la bouche. C'était censé être un secret ?

« Quoi ? Pour de vrai ? Elle est incroyable. Nous avons besoin d'elle l'année prochaine, bon sang. »

« Je ne le sais pas avec certitude. Je pense qu'elle non plus. »

« Eh bien, nous devons la garder. »

« D'accord. As-tu réfléchi à l'équipe pour l'année prochaine ? » Harley me demande, en me distrayant avec succès du regard passionné d'Ashton pour parler de cheerleading.

Je secoue la tête, en ne voulant pas m'avancer.

« Rentrons, je dois aller à mon casier. »

La matinée avance, les cours passent dans un flou d'ennui et de plein de regards remplis de désir que nous avons échangé avec Ash à travers les salles de classe où Ash et moi ne pouvions pas nous asseoir à côté. Dans celles où nous étions assis ensemble, en revanche, il ne prenait pas vraiment au sérieux le fait de garder le secret, car sa main montait de plus en plus haut sur ma cuisse à chaque minute qui passait.

Je n'ai aucune idée de si quelqu'un d'autre l'a remarqué, mais j'avais l'impression que tout le monde le savait alors que je me liquéfiais presque de désir sur chaise.

Il m'a peut-être fait jouir ce matin, mais aussi bon soit-il, ce n'était pas suffisant. Après le temps que nous avons passé ensemble à Seattle, ce court moment entre nous ne m'a pas vraiment soulagée. J'ai su dès le moment où je l'ai trouvé sous la douche que j'avais peut-être fait une erreur la veille en lui disant que je voulais faire les choses lentement parce que tout ce que je voulais faire était de me déshabiller, de le rejoindre et de le laisser faire le genre de choses perverses qu'il m'a faites sous la douche dans son appartement.

Mais j'ai tenu bon, en sachant que j'avais pris la bonne décision.

C'est juste dommage que je le remette en question à chaque seconde qui passe.

Il n'est pas dans ma classe avant le déjeuner et alors que je suis assise là avec mon estomac qui gargouille, plus que prête à aller découvrir ce que nous allons avoir à la cafétéria aujourd'hui, je me demande si j'ai plus faim de nourriture que de lui.

Une pensée concernant le bureau de Mlle Kelly me frappe. Il n'y a aucune chance qu'elle y soit, peut-être qu'on pourrait s'y aventurer et prendre un peu de temps pour nous...

Une main qui frappe mon épaule me fait sursauter. « Tu recommences, » dit sèchement Harley.

« Pardon, pardon. » Ce n'est pas la première fois durant cette heure qu'elle se moque de moi parce que je rêvasse en pensant à Ash.

« Cela fait juste une nuit et tu es déjà comme un petit chiot malade d'amour. » Elle rit.

« Est-ce que je me plains quand tu parles de Nathan ? », je demande en haussant les sourcils.

« Eh bien, non, mais je suis sûre que je ne fais pas comme ça. » Elle agite son doigt devant mon visage en signe d'accusation.

Je me penche sur elle pour m'assurer que personne d'autre en classe n'entend ce que je m'apprête à dire. « C'est parce qu'il ne t'a pas encore fait jouir. »

« Ruby ! », crie-t-elle, ce qui lui vaut un avertissement de la part de notre professeur.

« C'est factuel, Harley. Factuel. »

« Peu importe. »

« Donc à propos de ça. Tu as l'intention de le faire avec lui ou tu attends encore un peu ? »

« Je ne sais pas. Nous n'en avons pas parlé. En plus, nous ne nous sommes jamais vus dans un endroit qui nous aurait permis d'aller plus loin qu'un baiser. »

« Tu devrais peut-être prévoir un truc. Pour avoir plus de temps en tête-à-tête, pour voir où ça mène. »

« Ouais, peut-être. » Ses yeux deviennent vitreux alors qu'elle se perd dans ses pensées, un peu comme je le faisais il y a quelques minutes, mais je ne le souligne pas.

Finalement la sonnerie retentit, nous permettant de ranger nos affaires et de partir en quête de nourriture.

Les couloirs sont bondés alors que nous nous dirigeons avec la foule vers la cafétéria.

« Fais gaffe, ton jules est déjà là, » dit Harley, sa taille lui donnant l'avantage de pouvoir voir à travers la masse de corps devant nous.

En tournant, nous nous dirigeons vers nos tables habituelles alors qu'un sourire commence à s'étirer sur mes lèvres à l'idée de le voir. Je me sens ridicule, je l'ai vu il y a à peine plus d'une heure, mais il me manque.

Pas étonnant que Harley veuille de nouvelles amies. Je m'agace moi-même.

Au moment où la foule se sépare pour que nous puissions nous frayer un chemin, quelqu'un d'autre arrive avant moi vers Ash.

Mes dents grincent et mes poings se serrent alors que je regarde Krissy se glisser à nouveau vers lui.

N'a-t-elle pas reçu le putain de message hier comme quoi il n'était pas intéressé ?

Quelque chose en moi se brise à la seconde où elle pose sa main parfaitement manucurée sur son torse.

Un grognement s'échappe de ma gorge alors que la main de Harley s'enroule autour de mon avant-bras, mais je l'arrache et me précipite vers eux.

Il n'a pas encore eu le temps de la repousser, mais ses bras se lèvent pour le faire alors que je saisis le haut de son bras aussi fort que possible, en m'assurant que mes ongles s'enfoncent dans sa peau nue et que je l'éloigne de lui.

Je jure devant Dieu que toute la cafétéria tient en haleine en attendant de voir ce qui va se passer ensuite.

« Il est putain de pas intéressé, » je crache si doucement qu'elle seule l'entend avant que mon bras ne s'envole et que ma paume ne se connecte à sa joue avec le bruit d'une forte gifle. Il y a un halètement collectif dans la pièce alors que la main de Krissy se lève pour couvrir l'empreinte de main rouge en train d'apparaître sur sa joue.

Je m'avance vers elle alors que ses yeux remplis de larmes rencontrent les miens. Ma poitrine se soulève alors que j'attends ce qu'elle va dire, mais elle n'en a pas l'opportunité parce que je me fais retourner et je me retrouve dans les bras d'Ashton.

« Je ne suis même pas désolé, » grogne-t-il avant de plaquer ses lèvres sur les miennes.

Ses doigts se faufilent dans mes cheveux et son bras s'enroule autour de mon dos pour nous rapprocher encore plus.

Le silence nous entoure toujours alors que sa langue passe devant mes lèvres pour réclamer la mienne.

Je n'ai aucune idée du temps qui s'écoule avant qu'il ne se retire, sa propre respiration étant laborieuse à cause de notre baiser. Les conversations ont repris autour de nous alors qu'il me fixe, tout le monde visiblement déjà ennuyé par le spectacle.

« Putain, je t'aime. »

Sa main agrippe ma nuque et ses lèvres capturent les miennes une fois de plus, mais je suis tellement abasourdie par ses paroles que je ne réponds pas.

« Nous devons foutre le camp d'ici tout de suite. »

« Euh... » Avant de savoir ce qui se passe, je me retrouve renversée par-dessus son épaule alors qu'une salve d'acclamations éclate derrière nous. Je ne lève pas les yeux pour les voir, je suis trop perdue dans Ashton.

Je regarde ses fesses alors qu'il nous fait sortir de la cafétéria, et il ne me pose pas tant que nous ne sommes pas sur le parking.

« Mets ça, » dit-il en me tendant un casque à la seconde où mes pieds touchent le sol.

« Qu-quoi ? », je demande, en le lui prenant alors qu'il me laisse peu de choix car il le lâche et monte sur sa moto.

« Mets ce putain de casque, Ruby, » grogne-t-il, la dureté de sa voix a l'effet escompté, et je serre mes cuisses en obéissant aux ordres.

Le moteur s'allume et je monte à l'arrière, en supposant que c'est ce que je suis censée faire, et à peine ai-je passé mes bras autour de sa taille que nous sortons du parking.

« Oh mon Dieu, » je hurle. Je n'ai jamais été à l'arrière d'une moto auparavant, mais je crois... Je crois que j'adore ça. Ou peut-être est-ce seulement lié à l'homme autour duquel je suis enroulée comme un koala.

Le voyage de retour est le plus court de ma vie et avant que je ne le sache, je suis debout à côté de la moto et les lèvres d'Ashton sont de retour sur les miennes.

« J'ai envie de toi, petite. Putain, j'ai envie de toi là tout de suite, » grogne-t-il dans ma bouche, sa prise sur mon menton presque trop serrée, mais j'adore ce côté possessif.

« T-tu as eu raison de moi. »

Il me prend dans ses bras pour que mes jambes s'enroulent autour de sa taille et après avoir déverrouillé la porte, il monte les escaliers en courant et arrive dans sa chambre.

Nous tombons sur son lit dans une espèce de mélange de membres et de baisers obscènes.

« Ashton, » je gémis alors qu'il retire mon t-shirt et le jette quelque part derrière lui.

« Ruby, putain. »

En se tenant sur un bras, ses lèvres traînent le long de mon cou, ses dents effleurent ma clavicule avant de faire glisser le tissu qui recouvre ma poitrine, et il met mon téton dans sa bouche.

« Ashton, » je crie, mon dos se cambrant sur le lit.

« Plus, » gémit-il en alternant des baisers doux et des pincements forts sur ma peau sensible. « J'ai envie de plus. »

Il embrasse mon ventre alors que ses doigts glissent

dans mon dos pour dégrafer mon soutien-gorge. Le tissu rejoint mon t-shirt sur le sol avant qu'il ne fasse glisser mon jean skinny et ma culotte le long de mes jambes et qu'il ne retire et ne laisse tomber mes baskets sur le sol avec un bruit sourd.

Il se tient au bord du lit, toujours entièrement habillé, en me fixant.

« Tu es tellement magnifique, Ruby. » Ma peau me brûle et mon entrejambe me fait mal alors que ses yeux sombres scrutent chaque centimètre carré de moi.

Il se met à genoux devant moi et passe mes deux jambes sur ses épaules avant d'embrasser ma cuisse en se rapprochant de l'endroit où j'ai le plus envie de lui.

« Es-tu mouillée pour moi, petite ? »

« Oui, » je murmure sans aucune hésitation.

« Tu veux ma bouche ? »

« Oui, Ash. »

Il incline la tête avant d'atteindre mon clitoris mais au lieu d'utiliser sa langue, il fait glisser son doigt sur ma peau sensible.

« Parfaite. Putain de parfaite. » Il plonge son doigt en moi, juste assez pour me taquiner avant de se pencher en avant et de sucer fort mon clitoris.

« Putain, » je crie, mes hanches se soulevant du lit, la sensation de succion avec le bout de sa langue en train de taquiner mon clitoris est presque trop difficile à supporter.

Mes mains se faufilent dans ses cheveux, mais je ne sais pas si je veux le rapprocher ou le repousser alors que son assaut devient encore plus intense. Je pensais que ce matin c'était bon, mais ce n'est rien comparé à ce qui se prépare entre mes jambes là tout de suite.

Chaque muscle de mon corps se contracte et la seule

chose sur laquelle je peux me concentrer est la boule de désir qui est sur le point d'exploser en moi.

« Ash, » je crie. « Ash, je vais— » Mon orgasme s'abat sur moi, en me volant à la fois mes mots et mon souffle.

Le plaisir vient vague après vague et il n'arrête pas de me lécher ou de me caresser jusqu'à ce que ce ne soit plus que des répliques.

À la seconde où il recule, il se lève, s'essuie la bouche avec le dos de sa main et retire son sweat à capuche. Son torse et ses abdominaux sont immédiatement révélés, et mes yeux dévorent les centimètres de cette perfection alors qu'il enlève son pantalon et le balance d'un coup de pied avec son boxer.

Tout comme ce matin, il est délicieusement dur, son gland en train de luire avec son envie de moi, et mon ventre se serre, avec plus de chaleur qui se dirige directement entre mes cuisses.

« Remonte un peu, » me demande-t-il en inclinant la tête pour me faire signe de remonter sur le lit.

Je me dépêche de le faire, et il rampe entre mes jambes, en les écartant rapidement pour les enrouler autour de sa taille.

Sa queue taquine mon entrée, et je ne peux m'empêcher de rouler mes hanches pour obtenir plus de friction.

« Petite gourmande, » grogne Ashton en se laissant tomber de sorte que ses mains soient plantées sur le lit de chaque côté de ma tête. « J'adore ça, putain. »

Il pose ses lèvres sur les miennes, en ne me laissant pas le temps de lui répondre avec la question qui est sur le bout de ma langue.

Sa langue entre profondément dans ma bouche et

mon goût persistant frappe mes papilles, en me faisant gémir.

Il m'embrasse plus profondément que jamais. Ce n'est pas juste un baiser, c'est comme une revendication. Il marque mon âme pour veiller à ce que je ne puisse jamais l'oublier.

Sa main effleure mon corps, taquine mes tétons, les pince en me faisant haleter, et lui voler son souffle, mais son baiser ne faiblit pas.

Il fait le tour de mon clitoris, en réveillant un autre orgasme avant que le contact de sa main ne me quitte pour la remplacer par sa bite. Il me taquine avec son gland, s'imprègne de mon jus et se pousse doucement à l'intérieur de moi mais ne me donne pas ce dont j'ai envie.

« Ashton, s'il te plaît, » je le supplie contre ses lèvres.

« À qui appartiens-tu, Ruby ? »

«À toi, Ashton. Je suis à toi. Seulement à toi. »

« Oui, » siffle-t-il en s'enfonçant en moi.

Mes parois ondulent autour de lui, en s'adaptant à sa taille.

Son baiser s'interrompt mais il ne retire pas ses lèvres des miennes. On reste juste là, figés, à se respirer et à absorber les sensations du moment.

Jusqu'à ce qu'il roule des hanches et déclenche une explosion de sensations en moi.

« Putain, » gémit-il alors que je resserre mes jambes autour de lui et que je gratte mes ongles dans son dos. « Ça... ça, maintenant. C'est putain de tout pour moi, petite. Tout. »

Et puis il bouge. Ses hanches me martèlent alors que sa langue pénètre à nouveau dans ma bouche. Sa main glisse autour de ma nuque pour qu'il puisse incliner ma tête juste pour sceller ses lèvres aux miennes alors que notre peau commence à briller de sueur.

Chacun de ses mouvements m'envoie plus haut, en faisant se tendre mon corps alors que je me prépare à m'envoler de plaisir.

« C'est si bon, bébé. Je vais jouir tellement fort, » grince-t-il, ses yeux retenant les miens captifs.

Ses doigts retrouvent mon clitoris et à la seconde où il le pince entre ses doigts, je tombe. Je tombe dans un plaisir béat en sachant que quand j'arriverai au bout, il sera juste là, en train de me serrer.

« Ashton, » je crie, mon dos se cambrant, mes ongles s'enfonçant dans ses épaules alors que je chevauche les vagues de jouissance.

« Putaaaain, » gémit-il. « Putain, Ruby. » Sa bite se contracte violemment à l'intérieur de moi, en m'envoyant des petites répliques dans tout mon corps.

Il laisse tomber sa tête au creux de mon cou alors que nous nous battons tous les deux pour reprendre notre souffle, bien qu'il ne fasse aucun mouvement pour se retirer de moi.

« Putain, Ruby, » il halète après de longues secondes sans rien d'autre que nos respirations accélérées remplissant nos oreilles. « Tu as une idée de combien c'était torride quand tu as giflé Krissy ? »

Je me raidis à la mention de son nom. « Ne prononce pas son nom. Surtout quand tu es encore en moi. »

« Ah, petite. Cette petite marque de jalousie est tellement sexy. Mais crois-moi, quel que soit le nom que je prononce, il n'y en a qu'un que je prononce quand je jouis. »

Je frappe légèrement son épaule. « Ce n'est pas drôle. Cette garce doit garder ses mains loin de toi. »

« Elle va peut-être le faire à partir de maintenant, bébé. Tu as vu la trace que tu lui as laissée ? »

Je secoue la tête. J'étais trop en colère pour vraiment enregistrer quoi que ce soit. Tout semble flou maintenant.

« J'ai été impressionné. Mais tu ne peux pas gifler toutes les filles qui me regardent. »

« Elle ne s'est pas contentée de regarder, » je dis d'un air boudeur.

« Vrai. J'aime que tu sois possessive avec les choses qui t'appartiennent, mais je pense que Hartmann pourrait avoir à redire si toutes les filles de l'école se promènent avec une empreinte de main en forme de celle de Ruby sur leurs joues. »

« Tu imagines que toutes les filles du lycée veulent— merde, » je m'exclame, la prise de conscience s'abattant sur moi. « Le lycée. Nous devrions être en classe. Quelle heure est-il ? »

« Trop tard pour s'inquiéter de retourner en classe. En plus, nous avons d'autres choses à faire. » Il laisse tomber ses lèvres sur mon cou et aspire ma peau dans sa bouche assez fort pour laisser une marque.

Je n'ai jamais séché l'école de ma vie, et le fait de savoir que je le fais en ce moment ne m'aide pas vraiment à me détendre.

« Arrête de t'inquiéter. C'est juste un après-midi. »

« Je sais, mais— »

Il presse ses doigts sur mes lèvres. « Détends-toi, bébé. Laisse-moi te distraire. »

Il décroche ma jambe et retire enfin sa bite à nouveau dure de moi avant de tomber à côté de moi.

Il accroche ma jambe autour de sa taille, en permettant à sa queue de me taquiner une fois de plus. Sa main prend ma joue, ses doigts s'enfilent dans mes cheveux tandis que son nez effleure le mien.

« Tu pensais ce que tu as dit ? », je laisse échapper, incapable de retenir la question une seconde de plus.

« Quoi, petite ? »

« C-ce que tu as dit à la cafétéria, » je murmure, en me sentant maintenant stupide d'évoquer ça. Il ne voulait probablement pas dire ces mots. Bon sang, il ne se souvient probablement même pas de les avoir dits dans le feu de l'action.

« Ce que j'ai... oh. » Un sourire se dessine sur ses lèvres tandis que son pouce caresse tendrement ma joue. Il me regarde si profondément dans les yeux que je jure que je ne serai plus jamais la même. « Oui, Ruby. Je pensais chaque mot de ce que j'ai dit. »

Je sursaute, en ne m'attendant pas vraiment à ce qu'il s'en souvienne, et encore moins qu'il le pense.

« Tu ne ressembles à personne d'autre que j'ai connu, petite. Tu es si forte, tu tiens tête à mes conneries. Tu es juste... ma première. »

Je m'évanouis presque et je peux à peine respirer. « Je t'aime, petite. Tu m'as ramené à la vie. »

Ma lèvre inférieure tremble alors que mes yeux se remplissent d'eau. J'essaie de chasser les larmes de mes yeux, mais chaque fois que j'ouvre les yeux, ils deviennent plus flous.

« Je t'aime aussi, Ashton, » je dis dans un souffle, en forçant les mots à passer au travers de la boule géante dans ma gorge. « Je ne sais pas quand c'est arrivé, mais je le sais, je t'aime et je ne veux plus jamais passer un autre jour sans toi. » Un sanglot me déchire la gorge et les larmes que j'ai combattues finissent par couler quand je vois les siens briller devant ma confession.

« Ruby, » murmure-t-il, en me prenant dans ses bras et en me serrant si fort que je suis sûre qu'il est sur le point de me casser une côte, mais je ne bronche pas parce que c'est si bon.

Ses lèvres se posent sur mes cheveux alors qu'il murmure encore et encore qu'il m'aime, en me déchirant de la meilleure des manières à chaque mot.

Quand il me laisse enfin retirer mon visage de sa poitrine, je trouve ses joues humides de larmes.

« Merci, Ruby, » dit-il une fois de plus avant de capturer mes lèvres et de me montrer avec son corps, ainsi que ses mots, ce qu'il ressent pour moi.

---

La sensation de quelque chose qui vibre contre ma cuisse me force à arracher mes lèvres de celles d'Ashton. J'ai perdu la notion du temps tout comme j'ai perdu le compte du nombre d'orgasmes qu'il m'a donnés depuis que nous sommes tombés dans son lit il y a une éternité. Tout ce que je sais, c'est que mes muscles tremblent et que nous avons tous les deux vraiment, vraiment besoin de prendre une douche rapidement.

« Qu'est-ce que c'est que... oh. » Je sors le portable d'Ashton de sous moi et je vois la tête de Papa sur l'écran. « Oh merde, est-ce que l'école l'a appelé ? », je demande en panique.

« Même si c'est le cas, je vais arranger ça. Ne t'inquiète pas. » Il balaie l'écran mais le léger froncement de sourcils sur son front ne s'accentue pas comme si nous risquions d'avoir des ennuis, à la place un sourire s'étire sur ses lèvres.

« Q-qu'est-ce que c'est ? »

« Ta mère et mon père sortent et rentreront tard. » Il jette son portable sur les draps et roule sur moi, en me pressant contre le matelas. « Tu sais ce que ça veut dire ? », me demande-t-il avec un clin d'œil.

« Que devrons-nous préparer à dîner ? », je demande, sournoisement.

« Hmm... ça et... et le fait que je pourrai encore te faire crier pendant des heures. »

« Oh mon Dieu, Ashton, » je couine lorsqu'il mord mon téton, ses doigts descendant vers mon entrejambe. « Je ne suis pas sûre d'avoir encore la force en moi. »

« Bébé, tu sauras quand tu auras la force en toi, crois-moi. »

« Oh mon Dieu, tu ne viens pas de dire ça. »

Il me sourit et me fait un clin d'œil et je ne peux m'empêcher d'éclater de rire.

« Que dirais-tu d'aller nous doucher, puis de commander à manger ? Je meurs de faim. Peut-être qu'on pourrait regarder un film ou quelque chose comme ça, tu sais quelque chose d'un peu moins... »

« Amusant ? »

« J'allais dire physique. »

« D'accord, bébé. Douche, nourriture et film. C'est comme un premier rendez-vous idéal. »

« Hmm... c'est un peu le cas, n'est-ce pas ? »

« Tu mérites mieux quand même. »

« Nous avons le reste de nos vies pour ça, Ash. Une nuit avec toi est tout ce dont j'ai envie en ce moment. »

« Putain, je t'aime. » Il se redresse, passe ses doigts dans les miens et m'attire contre lui. « Allons prendre une douche avant que je ne te salisse à nouveau. »

Il me prend dans ses bras et me porte jusque dans sa

salle de bain. Il nous met sous la douche et nous laisse nous faire arroser d'eau très froide pendant quelques secondes.

« Ashton, » je hurle en riant.

« C'est bon, petite. Je promets de me faire pardonner. Je promets de toujours me faire pardonner. »

# ÉPILOGUE

## Ruby

« **O**h, regarde, les voilà, » annonce Harley à voix haute à toute l'équipe de foot et à l'équipe de pom-pom lorsque nous marchons vers eux main dans la main le lendemain matin.

On s'est dit qu'après notre petit spectacle de la veille, il ne servait plus à rien de nous cacher. Tout le monde à Rosewood High savait ce que nous allions faire au moment où il m'a jetée par-dessus son épaule et est parti.

Maman et Stephen sont arrivés bien après minuit hier soir et heureusement, ni l'un ni l'autre n'ont essayé de nous chercher pour nous faire un discours sur le fait d'avoir séché ou d'avoir giflé Krissy, donc soit ils ne le savent pas encore, soit ils le gardent pour quand nous rentrerons à la maison ce soir. Quoi qu'il en soit, je m'en fiche vraiment. Je suis en phase avec ce que j'ai fait hier. Krissy le cherchait depuis longtemps. Je suis surprise d'avoir été la première à le faire, pour être honnête.

« Merci, Har, » je marmonne en m'arrêtant devant elle. Ash s'arrête dans mon dos et enroule ses bras autour de ma taille et pose son menton sur le dessus de ma tête.

« Quoi ? Nous savons tous ce qui s'est passé hier soir. »

« Ouais, ouais, tu es juste jalouse. Comment ça se passe avec Nathan ? » C'est un coup bas, mais je ne peux pas m'en empêcher. Je suis trop heureuse et trop shootée aux endorphines des multiples orgasmes que j'ai eus avant même de sortir du lit ce matin.

« Génial, merci. » Elle lève les yeux au ciel, en me faisant dire que les choses ne sont peut-être pas aussi géniales que ça en réalité.

« Hé, regardez, Ashton et Ethan peuvent créer le club 'je me tape ma demi-sœur', » crie Jamie, l'un des joueurs de l'équipe junior. « Aïe, quoi ? Je disais juste ça comme ça. »

« Tais-toi, connard, avant que je te fasse taire moi-même, » aboie Ethan devant le reste des membres de l'équipe junior qui se sont réunis pour regarder le spectacle, avec son bras en bandoulière autour de l'épaule de Rae.

« J'espère juste que c'est contagieux, j'aimerais avoir la même chose. Aïe, » dit-il à nouveau.

« Laisse-les tranquilles, » lance Chelsea. « Ils sont gentils. Laissez-les dire leurs conneries. »

En me moquant d'eux, je me retourne dans les bras d'Ashton.

« Hé, » dis-je en lui souriant.

« Hé, petite. Es-tu prête pour le cours de littérature anglaise ? »

« Bien sûr. Har, tu viens ? »

« Yep, j'arrive. » Nous disons au revoir à Poppy qui s'est blottie contre Zayn et nous nous dirigeons vers le bâtiment.

« Qui est Nathan ? », demande Ashton, qui a clairement espionné notre conversation précédente.

« Un gars de Maddison Prep que Harley a rencontré à la fête d'Ethan. Ils ont eu quelques rendez-vous, » je réponds à sa place.

« Ah, tu sors avec mec d'un lycée privé, hein ? J'ai entendu dire qu'ils ne couchaient pas avant au moins le dixième rendez-vous, » dit Ash en riant.

« Ferme-la, idiot. C'est un type bien, n'est-ce pas, Har ? » Je ne regarde pas où je vais et je la percute dans le dos alors que nous franchissons la porte de notre salle de classe. « Har ? »

Je la contourne et observe son visage pâle.

« Est-ce que ça va ? », je demande, en cherchant à voir ce qui a attiré son attention pour voir un gars aux cheveux châtain clair et aux yeux bleus brillants qui la regarde comme s'il souhaitait qu'elle prenne feu juste devant lui. « Q-qui est-ce ? », je demande en regardant Harley qui est au bord des larmes, tout son corps en train de trembler de peur.

« Tu te souviens de Kane, le gars de chez moi dimanche ? » chuchote-t-elle pour que seuls Ashton et moi puissions entendre.

« Ouais. », je me retourne vers lui, en remarquant des similitudes et pas seulement dans le regard furieux.

« C'est son petit frère, Kyle. »

« OK. Et pourquoi a-t-il l'air d'avoir envie de te tuer ? »

« Probablement parce qu'il en a vraiment envie. »


Êtes-vous prêt(e) à connaître l'histoire de Harley ?
PRÉCOMMANDEZ LEGEND

# REMERCIEMENTS

Je n'arrive pas à croire que nous soyons déjà au numéro six de cette série. À l'origine, Fury n'était pas censé exister. J'allais passer directement de Hunter à Legend, mais ensuite j'ai eu l'opportunité d'écrire Faze et l'histoire d'Ashton et Ruby m'est apparue alors que je conduisais et puis ça devait arriver, et j'en suis tellement contente !

Ashton m'a fait vivre de sacrées sautes d'humeur en écrivant. Je le détestais l'espace d'un instant et j'avais mal pour lui l'instant suivant. À un moment donné, il m'a mise au bord des larmes, ce qui est un exploit me concernant.

J'ai adoré chaque minute de leur histoire qui fait l'effet de montagnes russes. Cela m'a emmenée dans de nouveaux endroits sombres, et je dois admettre que je suis plus qu'intriguée par Axel, Willow et les autres gars de Kingston à Seattle !

J'espère que vous avez apprécié leur voyage autant que moi. C'était certainement une folle aventure.

Comme toujours, un grand merci à mes lecteurs alpha et bêta pour leurs retours opportuns, et d'avoir autant à la fois aimé et détesté Ash.

Un grand merci à Ellie de My Brother's Editor, et Athena et Darlene de Sisters Get Lit(erary) Author Services d'avoir soigné mon bébé et de l'avoir rendu aussi bon que possible.

Encore un énorme merci à vous d'être toujours dans

ce voyage fou avec moi. Livre six et vous êtes toujours là, cela signifie énormément pour moi.

Il ne reste qu'un seul livre de la série Rosewood High, et je ne me sens pas du tout prête à laisser cette fine équipe derrière moi.

Si vous avez été récemment sur les réseaux sociaux, j'espère que vous aurez vu ma récente annonce, et que même si cette série touche à sa fin, nous ne les laissons pas entièrement derrière nous car nous allons ensemble à l'Université Maddison Kings, et je vais prendre des nouvelles de quelques personnages que vous aimez et connaissez déjà ainsi que vous en présenter de nouveaux. Et puis, il y a de fortes chances que quelques-uns de nos personnages bien-aimés de Rosewood High fassent une apparition ou deux !

Fury est ma première sortie de 2021 et j'espère que c'est le début de quelque chose de génial pour nous tous, nous avons tous besoin d'un peu de magie après l'année dernière !

À la prochaine,

Tracy xo

# À PROPOS DE L'AUTEUR

Tracy Lorraine est une auteure  à succès de romans d'amour contemporain pour New Adults reconnue par USA Today et Amazon.
Tracy vit dans un joli village des Cotswolds en Angleterre avec son mari, sa fille et un adorable, épagneul springer qui est un peu fou. Ayant toujours été une accro aux livres avec la tête plongée dans son Kindle, Tracy a décidé de s'essayer à écrire une histoire qu'elle avait revé et elle n'a jamais regardé en arrière.

Soyez le premier à découvrir les nouveautés et les offres. Inscrivez-vous à sa newsletter ici.

Si vous voulez savoir ce qu' elle fait et voir des teasers et des extraits de ce sur quoi elle travaille, alors vous devez être dans son groupe Facebook. Rejoignez Tracy's Angels ici.

Restez à jour avec les livres de Tracy sur www. tracylorraine.com